DISCARD

HENNING MANKELL
EL HOMBRE SONRIENTE

Traducción del sueco de Carmen Montes Cano

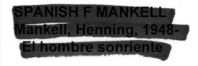

M A X I
TUSQUETS
EDITORES

Título original: *Mannen som log*

1.ª edición en colección Andanzas: noviembre de 2003
3.ª edición en colección Andanzas: febrero de 2004
1.ª edición en colección Maxi: junio de 2008

© Henning Mankell, 1994. Publicado por acuerdo con Leopard Förlag AB,
Estocolmo, y Leonhardt & Høier Literary Agency aps., Copenhague

Ilustración de la cubierta: detalle de una obra de Tiziano (ca. 1485-1576)

© de la traducción: Carmen Montes Cano, 2003

Diseño de la colección: FERRATERCAMPINSMORALES

Reservados todos los derechos de esta edición para
Tusquets Editores, S.A. - Cesare Cantù, 8 - 08023 Barcelona
www.tusquetseditores.com
ISBN: 978-84-8383-523-4
Depósito legal: B. 15.392-2008
Fotocomposición: Pacmer - Alcolea, 106-108 - 08014 Barcelona
Impresión y encuadernación: Liberdúplex, S.L.
Impreso en España

... No es la inmoralidad de los grandes hombres lo que debería infundirnos temor, sino más bien el hecho de que sea ésta la que, con tanta frecuencia, permita a los hombres alcanzar la grandeza.

Tocqueville

1

«La niebla», pensaba.

«Es como un depredador furtivo y silencioso. Jamás lograré habituarme a ella, pese a que toda mi vida ha transcurrido en Escania, donde las personas aparecen constantemente envueltas en su manto invisible.»

Eran las nueve de la noche del 11 de octubre de 1993.

La bruma se había precipitado veloz, como un torbellino, procedente del mar. Él iba al volante, de regreso a la ciudad de Ystad, donde residía. Su vehículo hendió la blancura brumosa apenas hubo dejado atrás las laderas de Brösarp.

Una intensa sensación de temor lo invadió al punto.

«Me asusta la niebla», admitió para sí. «Cuando más bien debería temer al hombre al que acabo de visitar en el castillo de Farnholm. Ese hombre de aspecto amable cuyos terribles colaboradores andan siempre apostados tras él, los rostros bañados en sombras. En él debería estar pensando; y en lo que ya sé que se esconde tras su afable sonrisa y su halo de integridad, de ciudadano que se halla por encima de toda sospecha. Él debería infundirme temor, y no la niebla que se adentra despaciosa desde el golfo de Hanö. Él, de quien ahora sé que no duda en matar a quienes entorpecen sus planes.»

Puso en marcha los limpiaparabrisas a fin de eliminar la humedad condensada sobre la luna delantera. No le gustaba conducir en la oscuridad de la noche, pues los reflejos de las farolas sobre el asfalto le impedían distinguir con claridad las liebres que, en precipitada carrera, se cruzaban ante el vehículo.

Tan sólo una vez, en toda su vida, había atropellado a uno de esos animales, hacía ya más de treinta años. Fue una tarde de primavera en que se dirigía a Tomelilla. Aún era capaz de rememorar la violenta presión inútil del pie sobre el pedal del freno que precedió a la colisión del blando cuerpo contra la chapa. El animal había quedado atrás, tendido sobre el piso en nerviosa agitación de sus extremidades inferiores; las superiores, paralizadas, los ojos observándolo fijamente. Se obligó a buscar por el arcén hasta hallar una piedra que, con los ojos cerrados, estrelló contra la cabeza de la liebre. Acto seguido, se apresuró a regresar al coche, sin mirar a su alrededor.

Nunca pudo olvidar la mirada de la víctima, ni el pataleo compulsivo de sus patas traseras. Un recuerdo del que jamás había logrado deshacerse y que, recurrente, le asaltaba la memoria cuando menos lo esperaba.

Meneó la cabeza en un intento por zafarse de aquella sensación tan desagradable.

«Una liebre que lleva muerta más de treinta años puede perseguir a un hombre sin causarle ningún daño», se animó. «Con los vivos tengo más que de sobra.»

De pronto, se dio cuenta de que miraba el retrovisor con más frecuencia de la habitual.

«No hay duda de que tengo miedo», resolvió. «Acabo de tomar conciencia de que, en realidad, me he dado a la fuga; estoy huyendo de lo que he descubierto que se esconde tras los muros del castillo de Farnholm. Además, sé que ellos saben que yo sé. Pero ¿cuánto sé yo? ¿Tal vez lo suficiente como para que les inquiete que rompa el juramento de silencio profesional que presté al finalizar mis estudios y convertirme en abogado? Aquello sucedió hace ya muchos años, en un tiempo remoto en el que cumplir el juramento constituía aún un deber sagrado. ¿Acaso temen la conciencia del anciano abogado?»

El espejo retrovisor le devolvía la imagen de la negrura; le revelaba que estaba solo en la niebla. En poco menos de una hora, habría llegado a Ystad.

La idea lo animó por un instante. Concluyó que no habían ido tras él. Al día siguiente decidiría qué hacer. Hablaría con su hijo, que también era abogado y copropietario del bufete. A lo largo de su vida había aprendido que siempre había una solución; también la habría en aquella ocasión.

Tanteó en la oscuridad hasta dar con la radio. Una voz masculina que hablaba de los últimos avances en la investigación genética inundó el interior del coche. Las palabras discurrían por su conciencia, sin dejar rastro. Miró el reloj y comprobó que eran casi las nueve y media. El retrovisor seguía sin mostrarle otra cosa que oscuridad. Pese a que la niebla parecía más espesa por momentos, pisó levemente el acelerador, sintiéndose más tranquilo a medida que aumentaba la distancia que lo separaba del castillo de Farnholm. Con todo, cabía la posibilidad de que su angustia fuese injustificada.

Trató de obligarse a pensar con claridad.

¿Cómo había comenzado todo aquello? Con una llamada telefónica rutinaria y una nota sobre su escritorio en la que se le pedía que se pusiese en contacto con un hombre; se trataba de la firma urgente de un contrato que antes había que cotejar. El nombre le era desconocido, pero él llamó: un modesto despacho de abogados de una ciudad sueca insignificante no podía permitirse el lujo de rechazar o perder clientes a la ligera. Aún recordaba el tono de voz al teléfono, de persona culta, con dialecto norteño y, al mismo tiempo, ese timbre que caracteriza a quienes consideran que su tiempo es un bien precioso. El hombre le había expuesto el asunto: un complejo negocio que consistía en una serie de envíos de cemento a Arabia Saudí, realizados por una naviera registrada en Córcega, en el que una de sus empresas actuaba como representante de la compañía sueca Skanska. Como trasfondo del negocio se mencionaba vagamente la construcción, en la ciudad de Jamis Mushayt, de una mezquita de dimensiones fabulosas. ¿O era una universidad en Yedda?

Pocos días después, el cliente y él se vieron en el hotel Continental de Ystad. Él había acudido temprano. Aún no había comensales en el restaurante y se dispuso a aguardar sentado a la mesa en uno de los rincones del establecimiento. Desde allí lo vio acercarse, en compañía de un empleado yugoslavo que, con mirada lúgubre, inspeccionó la calle a través de uno de los altos ventanales. Estaban a mediados de enero. El vendaval que, procedente del Báltico, había invadido la ciudad anunciaba que no tardarían en presentarse las nevadas. Sin embargo, aquel hombre, que vestía traje azul oscuro y que, con total certeza, no pasaba de los cincuenta, lucía un elegante bronceado. En realidad, desentonaba tanto con el clima del mes de enero como con la ciudad de Ystad. No cabía duda de que era un forastero en aquella ciudad, al igual que su sonrisa tampoco parecía pertenecer al rostro bronceado que la ofrecía.

Aquél era su primer recuerdo del hombre del castillo de Farnholm. Un hombre sin equipaje, como si constituyese un universo propio, enfundado en un traje azul hecho a medida. Un universo cuyo centro era la sonrisa, mientras las aterradoras sombras que lo rodeaban hacían las veces de satélites oscuros que girasen despaciosos a su alrededor.

Las sombras habían estado siempre presentes, desde el primer encuentro. Ni siquiera recordaba que aquellos dos hombres se hubiesen presentado al llegar. Simplemente, tomaron asiento junto a una mesa apartada. Finalizada la reunión, se levantaron sin hacer el menor ruido.

«Aquellos años dorados», se dijo con amargura. «¡Qué ingenuidad la mía, pensar que podían ser realidad! La imagen del mundo que se forja un abogado no puede verse enturbiada por la ilusión de un paraíso prometido. Al menos, no aquí, en la tierra.» Medio año más tarde, el hombre bronceado respondía de la mitad de la facturación del despacho y, un año después, los ingresos globales se habían duplicado. Las retribuciones de los honorarios llegaban puntualmente, sin que fuese necesario remitirle ningún aviso. Incluso pudieron permitirse la renovación del local donde tenían el despacho. Además, todas las transacciones habían sido tan legales como complejas y poco claras. El hombre del castillo de Farnholm parecía dirigir sus negocios desde todos los puntos del globo, y desde lugares seleccionados de un modo en apariencia arbitrario. Con bastante frecuencia, se ponía en contacto con ellos mediante mensajes de fax o llamadas telefónicas; en algunas ocasiones incluso a través de mensajes enviados por radio, desde ciudades extrañas cuyos nombres apenas si podía localizar en el globo terráqueo que tenía junto al sofá de piel del recibidor. Pero, a fin de cuentas, todo se gestionaba conforme a la legalidad, aunque el objeto del negocio resultaba a menudo difícil de captar y de interpretar.

«Los nuevos tiempos», recordaba que pensó entonces. «Éstos son los nuevos tiempos. Ni que decir tiene que, como abogado, puedo estar más que satisfecho de que el hombre de Farnholm haya ido a fijarse justamente en mí, de entre todos los abogados que figuran en la guía de teléfonos.»

El curso de sus pensamientos se vio interrumpido de forma abrupta. Por un instante pensó que eran figuraciones suyas. Después, descubrió los faros de un vehículo en el retrovisor.

Sigilosos, habían ido deslizándose tras él y ya los tenía muy cerca.

Y allí estaba el miedo otra vez. En efecto, lo habían seguido. Temían que rompiese su juramento, que empezase a hablar.

Su primer impulso fue pisar aún más el acelerador y huir a través de la blanca bruma. La camisa empezaba a empapársele de sudor. Las luces de los faros estaban ya muy cerca de su coche.

«Sombras que asesinan», pensó. «No podré escapar. Nadie podría.»

Entonces, el coche lo adelantó y, a su paso, él entrevió el rostro gris de un hombre de edad. Después, la bruma engulló el rojo de las luces traseras.

Sacó un pañuelo del bolsillo de la chaqueta y se enjugó la cara y el cuello.

«Pronto estaré en casa», se tranquilizó. «No va a ocurrir nada. Pronto estaré en casa. La señora Dunér tiene anotada en mi agenda, de su puño y letra, la visita que he realizado hoy al castillo de Farnholm. Nadie, ni siquiera él, se atrevería a enviar a sus sombras para que acaben con la vida de un viejo abogado que regresa a su hogar. Sería demasiado arriesgado.»

Casi dos años le había llevado comprender que algo no encajaba. Fue a causa de un asunto insignificante, la revisión de una serie de contratos en que el Consejo de Comercio Exterior estaba involucrado como avalista de un gran crédito. Se trataba de la exportación de piezas de repuesto para turbinas a Polonia, cosechadoras para la antigua Checoslovaquia... Halló en aquellos contratos un detalle sin importancia, unas cifras que no cuadraban. Al principio pensó que podía tratarse de un fallo cometido al hacer los asientos contables, que tal vez se hubiesen equivocado de casilla al escribir las cifras. Sin embargo, al repasar el listado de asientos hasta el principio, comprobó que nada en ellos era fortuito, sino premeditado. No faltaba nada, todo estaba correcto, pero el resultado era espantoso. Se echó entonces hacia atrás contra el respaldo de la silla. Recordaba que era bastante tarde y que comprendió que acababa de detectar la comisión de un delito. En un primer momento no quiso creerlo, pero no halló, al final, ninguna otra explicación. Ya al alba cerró para marcharse a casa, atravesando las calles de Ystad. Al llegar a la plaza de Stortorget se detuvo y pensó que no había, de hecho, ninguna otra explicación: el hombre de Farnholm había cometido un delito de deslealtad para con el Consejo de Comercio Exterior, una importante evasión de impuestos, toda una cadena de falsificación de documentos.

A partir de entonces, anduvo buscando los posibles agujeros negros existentes en todos los documentos que llegaban a su escritorio procedentes de Farnholm. Y en efecto, allí estaban, aunque no siempre, sí casi siempre. De forma paulatina fue identificando el alcance de las transgresiones. Por todos los medios trató de no dar crédito a lo que veía, hasta que le fue imposible.

Pese a todo, no reaccionó. Ni siquiera hizo partícipe del descubrimiento a su hijo.

¿Acaso fue porque, en el fondo, no quería creerlo? ¿Era posible que nadie más, ni las autoridades ni ninguna otra persona hubiese detectado los fallos?

¿Tal vez había descubierto un secreto inexistente?

¿No sería, ya desde el principio, demasiado tarde, una vez que el hombre de Farnholm se había convertido en el cliente dominante del despacho?

La niebla se espesaba según avanzaba, aunque él se había figurado que empezaría a despejarse conforme se aproximase a la ciudad de Ystad.

Al mismo tiempo, era consciente de que no podría mantener la situación por más tiempo, pues ya sabía que el hombre de Farnholm tenía las manos manchadas de sangre.

Debía hablar con su hijo. A fin de cuentas, Suecia era un país donde aún se hacía justicia, por más que todos veían cómo aquélla se desvirtuaba y debilitaba cada vez más. Su propio silencio formaba parte de ese proceso degenerativo. El hecho de que él hubiese cerrado los ojos a la realidad durante tanto tiempo no justificaba ya que prolongase su silencio.

Por otro lado, jamás sería capaz de suicidarse.

De repente, frenó en seco.

Había vislumbrado algo a la luz de los faros. Al principio creyó que se trataba de una liebre. Pero después se dio cuenta de que había algo en mitad de la carretera, algo que ocupaba un lugar en la niebla.

Detuvo el coche y encendió las luces de carretera.

Entonces vio que lo que había en medio del camino era una silla. Una simple silla.

Sobre ella reposaba un maniquí del tamaño de una persona, de rostro blanco.

Aunque también podía tratarse de una persona con el aspecto de un muñeco.

Sintió que el corazón empezaba a latirle de forma convulsiva.

La niebla se arrastraba a la luz de los faros.

Era imposible dejar de pensar en aquella silla y en aquel muñeco. Tanto como obviar el miedo paralizante que lo dominaba. Miró de nuevo en el espejo retrovisor, pero no vio nada más que oscuridad. Con mucho cuidado, continuó hasta encontrarse a unos diez metros de la silla; entonces se detuvo de nuevo.

El maniquí era como una persona, no un espantapájaros confeccionado a la ligera.

«Es para mí», se dijo.

Apagó la radio con mano temblorosa y escuchó los sonidos procedentes del mar de bruma, pero el silencio era absoluto. Vaciló hasta el último instante.

Y no era la silla ahí colocada, en medio de la niebla, ni el maniquí de aspecto fantasmagórico, los que lo hacían dudar. Era algo distinto, que presentía a su espalda aunque no lo podía ver. Algo que, con toda probabilidad, no existía más que en su fuero interno.

«Estoy muerto de miedo», reiteró para sí. «Y el miedo reduce mi capacidad de discernimiento.»

Al cabo y pese a todo, se liberó del cinturón de seguridad y abrió la puerta del coche. Lo sorprendieron el frío y el grado de humedad del aire.

Después salió del vehículo sin apartar la mirada de la silla ni del muñeco, que se distinguían a la luz de los faros. Lo último que acertó a pensar fue que le recordaba a un teatro en el que algún actor estuviese a punto de hacer su entrada en escena.

Entonces, oyó un ruido a sus espaldas.

No obstante, nunca llegó a darse la vuelta.

El golpe lo alcanzó en la nuca.

Antes de caer sobre el húmedo asfalto, estaba muerto.

La niebla era ya espesísima.

Eran las diez menos siete minutos.

2

Soplaba un viento del norte, un viento racheado.

El hombre que se había acercado hasta la helada orilla se acurrucaba para protegerse del aire gélido. De vez en cuando se detenía y le volvía la espalda al viento. Permanecía inmóvil, con la cabeza inclinada sobre la arena y las manos en los bolsillos, para enseguida continuar su, en apariencia, intempestivo paseo, hasta que su figura dejó de verse contra la luz grisácea.

Una mujer que solía pasear a su perro por la playa a diario había estado observando, con desasosiego creciente, a aquel hombre que parecía pasar los días en la playa, desde el alba hasta que las sombras caían de nuevo al atardecer. En efecto, un día, de repente, hacía ya varias semanas, el hombre había aparecido en la playa, como si el mar lo hubiese arrastrado hasta la orilla cual despojo humano. Por lo general, las escasas personas con las que la mujer se encontraba por la playa solían hacerle un gesto a modo de saludo. Puesto que estaba ya bien entrado el otoño y pronto llegaría noviembre, no eran muchos los que paseaban por allí. No obstante, el hombre del abrigo negro no la saludó. Al principio pensó que sería por timidez, luego que por mala educación y, finalmente, también cabía la posibilidad de que fuese de origen extranjero. Luego le dio la impresión de que al hombre lo embargaba una gran pesadumbre, que sus paseos por la playa eran una suerte de peregrinaje mediante el que alejarse de un sufrimiento no conocido. Su paso era entrecortado e irregular y, así, caminaba despacio, casi arrastrando los pies para, de repente, mudar el ritmo como víctima de un espasmo, y continuar su peculiar andadura casi a la carrera. Llegó a pensar que no eran las piernas las que lo guiaban, sino más bien el producto de su inquieta reflexión. Asimismo, se imaginaba que llevaría los puños bien apretados en el interior de sus bolsillos y, aunque no podía verlos, habría podido asegurarlo.

Una semana más tarde, la mujer se había hecho ya una composición de lugar bastante clara. Aquel hombre solitario que había llegado a la playa desde no se sabía dónde atravesaba e intentaba superar una grave crisis personal, como un buque que, por traicioneras vías marítimas, luchase por llegar a buen puerto con ayuda de un mapa incompleto. De ahí su introversión y el desasosiego de sus paseos. Ella había hablado por las noches de aquel hombre errabundo y solitario con su esposo, que padecía reuma y que se había visto abocado a la jubilación anticipada. Sin embargo, en una ocasión, él la había acompañado a sacar al perro, pese al intenso dolor que le infligía su enfermedad y a que prefería permanecer en casa. Tras observarlo un momento, el hombre se mostró de acuerdo con las conclusiones de su esposa. No obstante, el comportamiento del forastero se le antojó tan absolutamente anormal, que llamó a un policía, buen amigo suyo, que trabajaba en Skagen. En tono de total confidencialidad, lo hizo partícipe tanto de sus observaciones como de las de su mujer. Igualmente, le reveló su inquietud ante la posibilidad de que el hombre fuese un fugitivo buscado por la justicia, o incluso algún perturbado huido de uno de los cada vez menos numerosos hospitales psiquiátricos del país. Pero el policía, hombre curtido por la experiencia, que había presenciado el periplo de un sinnúmero de figuras singulares hasta las costas extremas de Jutlandia, simplemente en busca de paz y tranquilidad, le rogó que se calmase. Lo único que tenían que hacer era dejarlo tranquilo. La playa que se abría entre las dunas de arena era una especie de tierra de nadie, en cambio constante, que pertenecía a aquellos que necesitaban de esa clase de entorno.

Así, la mujer del perro y el hombre del abrigo negro continuaron pasando el uno al lado del otro, como dos navíos en alta mar, durante otra semana. Sin embargo, un buen día, exactamente el 24 de octubre de 1993, se produjo un suceso que ella relacionaría más tarde con la desaparición repentina del visitante.

Era uno de esos días tan poco frecuentes en que reinaba una calma chicha y la niebla se extendía sobre la playa y el mar como un manto estático. Desde la distancia, las sirenas emitían sus alaridos como bestias invisibles abandonadas a su suerte. Todo aquel paisaje único parecía contener la respiración. De repente, mientras caminaba vio al hombre del abrigo negro y se paró en seco.

Aquella vez no estaba solo, sino que venía acompañado de otra persona, alguien de baja estatura que llevaba un impermeable de color claro y una visera. Ella estuvo observándolos. Era el recién llegado el que hablaba, como si quisiese convencer de algo al otro. De vez en cuando sacaba las manos de los bolsillos para describir en el aire unos gestos destinados a subrayar cuanto decía. La mujer no pudo oír de qué hablaban, pero había algo en las maneras del recién llegado que denotaba indignación.

Transcurridos unos minutos, empezaron a caminar por la orilla hasta confundirse con la bruma.

Al día siguiente, el hombre estaba de nuevo solo en la playa y, cinco días más tarde, había desaparecido. Hasta bien entrado el mes de noviembre, ella acudió todas las mañanas a la playa de Grenen con su perro, con la esperanza de toparse otra vez con el hombre vestido de negro. Pero éste nunca regresó y, de hecho, jamás volvió a verlo por allí.

Kurt Wallander, inspector de la brigada criminal de la policía de Ystad, llevaba de baja por enfermedad más de un año, ya que era incapaz de realizar su trabajo. A lo largo de este tiempo, una creciente sensación de impotencia se había adueñado de su vida hasta el extremo de gobernar sus actos. Una y otra vez, cuando llegaba el momento en que ya no soportaba permanecer en Ystad y, además, concurría la circunstancia de que tenía dinero suficiente, se marchaba de viaje, sin destino fijo, en la vana creencia de que, el simple hecho de encontrarse en otro lugar distinto de Escania mejoraría su ánimo y le permitiría recuperar una actitud positiva ante la vida. Así, había comprado el billete de un vuelo chárter para las islas del Caribe. Ya en el viaje de ida se había embriagado de forma considerable y no recuperó del todo la sobriedad durante los catorce días que pasó en las Barbados. Su estado general durante aquel periplo no podía describirse más que como de pánico creciente, ante la sensación deprimente de no pertenecer a ninguna parte. Así, solía mantenerse oculto bajo la sombra de las palmeras y hubo días en los que ni siquiera salió de la habitación del hotel, incapaz de combatir la timidez primitiva con que reaccionaba ante la proximidad de los demás. Tan sólo una vez se bañó durante aquellas vacaciones: el día en que, tambaleándose, fue a parar a un muelle del que no tardó en caerse al mar. En otra ocasión, ya entrada la noche, cuando por fin se atrevió a mostrarse entre la gente y salió con la intención de renovar sus provisiones de alcohol, empezó a hablar con él una prostituta. En aquel estado lastimoso en que se hallaba, intentó espantar a la joven y retenerla al mismo tiempo pero, al cabo, fueron la desesperación y el desprecio por sí mismo los que ganaron el envite, de modo que pasó tres días con sus noches en compañía de la muchacha en un tugurio apestoso, entre unas sábanas sucias que olían a moho y cucarachas que pateaban arrastrando las antenas sobre su rostro sudoroso. Después, sería incapaz de recordar el nombre de la chica, si es que llegó a saberlo. Sí tenía una vaga imagen de sí mismo tendido sobre la joven en algo parecido a una furibunda explosión de deseo.

Cuando ella lo hubo aligerado del dinero que le quedaba, aparecieron dos hermanos de la joven, ambos muchachotes robustos, y lo echaron a la calle. Regresó al hotel, donde vivió de lo que lograba guardarse del desayuno, que estaba incluido en el billete, y volvió a Sturup en un estado aún peor del que presentaba cuando partió. El médico que lo tenía sometido a controles periódicos le prohibió indignado que se entregase a impulsos viajeros de aquella clase, pues era evidente que corría el riesgo de morir de cirrosis. Pese a todo, dos meses más tarde, a primeros de diciembre, marchó nuevamente, con una suma de dinero que le había pedido prestado a su padre para, según adujo como excusa, renovar el mobiliario y sentirse así algo más animado. Durante aquel periodo, evitó en la medida de lo posible las visitas al anciano que, por si fuera poco, había contraído matrimonio recientemente con una mujer treinta años más joven que él y que había sido su asistente social. Dinero en mano, se fue derecho a la agencia de viajes Ystads Resebyrå y reservó un viaje de tres semanas a Tailandia. Se repitió allí el modelo del Caribe, con la única diferencia de que, en esta ocasión, pudo evitarse la catástrofe. En efecto, dio la casualidad de que su compañero de viaje durante el vuelo, un farmacéutico jubilado que además iba a quedarse en el mismo hotel que Wallander una vez en el lugar de destino, sintió simpatía por el inspector e intervino cuando éste empezó a beber ya en el desayuno y a mostrar un comportamiento general muy extraño. Gracias a esta responsable intervención, lo enviaron a casa con una semana de antelación. También en esta ocasión se había abandonado a su baja autoestima, cayendo en los brazos de una serie de prostitutas, cada una más joven que la anterior. Esto le procuró un invierno de pesadilla, que vivió en el pánico continuo ante la posibilidad de haber contraído la mortífera enfermedad. Hacia finales de abril, casi un año después, constataron que no se había contagiado. Sin embargo, la noticia no provocó en él reacción alguna, con lo que su médico empezó a considerar seriamente la circunstancia de que Kurt Wallander estuviese acabado como policía, como profesional en activo; era posible que hubiese acumulado más méritos de los necesarios para solicitar la jubilación anticipada.

Fue entonces cuando se marchó a Skagen por primera vez; aunque probablemente fuera más apropiado decir que huyó. En aquella época había logrado dejar la bebida, en gran medida gracias a que su hija Linda había regresado de Italia y había descubierto la miseria tanto interior como exterior en la que vivía su padre. La muchacha reaccionó, como era de esperar, vaciando todas las botellas que halló esparcidas por el apartamento y soltándole a su padre un buen responso. Durante las dos semanas en que vivieron juntos en el apartamento de la calle de Mariagatan, Wallander encontró, por fin, con quién hablar. Juntos abrieron y limpiaron las pústulas que más atormentaban su espíritu, de modo que, cuando ella se marchó, lo hizo convencida de que podía confiar en su promesa de mantenerse apartado del alcohol. Solo de nuevo y abatido por la idea de su vida inactiva en aquel apartamento vacío, vio en el periódico un anuncio de una pensión bastante económica situada en Skagen.

Hacía ya muchos años, con Linda recién nacida y con su mujer, Mona, había pasado allí unas semanas que recordaba como algunas de las más felices de su vida. Apenas si tenían dinero y vivían en una tienda de campaña con goteras, pero los embargaba la sensación de hallarse en el mejor momento de sus vidas y en el mejor lugar del mundo entero. Animado por aquellos recuerdos, llamó y reservó una habitación aquel mismo día, y llegó a la pensión a primeros de mayo. La dueña, una viuda de origen polaco, no lo importunaba de ningún modo. Le prestó una bicicleta con la que todas las mañanas se dirigía a la playa infinita de Grenen. En el portaequipajes llevaba una bolsa de plástico con el almuerzo y no solía volver a la pensión hasta entrada la noche. El resto de los huéspedes eran personas mayores, solas o en parejas. El ambiente que se respiraba bien podía compararse con el de la sala de lectura de una biblioteca. Por primera vez en más de un año, empezó a dormir bien e incluso a sentir que su alma desbordada empezaba a emerger a la superficie.

Durante aquella primera visita a la pensión de Skagen, escribió tres cartas. La primera, para su hermana Kristina, que lo había llamado con frecuencia, a lo largo del año anterior, para preguntarle cómo se encontraba. A pesar de que lo habían conmovido su constancia y su interés, casi nunca fue capaz de escribirle o de llamarla por teléfono. La situación se veía agravada por el hecho de que, según uno de los vagos recuerdos que conservaba de aquel periodo, un día que estaba muy borracho, le había enviado una postal desde el Caribe en la que se expresaba de forma bastante impenetrable. Ella nunca le hizo ningún comentario al respecto; él, por su parte, nunca le preguntó, con la esperanza de haber estado tan bebido que la dirección no hubiese sido la correcta o que hubiese olvidado poner el sello. Pero durante los días que pasó en Skagen, le escribió una carta, tumbado en la cama y apoyado en su maletín, en la que intentaba describirle la sensación de vacío, de vergüenza y de culpabilidad que lo habían perseguido desde que mató a aquel hombre el año anterior.* Aunque no cabía la menor duda de que había actuado en defensa propia; aunque ni siquiera la prensa más hostil a la policía ni la más codiciosa de noticias se hubiesen ensañado con él; aun así, era consciente de que el peso de aquella culpa se había instalado en su alma. Nunca sería capaz de deshacerse de ese sentimiento, aunque no descartaba la posibilidad de poder aprender a convivir con él.

---

* Véase *La leona blanca,* Tusquets Editores, en colección Andanzas y colección Maxi. *(N. del E.)*

«Yo me lo imagino como si una parte de mi espíritu hubiese sido sustituida por una prótesis», escribía. «Aún no me obedece. En ocasiones, en momentos aciagos, me da por pensar que nunca llegará a hacerlo. Sin embargo, por ahora no me he rendido del todo.»

La segunda carta tenía por destinatarios a sus colegas de la comisaría de Ystad. Cuando finalmente la echó al buzón rojo que había a la puerta de la estafeta de Correos de Skagen, tomó conciencia de que mucho de lo que en ella escribía no era cierto. Pese a todo, era su deber enviarla. En ella les expresaba su agradecimiento por el equipo de música que le habían comprado entre todos y que le habían regalado el verano anterior. Asimismo, les pedía disculpas por haber tardado tanto en darles las gracias. Por supuesto que, hasta aquel punto, hablaba con el corazón en la mano. Sin embargo, al final de la misiva, les comunicaba que estaba mejorando visiblemente y que confiaba en poder volver a su puesto muy pronto, lo cual era más bien la formulación de un deseo, pues la realidad indicaba todo lo contrario.

La tercera de las cartas que firmó durante este primer viaje a la pensión de Skagen, y que envió a Riga, iba dirigida a Baiba. El año anterior le había escrito un promedio de una carta cada dos meses. Y ella había contestado a todas. Él había empezado a verla como su ángel custodio personal y el temor a que ella se inquietase o incluso dejase de responder lo habían movido a ocultar los sentimientos que albergaba, o que creía albergar, hacia ella. Aquel prolongado proceso en el que su personalidad estaba deformándose a causa de la inactividad llevaba aparejada una inseguridad absoluta acerca de casi todo. En momentos de completa lucidez, que a menudo se producían mientras paseaba por la playa o cuando, sentado entre las dunas, se resguardaba del viento acerado, podía llegar a pensar que todo era un absurdo despropósito. Había conocido a Baiba durante los pocos días que pasó en Riga. Y ella amaba a su marido, el capitán de policía Karlis, que había resultado asesinado. Así pues, ¿por qué razón iba ella a abrigar ningún sentimiento de afecto por un policía sueco que no había hecho más que cumplir con las obligaciones que le imponía su profesión, si bien de un modo poco ortodoxo?* En cualquier caso, él no tenía ningún tipo de inconveniente en negar los frutos de la reflexión durante aquellos instantes de clarividencia, como si no quisiese aceptar la pérdida de algo que, en el fondo, sabía que no poseía. Baiba, el sueño de Baiba, era su última esperanza, el último reducto que se sentía en la obligación de defender, aunque no fuese más que una ilusión.

Permaneció en la pensión durante diez días. Cuando regresó a Ystad, había tomado la decisión de volver a su retiro costero en cuanto tuviese ocasión. Y así, ya a mediados de julio, ocupaba de nuevo su vieja habitación en la pensión. Al igual que en su anterior visita, tomaba prestada la bicicleta y pasaba los días junto al mar. No obstante, a diferencia de entonces, la playa estaba ahora plagada de veraneantes que le hacían sentirse como una sombra invisible deambulando entre risas, juegos y chapoteos. No parecía sino que hubiese dispuesto en Grenen, justo donde se encontraban los dos mares, un distrito de vigilancia personal, desconocido por todos. Allí se entregaba él a su solitario patrullar sobre sí mismo, al tiempo que intentaba hallar una salida a su desgracia. Tras el primer viaje a Skagen, su médico creyó percibir una ligera mejoría, aunque los indicios eran aún demasiado débiles como para considerar que se hubiese producido un cambio definitivo. Wallander le había preguntado si no podía dejar de tomar las medicinas que había estado ingiriendo durante más de un año, pues le provocaban somnolencia y pesadez. Pero el médico le desaconsejó que las abandonase y le pidió que tuviese paciencia durante un poco más de tiempo.

* Véase *Los perros de Riga*, Tusquets Editores, en colección Andanzas y colección Maxi. (N. del E.)

Por las mañanas, al despertar en la cama, se preguntaba si tendría fuerzas para levantarse un día más. Sin embargo, notaba que le resultaba más fácil cuando se encontraba en la pensión de Skagen. Los instantes de ingravidez, de auténtico alivio al verse libre del peso de los sucesos pasados, hacían que, pese a todo, adivinase fugazmente un futuro por el que luchar.

En la playa, durante los largos paseos, empezó a rastrear el origen de su sufrimiento y a buscar un medio de controlar su dolor, con la esperanza de hallar la fuerza que lo convirtiese de nuevo en el policía y el ser humano que era.

Aconteció también durante este viaje que perdió su afición por escuchar ópera. Casi siempre llevaba su pequeño reproductor cuando iba a la playa. Pero, un buen día, sintió que estaba harto. Cuando volvió a la pensión aquella noche, guardó todas las cintas de ópera en la maleta y ésta en el armario. Al día siguiente, fue en bicicleta hasta el centro de Skagen y compró algunas cintas de música pop de grupos a los que conocía de oídas. Comprobar que no añoraba lo más mínimo aquella música que lo había acompañado durante tantos años lo dejó perplejo.

«No hay ya espacio en mi interior para nada más», concluyó. «Estoy colmado. Los muros que alojan mi alma están a punto de ceder.»

A mediados de octubre volvió a visitar Skagen, con el firme propósito de aclarar sus ideas con respecto a lo que debía hacer con su vida. Su médico, que ya empezaba a detectar claras muestras de una recuperación lenta y un torpe esfuerzo por regresar de la prolongada depresión, lo animaba a frecuentar la pensión de Dinamarca, que tanto bien le estaba haciendo. Asimismo, aunque sin llegar a romper el juramento hipocrático, le dio a entender al comisario jefe Björk, a lo largo de una conversación de carácter amistoso, que tal vez cupiese abrigar esperanzas sobre el regreso profesional de Wallander.

Así, volvió a Skagen y a su peregrinar por las orillas. Esta vez de nuevo en otoño, por lo que la playa aparecía tan desierta como en su primera visita. No eran muchas las personas con las que se encontraba: principalmente ancianos, algún que otro corredor sudoroso o alguna mujer que paseaba por allí con su perro. Retornó a su angustiado patrullar, de vuelta en aquel distrito desconocido, caminando con paso cada vez más seguro, junto a la línea imperceptible en la que el mar y la playa se encontraban.

Pensó en su edad. En efecto, se hallaba en la mitad de su madurez, pues le faltaban pocos años para cumplir los cincuenta. Durante el año anterior, había perdido bastante peso y, de hecho, había empezado a ponerse ropa que no podía usar desde hacía siete u ocho años. Era consciente de que hacía mucho tiempo que no se hallaba en tan buena forma, ahora que había dejado por completo la bebida. También esto constituía una base para creer en el futuro. De no producirse ningún imprevisto, le quedaban al menos otros veinte años de vida. En el fondo, lo que más lo angustiaba era la duda de si sería capaz de volver a su puesto en la policía, o si debía intentar dedicarse a algo totalmente distinto, pues no quería ni plantearse la posibilidad de jubilarse por enfermedad. En efecto, aquello entrañaba un tipo de existencia que no creía poder soportar. Así, pasaba los días en la playa, a menudo envuelto en el curso de la bruma que, tan sólo en un par de ocasiones, vino a ser sustituida por la claridad de los días, los destellos del mar y las gaviotas suspendidas en las alturas. Cierto que, en ocasiones, se sentía como un muñeco mecánico que hubiese perdido la llave y al que nada ni nadie podía dar cuerda ni poner a funcionar con renovada energía. Consideró las alternativas que se le presentaban si se decidía por abandonar el cuerpo de Policía. Con un poco de suerte, podría conseguir un puesto de vigilante o tal vez de jefe de seguridad en alguna parte. Le costaba comprender qué aplicación, que no fuese buscar delincuentes, podrían tener los conocimientos de un policía. A menos que decidiese cambiar de actividad de forma radical, y dedicarse a otra bien distinta de la carrera policial, no eran muchas las posibilidades. Pero ¿quién querría contratar a un antiguo policía, casi cincuentón, que no sabía hacer otra cosa que interpretar los posibles escenarios, más o menos claros, de un crimen?

Cuando se sintió hambriento, dejó la playa y fue a buscar el abrigo de las dunas. Sacó el paquete con los bocadillos y el termo y se sentó sobre la bolsa de plástico a fin de evitar el contacto directo con la fría arena. Mientras comía, intentaba pensar en algo totalmente distinto de su futuro, aunque rara vez lo lograba. Tras la lucha por pensar con sensatez, se hacían presentes una serie de sueños imposibles que aguardaban al acecho de la menor posibilidad de hacerse oír.

Al igual que otros policías, se entregaba en ocasiones a contemplar la idea de dedicarse a todo lo contrario, es decir, a la delincuencia. A menudo lo sorprendía comprobar que aquellos policías que habían optado por el camino del crimen no solían hacer uso de sus conocimientos sobre búsqueda e investigación más elementales, con el objeto de evitar que los acabasen capturando. Así, jugueteaba mentalmente con diversas variantes de delitos que lo convertirían, de la noche a la mañana, en un hombre rico e independiente. Sin embargo, no tardaba en rechazar dichos sueños, pues lo que menos deseaba en el mundo era acabar como su colega Hanson que, con lo que a él se le antojaba pura obcecación, se pasaba la vida apostando dinero por caballos que casi nunca ganaban. Él nunca podría aceptar aquella forma de despilfarro.

Reanudó, pues, su vagabundear por la playa, con la impresión de que el curso de su meditar describía un triángulo, cuyo último ángulo estaba constituido por la cuestión de si, a fin de cuentas, no tendría más remedio que volver a su trabajo de policía. Y volver significaba oponer resistencia a los recuerdos del año anterior y confiar en que aprendería a reconciliarse con ellos algún día. La única alternativa realista que se le presentaba era la de seguir como antes, ya que había sido precisamente aquella actividad, la de procurar que la gente viviese con el mayor grado de seguridad posible, la de retirar de las calles a los peores delincuentes, la que había dado mayor sentido a su vida. Abandonarla implicaría no sólo perder un trabajo en el que se sabía experto y tal vez mejor que muchos de sus colegas, sino además, poner tierra de por medio con respecto a una certeza sepultada en lo más hondo de su fuero interno, aquella sensación de formar parte de algo grande, algo que otorgaba cierto sentido a su existencia.

Al fin, tras otra semana en Skagen y ya a las puertas del invierno, comprendió que no sería capaz; que sus días como policía habían llegado a su fin; que las heridas provocadas por los sucesos del año anterior le habían afectado irremediablemente.

Una tarde en que la niebla se posaba densa sobre Grenen, tomó conciencia de que había articulado y agotado todos los argumentos, a favor y en contra. Y tomó una decisión: hablaría con su médico y con Björk. No volvería a su puesto.

Dicha determinación alivió, si bien levemente, su conciencia; de eso estaba seguro pues, de este modo, quedaba vengada la muerte del hombre con cuya vida él había acabado en aquel campo de tiro, entre las ovejas confundidas con la niebla, hacía ya un año.

Aquella noche fue en bicicleta hasta Skagen y se emborrachó en un pequeño restaurante lleno de humo, con pocos clientes y una música estridente. Tenía la certeza de que no seguiría bebiendo al día siguiente, que lo hacía para afirmar y confirmar el desolador descubrimiento que acababa de hacer: que su vida como policía pertenecía ya al pasado. Por la noche, cuando regresaba a la pensión dando tumbos sobre la bicicleta, se le fue el manillar, de modo que cayó y se hirió la mejilla. La dueña de la pensión, que había estado preocupada por su tardanza, lo esperaba despierta. Pese a sus débiles protestas, ella le limpió la herida y le prometió que le lavaría la ropa, antes de ayudarle a subir a su habitación y abrir la puerta.

—Esta tarde vino un hombre que preguntó por usted —le dijo al tiempo que le tendía la llave.

Wallander la miró inquisitivo:

—Nadie pregunta nunca por mí —sentenció—. Además, nadie sabe que estoy aquí.

—Pues este señor lo hizo —repuso ella—. Y tenía mucho interés en verlo.

—¿Le dijo su nombre?

—No, pero era sueco.

Wallander meneó la cabeza rechazando la idea. Estaba seguro de no querer ver a nadie, tanto como de que nadie quería verlo a él.

Al día siguiente, cuando, lleno de remordimientos, se dirigía de nuevo a la playa, no guardaba el menor recuerdo del recado que la dueña le había dado la noche anterior. La bruma era compacta y él se sentía agotado. Se preguntó entonces, por primera vez, qué estaba haciendo en aquella playa, en realidad. Tras haber recorrido escasos kilómetros, empezó a dudar de sus fuerzas para seguir adelante, hasta el punto de que decidió sentarse sobre el casco de un gran bote de remos que aparecía medio enterrado en la arena.

Y fue en ese momento cuando descubrió que un hombre se abría paso hacia él entre la niebla.

Como si llegase una visita inesperada a aquel despacho suyo de la playa.

Al principio, el hombre no era más que un extraño sin contorno, que vestía chubasquero y avanzaba tocado con una gorra de visera que parecía venirle pequeña. Pero después le sobrevino la sensación de que reconocía al individuo. Cuando se puso en pie y el hombre había ganado el bote, pudo ver de quién se trataba. Lleno de asombro, Wallander le tendió la mano. «¿Cómo habría sabido de su paradero?», se preguntaba al tiempo que hacía un esfuerzo por recordar cuándo fue la última vez que había visto a Sten Torstensson. Concluyó que tuvo que ser en relación con alguna detención, durante la funesta primavera del año anterior.

—Estuve preguntando por ti ayer, en la pensión —comenzó Sten Torstensson—. Como es natural, no tengo ninguna intención de molestarte. Pero necesito hablar contigo.

«Hubo un tiempo en que yo era policía y él abogado», rememoró Wallander. «Y nada más. Ambos trabajábamos con la delincuencia, cada uno desde un frente y, de vez en cuando, aunque en contadas ocasiones, discutimos acerca de la solidez de los argumentos aducidos para efectuar una detención. Sin embargo, sí que llegamos a tener una relación más estrecha durante aquella época difícil en la que me representó como abogado en el proceso de separación de Mona. Un buen día, nos dimos cuenta de que se había producido un cambio cualitativo en la relación, que empezaba a poder calificarse de amistad. Y es éste un sentimiento que surge, con más frecuencia de lo que creemos, en encuentros de los que no se espera que ocurra nada extraordinario. Sin embargo, la vida me ha enseñado que la amistad es, en verdad, algo extraordinario. Un fin de semana, después de que Mona me hubiese abandonado, me invitó a salir en su velero. Soplaba un viento endemoniado y, desde aquel día, aborrecí la vela. Después, empezamos a vernos, no muy a menudo, sólo de vez en cuando. Y ahora viene a verme para hablar conmigo.»

—Sí, me dijeron que alguien había venido a preguntar por mí. ¿Cómo coño has dado conmigo en este lugar? —dijo Wallander, notando que no lograba ocultar su desagrado ante la idea de que lo hubiesen descubierto en su fortaleza de mar y dunas.

—Ya me conoces —repuso Sten Torstensson—. Sabes que no me gusta molestar. Según mi secretaria, me da miedo hasta molestarme a mí mismo... ¡A saber lo que quiere decir con eso! El caso es que llamé a Estocolmo y hablé con tu hermana. O, mejor dicho, me puse en contacto con tu padre y él me dio su número. Ella conocía el nombre de la pensión y dónde estaba, así que me puse en camino. He pasado la noche en el hotel que hay junto al museo Konstmuseet.

Habían empezado a caminar por la playa, de espaldas al viento. Wallander vio que la mujer que solía pasear al perro por allí se había detenido y pensó que, sin duda, aquella visita habría despertado su curiosidad. Caminaban en silencio. Wallander aguardaba, tomando conciencia de lo insólito que le resultaba ir acompañado.

—Necesito que me ayudes —confesó Sten Torstensson—. Como amigo y como policía.

—Si puedo, cosa que dudo, te ayudaré como amigo —aseguró Wallander—. Pero como policía, imposible.

—Ya sé que sigues de baja —admitió Sten Torstensson.

—No es sólo eso —precisó Wallander—. Vas a ser el primero en saber que he decidido abandonar la profesión.

Sten Torstensson se paró en seco.

—Así están las cosas —atajó Wallander—. Pero, cuéntame, ¿qué es lo que te ha traído hasta aquí?

—Mi padre ha muerto.

Wallander había llegado a conocer a aquel hombre. Sabía que también era abogado, aunque sólo habían recurrido a él como defensor en casos excepcionales. Por lo que Wallander recordaba, se había dedicado de forma casi exclusiva a la asesoría fiscal. Pensó en la edad que podía tener, unos setenta años. A esa edad, casi todo el mundo había muerto ya.

—Murió hace unas semanas, en un accidente de tráfico, al sur de las laderas de Brösarp.

—Vaya, lo siento —respondió Wallander—. ¿Qué ocurrió?

—Pues ésa es la cuestión —indicó Torstensson—. Y la razón por la que he venido.

Wallander lo miró sin comprender.

—Hace bastante frío. En el museo hay una cafetería. Y tengo el coche aquí mismo —comentó el abogado a modo de sugerencia.

Wallander asintió. Con la bicicleta asomando por la puerta del maletero, atravesaron las dunas y abandonaron la playa. En la cafetería del museo no había mucha gente a aquellas horas de la mañana. La joven que había al otro lado de la barra tarareaba una melodía que Wallander reconoció, ante su sorpresa, de una de las casetes que había comprado el día anterior.

—Fue por la noche —prosiguió Sten Torstensson, retomando el asunto—. El 11 de octubre, para ser exactos. Mi padre había estado de visita en casa de uno de nuestros principales clientes. Según la policía, iba a gran velocidad y perdió el control del vehículo. Éste volcó y mi padre perdió la vida.

—Sí, así de rápido —convino Wallander—. Un segundo de despiste puede tener consecuencias nefastas.

—Además, aquella noche había niebla —añadió Torstensson—. Pero mi padre nunca conducía a gran velocidad. ¿Por qué habría de hacerlo justo en una noche de niebla? Tenía auténtico pánico a atropellar alguna liebre.

Wallander lo miró meditabundo.

—Me da la impresión de que sospechas algo —afirmó.

—Martinson se encargó de la investigación —prosiguió Torstensson.

—Martinson es bueno —aseguró Wallander—. Si él afirma que algo ha sucedido de un modo determinado, no hay razón para ponerlo en duda.

Sten Torstensson le dirigió una mirada grave.

—No estoy poniendo en entredicho la profesionalidad de Martinson como policía –aseguró–. Como tampoco dudo de que hallasen a mi padre muerto en el coche, ni que éste estuviese volcado y lleno de abolladuras en medio de una plantación. Pero hay un sinnúmero de detalles que no encajan. Tiene que haber ocurrido algo más.

–¿Como qué?

–No sé. Otra cosa.

–Pero ¿qué se te ocurre?

–No lo sé.

Wallander se levantó y fue por otro café.

«¿Por qué no le digo lo que pienso?», se preguntó. «¿Por qué no admitir que Martinson es imaginativo y muy enérgico, pero que también puede ser bastante negligente?»

–He leído el informe de la policía –prosiguió Sten Torstensson una vez que Wallander hubo tomado asiento de nuevo–. Lo he estado leyendo en el lugar mismo donde murió mi padre. También he leído el informe de la autopsia y he estado hablando con Martinson. Después de meditarlo con detenimiento y de volver a consultar con él, he decidido venir a verte.

–¿Y qué crees que puedo hacer yo? –quiso saber Wallander–. Como abogado, eres consciente de que en toda investigación quedan lagunas que nunca logramos aclarar. Tu padre iba solo en el coche cuando se produjo el accidente. Si te he entendido bien, no hubo testigos. De modo que el único que podría proporcionar una versión completa de los hechos es tu propio padre.

–Yo sé que sucedió algo –insistió el abogado–. Hay algo que no cuadra. Y quiero saber qué es.

–Me temo que no puedo ayudarte –repitió Wallander–. Aunque quisiese.

Sin embargo, era como si Sten Torstensson no lo hubiese escuchado.

–Por ejemplo, las llaves –continuó–. No estaban en el contacto, sino en el suelo.

—Puede que el impacto las haya expulsado —objetó Wallander—. Cuando un coche se estrella, puede ocurrir cualquier cosa.

—Ya, pero el contacto estaba impecable —argumentó el abogado—. Y ninguna de las llaves se veía doblada o siquiera dañada.

—Bueno, siempre puede haber una explicación para eso.

—Podría darte más ejemplos —prosiguió Torstensson—. Estoy seguro de que ocurrió alguna cosa. Algo que no fue un accidente de tráfico.

Wallander reflexionó un instante, antes de contestar.

—¿Crees que se suicidó?

—La verdad, he considerado esa posibilidad. Pero, conociendo a mi padre, he terminado por desecharla de forma radical.

—La mayoría de los suicidios se consideran inexplicables —opuso Wallander—. Pero tú sabrás lo que quieres creer.

—Hay otra razón por la que me resulta inadmisible la explicación del accidente —confesó Torstensson.

Wallander lo observó con interés.

—Mi padre era una persona alegre y extravertida —aseguró el abogado—. De no haberlo conocido tan a fondo, es muy probable que no hubiese notado el cambio de estado de ánimo, pequeño, apenas perceptible, pero indiscutible, que sufrió durante los últimos seis meses.

¿Podrías precisar esa observación un poco más?

Sten Torstensson negó con la cabeza.

—A decir verdad, no sabría cómo. No era más que una impresión mía, la sensación de que había algo que lo inquietaba y lo indignaba. Algo que él procuraba que yo no notase.

—¿Llegaste a hablar de ello con él?

—Nunca.

Wallander apartó la taza vacía.

—Por más que lo desee, no puedo ayudarte —confesó—. Puedo escucharte como amigo pero, simplemente, he dejado de ser policía. Ni siquiera me halaga que te hayas tomado la molestia de venir hasta aquí para hablar conmigo. Tan sólo siento abatimiento, cansancio y pesadumbre.

Sten Torstensson abrió la boca en un intento de replicar, pero enseguida cambió de opinión.

Se levantaron y abandonaron la cafetería.

—Por supuesto. Eso es algo que debo respetar —admitió al fin, ante la puerta del museo.

Llegados al coche, Wallander sacó su bicicleta del maletero.

—Nunca aprenderemos a hacer frente a la muerte —sentenció Wallander en un torpe intento de manifestar comprensión.

—Tampoco es eso lo que persigo —advirtió Sten Torstensson—. Lo único que me interesa es averiguar lo que sucedió. No fue un accidente de tráfico corriente.

—Habla de nuevo con Martinson —recomendó Wallander—. Pero será mejor que no le digas que fui yo quien te lo sugirió.

Se despidieron y Wallander permaneció allí un instante, mientras el coche se perdía entre las dunas.

De repente, sintió crecer el apremio en su interior. No podía demorarlo más. Aquella misma tarde, llamó a su médico y al comisario jefe Björk y les comunicó su decisión de abandonar el cuerpo de Policía.

Hecho esto, permaneció cinco días más en Skagen, sin que se atenuase la sensación de tener alojado en su interior un campo de batalla asolado por el fuego. Pese a todo, se sentía aliviado por haber sido capaz de tomar una decisión.

El domingo 31 de octubre regresó a Ystad para firmar el documento que certificaría formalmente el fin de sus días como inspector de policía.

El lunes 1 de noviembre, por la mañana, cuando sonó el despertador minutos después de las seis, él se hallaba tendido en su cama, con los ojos abiertos de par en par. Salvo unos cuantos intervalos de inquieto dormitar, había estado despierto toda la noche. Se había levantado en varias ocasiones y, mientras contemplaba la calle de Mariagatan a través de su ventana, se había dicho a sí mismo que había tomado una decisión equivocada; que tal vez se le hubiesen agotado las alternativas evidentes que había que adoptar en la vida. Sin hallar ninguna respuesta satisfactoria a su duda, optó por sentarse resignado en el sofá a escuchar la música apenas perceptible de una emisión de radio nocturna. Finalmente, justo antes de que sonase el despertador, aceptó que no le quedaba otra opción. Era del todo consciente de que obraba movido por la resignación. Pero se consoló pensando que, antes o después, todo el mundo acababa resignándose. «Al final, todos nos vemos sometidos por fuerzas invisibles. Nadie se escapa.»

Cuando sonó el despertador, se levantó y fue a la entrada a recoger el periódico *Ystads Allehanda*, puso una cafetera y se dio una ducha. Le resultaba insólito volver a la antigua rutina, aunque fuese por un día. Mientras se secaba, intentó rememorar su último día de trabajo, hacía ya casi año y medio. Era verano, había estado recogiendo papeles en su despacho antes de bajar al café del puerto y escribirle a Baiba aquella carta de contenido más que confuso. Le costaba precisar si lo sentía como un día remoto o muy próximo.

Se sentó ante la mesa de la cocina y empezó a remover el café.

Aquel día había sido el más reciente en su puesto.

En cambio, aquella mañana era la última.

Había trabajado como policía durante casi veinticinco años. No importaba lo que ocurriese con su vida a partir de ese instante: aquellos veinticinco años constituirían siempre el órgano fundamental de su existencia. Nada podía modificar ese hecho. A nadie le estaba permitido solicitar una declaración de invalidez de la vida pasada para tener la oportunidad de lanzar los dados de nuevo. No había vuelta atrás. La cuestión era si había un camino hacia delante.

Intentó dilucidar cuál era la sensación que, en realidad, experimentaba aquella mañana de otoño, pero todo estaba envuelto en un manto de vacío, como si las brumas otoñales hubiesen penetrado hasta lo más hondo de su conciencia.

Lanzó un suspiro y echó mano del periódico, que empezó a hojear con gesto ausente, los ojos vagando por las páginas como si hubiese visto las mismas fotografías y leído los mismos artículos muchas veces con anterioridad.

A punto estaba de dejar a un lado el diario cuando entrevió una necrológica que reclamó su atención.

No comprendió del todo, en un principio, lo que estaba viendo. Después, se le hizo un nudo en el estómago:

«Sten Torstensson, abogado, nacido el 3 de marzo de 1947, falleció el 26 de octubre de 1993».

Wallander contempló impotente la nota necrológica.

¿No era el padre, Gustaf Torstensson, el que había fallecido? No hacía ni una semana que él mismo había estado hablando con Sten en la playa de Grenen.

Intentó aclarar las ideas. Tenía que tratarse de otra persona. O de una confusión de nombres. Leyó el anuncio una vez más. Y admitió al fin que no cabía la menor duda, no había ningún error. Sten Torstensson, el hombre que lo había visitado en Skagen hacía cinco días, estaba muerto.

Permaneció allí sentado, absolutamente inerte.

Después se levantó, buscó hasta encontrar su agenda y marcó el número. Sabía que la persona a la que llamaba solía madrugar.

—¿Martinson? —Wallander venció la tentación de colgar—. Soy Kurt. Espero no haberte despertado.

Un largo silencio precedió a la respuesta de Martinson.

—¡Kurt! ¿Eres tú? No me lo esperaba.

—Ya me lo imagino. Pero quería hacerte una pregunta.

—No puede ser cierto que vayas a retirarte —dijo Martinson.

—Pues sí, así es. Pero no te llamaba para discutir ese tema. Quiero saber qué le ha ocurrido a Sten Torstensson, el abogado.

—¿Es que no lo sabes? —se extrañó Martinson.

—Llegué a Ystad ayer, así que no sé nada —explicó Wallander.

Martinson tardó en responder.

—Fue asesinado —declaró al fin.

Wallander no se sorprendió ya que, en el preciso momento en que leyó la necrológica, comprendió que la muerte no se había producido por causas naturales.

—Le dispararon en su despacho, el martes por la noche —prosiguió Martinson—. Es del todo inexplicable, además de una tragedia. No sé si sabes que su padre murió en un accidente de tráfico hace unas semanas.

—No —mintió Wallander.

—Vuelve a tu puesto —rogó Martinson—. Te necesitamos para aclarar este caso, entre otras cosas...

—No —replicó Wallander—. He tomado una decisión. Ya te lo explicaré cuando nos veamos. Ystad es una ciudad pequeña. Ya nos encontraremos por la calle, antes o después.

Dicho esto, concluyó la conversación.

Y en ese preciso momento, tomó conciencia de que lo que acababa de decirle a Martinson había dejado de ser verdad. Todo había cambiado, en tan sólo unos minutos.

Permaneció así, inmóvil junto al teléfono de la entrada, durante más de cinco minutos. Transcurrido este tiempo, se tomó el café, se vistió y bajó hasta el coche. Poco después de las siete y media cruzaba de nuevo, por primera vez en un año y medio, las puertas de la comisaría. Le hizo una seña a modo de saludo al policía de la recepción, se fue derecho al despacho de Björk y llamó a la puerta. El comisario jefe lo recibió de pie. Wallander comprobó que había perdido peso y notó que no sabía cómo manejar la situación.

«Se lo pondré fácil», resolvió Wallander. «Aunque, de entrada, le costará comprenderlo tanto como a mí mismo.»

—Puedes imaginarte lo contentos que estamos de que te encuentres mejor —comenzó Björk, tanteando el terreno—. Por supuesto que habríamos preferido que hubieses vuelto a tu puesto, en lugar de abandonarnos. Aquí te necesitamos. —Abrió los brazos con un gesto de abatimiento, señalando el escritorio atestado de papeles—. Hoy tengo que adoptar sendas posturas con respecto a dos asuntos tan distintos como la propuesta del nuevo uniforme de la policía y otro de esos inescrutables borradores para las modificaciones del actual sistema de gobiernos civiles, con sus agentes y sus jefes. ¿Estás al corriente de ello?

Wallander negó con un gesto.

—Y yo me pregunto adónde iremos a parar —prosiguió Björk—. Si al final triunfa la propuesta del nuevo uniforme, los agentes de policía tendrán en adelante un aspecto indefinible, entre carpinteros y conductores de tren, creo yo.

En este punto, lanzó una mirada cómplice a Wallander, que seguía sin pronunciar palabra.

—En los años sesenta, la policía pasó a ser estatal —le recordó Björk—. Y ahora quieren cambiarlo todo de nuevo. Ahora, el Parlamento pretende eliminar los gobiernos civiles y sustituirlos por lo que ellos llaman una policía regional. Pero la policía siempre ha sido regional, ¿no? ¿Qué otra cosa podría ser la policía? La legislación regional perdió su vigencia durante la Edad Media. ¿Cómo quieren que llevemos a cabo el trabajo diario, si nos ahogan en un río de intrincados borradores de memorias? Por si fuera poco, tengo que preparar una ponencia para una conferencia, absurda por demás, sobre algo que han dado en llamar «técnicas de rechazo». O sea, dicho en cristiano, sobre cómo actuar a la hora de acomodar en autobuses y transbordadores a aquellos a quienes se ha negado el permiso de residencia, a fin de evitar el alboroto provocado por la resistencia que puedan oponer.

—Ya veo que no es poco lo que tienes que resolver —contestó Wallander, al tiempo que pensaba que aquél era, sin duda, el

Björk de siempre: en lugar de tener bajo control su papel de jefe, era más bien el papel el que lo tenía sojuzgado a él.

—Claro, pero tú no pareces comprender que necesitamos a todos los agentes eficaces que existan —resumió Björk mientras se dejaba caer sobre la silla—. Aquí están todos los documentos —prosiguió—. A falta de tu firma. Es lo único que precisamos para que te conviertas en un ex policía. Aunque me cueste, sé que he de aceptar tu determinación. Por cierto, espero que no te moleste que haya convocado una conferencia de prensa a las nueve. Después de todo, durante los últimos años, te has convertido en un policía famoso, Kurt. Cierto que te has comportado de forma algo extraña de vez en cuando, pero también lo es que nuestro buen nombre le debe mucho a tu labor como inspector. Incluso dicen que hay estudiantes de la Escuela Superior de Policía que afirman que tú has inspirado su vocación.

—Eso no me lo creo —aseguró Wallander—. Y ya puedes estar cancelando la conferencia de prensa.

Wallander notó que Björk empezaba a irritarse.

—¡Imposible! —exclamó—. Eso es lo menos que puedes hacer por tus colegas. Además, hasta saldrá un artículo sobre ti en *Svensk Polis,* la revista de la policía.

Wallander se aproximó al escritorio.

—No pienso irme —declaró—. He venido para empezar a trabajar de nuevo.

Björk lo miraba perplejo.

—No habrá conferencia de prensa —continuó Wallander—. Vuelvo a estar de servicio hoy mismo. Me pondré en contacto con el médico para que me dé el alta. Me encuentro perfectamente y quiero volver al trabajo.

—Espero que esto no sea una broma de mal gusto —dijo Björk.

—No lo es —aseguró Wallander—. Ha sucedido algo que me ha hecho cambiar de opinión.

—Pues ha sido muy repentino.

—Así es, para mí también —admitió Wallander—. Hace exactamente una hora escasa que mudé de parecer. Pero ha de ser con una condición. O, más bien, un deseo.

Björk asintió expectante.

—Quiero que se me asigne el caso de Sten Torstensson. ¿Quién es el responsable de la investigación en este momento?

—Todos están involucrados en ese caso —contestó Björk—. Svedberg, Martinson y yo mismo constituimos la cabeza de grupo. El fiscal responsable es Per Åkeson.

—Sten Torstensson era amigo mío —aclaró Wallander.

Björk asintió comprensivo antes de ponerse en pie de nuevo.

—¿Entonces, es cierto? ¿Has cambiado de opinión?

—Ya lo has oído.

Björk rodeó el escritorio y se colocó delante de Wallander.

—Pues hace mucho tiempo que no recibo una noticia tan buena —afirmó—. Tus colegas se van a llevar una sorpresa.

—¿Quién ocupa mi antiguo despacho?

—Hanson.

—Pues me gustaría recuperarlo, si es posible, claro.

—Por supuesto que sí. Además, Hanson estará fuera toda la semana; va a un curso de formación continua. Así que puedes instalarte de inmediato.

Recorrieron el pasillo hasta que alcanzaron la puerta del que había sido el despacho de Wallander.

La placa con su nombre había desaparecido, y esto lo llenó de indignación por un instante.

—Necesito estar a solas durante una hora —pidió Wallander.

—Bien. Hemos quedado a las ocho y media para poner en marcha la investigación del caso de Torstensson —le comunicó Björk—. En la sala pequeña. ¿Estás seguro de que va en serio?

—¿Por qué no habría de estarlo?

Björk dudó un segundo, antes de continuar.

—Pues, la verdad, ha habido ocasiones en que has dado muestras de un comportamiento poco sensato, imprevisible... Eso es algo indiscutible.

—Ya, bueno. No olvides cancelar la conferencia de prensa —atajó Wallander.

Björk le tendió la mano.

—Bienvenido.

—Gracias.

Wallander cerró la puerta tras de sí y descolgó el teléfono. Echó una ojeada a su alrededor. El escritorio era nuevo. Hanson se lo habría traído de su despacho. Pero la silla era la suya.

Se quitó la chaqueta y la colgó antes de tomar asiento.

«El mismo olor», se dijo. «El mismo detergente para suelos, el mismo aire reseco, el mismo débil aroma a toda esa cantidad ingente de café que consumimos en esta casa.»

Así permaneció, sentado, a lo largo de un buen rato.

Durante más de un año había estado padeciendo un tormento indecible, en busca de la verdad sobre sí mismo y su futuro. La decisión maduró de forma paulatina y se había sobrepuesto a la falta de determinación. Después, con sólo abrir un periódico, todo había cambiado de nuevo.

Por primera vez en mucho tiempo, sintió que un estremecimiento de satisfacción recorría todo su cuerpo.

Había tomado una decisión. Aún no sabía decir si era correcta o no. En cualquier caso, eso había dejado de ser importante.

Se inclinó sobre la mesa, echó mano de su bloc escolar y escribió tan sólo dos palabras:

«Sten Torstensson».

Wallander había vuelto a su puesto.

3

A las ocho y media, cuando Björk cerró la puerta de la sala de reuniones, Wallander sintió que, en realidad, nunca había estado ausente de su trabajo, como si el año y medio que había transcurrido desde la última vez que participó en una reunión de trabajo hubiese desaparecido de un plumazo. Parecía que acabase de despertar de un largo sueño, durante el cual el tiempo hubiese dejado de existir.

Así pues, allí estaban todos, como solían hacer, en torno a la mesa ovalada. Puesto que Björk no les había revelado nada aún, Wallander supuso que sus colegas esperaban oír un pequeño discurso de despedida y agradecimiento por los años de colaboración. Después, Wallander se retiraría y ellos volverían a hundirse en sus anotaciones y a continuar planificando la búsqueda del asesino de Sten Torstensson.

Wallander se dio cuenta de que se había sentado en su lugar habitual, a la izquierda de Björk. La silla que había a su lado estaba vacía, como si ninguno de sus compañeros quisiera sentarse demasiado cerca de alguien que, en realidad, ya no pertenecía al grupo. Sentado frente a él estaba Martinson, que se sonaba la nariz con estrepitoso trompeteo. Wallander se preguntaba si recordaba haber visto alguna vez a Martinson recuperado de su eterno resfriado. Y junto a Martinson, Svedberg se balanceaba en la silla mientras se rascaba la calva con un lápiz.

«Es decir, que todo seguiría igual, de no ser por la mujer de los vaqueros y camisa azul que está sentada, algo apartada, al otro extremo de la mesa», constató Wallander. No la había visto nunca, hasta aquel momento, pero sabía quién era o, al menos, cómo se llamaba. Hacía ya casi dos años que se había comentado por primera vez que las fuerzas de la policía de Ystad se verían incrementadas con un nuevo agente de la brigada criminal. Fue entonces cuando oyó el nombre de Ann-Britt Höglund, una joven agente que había obtenido su título de la Escuela Superior de Policía hacía apenas tres años, y que había logrado destacarse en tan corto espacio de tiempo. En el examen final, había obtenido una mención especial por los resultados conseguidos durante sus estudios y como alumna modelo para todos los estudiantes. Era originaria de Svarte, pero había crecido en Estocolmo. Los distintos distritos policiales estuvieron disputándosela, hasta que ella hizo saber que deseaba regresar a su región de origen con un puesto en la comisaría de Ystad.

Wallander captó su mirada y ella respondió con una sonrisa fugaz.

«Es decir, que las cosas han cambiado», se corrigió enseguida. «Con una mujer entre nosotros, las cosas nunca serán como eran.»

Ya no avanzó más en su reflexión. Björk se había levantado y Wallander tomó conciencia de que empezaba a sentirse algo nervioso. ¿No habría llegado demasiado tarde? ¿No lo habrían despedido ya, sin que él lo supiese?

—En condiciones normales, las mañanas de los lunes suelen ser bastante duras —comenzó Björk—. En especial cuando debemos empezar por enfrentarnos al más que extraño y desagradable asesinato de uno de nuestros colaboradores, como lo era el abogado Torstensson. Sin embargo, hoy tengo la oportunidad de comenzar la reunión con una buena noticia. Kurt ha solicitado el alta médica, se considera recuperado y empezará a trabajar de nuevo hoy mismo. Yo he sido el primero en darte la bienvenida, sí. Pero estoy convencido de que todos tus colegas piensan como yo. Incluso Ann-Britt, a la que aún no conoces.

Un denso silencio se adueñó de la sala. Martinson fijaba en Björk una mirada incrédula, mientras que Svedberg observaba a Wallander con gesto interrogante. Ann-Britt Höglund parecía simplemente no haber entendido una palabra de lo dicho por Björk.

Wallander comprendió que no le quedaba otro remedio que intervenir.

—Así es —confirmó—. Hoy me incorporo nuevamente a mi puesto.

Svedberg dejó de balancearse en la silla y dio unas sonoras palmadas sobre la mesa.

—¡Eso es estupendo, Kurt! ¡Vaya, que me aspen si hubiéramos podido arreglárnoslas ni un solo día más sin ti!

El comentario espontáneo de Svedberg provocó la carcajada unánime. Uno a uno, fueron todos a estrechar la mano de Wallander; Björk intentó hacerse con unos bollos de merengue para el café mientras Wallander, por su parte, a duras penas podía ocultar que se sentía conmovido.

Concluyeron aquel capítulo transcurridos unos minutos: no había tiempo para expansiones de tipo personal, de lo cual Wallander se sintió no poco satisfecho. Abrió el bloc escolar que había tomado de su despacho y en el que no había escrito más que un nombre, el de Sten Torstensson.

—Kurt me ha pedido que le permita entrar de lleno en la investigación del asesinato —aclaró Björk—. Y por supuesto que así será. Supongo que lo mejor es que le ofrezcamos una síntesis de la situación. Luego le daremos tiempo para que se ponga al corriente de los detalles.

Hizo un gesto de asentimiento a Martinson, que parecía haber adoptado el papel de portavoz que antes desempeñaba Wallander.

—Bien. Lo cierto es que aún me encuentro algo desorientado —admitió Martinson al tiempo que rebuscaba entre sus anotaciones–. Pero esto es, más o menos, lo que sabemos. La mañana del miércoles 27 de octubre, es decir, hace cinco días, la señora Berta Dunér, secretaria del bufete de abogados, llegó a su trabajo como de costumbre, pocos minutos antes de las ocho. Apenas entró, halló a Sten Torstensson en su despacho, tendido en el suelo, entre el escritorio y la mesa, muerto a tiros. Había sido alcanzado por tres proyectiles, cada uno de los cuales habría resultado mortal sin que se hubiesen producido los otros dos. Dado que en aquel edificio no vive nadie y que se trata de una antigua construcción en piedra de recios muros y, por si fuera poco, situada junto a una carretera de paso, no hemos hallado a nadie que oyese los disparos. O, al menos, nadie se ha puesto en contacto con nosotros por este motivo. Los resultados preliminares de la autopsia indican que le dispararon hacia las once de la noche, lo que encaja con la declaración de la señora Dunér, según la cual él solía quedarse a trabajar hasta muy tarde, y más aún tras la trágica desaparición de su padre.

En este punto de la exposición, se detuvo y miró inquisitivo a Wallander.

–Sí, ya sé que murió en un accidente de tráfico –confirmó Wallander.

Martinson asintió antes de proseguir.

–Éstos son, de forma sucinta, los datos de que disponemos hasta el momento. Es decir, que tenemos bien poco. Ni el móvil ni el arma del crimen ni testigos.

Wallander sopesó rápidamente la posibilidad de hablarles acerca de la visita de Sten Torstensson a Skagen. Habían sido demasiadas las ocasiones en que había cometido el pecado mortal, como policía, de reservarse información que debería haber transmitido a sus colegas. Cierto que, en cada una de dichas ocasiones, había considerado contar con un motivo que justificase su silencio, si bien era consciente de que las explicaciones que ofrecía a posteriori no solían sostenerse.

48

«Estoy cometiendo un error», sentenció para sí. «Voy a empezar el segundo tramo de mi vida como policía negando cuantas experiencias he adquirido en el primero.»

No obstante, algo le decía que, justo en aquella ocasión, era importante guardar silencio.

En efecto, sentía un profundo respeto por su propio instinto, que podía ser su mensajero interior más fidedigno, aunque también su peor enemigo.

En cualquier caso, esta vez tenía la certeza de que hacía lo correcto.

Guardó, pues, silencio, y se aferró a algo que Martinson había dicho. ¿O sería tal vez algo que había omitido?

Se vio interrumpido en su reflexión cuando Björk dejó caer las manos sobre la mesa, gesto que solía indicar que el comisario jefe empezaba a sentirse irritado o impaciente.

—He pedido que trajeran unos dulces de merengue pero, como es natural, no los van a traer. Por lo tanto, propongo que lo dejemos en este punto y que os dediquéis a poner a Kurt al corriente de los detalles del caso. Nos veremos de nuevo esta tarde. Cabe la posibilidad de que, para entonces, hayan llegado los bollos.

Una vez que Björk hubo abandonado la habitación, todos se desplazaron hacia el extremo de la mesa que acababa de quedar vacío. Wallander sintió que tenía que decir unas palabras, que no tenía derecho a dejarse caer sin más en el grupo como si nada hubiese ocurrido.

—Intentaré empezar por el principio —comenzó—. Ha sido un periodo muy duro, durante el que no he cesado de cuestionarme si volvería a trabajar de nuevo. Matar a una persona, incluso en defensa propia, me afectó profundamente. Pero pondré de mi parte cuanto esté en mi mano para superarlo.

El silencio invadió la sala.

—No creas que no lo comprendemos —intervino Martinson

al fin–. Aunque, como policías, nos veamos obligados a habituarnos a casi todo, como si fuese natural que los horrores nunca llegasen a su fin, no es menos cierto que puede afectarnos profundamente, en especial, cuando vemos que le ocurre a un compañero. Por si te puede ser de alguna ayuda, te diré que te hemos echado de menos tanto como no hace mucho añorábamos a Rydberg.

En efecto, Rydberg, el viejo inspector de la brigada criminal fallecido en la primavera de 1991, había sido para él un ángel protector que, gracias a su vastos conocimientos policiales y a su capacidad para tratarlos a todos con una actitud íntima y sincera, había llegado a constituir un punto de referencia fijo en el siempre cambiante curso de los trabajos de investigación.

Wallander sabía bien a qué se refería Martinson.

Él había sido el único que había intimado con Rydberg hasta el punto de convertirse en un amigo personal. Tras la hosquedad aparente de Rydberg, él había detectado un alma cargada de experiencias que abarcaban mucho más de lo estrictamente relacionado con los cometidos profesionales que compartían.

«O sea, que he recibido una herencia», concluyó Wallander.

«Lo que Martinson quiere decir, en realidad, es que tengo que hacerme portador de ese halo que Rydberg nunca llevó en apariencia. Aunque los halos suelen ser invisibles.»

En ese momento, Svedberg se levantó.

–Si os parece bien, yo me voy al despacho de abogados de Torstensson. Unos miembros del Colegio de Abogados están revisando todos los documentos y quieren que la policía esté presente.

Martinson le dio a Wallander un montón de papeles con el material de la investigación.

–Esto es lo que tenemos, por el momento –explicó–. Supongo que necesitarás estar un rato a solas para repasarlo todo.

Wallander asintió.

—¿Y el accidente de tráfico? —inquirió—. El de Gustaf Torstensson.

Martinson lo miró con sorpresa.

—Ese caso está cerrado —declaró—. El hombre se salió de la carretera.

—Si no te importa, me gustaría ver el informe, a pesar de todo —confesó Wallander con delicadeza.

Martinson se encogió de hombros.

—Te lo dejaré en el despacho de Hanson —convino el colega.

—Bueno, ya no es el de Hanson. Lo cierto es que he recuperado mi viejo despacho.

Martinson se levantó.

—Has vuelto con la misma rapidez con que desapareciste; comprenderás que no resulta difícil equivocarse.

Dicho esto, abandonó la sala, en la que no quedaban ya más que Wallander y Ann-Britt Höglund.

—He oído hablar mucho de ti —comentó la agente.

—Por desgracia, estoy convencido de que todo lo que te han dicho es cierto.

—Espero poder aprender mucho de ti.

—Pues yo dudo mucho que te pueda enseñar nada.

Wallander se levantó rápido en señal de que daba por concluida la conversación y empezó a recoger los documentos y archivadores que le había entregado Martinson. Ann-Britt Höglund le abrió la puerta cuando se disponía a salir al pasillo.

Una vez en su despacho, cerró la puerta y comprobó que estaba empapado en sudor. Se quitó la chaqueta y la camisa, y empezó a secarse en una de las cortinas. En ese preciso momento, Martinson abrió la puerta sin haber llamado antes. Al ver a Wallander semidesnudo, quedó perplejo.

—Sólo venía a dejar el informe del accidente de Gustaf Torstensson —se excusó—. Había olvidado que éste ya no es el despacho de Hanson.

—Puede que sea un poco anticuado, pero prefiero que llames a la puerta antes de entrar —comentó Wallander.

Martinson dejó un archivador sobre la mesa y desapareció enseguida. Wallander terminó de secarse en la cortina antes de ponerse de nuevo la camisa y sentarse ante el escritorio para dar comienzo a su lectura.

Eran más de las once cuando terminó de revisar el último informe.

Se sentía desentrenado y no sabía por dónde empezar.

Entonces, recordó el día en que Sten Torstensson apareció de entre la niebla y se le acercó por la playa de Jutlandia.

«Vino a pedirme ayuda», se dijo. «Vino a pedirme que averiguase lo que le había ocurrido a su padre. Un accidente que no era tal; y que tampoco fue un suicidio. También me habló del cambio de carácter de su padre. Y unos días después, él mismo aparece asesinado a tiros en su despacho. Me dijo que su padre estaba irritable. Sin embargo, él no lo estaba.»

Wallander atrajo hacia sí el bloc en el que había escrito el nombre de Sten Torstensson, y añadió el de Gustaf Torstensson.

Hecho esto, cambió el orden de los nombres.

Acto seguido, tomó el auricular del teléfono, localizó en su memoria el número de Martinson y lo marcó, pero no obtuvo respuesta. Lo intentó de nuevo, sin éxito, hasta que empezó a sospechar que, con toda probabilidad, habrían modificado la comunicación interna durante el tiempo que él había estado ausente. Se levantó y salió al pasillo. La puerta de Martinson estaba abierta, y entró.

—Ya he leído el material de la investigación —anunció, ya sentado en la inestable silla que Martinson tenía para las visitas.

—Como has podido comprobar, no tenemos mucho a lo que aferrarnos —se quejó Martinson—. Uno o varios asesinos irrumpen una noche en el despacho de Sten Torstensson y lo matan de tres disparos. No parece que hayan robado nada. Incluso tenía la cartera en el bolsillo. La señora Dunér, que lleva más de treinta años trabajando para ellos como secretaria, afirma estar segura de que nada ha sido sustraído.

Wallander asintió meditabundo. Seguía sin caer en la cuenta de qué había sido lo que Martinson había mencionado u omitido durante la reunión, y que tanto le había llamado la atención.

—Tú fuiste el primero en llegar al lugar del crimen, ¿no es así?

—Bueno, Peters y Norén acudieron en primer lugar —objetó Martinson—. Una vez allí, me llamaron.

—Ya. Bien, en condiciones normales, uno se lleva una impresión concreta —prosiguió Wallander—. Una primera composición de lugar. ¿Qué fue lo que pensaste tú, al ver la situación?

—Pensé que el motivo había sido el robo —dijo Martinson sin vacilar.

—¿Cuántos eran?

—Aún no hemos hallado ninguna pista que nos oriente en ningún sentido a ese respecto. Sin embargo, sí que podemos estar bastante seguros de que sólo se utilizó un arma, a pesar de que, claro está, las investigaciones técnicas están aún sin concluir.

—En otras palabras, ¿fue un solo hombre el que irrumpió en el despacho?

Martinson asintió.

—Eso es lo que yo creo —admitió—. Sin embargo, es un razonamiento que aún no ha sido ni comprobado ni rechazado.

—Sten Torstensson resultó alcanzado por tres disparos —continuó Wallander—. Uno en el corazón, otro en el vientre, justo debajo del ombligo, y otro en la frente. ¿Me equivoco al sospechar que el autor de los disparos es un hombre que sabe utilizar un arma?

—Sí, yo también he pensado en ello —convino Martinson—. Aunque, ¿cómo no?, también puede tratarse de una casualidad.

Parece ser que los disparos fortuitos matan con tanta facilidad y frecuencia como los que lanza un tirador experimentado. Al menos, es lo que dice un estudio norteamericano que he leído hace poco.

Wallander se levantó de la silla, pero no se marchó, sino que permaneció en pie.

—¿Por qué decidiría nadie irrumpir en el despacho de un abogado? —inquirió—. Bien está que todos dicen que los abogados cobran buenos honorarios, pero ¿quién cree que tienen el dinero almacenado en el despacho?

—Tan sólo hay una persona, o dos, que puedan contestar a esa pregunta.

—Pues los pillaremos —afirmó Wallander—. Pienso ir allí a echar un vistazo.

—Te puedes imaginar que la señora Dunér está conmocionada —le advirtió Martinson—. Toda su existencia se ha venido abajo en menos de un mes. Primero fallece el viejo Torstensson y, apenas ha terminado de organizar el entierro, cuando el hijo resulta asesinado. Pese a todo, parece que puede hablarse con ella mejor de lo que cabría esperar. Su dirección figura en la copia de la conversación que Svedberg mantuvo con ella.

—A ver, vive en la calle de Stickgatan, veintiséis —leyó Wallander—. Detrás del hotel Continental. Sí, yo suelo aparcar allí a veces.

—Ya, pues ahí está prohibido aparcar —comentó Martinson.

Wallander fue a recoger su chaqueta y abandonó la comisaría. No conocía a la joven de la recepción y pensó que debería haberse detenido un instante a presentarse. Al menos, para enterarse de si la fiel Ebba había dejado de trabajar, o si tenía el turno de noche. Pero no lo hizo. En realidad, las horas que había pasado en la comisaría hasta aquel momento habían discurrido sin dramatismo alguno. Sin embargo, esa ausencia de emoción en el ambiente no se correspondía en absoluto con la gran tensión que él experimentaba en su interior. Notó que necesitaba pasar unas horas a solas. Había vivido mucho tiempo sin compañía de ninguna clase y, sencillamente, necesitaba un periodo de adaptación. Mientras conducía por la pendiente hacia el hospital, sintió por un instante una vaga añoranza de la soledad de que disfrutaba en Skagen, de su distrito policial de anacoreta y de aquel patrullar en el que no cabían las detenciones.

Pero todo aquello había quedado atrás. Y él volvía a estar de servicio.

«Es la falta de costumbre», se dijo. «Ya pasará, aunque me cueste.»

El despacho de abogados estaba en un edificio de piedra amarilla, próximo a la calle de Sjömansgatan, a pocos metros del antiguo teatro, cuyos trabajos de renovación estaban a punto de finalizar. Había un coche policial aparcado a la puerta y, al otro lado de la calle, sobre la acera, se habían amontonado algunos curiosos que comentaban lo ocurrido. Un viento racheado soplaba procedente del mar y Wallander se encogió tiritando al salir del coche. Al abrir la pesada puerta, estuvo a punto de chocar con Svedberg, que salía en ese momento.

—Iba a comprar algo de comer —aclaró éste.

—Muy bien. Yo creo que me quedaré aquí un buen rato.

Una joven administrativa, que parecía asustada, aguardaba ociosa en la antesala del despacho. Wallander recordó haber leído su nombre en el informe, Sonja Lundin, y sabía que no hacía más que un par de meses que la habían contratado, de modo que su aportación a la investigación del caso no había sido de gran valor.

Wallander le tendió la mano al tiempo que se presentaba.

—Sólo venía a echar un vistazo —explicó—. ¿No está aquí la señora Dunér?

—Está en su casa, llorando a lágrima viva —se limitó a responder la joven.

Wallander no supo qué decir.

—No creo que pueda superarlo —prosiguió Sonja Lundin—. Me temo que acabará muriéndose ella también.

—No, mujer. No debemos ser tan pesimistas —repuso Wallander, sin dejar de percibir el tono poco convincente de sus palabras.

«Al parecer, el despacho de abogados Torstensson fue lugar de trabajo de personas solas», concluyó. «Gustaf Torstensson llevaba más de quince años viudo, con lo que su hijo, Sten Torstensson, no había disfrutado de la presencia de su madre durante todo ese tiempo, además de ser soltero. La señora Dunér está separada desde los años setenta. Y esas tres personas, tan solas, se veían aquí día tras día. Ahora que dos de ellas han desaparecido, la tercera queda más sola que nunca.»

Wallander comprendía pues, a la perfección, que la señora Dunér estuviese en su casa llorando.

La puerta de la sala de visitas estaba cerrada, pero se oía un murmullo procedente del interior. De las dos puertas que había a cada lado de la sala, colgaban sendas placas de bronce reluciente en las que podían leerse los nombres de cada uno de los abogados, en elegante grabado.

En un momento de inspiración repentina abrió, en primer lugar, la puerta del despacho de Gustaf Torstensson, que tenía las cortinas echadas y estaba sumido en una semipenumbra. Cerró la puerta y encendió la luz. Un vago olor a cigarro puro permanecía en el ambiente. Wallander paseó la mirada por los objetos que allí había con la sensación de haber sido transportado a otra época: los pesados sillones de piel, la mesa de mármol, obras de arte en las paredes. Tomó conciencia de que había obviado aquella posibilidad, que quien mató a Sten Torstensson hubiese ido en busca de sus objetos de arte. Se acercó a uno de los cuadros e intentó descifrar la firma, al tiempo que se esforzaba por valorar si se trataba de un original o tan sólo de una copia. Sin conseguir ni lo uno ni lo otro, dejó el cuadro y empezó a pasear por la habitación. Había un gran globo terráqueo junto a la sólida mesa, sobre la que no había nada más que unos bolígrafos, un teléfono y un dictáfono. Se sentó en el sillón del escritorio, que resultó ser muy cómodo, y continuó examinando su entorno, mientras pensaba en lo que Sten Torstensson le había dicho cuando estuvieron tomando café en el museo Konstmuseet de Skagen.

Un accidente que no había sido tal. Un hombre que, en los últimos meses de su vida, había estado ocultando algo que lo tenía preocupado.

Wallander meditó sobre qué sería aquello que caracterizaba la existencia de un abogado: defender, cuando el fiscal quería acusar; asistir con asesoramiento jurídico... Un abogado era como un confesor, siempre recibiendo confidencias, y sujeto al voto de silencio.

Comprendió entonces algo en lo que no había reparado con anterioridad: que los abogados son depositarios de un sinnúmero de secretos.

Transcurridos unos minutos, se levantó.

Era aún demasiado pronto para sacar conclusiones.

Cuando abandonó la habitación, Sonja Lundin seguía sentada e inmóvil en su silla. Abrió entonces la puerta del otro despacho, el de Sten Torstensson. Un estremecimiento fugaz le sobrevino al entrar, como si el cuerpo sin vida de Torstensson hubiese estado allí, tendido en el suelo, tal y como lo había visto en las fotografías del material del caso. Sin embargo, lo único que había era una sábana de plástico. La alfombra de color verde oscuro que cubría el suelo había desaparecido, sin duda requisada por los técnicos de la policía.

Aquella sala se parecía mucho a la que acababa de visitar, con la única diferencia de que en ésta había algunas sillas de estilo moderno, para las visitas.

La mesa estaba limpia de papeles. En esta ocasión, Wallander evitó sentarse en el sillón del escritorio.

«Esto no es más que el principio, sólo la capa más superficial», se dijo. «Es como si mis oídos estuviesen tan alerta como aguzada mi vista para registrar cuanto hay a mi alrededor.»

Abandonó la habitación y estaba cerrando la puerta cuando descubrió a Svedberg, que intentaba invitar a Sonja Lundin a uno de los bocadillos que acababa de comprar. Al verlo, Svedberg le señaló la puerta de la sala de reuniones.

—Ahí dentro tenemos a dos albaceas del Colegio de Abogados —lo informó—. Están revisando todos los documentos que hallamos, para archivarlos, sellarlos y decidir qué hacer con ellos. Se pondrán en contacto con los clientes, que serán atendidos por otros abogados. Se puede decir que la firma Torstensson ha dejado de existir.

—Ya, pero, como es lógico, nosotros tendremos acceso a ese material, ¿no? —observó Wallander—. No resulta descabellado pensar que la verdad de lo ocurrido se encuentre oculta en las relaciones que ambos mantuvieron con algún cliente.

Svedberg frunció el entrecejo con expresión interrogante.

—¿Ambos? Querrás decir Sten Torstensson. No olvides que el padre se mató en un accidente.

—Sí, claro, tienes razón. Me refería a los clientes de Sten Torstensson.

—En realidad, es una lástima que no haya sucedido al revés —se lamentó Svedberg.

Wallander estuvo a punto de pasar por alto el comentario de Svedberg cuando, de pronto, se dio cuenta de lo importante que podía ser.

—Y eso, ¿por qué? —preguntó lleno de asombro.

—Bueno, parece ser que el viejo Torstensson tenía muy pocos clientes, mientras que su hijo llevaba un número de casos considerable.

Dicho esto, añadió, mientras hacía una indicación hacia la sala de reuniones:

—Creen que les llevará más de una semana revisar toda la documentación.

—En tal caso, no voy a ir a molestarlos ahora —decidió Wallander—. Creo que será mejor que vaya a hablar con la señora Dunér.

—¿Quieres que te acompañe? —inquirió Svedberg.

—No, gracias, no es necesario —rechazó Wallander—. Conozco bien la calle.

El inspector se sentó al volante y puso el motor en marcha. Se sentía vacilante y falto de decisión. Entonces, se obligó a tomar una determinación: comenzaría por el único extremo que conocía, el que le había proporcionado Sten Torstensson durante la visita que le hizo a Skagen.

«Lo uno ha de guardar relación con lo otro», meditaba Wallander mientras conducía despacio en dirección este y dejaba atrás el edificio del juzgado, más tarde Sandskogen y, poco después, la ciudad. «Las dos muertes han de estar relacionadas. No puede ser de otro modo.»

A través de la ventanilla, contempló el paisaje grisáceo sobre el que había empezado a caer una fina lluvia, y puso más alta la calefacción del interior del vehículo.

«¿Cómo es posible que la gente ame este barrizal?», se preguntó. «Aun así, a mí me sucede lo mismo. Soy un policía cuyo más fiel seguidor es el barro. Y lo más curioso es que no cambiaría esta existencia que llevo por nada del mundo.»

Tardó más de treinta minutos en llegar al lugar en que Gustaf Torstensson se había estrellado con el coche la noche del 11 de octubre. Había tomado la precaución de llevarse el material de la investigación sobre el accidente y, al salir al vendaval que soplaba fuera del coche, lo llevaba en el bolsillo del chaquetón. Además, cambió los zapatos por un par de botas que llevaba en el maletero, antes de empezar a inspeccionar el terreno. El viento había arreciado, al igual que la lluvia, y empezaba a sentir frío. Un águila ratonera se había posado sobre la estaca de una valla medio derribada desde donde lo observaba atenta.

El lugar del accidente aparecía demasiado desierto incluso tratándose de Escania. No había ninguna finca en las inmediaciones, tan sólo los campos color canela que se extendían como mares de dunas petrificadas a su alrededor. La carretera no tenía curvas y, cien metros más allá, se quebraba en un pronunciado badén seguido de una curva muy cerrada hacia la izquierda. Wallander extendió sobre el capó el plano que sus colegas habían trazado del lugar del accidente y comparó el croquis con la realidad. El vehículo accidentado había sido hallado, boca arriba, en la parte izquierda de la carretera, y se había adentrado en la plantación unos veinte metros. No existía el menor rastro de huellas de frenazos en el piso. En el momento del accidente, la niebla era muy espesa.

Dejó el informe en el coche y, de nuevo en el centro de la carretera, volvió a examinar el entorno. En todo el tiempo que llevaba allí, no había pasado ni un solo vehículo y el águila permanecía sobre su estaca. El inspector atravesó el arcén y metió los pies en el fango, que se apelotonó enseguida adherido a las suelas de sus botas. Midió con sus pasos los veinte metros y se volvió a mirar hacia la carretera. En ese momento, vio pasar el camión de un matadero y, acto seguido, dos turismos. La lluvia arreciaba pertinaz mientras él no cejaba en su empeño de hacerse una idea de lo sucedido. «Un coche conducido por un señor de edad se encuentra inmerso en un denso cinturón de bruma. De repente, el conductor pierde el control, el vehículo se sale de la carretera y da un par de vueltas antes de ir a quedar con las ruedas hacia arriba. El conductor muere con el cinturón de seguridad puesto. Excepción hecha de algunos rasguños en el rostro, parece que se ha dado un fuerte golpe en la nuca contra alguna de las partes metálicas salientes del interior del coche. La muerte fue, con toda probabilidad, inmediata. El suceso no se descubre hasta el amanecer, cuando un agricultor divisa el coche desde su tractor.»

«No es imprescindible suponer que hubiese ido a gran velocidad», prosiguió su reflexión. «Basta con que perdiese el control y, presa del pánico, pisase el acelerador. Entonces, el coche se desvió raudo hacia la plantación. Las anotaciones de Martinson acerca del lugar del accidente son, sin duda, tan completas como correctas.»

A punto estaba de regresar a la carretera cuando descubrió a sus pies un objeto medio enterrado en el fango. Se agachó para recogerlo y comprobó que se trataba de la pata de una silla normal y corriente, de color marrón. Cuando la arrojó a unos metros de distancia, el águila abandonó la estaca de la valla y levantó el vuelo con un pesado aleteo.

«Sólo me queda el coche siniestrado», concluyó. «Pero creo que tampoco allí hallaré ningún detalle de interés del que Martinson no se haya percatado en su momento.»

Regresó al coche, raspó, en la medida de lo posible, el barro adherido a las botas y se puso de nuevo los zapatos. De regreso a Ystad, sopesó la posibilidad de aprovechar la ocasión para ir a Löderup a visitar a su padre y a su nueva esposa. Pero no lo hizo. Tenía gran interés en mantener una charla con la señora Dunér y, a ser posible, quería disponer de tiempo para ver el coche siniestrado antes de que llegase la hora de volver a la comisaría.

Se detuvo en una gasolinera que había a la entrada de Ystad y se tomó un café y un bocadillo. Le echó un vistazo al local y decidió que la desolación sueca nunca resultaba tan evidente como en los servicios de comida rápida anejos a las gasolineras. Presa de una inquietud repentina, dejó la taza de café sin apenas haberlo probado y se precipitó bajo la lluvia en dirección a la ciudad, giró a la derecha junto al hotel Continental y tomó a la derecha de nuevo hasta llegar a la vieja calle de Stickgatan. Aparcó el coche de forma algo heterodoxa, con dos ruedas sobre la acera, a la puerta de la casa rosa en la que vivía Berta Dunér. Llamó al timbre y aguardó durante casi un minuto, hasta que le abrieron. Un rostro exangüe se dejó ver por la estrecha abertura.

—Me llamo Kurt Wallander y soy policía —se presentó al tiempo que, en vano, buscaba su placa en los bolsillos—. Me gustaría hablar con usted, si no tiene inconveniente.

La señora Dunér abrió la puerta y lo hizo entrar. Le dio una percha para que colgase el chaquetón húmedo y lo invitó a pasar a una sala de estar de parquet reluciente y en la que una gran cristalera que ocupaba toda la pared daba al pequeño jardín situado en la parte posterior de la casa. Tras una rápida ojeada comprendió que se hallaba en un hogar en el que nada era fortuito, sino que tanto los muebles como los objetos de adorno habían sido organizados con extrema minuciosidad.

«Estoy convencido de que gestionaba los asuntos del despacho con el mismo talante», concluyó Wallander. «No olvidarse de regar las plantas y encargarse de una agenda de forma impecable pueden ser, por lo que parece, dos caras de la misma moneda, indicios de una vida en la que no hay lugar para la casualidad.»

—Tenga la bondad de sentarse —lo invitó ella con un tono de voz tan áspero como sorprendente, pues Wallander se había figurado que, a aquella mujer, de escualidez contra natura y de cabellos plateados, le había de corresponder una voz suave. Se sentó en una silla de rejilla antigua que chirrió cuando él intentó acomodarse.

—¿Le apetece un café? —ofreció ella.

Wallander negó con la cabeza.

—¿Un té, quizá?

—No, gracias. Sólo quería hacerle algunas preguntas. Debo irme enseguida.

La mujer se sentó en el borde de un sofá estampado con un motivo floral, al otro lado de una mesa con el tablero de cristal. Entonces, Wallander se dio cuenta de que no llevaba ni bolígrafo ni bloc de notas. Asimismo, tampoco había preparado, en contra de su habitual proceder de otro tiempo, las primeras preguntas rutinarias. A lo largo de su vida profesional, había tenido la oportunidad de aprender que en el proceso de la investigación de un crimen no había interrogatorio o charla en los que reinase la imparcialidad.

—Permítame, ante todo, que le transmita mi más sentido pésame y mis condolencias por lo sucedido —comenzó vacilante—. Yo no tuve mucho contacto con Gustaf Torstensson. De hecho, sólo lo había visto unas cuantas veces. Sin embargo, sí que conocía bien a Sten Torstensson.

—Sí, él le llevó la separación hace nueve años —repuso Berta Dunér.

En ese preciso momento, Wallander la reconoció. Era ella quien los había recibido, a Mona y a él, cada vez que acudían al despacho de abogados a celebrar alguna de aquellas reuniones que, en la mayoría de las ocasiones, acababan en encuentros desgarradores e hirientes. Por aquel entonces, su cabello no era tan canoso y probablemente estaba menos delgada. Pese a todo, le sorprendió no haberla reconocido de inmediato.

—Tiene usted buena memoria —admitió él.

—Bueno, puedo olvidar un nombre, pero jamás un rostro.

—Sí, a mí me ocurre lo mismo.

Se hizo un silencio, interrumpido por el ruido de un coche que pasaba por la calle. Wallander comprendió que debía haber pospuesto la visita a Berta Dunér. En efecto, no sabía qué preguntas formular ni por dónde empezar. Por otro lado, no sentía el menor deseo de que le trajesen a la memoria los nefandos recuerdos de su penosa separación.

—Mi colega Svedberg ya ha estado hablando con usted —dijo transcurridos unos instantes—. Por desgracia, en casos que revisten un alto grado de dificultad, resulta indispensable insistir en los interrogatorios, y no siempre por el mismo agente.

Se retorcía en su interior por la torpeza extrema con que acababa de expresarse y a punto estuvo de levantarse, disculparse y salir de allí. Sin embargo, se obligó a serenarse.

—No es preciso que pregunte por lo que ya sé, no se preocupe —comenzó—. No tenemos por qué volver sobre la mañana en la que encontró asesinado a Sten Torstensson cuando entró en el despacho. A menos que haya recordado algo que no haya dicho todavía.

Ella respondió con rapidez y decisión.

—Nada en absoluto. Todo ocurrió tal como se lo expuse al señor Svedberg.

—La noche antes, ¿a qué hora se marchó usted del despacho?

—Eran las seis, aproximadamente. Tal vez las seis y cinco, pero no más tarde. Había estado revisando algunas cartas redactadas por la señorita Lundin. Después, hablé con el señor Torstensson y le pregunté si deseaba algo más. Me dijo que no y me dio las buenas tardes, así que me puse el abrigo y me fui.

—Es decir, que la puerta quedó cerrada y el señor Torstensson solo en el despacho.

—Así es.

—¿Sabe a qué iba a dedicarse aquella noche?

Ella lo miró perpleja.

—Pues, como es lógico, iba a trabajar. Un abogado con la carga de trabajo que él tenía no podía marcharse a casa así como así.

Wallander asintió.

—Sí, claro, comprendo que tenía que trabajar. Lo que quiero decir es si había algún caso cuya resolución fuese de especial urgencia.

—Todo era urgente —advirtió ella—. Puesto que su padre había resultado muerto hacía unas semanas, se le había acumulado muchísimo trabajo. Es lógico, ¿no?

A Wallander le llamó la atención su forma de expresarse.

—Se refiere al accidente de tráfico, ¿no es así?

—¿Y a qué me iba a referir si no?

—Como ha dicho que su padre resultó muerto... Es una manera de expresarse algo curiosa.

—Bueno, uno muere o resulta muerto —aclaró ella—. Uno puede morir en su cama de lo que se suele llamar causas naturales. Pero si uno fallece en un accidente de tráfico, convendrá conmigo en que puede decirse que ha resultado muerto, ¿no le parece?

Wallander asintió despacio, consciente de lo que quería decir la mujer aunque preguntándose si no habría querido decir algo más, si no habría lanzado, aun de forma inconsciente, un mensaje que corroborase las sospechas motivo de la visita de Sten Torstensson a Skagen.

De pronto, se le ocurrió una idea.

—¿Podría recordar sin más qué hizo Sten Torstensson la semana anterior a su muerte, el martes 24 y el miércoles 25 de octubre?

La respuesta fue inmediata.

—Estuvo de viaje.

«Es decir, que no emprendió el viaje en secreto», concluyó Wallander.

—Dijo que necesitaba marcharse unos días, para reponerse del dolor por la muerte de su padre —prosiguió ella—. Como es natural, cancelé todas las citas que tenía previstas para aquellos dos días.

Entonces, de forma tan repentina como inesperada, la señora Dunér rompió a llorar, sin que Wallander supiese cómo reaccionar, mientras oía el crujir de la silla bajo el peso de su cuerpo.

Ella se levantó rauda del sofá y fue a la cocina, donde, según pudo oír Wallander, se sonó la nariz antes de regresar a la sala de estar.

—Es terrible —comentó—. ¡Es tan terrible!

—Lo comprendo —confesó Wallander.

—Me envió una postal —explicó ella con un atisbo de sonrisa, que hizo sospechar a Wallander que se echaría a llorar de nuevo en cualquier momento. Sin embargo, resultó estar más serena de lo que él había supuesto.

—¿Quiere verla?

Wallander asintió.

—Sí, claro.

La mujer se levantó, se dirigió a la estantería que había contra una de las paredes y, de un jarrón de porcelana, sacó una postal que le tendió a Wallander.

—Finlandia debe de ser un país muy hermoso —señaló la señora Dunér—. Yo no he estado nunca allí. ¿Y usted?

Wallander clavaba la mirada, sin comprender nada, en el paisaje marítimo y crepuscular de la postal.

—Sí —afirmó despacio—. Sí que he estado en Finlandia. Es, tal y como usted dice, un país bellísimo.

—Le ruego disculpe que me haya dejado llevar por el dolor —se excusó ella—. Resulta que la postal llegó el mismo día que lo hallé muerto.

Wallander asintió ausente.

Sin duda, tenía que hacerle a la señora Dunér muchas más preguntas de las que él mismo había podido imaginar. Sin embargo, era consciente de que aún no era el momento. Aquello significaba, pues, que Sten Torstensson le había dicho a su secretaria que iba a Finlandia y, como prueba misteriosa de ello, la mujer había recibido una postal de aquel país. Pero ¿quién la habría enviado si, como él sabía, Sten Torstensson se encontraba, en aquellos momentos, en Jutlandia?

—Necesitaría quedarme con la postal unos días, como prueba para la investigación —comentó Wallander—. Pero tiene mi palabra de que le será devuelta.

—Sí, claro, lo comprendo.

—Quisiera hacerle una última pregunta, antes de marcharme —añadió Wallander—. ¿No notaría usted nada anormal durante las semanas anteriores a su muerte?

—¿A qué se refiere exactamente?

—Que su comportamiento fuese anómalo en alguna medida.

—Como comprenderá, estaba profundamente afectado por la muerte de su padre.

—¿Sólo eso?

Wallander se percató de hasta qué punto su insistencia y su pregunta resultaban inapropiadas, pero siguió aguardando la respuesta.

—No —aseguró ella—. Se comportaba como era habitual en él.

El inspector se levantó de la silla de rejilla.

—Lo más seguro es que necesite hablar con usted más adelante —anunció.

La señora Dunér no se movía del sofá.

—¿Quién puede ser capaz de algo tan atroz? —inquirió—. Entrar así por una puerta, matar a un hombre y luego marcharse, como si nada hubiese ocurrido.

—Eso es lo que tenemos que averiguar —afirmó Wallander—. ¿Usted no sabrá si tenía algún enemigo?

—¿Cómo iba a tener enemigos? No se me ocurre quiénes.

Wallander dudó un instante, antes de formular su última pregunta.

—¿Qué es lo que usted cree que ha sucedido?

La mujer se puso en pie antes de responder.

—Hubo un tiempo en que las causas del mal eran menos complejas —indicó—. Pero ya no es así. Eso ya no sucede.

Wallander se puso el chaquetón, aún pesado por la humedad. Ya en la calle, permaneció inmóvil un momento, mientras rememoraba aquella máxima que, en su día, como policía recién salido de la academia, había hecho suya:

«Hay un tiempo para vivir y otro para morir».

También le hicieron reflexionar las palabras que la señora Dunér había pronunciado a modo de despedida. De forma más que vaga, barruntaba que se trataba de una apreciación importante sobre Suecia. Sin duda, algo sobre lo que debía volver más tarde. No obstante prefirió, por el momento, dejar a un lado aquellos pensamientos.

«No parece sino que deba intentar, en este caso, comprender el razonar de los muertos», resolvió. Aquella postal de Finlandia, con matasellos de un día en que Sten Torstensson se encontraba, sin lugar a dudas, tomando café con él en Skagen, era prueba evidente de que no había dicho la verdad. Al menos, no toda la verdad. «Una persona no puede mentir sin ser consciente de estar mintiendo.»

Se sentó al volante mientras hacía un esfuerzo por decidir qué hacer. Como ciudadano de a pie, lo que más le apetecía era marcharse a su apartamento de la calle de Mariagatan y echarse en la cama, con las cortinas corridas. Mas, como policía, se veía obligado a pensar de otro modo.

Miró su reloj de pulsera. Eran las dos menos cuarto. Tenía que estar de vuelta en la comisaría como máximo a las cuatro, cuando daría comienzo la reunión vespertina del grupo de investigación. De manera que meditó un instante, antes de decidirse. Puso el coche en marcha, giró hacia la calle de Hamngatan y se mantuvo en el carril de la izquierda para salir de nuevo a Österleden. Continuó luego por la calle de Malmövägen, hasta llegar al desvío hacia Bjäresjö. La fina lluvia había cesado, pero el viento seguía soplando racheado. Tras haber recorrido varios kilómetros, abandonó la carretera principal y se detuvo ante una zona vallada donde un letrero oxidado informaba a los visitantes de que habían llegado a Desguaces Niklasson. La verja estaba abierta, de modo que entró con su vehículo a través de las pilas de esqueletos de coches. Mientras lo hacía, se preguntaba cuántas veces en su vida no habría visitado aquel desguace. En repetidas ocasiones, el propietario, Niklasson, había sido sospechoso en varios casos de encubrimiento de delincuentes, y su nombre había salido a relucir a menudo. Sin embargo, se había convertido en todo un personaje para la policía de Ystad ya que nunca había llegado a ser detenido. En efecto, aunque las pruebas contra él habían resultado más que suficientes, solía suceder que una especie de mano invisible retiraba los eslabones de la argumentación en contra de Niklasson, con lo que éste podía regresar a las dos caravanas contiguas que constituían su combinación de vivienda y oficina.

Wallander se detuvo y salió del coche. Un gato mugriento lo observaba desde el capó oxidado de un viejo Peugeot. En ese momento, descubrió a Niklasson, que salía de entre una torre de neumáticos, enfundado en una bata oscura y cubierto con un sucio sombrero, bien encajado sobre sus largos cabellos. Wallander no recordaba haberlo visto nunca con otra vestimenta.

—¡Kurt Wallander! —anunció Niklasson con una sonrisa—. ¡Cuánto tiempo! ¿Has venido para llevarme contigo?

—¿Hay algún motivo? —quiso saber el inspector.

Niklasson profirió una sonora carcajada.

—¡Eso lo sabrás tú! —respondió.

—No. Es que quiero ver un coche que ha venido a parar aquí. Un Opel azul oscuro, propiedad del abogado Gustaf Torstensson.

—¡Ah, sí, ése! —exclamó Niklasson, al tiempo que echaba a andar—. Lo tengo por aquí. ¿Por qué quieres verlo?

—Porque quien iba al volante murió en el accidente.

—Sí, la gente conduce como una mierda —sentenció Niklasson—. A mí me extraña que no se mate más gente conduciendo. Aquí lo tenemos. Aún no he empezado a desguazarlo, así que está tal y como lo trajeron.

Wallander asintió.

—Bueno, ya no te necesito.

—Seguro que no —convino Niklasson—. Oye, ¿sabes?, siempre me he preguntado cómo se siente uno cuando mata a una persona.

Lo inopinado de la pregunta sorprendió a Wallander.

—Pues como una mierda —explicó éste—. ¿Qué te creías?

—No sé, nada. Era sólo una pregunta —afirmó Niklasson.

Una vez que se hubo quedado solo, el inspector dio un par de vueltas alrededor del coche, y quedó no poco sorprendido al comprobar que los daños externos que presentaba eran mínimos, pese a que se suponía que se había estrellado contra un muro de piedra que había junto a la plantación, después de dar, al menos, dos vueltas completas. Se sentó en cuclillas para examinar el asiento del conductor. Las llaves, que estaban en el suelo del coche, junto al acelerador, llamaron enseguida su atención. Logró abrir la puerta, tras cierto forcejeo, tomó el llavero y probó a meter la llave en el contacto. Sten Torstensson tenía toda la razón: ni la llave ni el contacto presentaban ningún desperfecto. Mientras reflexionaba, dio una tercera vuelta en torno al vehículo, antes de escurrirse hacia su interior con la idea de descubrir contra qué se habría golpeado la nuca Gustaf Torstensson. Pese a lo exhaustivo de su reconocimiento, no logró comprender cómo había podido golpearse. De hecho, había varias manchas esparcidas por el interior del coche, que supuso eran de sangre ya seca pero, por más que buscó, no pudo hallar el punto en el que tuvo que producirse el choque.

Se arrastró de nuevo para salir del coche, con el llavero en la mano. Sin saber muy bien por qué lo hacía, abrió el maletero, donde encontró unos cuantos periódicos viejos y los restos de una silla rota, que le hicieron pensar en la pata de la silla que había hallado en la plantación. Sacó la esquina de uno de los periódicos y leyó la fecha, comprobando que era de hacía más de medio año. Hecho esto, cerró otra vez el maletero.

En ese momento, comprendió qué era lo que había visto, sin reaccionar de forma inmediata.

Recordaba con perfecta claridad lo que decía el informe de Martinson, que, al menos en ese punto, había sido exhaustivo. En efecto, según dicho informe, todas las puertas del coche, salvo la del conductor, tenían el seguro echado, y el maletero estaba cerrado con llave.

Permaneció inmóvil durante un momento.

«Me encuentro una silla rota en el maletero», razonó. «Y una de sus patas medio hundida en el barro. Dentro del coche y sentado al volante, hay un hombre muerto.»

Su primera reacción fue de enojo ante la negligencia con que se había llevado a cabo la inspección del vehículo y lo rutinario de las conclusiones. Reparó, además, en el detalle de que tampoco Sten Torstensson había visto la pata de la silla, por lo que no había reaccionado ante el hecho de que el maletero hubiese estado cerrado.

Volvió a su coche, con paso despacioso.

Aquello significaba que Sten Torstensson tenía razón. Su padre no había fallecido en un simple accidente de tráfico. Así, aunque aún no era capaz de figurarse qué podía ser, sí que tenía ya la certeza de que aquella noche, en medio de la niebla que inundaba la carretera desierta, había ocurrido algo extraño. Allí tuvo que haber, al menos, otra persona más. Pero ¿quién?

En ese punto de su reflexión, Niklasson salió de su caravana.

—¿Te apetece un café? —lo invitó.

Wallander dijo que no.

—No toques el coche —le ordenó—. Tenemos que examinarlo de nuevo.

—Pues ten cuidado —advirtió Niklasson.

—¿Por qué? —inquirió Wallander con el entrecejo fruncido.

—¿Cómo se llamaba el hijo? Sten Torstensson, ¿no? Pues él también estuvo aquí echándole un vistazo al coche. Y ahora está muerto. Sólo por eso.

Niklasson se encogió de hombros.

—No, nada. Sólo eso —repitió.

De repente, a Wallander se le ocurrió preguntar:

—¿Ha venido alguien más a inspeccionar el coche?

Niklasson meneó la cabeza.

—No, nadie más.

El inspector se puso en marcha hacia Ystad. Se sentía fatigado e incapaz, aún, de dar una visión de conjunto de lo que había descubierto.

Sin embargo, en el fondo, no le cabía ya la menor duda de que Sten Torstensson tenía razón. El accidente de tráfico era una tapadera que ocultaba otro suceso muy distinto.

A las cuatro y siete minutos, Björk cerró la puerta de la sala de reuniones. A Wallander no le pasaron inadvertidas la falta de entusiasmo ni la sensación de estancamiento de sus colegas. Sospechaba que ninguno de los presentes tenía nada de lo que informar. Al menos, nada que modificase el sentido de la investigación de un modo decisivo ni espectacular. «He aquí un momento del trabajo policial que siempre queda censurado en las películas», se dijo. «Y, a pesar de todo, estos instantes de silencio, en los que todos son víctimas del cansancio que se manifiesta a veces incluso en cierta hostilidad recíproca, suelen ser el escenario en el que se saca adelante el trabajo. Como si tuviésemos que contarnos unos a otros que no sabemos nada, para así obligarnos a seguir buscando.»

En ese preciso momento, tomó una decisión. Nunca llegó a

decirse a sí mismo si fue un vanidoso intento de asegurarse la excusa para volver y reclamar su antiguo puesto. En cualquier caso, fue en aquel ambiente de desánimo donde creyó hallar una posibilidad de destacarse de nuevo, un escenario más que suficiente para mostrar que, pese a todo, seguía siendo policía, y no un desecho consumido que, por decencia, debería haberse retirado en discreto silencio.

El curso de su reflexión se vio interrumpido por la mirada intensa de Björk. Wallander negó con la cabeza en un movimiento apenas perceptible: aún no tenía nada que decir.

—Bien. ¿Qué tenemos? ¿En qué punto nos hallamos? —comenzó Björk.

—Yo he ido haciendo una ronda por cada una de las casas de los alrededores —reveló Svedberg—. Al parecer, y por extraño que parezca, nadie ha oído ni visto nada. No es menos curioso el hecho de que no nos haya llegado ningún soplo ni hayamos recibido información alguna de la gente. La investigación parece estar acabada.

Svedberg guardó silencio, y Björk se volvió hacia Martinson.

—Yo he inspeccionado su apartamento de la calle de Regementsgatan —explicó éste—. Creo que nunca en mi vida he estado menos seguro de qué buscaba exactamente. Lo único que puedo asegurar es que Sten Torstensson tenía predilección por el buen coñac y que poseía una serie de libros antiguos que sospecho valen una fortuna. Además, he estado intentando sacarles algo a los técnicos de Linköping sobre los casquillos de bala. Pero me dijeron que los llamase de nuevo mañana.

Björk lanzó un suspiro, antes de mirar a Ann-Britt Höglund.

—Yo he tratado de hacerme una idea de sus amistades personales, su familia y conocidos. Pero tampoco he hallado nada que nos permita avanzar en la investigación. Su círculo de amistades no era muy amplio, que digamos. A decir verdad, no parece sino que hubiese vivido de forma casi exclusiva por y para su trabajo como abogado. Antes solía salir a navegar con bastante frecuencia, durante el verano. Pero ya hacía tiempo que lo había dejado, sin que haya podido averiguar por qué. Tiene poca familia, unas tías y algunos primos. En fin, creo que podemos asegurar, sin temor a equivocarnos, que era un alma solitaria.

Wallander la observaba a hurtadillas mientras hablaba, pensando que había una buena dosis de reflexión y sensatez en su exposición, rayanas en la más absoluta falta de imaginación. Sin embargo, aún no conocía de ella más que los rumores de lo prometedora que era como policía.

«Éstos son tiempos nuevos», resolvió Wallander. «Quién sabe si ella no representa a los policías de esos nuevos tiempos, ese tipo de policía por el que tanto me he preguntado yo.»

—Es decir, que estamos estancados —concluyó Björk en un torpe intento de síntesis—. Sabemos que Sten Torstensson murió a causa de varios disparos; sabemos dónde y cuándo ocurrió. Sin embargo, ignoramos por qué y quién lo hizo. Mucho me temo que ésta va a ser una investigación más que compleja, a la que habremos de dedicar tiempo y esfuerzo.

Nadie tenía nada que objetar a sus palabras. Al mirar a través de la ventana, Wallander pudo comprobar que la lluvia había empezado a caer de nuevo.

Comprendió que había llegado el momento.

—Nada tengo que añadir en relación a lo sucedido a Sten Torstensson —comenzó—. Todos sabemos más o menos lo mismo sobre ese asunto. Sin embargo, creo que debemos empezar por otro extremo, muy distinto. En mi opinión, debemos comenzar por investigar lo que le ocurrió a su padre.

De pronto, todos los presentes atendieron con renovada concentración.

—Gustaf Torstensson no murió víctima de un accidente de tráfico —prosiguió—. Sino que, tal como le ocurrió a su hijo, él también fue asesinado. Así, hemos de partir de la base de que ambos sucesos guardan relación mutua. En realidad, sería absurdo no considerarlo de este modo.

Miró a sus colegas, que lo observaban atónitos.

De pronto, se sintió muy lejos de las islas caribes y de las interminables playas danesas. Comprendió que había logrado resquebrajar el caparazón y que había regresado a aquella vida que durante tanto tiempo creyó haber abandonado para siempre.

—A decir verdad, no tengo, por ahora, más que una cosa que añadir —anunció reflexivo—. Que puedo demostrar que fue asesinado.

Fue Martinson quien vino a quebrar el silencio sepulcral que reinaba en torno a la mesa.

—¿Y quién lo asesinó?

—Alguien que cometió un error curioso por demás.

Wallander se puso en pie.

Minutos después, tres coches de la policía emprendían el camino hacia el solitario tramo de carretera próximo a las laderas de Brösarp.

Cuando llegaron, había empezado a caer la tarde.

4

Al anochecer del 1 de noviembre, el agricultor escaniano Olof Jönsson tuvo la oportunidad de vivir un instante único. Había estado recorriendo sus tierras mientras, en su imaginación, planificaba la siega de la inminente primavera cuando, de forma repentina, vio, al otro lado de la carretera, a un grupo de personas que, en semicírculo, como congregados en torno a una tumba, permanecían en pie en medio del fango. Siempre llevaba consigo unos prismáticos cuando inspeccionaba sus fincas, pues no era infrecuente que manadas de avisados ciervos deambulasen por los aledaños de los bosquecillos que las rodeaban, de modo que pudo observar de cerca a los visitantes. A través de sus prismáticos creyó, por un instante, reconocer a uno de aquellos hombres. Había algo en su rostro que le resultaba familiar, pero no logró dar con lo que podía ser. Al mismo tiempo, cayó en la cuenta de que los cuatro hombres y la mujer se encontraban precisamente en el lugar en que un anciano se había estrellado hacía unas semanas. A fin de no parecer indiscreto, bajó apresurado los prismáticos, seguro de que se trataría de familiares del fallecido que le rendían una suerte de homenaje visitando el lugar en el que había perdido la vida. Así, se marchó de allí sin volverse a mirar.

Una vez en el lugar del accidente, a Wallander se le cruzó por la mente la idea fugaz de que todo hubiesen sido figuraciones suyas. Cabía la posibilidad de que aquello que había encontrado en el fango y que luego arrojó lejos de sí no fuese la pata de una silla. Mientras avanzaba hacia el interior de la finca, sus colegas lo aguardaban al borde de la carretera y, aunque podía oír el rumor de sus voces a su espalda, no fue capaz de percibir qué decían.

«No hay duda de que me achacan cierta flaqueza de juicio», se decía mientras buscaba la pata de la silla. «En estos momentos, estarán preguntándose si, después de todo, estoy en condiciones de volver a mi puesto.»

Y, apenas había finalizado la formulación de aquella conjetura, cuando descubrió a sus pies la pata de la silla. La contempló un instante, convencido ya de que no se había equivocado. Se volvió, pues, hacia los demás y les hizo seña de que se acercasen. Un minuto después, se hallaban todos en torno a la pata de la silla, que estaba incrustada en el barro.

—Puede ser —admitió Martinson algo dudoso—. Recuerdo que había una silla rota en el maletero. Esta pata puede muy bien pertenecerle.

—A pesar de todo, esto es de lo más extraño —observó Björk—. Me gustaría que nos explicases de nuevo cómo lo ves tú, Kurt.

—Es muy sencillo —repuso Wallander—. Leí el informe que había redactado Martinson, en el que decía que el maletero estaba cerrado. Por otro lado, nada indica que la puerta se haya abierto a causa de la colisión y que se haya vuelto a cerrar sola. De haber ocurrido así, existirían algunas abolladuras o al menos algunas marcas de arañazos en la parte trasera de la carrocería. Y no es ése el caso.

—¿Has ido al desguace a ver el coche? —inquirió Martinson boquiabierto.

—Sólo intento ponerme a vuestra altura —repuso Wallander a modo de disculpa, como si el hecho de haber estado en el desguace de Niklasson hubiese sido una manifestación de desconfianza hacia la forma en que Martinson había dirigido la simple investigación de un accidente de coche. Así era en realidad, aunque, en aquel momento, eso carecía de importancia–. Lo que quiero decir –continuó–, es que un hombre que se encuentra solo en un vehículo en el que ha dado un par de vueltas de campana tras un súbito desvío no sale después del coche, abre el maletero, saca una parte de una silla rota, cierra de nuevo el maletero, vuelve al coche, se sienta y se pone el cinturón de seguridad, antes de morir a causa de un fuerte golpe en la nuca.

El silencio era unánime. Wallander había vivido momentos similares en ocasiones anteriores. Una cortina cae de repente y descubre una circunstancia que nadie esperaba ver.

Svedberg sacó una bolsa de plástico del bolsillo del abrigo y guardó en ella la pata de la silla con sumo cuidado.

–La encontré a unos cinco metros de aquí –aclaró Wallander al tiempo que señalaba el lugar con el dedo–. Al verla, la cogí y la tiré.

–Una forma bastante curiosa de tratar el material de una investigación –observó Björk.

–En realidad, cuando la tiré, no sabía que guardara relación con la muerte de Gustaf Torstensson –se defendió Wallander–. Y, a decir verdad, tampoco sé con exactitud qué es lo que prueba la pata en sí.

–Si no te he entendido mal –intervino Björk, sin hacerse eco del comentario de Wallander–, todo esto indica que, en el momento de producirse el accidente, había otra persona en este lugar. De lo cual no tiene por qué colegirse que lo hayan matado. Pudo tratarse de alguien que hubiese visto el accidente y que hubiese ido a mirar si había algo que robar en el maletero. El que la persona en cuestión no se pusiese luego en contacto con nosotros, o que arrojase la pata de la silla, no tiene nada de extraño. Los que se dedican a despojar cadáveres no van luego a revelar su identidad.

–Sí, claro, en eso tienes razón –admitió Wallander.

—Ya, pero, a pesar de todo, tú has dicho que podías demostrar que lo habían asesinado —le recordó Björk.

—Bueno, quizá me precipité —confesó Wallander—. Lo que quiero decir es que esto cambia en parte la situación.

Regresaron a la carretera y subieron a los coches.

—Tendremos que inspeccionar el coche de nuevo —comentó Martinson—. Los técnicos criminales se llevarán una sorpresa cuando vean que les enviamos una silla rota. Pero ¿qué le vamos a hacer?

De camino hacia los coches, Björk dio claras muestras de su deseo de interrumpir la reunión. Volvía a llover y las ráfagas de viento soplaban con renovada intensidad.

—Bien, mañana decidimos cómo continuar —aseguró—. Hemos de comprobar las pistas con que contamos, que, por desgracia, no son muchas. No creo que podamos hacer más por hoy.

Se dirigieron, por tanto, a sus coches. Todos, menos Ann-Britt Höglund, que quedó rezagada.

—¿Puedes llevarme? —le preguntó a Wallander—. Vivo en el centro de Ystad. El coche de Martinson está lleno de asientos para niños y Björk lleva aparejos de pesca por todas partes.

Wallander aceptó y ambos fueron los últimos en abandonar el lugar.

Guardaron un largo silencio y a Wallander le sobrevino de nuevo la sensación novedosa por olvidada de tener tan cerca a otra persona. Pensó que, en realidad, no había hablado en profundidad con nadie más que con su hija desde aquel verano, hacía ya casi dos años, en que desapareció en su prolongado mutismo.

Sin embargo, al final, fue ella la que terminó por romper el silencio.

—Creo que tienes razón —comentó—. Es lógico que la muerte del padre esté relacionada con la del hijo.

—En cualquier caso, hay que investigarlo —repuso Wallander.

Por la izquierda, se entreveía un mar de olas encrespadas que rompían las unas contra las otras deshaciéndose en blanda espuma.

—¿Por qué se hace uno policía? —preguntó Wallander.

—Yo no puedo contestar por los demás —observó ella—. Lo que sí sé es por qué yo elegí ese camino. Recuerdo que, en mis años de estudiante, cada uno tenía sus propios sueños, todos distintos.

—¡Ah!, pero ¿los policías tienen sueños? —inquirió Wallander lleno de sorpresa.

Ella le dirigió una mirada elocuente.

—Todo el mundo los tiene, ¿no? Hasta los policías. ¿Tú no?

Wallander no supo qué responder, pero comprendió que su pregunta era más que acertada. «¿Dónde estarán mis sueños?», se interrogó. «Uno tiene sueños cuando es joven. Unos sueños que se desvanecen sin dejar rastro o que se convierten en guías de nuestra voluntad. Pero ¿qué me queda a mí de cuanto llegué a soñar un día?»

—Yo me convertí en policía porque decidí no hacerme sacerdote —explicó ella de pronto—. Durante mucho tiempo, creí en Dios. Mis padres son miembros de la Iglesia de Pentecostés. Pero una mañana, al despertar, todo había desaparecido. Estuve muchos años sin saber qué hacer hasta que un día sucedió algo que me hizo decantarme por esta profesión casi de inmediato.

Él le lanzó una mirada.

—Cuéntame —la exhortó—. Necesito saber por qué la gente aún se hace policía.

—Otro día —repuso ella evasiva—. Hoy no.

Ya iban acercándose a Ystad y ella le explicó dónde vivía, junto a la entrada oeste, en una de las casas de construcción nueva de ladrillo claro que tenían vistas al mar.

—Ni siquiera sé si tienes familia —comentó Wallander cuando entraron a la calle que conducía a la zona residencial, aún sin terminar.

—Tengo dos hijos —contestó ella—. Mi marido es instalador ambulante. Se dedica a montar y reparar bombas por todo el mundo y casi nunca está en casa. Pero es él quien ha reunido el dinero necesario para pagar la casa.

—Parece una profesión emocionante —opinó Wallander.

—Te invitaré a venir a casa una noche, cuando esté él, para que te lo pueda contar en persona.

Se detuvieron ante su casa.

—Creo que todos se alegran de que hayas vuelto —declaró Ann-Britt Höglund a modo de despedida.

A Wallander le dio la impresión de que no era cierto, de que intentaba animarlo, pero le contestó con un gesto de asentimiento y murmuró una frase de agradecimiento.

Acto seguido, tomó rumbo a casa, a la calle de Mariagatan donde, al llegar, dejó sobre un sillón el chaquetón calado de humedad y se echó en la cama sin siquiera quitarse los zapatos embarrados. Enseguida lo venció el sueño, que lo hizo verse a sí mismo dormido entre las dunas de arena de Skagen.

Al despertar una hora más tarde, no supo, al principio, dónde se encontraba. Transcurridos unos minutos, se quitó los zapatos y fue a la cocina a prepararse un café. A través de la ventana, vio cómo la farola se balanceaba a merced de los fuertes vientos.

«No tardará en llegar el invierno», constató. «La nieve, el caos, las tormentas. Y aquí estoy yo, otra vez en mi puesto de policía. Es la vida la que nos arroja de un lado a otro, dando bandazos. Pero nosotros, ¿qué es lo que gobernamos nosotros, en realidad?»

Estuvo así largo rato, con la mirada fija en la taza. Cuando el café ya se le había enfriado, se levantó y fue a buscar un bloc escolar y un bolígrafo en uno de los cajones.

«Ahora tengo que volver a ser policía», decidió. «Me pagan por elaborar razonamientos constructivos, por investigar y esclarecer actos criminales, y no por divagar sobre mi desastre personal.»

Era ya más de medianoche cuando dejó el bolígrafo para estirar la espalda.

Después, se inclinó de nuevo sobre la síntesis que había garabateado en el bloc. En torno a sus pies, bajo la mesa, un buen número de bolas de papel salpicaban el suelo.

«No doy con el marco en que encuadrar los hechos», se rindió por fin. «No hay una conexión clara entre el accidente de tráfico que no fue tal y el hecho de que Sten Torstensson resultase asesinado en su despacho unas semanas más tarde. Ni siquiera tiene por qué ser cierto que la muerte de Sten Torstensson se produjese como consecuencia de lo que le sucedió a su padre. De hecho, puede muy bien ser al contrario.»

Se le habían venido a la memoria las palabras que Rydberg le había dicho el mismo año de su muerte, cuando se hallaban inmersos en la compleja investigación de una serie de delitos de incendio. «Puede ocurrir que la causa aparezca después del efecto», aseguró entonces el colega. «Como policía, debes estar preparado para pensar al revés.»

Se levantó y fue a echarse en el sofá de la sala de estar. «Un anciano aparece muerto en medio de una finca y sentado en su coche», comenzó. «Vuelve a casa tras una visita a uno de sus clientes. Una vez realizada la investigación, de carácter rutinario, el caso queda cerrado y clasificado como accidente de tráfico. Sin embargo, el hijo del muerto empieza a dudar de inmediato de dicha tesis. Las dos razones que aduce son, por un lado, que el padre jamás se habría atrevido a conducir a gran velocidad en una noche de niebla como aquélla y, por otro, que durante los meses que precedieron al accidente él lo había notado inquieto o angustiado, pese a los intentos del padre por ocultarlo.»

De pronto, Wallander se sentó de un salto en el sillón pues, de forma instintiva, había detectado un marco o, mejor dicho, algo que no lo era, un marco falso, amañado para que no se descubriese lo que en verdad sucedió.

Continuó con su razonamiento. Sten Torstensson nunca pudo probar del todo que no se trató de un simple accidente. Él no llegó a ver la pata de la silla en el terreno de la finca, seguramente, nunca se planteó por qué había una silla vieja en el maletero del coche de su padre. Y precisamente por eso, porque no había logrado localizar ninguna prueba, recurrió a Wallander. Se tomó la molestia de enterarse de dónde estaba y de viajar hasta allí.

Por otro lado, había dejado una pista falsa. Una postal de Finlandia. Cinco días después, lo asesinan a tiros en su despacho, y en esta ocasión no hay motivos para dudar de que se trate de un asesinato.

En este punto, se dio cuenta de que había perdido el hilo. Aquello que le había parecido adivinar, aquel marco superpuesto a otro, se perdió como por encanto en una tierra de nadie.

Estaba cansado y aquella noche no llegaría más lejos en su meditar. Además, sabía por experiencia que los presentimientos volverían, si es que eran importantes.

Fue a la cocina, fregó la taza del café y recogió las anotaciones desechadas esparcidas por el suelo.

«He de empezar por el principio», se dijo. «Pero ¿dónde estará el principio? ¿Gustaf Torstensson? ¿Sten Torstensson?»

Por último, se fue a la cama, aunque le costó dormirse pese al agotamiento. Allí tumbado, se preguntó sin gran interés por la razón que habría movido a Ann-Britt Höglund a cursar estudios en la Escuela de Policía.

La última vez que miró el reloj, eran las dos y media. Despertó poco después de las seis, con falta de sueño y aún cansado, pero se levantó enseguida de la cama con la sensación poco clara de haberse quedado dormido más de la cuenta. Minutos antes de las siete y media, cruzaba las puertas de la comisaría y comprobaba, con gran satisfacción, que Ebba ocupaba su lugar habitual en la recepción. Al verlo, se levantó y se dirigió hacia él. Wallander vio que estaba conmovida y enseguida se le hizo un nudo en la garganta.

—No podía creérmelo —exclamó ella—. ¿De verdad que has vuelto a incorporarte?

—Eso me temo —contestó Wallander.

—¡Vaya! Creo que voy a echarme a llorar —balbuceó Ebba.

—No, por favor, eso no —rogó Wallander en tono de chanza—. Ya hablaremos luego.

La dejó tan pronto como pudo y se apresuró pasillo arriba. Cuando entró en su despacho, se dio cuenta de que lo habían limpiado a fondo. Sobre la mesa, halló una nota en la que alguien había escrito que tenía que llamar a su padre. A juzgar por la enrevesada caligrafía, dedujo que habría sido Svedberg quien había atendido la llamada la noche antes. Dejó la mano sobre el auricular durante un rato, hasta que decidió que llamaría más tarde. Entonces, sacó la síntesis que había redactado por la noche y leyó lo que había escrito. El presentimiento que le había sobrevenido, la sospecha de que, pese a no haber hecho más que empezar, se podría distinguir un escenario en el que encuadrar los hechos, se resistía a presentársele de nuevo y apartó los papeles. «Es demasiado pronto», se consoló. «Acabo de volver, tras un año y medio de inactividad profesional y tengo aún menos paciencia que antes.» Irritado consigo mismo, volvió a echar mano del bloc y lo abrió por una página en blanco.

Era consciente de que debía empezar desde el principio otra vez pero, dado que nadie podía indicar, sin temor a equivocarse, dónde se hallaba ese principio, tenía que ponerse a investigar con amplitud de miras y sin presuposiciones. Invirtió media hora más o menos en plasmar sobre el papel un boceto de la articulación del trabajo, sin dejar de pensar que, en realidad, debería ser Martinson quien dirigiese la investigación pues, si bien era cierto que había retomado su puesto, tampoco quería asumir toda la responsabilidad de forma inmediata.

En ese momento, sonó el teléfono. Vaciló un instante pero, al cabo, descolgó el auricular.

—¡Vaya! ¿Qué buenas noticias son esas que han llegado a mis oídos? No sabes lo que me alegro —se oyó exclamar a Per Åkeson.

Era uno de los fiscales regionales con los que Wallander había establecido una relación más cordial a lo largo de los años. En más de una ocasión se habían enzarzado en acaloradas discusiones acerca de cómo interpretar el material de algún caso. A veces, Wallander había llegado a sentirse indignado cuando el fiscal se había negado a aceptar las pruebas presentadas como suficientes para ordenar la detención. Sin embargo, su visión del trabajo era básicamente la misma.

Ambos se sentían igualmente disgustados cuando la investigación de un crimen se veía marcada por un proceder negligente.

—He de admitir que me siento un tanto extraño —confesó Wallander.

—Los rumores de que te iban a dar la jubilación por enfermedad no han cesado de circular —le reveló Per Åkeson—. Alguien debería advertirle a Björk que no estaría de más que atajase esa tendencia al cotilleo que caracteriza al cuerpo.

—No eran rumores —corrigió Wallander—. Lo cierto es que estaba decidido a dejarlo.

—¿Se puede saber qué te hizo cambiar de opinión?

—Cosas que pasan —respondió Wallander evasivo.

Notó que Per Åkeson esperaba que ampliase la aclaración, pero no añadió nada más.

—En fin, me alegro de que hayas vuelto —confesó tras el largo silencio de Wallander—. Además, estoy seguro de que puedo decir lo mismo en nombre de mis colegas.

Wallander empezaba a sentirse mal ante los torrentes de amabilidad que le prodigaban y en cuya sinceridad tanto le costaba creer.

«Un prado florido y un cenagal», sentenció para sí. «Recorremos la vida con un pie en cada uno.»

—Supongo que te harás cargo de la investigación del abogado Torstensson —señaló Per Åkeson—. En tal caso, sería conveniente que nos viésemos hoy mismo para determinar en qué punto nos hallamos.

—No creo que me encargue yo —puntualizó Wallander—. Pero sí he pedido poder participar. Imagino que alguno de los otros dirigirá las pesquisas.

—Bueno, yo en eso no voy a meterme —aclaró Per Åkeson—. De todos modos, estoy encantado con tu regreso. ¿Has tenido tiempo de ponerte un poco al día?

—No mucho.

—Por lo que yo sé, no contamos con ninguna pista decisiva, por ahora.

—Björk sospecha que la investigación será larga.

—Y tú, ¿qué opinas?

Wallander reflexionó un segundo antes de responder.

—Todavía, nada.

—Sí, vivimos una época de inseguridad cada vez más evidente —concluyó Per Åkeson . Aumentan las amenazas, a veces bajo la forma de cartas anónimas. Las instituciones, que antes mantenían sus puertas abiertas, cierran ahora sus oficinas como si se tratase de búnkeres. En mi opinión, es inevitable que intentéis dar con la clave rebuscando a fondo entre sus clientes. Al menos, como una sugerencia válida. Es posible que alguno esté menos satisfecho de lo que pueda parecer.

—Sí, ya hemos empezado con eso —lo informó Wallander.

Antes de concluir la conversación, acordaron encontrarse aquella misma tarde en la fiscalía. El inspector se obligó, pues, a sumergirse de nuevo en el plan de búsqueda que había esbozado, pero le fallaba la capacidad de concentración. Malhumorado, dejó el bolígrafo y fue a buscar una taza de café. Se apresuró a volver al despacho, pues prefería no toparse con nadie. Habían dado ya las ocho y cuarto cuando empezó a tomarse el café mientras se preguntaba cuánto tardaría en remitir aquella timidez suya. A las ocho y media, se levantó, recogió sus notas y se dirigió a la sala de reuniones. Por el camino, fue considerando lo poco que se había avanzado durante los cinco o seis días transcurridos desde que hallaron el cadáver de Sten Torstensson. Él sabía que no había dos investigaciones iguales, pero siempre se originaba una urgencia muy intensa entre los agentes implicados en un caso como aquél.

Mientras caminaba pasillo arriba, resolvió que algo tenía que haber cambiado durante su ausencia, aunque no fue capaz de adivinar qué podía ser.

A las nueve menos veinte estaban ya todos reunidos, y Björk dejó caer las manos sobre el tablero, en señal de que el grupo de investigación podía empezar a trabajar y, sin más, interpeló a Wallander.

—Kurt, tú que has llegado en mitad de todo el lío lo puedes ver con más claridad. ¿Cuál ha de ser el siguiente paso?

—No creo que sea yo el más indicado para decidir tal cosa —rechazó Wallander—. Aún no he tenido tiempo de ponerme al corriente de todo.

—Ya, pero, por otro lado, tú eres el único que ha aportado algo útil —objetó Martinson—. Si no te conociese... Anoche mismo estuviste esbozando un plan de búsqueda, ¿me equivoco?

Wallander asintió. De pronto, se dio cuenta de que, en realidad, no le importaba lo más mínimo asumir la responsabilidad de aquel caso.

—He intentado hacer una síntesis —comenzó—. Pero antes, quisiera contaros algo que sucedió hace poco más de una semana, mientras yo estaba en Dinamarca. A decir verdad, tendría que habéroslo dicho ayer mismo. Pero es que tuve un día más que ajetreado.

Dicho esto refirió, ante la perplejidad de sus colegas, la visita de Sten Torstensson a Skagen, realizando un gran esfuerzo por no omitir ni olvidar ningún detalle.

El silencio más absoluto reinó en la sala hasta que Björk tomó la palabra, sin esmerarse en ocultar su malestar.

—Pues sí que resulta curioso —prorrumpió—. No termino de comprender cómo es que Kurt siempre se ve envuelto en situaciones que escapan a nuestras normas y protocolos.

—Yo le dije que se dirigiese a vosotros en busca de ayuda —se defendió Wallander, notando que empezaba a sentirse ofendido.

—Bien, no es momento de ponernos a discutir —prosiguió Björk impertérrito—. Aunque convendrás en que no deja de resultar extraordinario. A efectos puramente prácticos, implica, además, que hemos de reconsiderar la investigación del accidente de tráfico de Gustaf Torstensson.

—Yo opino que es tan natural como necesario que avancemos en dos frentes —indicó Wallander—. La suposición es, en cualquier caso, que han sido dos las personas asesinadas, y no sólo una. Por si fuera poco, se trata de un padre y su hijo. Más aún, tenemos que pensar en dos direcciones al mismo tiempo. Puede que exista una solución oculta en sus respectivas vidas privadas. Sin embargo, cabe la posibilidad de que la clave se halle en su vida profesional, como abogados a cargo del mismo despacho. El hecho de que Sten Torstensson requiriese mi ayuda y me mencionase el desasosiego de que era víctima su padre puede inducirnos a pensar que la respuesta la tiene Gustaf Torstensson. Pero, no podemos estar seguros de ello, entre otras razones, porque Sten le envió a la señora Dunér una postal desde Finlandia, pese a que se encontraba en Dinamarca.

—Lo cual nos revela otro dato —apuntó Ann-Britt Höglund de forma inesperada.

Wallander asintió, antes de concluir el razonamiento de la colega.

—Que Sten Torstensson contaba con que también su vida estuviese sujeta a algún tipo de amenaza. ¿No es eso lo que quieres decir?

—Así es —confirmó Ann-Britt Höglund—. ¿Por qué, si no, iba a dejar una pista falsa?

Martinson alzó la mano para pedir la palabra.

—Lo más sensato será, a mi entender, que nos dividamos —sugirió—. Unos nos dedicaremos al padre y otros al hijo. Después tendremos ocasión de comprobar si nos topamos con algo que nos lleve en dos direcciones al mismo tiempo.

—Eso es precisamente lo que pienso yo —convino Wallander—. Por otro lado, no me abandona la sensación de que hay algo curioso en todo este asunto. Algo en lo que ya deberíamos haber reparado.

—Todos los asesinatos son curiosos —comentó Svedberg.

—No, pero hay algo... —insistió Wallander—. En fin, siento no poder explicarme mejor.

Björk los exhortó a concretar.

—Bien, puesto que yo ya he empezado a hurgar en la muerte de Gustaf Torstensson, puedo seguir con ello, si no tenéis nada que objetar.

—Entonces, los demás nos encargaremos de Sten Torstensson —propuso Martinson—. Supongo que tú prefieres trabajar en solitario, como de costumbre. Al menos al principio.

—No necesariamente —opuso Wallander—. Sin embargo, si no lo he entendido mal, parece que el caso del hijo se presenta bastante más complicado que el del padre, cuya clientela era muy inferior en número. Me da la impresión de que la vida de éste es más transparente.

—Muy bien. Lo acordamos así, pues —prorrumpió Björk cerrando su agenda con estrépito—. Nos veremos, como siempre, todos los días a las cuatro de la tarde. Por cierto, yo necesito ayuda con una conferencia de prensa que se celebrará hoy.

—Yo no puedo —se apresuró a decir Wallander—. No lo soportaría.

—Bueno, yo había pensado en Ann-Britt —aclaró Björk—. No está de más que la gente sepa que está con nosotros.

—Me encantará —repuso ella, para sorpresa de todos—. Eso también es algo que debo aprender.

Después de la reunión, Wallander le pidió a Martinson que aguardase un momento. Una vez que se hubieron quedado solos, cerró la puerta.

—Tú y yo tenemos que hablar —afirmó Wallander—. Me siento como si hubiese entrado aquí a codazos a tomar el mando, cuando lo que debía haber hecho era firmar mi solicitud de despido.

—Como comprenderás, todos estamos sorprendidos —repuso Martinson—. No eres el único que se siente inseguro aquí.

—Es que temo andar pisándole a la gente los dedos de los pies —precisó Wallander.

Martinson rompió a reír. Después se sonó la nariz, antes de responder:

—El cuerpo de Policía sueco está compuesto de un sinfín de dedos y talones doloridos, que constituyen sus puntos vulnerables. Cuanto más nos parecemos a los funcionarios, más se intensifica la competitividad por hacer carrera. Al mismo tiempo, la burocratización creciente es un campo de cultivo perfecto para equívocos y malentendidos, que son los verdaderos talones de Aquiles del cuerpo. A veces comprendo que Björk se sienta tan angustiado por el cariz que está tomando la profesión. ¿En qué quedará el simple y llano trabajo policial?

—Ya, bueno. Pero el cuerpo de Policía siempre ha reflejado su entorno —apuntó Wallander—. De todos modos, te entiendo. Ya Rydberg solía quejarse de lo mismo. ¿Qué dice Ann-Britt Höglund?

—Es una buena policía —aseguró Martinson—. Tanto Hanson

como Svedberg se sienten intimidados por ella, por su capacidad. Por lo menos Hanson está muy preocupado por quedarse atrás. Por eso no para de asistir a cursillos de formación continua.

—El policía de los nuevos tiempos —sentenció Wallander al tiempo que se levantaba—. Ella encarna a ese policía.

Al llegar al umbral, se detuvo un momento.

—Por cierto, ayer dijiste algo a lo que no dejo de dar vueltas. Fue algo acerca de Sten Torstensson. Me dio la impresión de que era más importante de lo que podía parecer a simple vista.

—Todo lo que dije, lo leí palabra por palabra de mi bloc de notas —respondió Martinson—. Si quieres, puedo hacerte una copia.

—Bueno, puede que no sean más que figuraciones mías —resolvió Wallander.

Una vez en su despacho y tras haber cerrado la puerta, comprobó que estaba experimentando una sensación que ya casi no recordaba. Sintió como si hubiese descubierto que tenía voluntad. Al parecer, no lo había perdido todo durante el periodo que había dejado a sus espaldas.

Permaneció sentado ante el escritorio, con la impresión de que podía verse desdoblado y desde fuera: aquel hombre que trastabillaba por una isla de las Antillas, el miserable viajero en Tailandia, todos aquellos días, con sus noches, en los que todo, salvo las funciones corporales mecánicas, parecía haber cesado. Y, mientras se veía a sí mismo en estas situaciones, comprendió que se trataba de un ser al que no reconocía. Y así supo que él, durante todo ese tiempo, había sido otra persona.

Se estremeció ante la idea de las consecuencias tan tremendas que algunos de sus actos podían haber originado. Pensó en su hija Linda... Hasta que Martinson no llamó a la puerta y entró para dejarle una copia de sus notas, no lo abandonaron los recuerdos. Pensó que todo ser humano alberga en su interior una habitación secreta, un refugio donde almacenar evocaciones y recuerdos. En esta ocasión, concluyó que lo mejor era echar el cerrojo y bloquearlo con un buen candado. Después, se fue a los servicios y arrojó al retrete los antidepresivos que tenía en el bolsillo.

Hecho esto, regresó a su despacho y se aplicó a trabajar. Eran ya las diez de la mañana cuando empezó a leer las anotaciones de Martinson, sin comprender por qué le habían llamado tanto la atención.

«Es demasiado pronto», se conformó de nuevo. «Rydberg me habría aconsejado paciencia. Ahora tengo que aconsejármela yo mismo.»

Reflexionó un instante sobre por dónde comenzar, antes de ponerse a buscar la dirección particular de Gustaf Torstensson en el atestado del accidente.

«Calle de Timmermansgatan, número doce», pudo leer en el documento.

Era uno de los barrios de chalets más antiguos y lujosos de Ystad, más allá de la zona militar, a la altura de Sandskogen. Llamó al bufete para hablar con Sonja Lundin, que lo informó de que las llaves de la casa estaban en la oficina. Cuando salió de la comisaría, comprobó que aquellas nubes rotundas que prometían lluvia se habían dispersado. El aire era limpio y, al respirar, notó que llenaban sus pulmones las primeras brisas heladas de un invierno que se anunciaba inminente. Detuvo el coche ante la casa de ladrillo amarillo y al instante apareció Sonja Lundin por la puerta con las llaves en la mano.

Se equivocó de camino dos veces, hasta que dio con la dirección correcta. Aquella enorme casa de madera pintada de color marrón se hallaba bien oculta por la fronda del jardín. Abrió la portezuela de la valla, que chirrió al ceder, y empezó a caminar por la veredilla de grava. Reinaba una calma absoluta y la ciudad aparecía remota. «Un mundo dentro de otro mundo», sentenció para sí mientras echaba una ojeada a su entorno. «¡Vaya! El bufete de abogados Torstensson ha tenido que ser un negocio de lo más rentable. No creo que haya una casa más cara que ésta en todo Ystad.» El jardín estaba cuidado con esmero, aunque su aspecto resultaba algo exánime. Árboles plantados aquí y allá, setos recortados, agrupaciones florales exentas de fantasía... Se había imaginado que un abogado de edad tal vez sintiese la necesidad de rodearse de líneas rectas, dispuestas según un modelo tradicional de jardín, sin sorpresas ni improvisaciones. Creyó recordar haber oído que en alguna ocasión Gustaf Torstensson había desarrollado su intervención en una sala judicial hasta el colmo del aburrimiento. De hecho, decían sus malintencionados adversarios que era capaz de conseguir que su cliente fuese declarado inocente haciendo que los fiscales claudicasen desesperados ante un defensor tan machacón y tan carente de temperamento. Wallander decidió consultar a Per Åkeson acerca de sus experiencias con Gustaf Torstensson, pues suponía que, a lo largo de los años, habrían coincidido en más de un juicio.

Subió las escaleras que conducían hasta la puerta de entrada y buscó la llave adecuada antes de abrir la puerta, cuya cerradura tenía siete barras de seguridad y pertenecía a un modelo bastante complicado que Wallander no había visto antes. Accedió a un gran recibidor, al fondo del cual se alzaba la amplia escalera que conducía al piso superior. Al retirar uno de los pesados cortinajes que cubrían las ventanas, reconoció que éstas estaban protegidas con rejas. «¿Un hombre mayor y solo que trataba de mitigar el miedo propio de la vejez?», se preguntó. «¿O acaso escondía aquí algo que deseaba proteger, aparte de a sí mismo? ¿Tenía aquel miedo un origen externo a estas paredes?» Se dispuso a recorrer la casa empezando por la planta baja, con su biblioteca llena de pomposos retratos familiares y el gran salón comedor. Todo, desde el papel de las paredes hasta los muebles, era de color oscuro, lo que le contagió una sensación de melancolía y aislamiento. Por ninguna parte se observaba nota alguna de color, una nota de alegría que invitase a la sonrisa.

Continuó por la escalera hacia el piso superior, donde halló varias habitaciones de invitados con las camas preparadas y vacías, que le hicieron pensar en la desolación de un hotel cerrado en temporada de invierno. Con gran sorpresa, vio que también la puerta del dormitorio de Gustaf Torstensson estaba provista de una reja en el interior de la alcoba. Descendió la escalera y notó que la casa lo hacía sentirse muy incómodo. Se sentó ante la mesa de la cocina con la barbilla apoyada en la palma de la mano. El único sonido perceptible era el tictac de un reloj de cocina.

Gustaf Torstensson tenía sesenta y nueve años cuando murió. Los últimos quince, desde el fallecimiento de su esposa, había vivido solo. Sten Torstensson era su único hijo. A juzgar por el óleo falso que había en la biblioteca, parecía que la familia descendía del general Lennart Torstensson, que se había hecho merecedor de una fama más que dudosa durante la guerra de los treinta años. Wallander recordaba vagamente, de su época escolar, que el sujeto había hecho gala de una brutalidad sin parangón entre los campesinos de las zonas por las que avanzaban sus tropas.

Se levantó y bajó la escalera que conducía al sótano. También aquí reinaba un orden meticuloso. Al fondo del subterráneo, más allá de la sala de las calderas, descubrió una puerta de acero que estaba cerrada. Fue probando las llaves hasta dar con la adecuada. La habitación que había tras la puerta carecía de ventana y Wallander tanteó con los dedos hasta hallar el interruptor.

Para su sorpresa, se encontró con que la sala, cuyas paredes estaban cubiertas de estanterías, atestadas de iconos de la Europa oriental, era enorme. Sin atreverse a tocarlos, se acercó para verlos de cerca. Él no era ningún experto y, en realidad, nunca le habían interesado las antigüedades, pero adivinó que debía de tratarse de una colección de enorme valor, lo cual explicaría las cerraduras y las rejas de las ventanas, aunque no la del dormitorio. La sensación de incomodidad que había empezado a experimentar aumentaba por momentos. Le parecía estar fisgando en lo más recóndito del alma de un viejo rico que, abandonado por la vida, había consentido pasarla encarcelado en su casa, sometido por una avaricia cuya expresión se cifraba en forma de diversas imágenes de la Virgen María.

De repente, en medio de aquella reflexión, se sobresaltó. Un ruido de pasos seguidos de los ladridos de un perro se dejó oír desde el piso de arriba. Salió a toda prisa de la habitación y subió la escalera hasta llegar a la cocina.

Absolutamente perplejo, miraba con los ojos desorbitados al colega uniformado Peters que, arma reglamentaria en mano, le apuntaba decidido. Detrás de él, un vigilante de una compañía de seguridad tiraba de la cadena de un perro que no cesaba de gruñir.

Peters dejó caer la mano con la pistola mientras Wallander sentía la violencia de los latidos de su propio corazón. En efecto, la visión del arma le había traído a la memoria, en un segundo, aquellos recuerdos de los que durante tanto tiempo había estado intentando librarse.

Entonces, se enfureció.

—¿Qué cojones está pasando aquí? —rugió.

—Saltó la alarma de la compañía de seguridad, y ellos advirtieron a la policía —explicó Peters nervioso—. Así que acudimos enseguida. ¿Cómo iba yo a saber que eras tú quien había entrado?

En ese preciso instante, Norén, el colega de Peters, entró en la cocina, también él con el arma preparada.

—Esto es una investigación —aclaró Wallander notando que la ira se esfumaba tan rápido como había aparecido—. El abogado Torstensson, el que se mató en un accidente de tráfico, vivía en esta casa.

—Ya, pero cuando salta la alarma, nosotros hemos de actuar enseguida —dijo el vigilante con determinación.

—Pues desconéctala —ordenó Wallander—. Dentro de un par de horas podrás conectarla de nuevo. Pero, primero, habrá que examinar la casa. La revisaremos de arriba abajo.

—Éste es el inspector Wallander —lo presentó Peters—. Me figuro que lo reconoces, ¿no es así?

El vigilante, que era un chico muy joven, asintió. Sin embargo, Wallander notó que no tenía ni idea de quién era.

—Saca al perro —pidió Wallander—. Aquí no os necesitamos ya.

El vigilante salió con el pastor alemán, que no cesaba de gruñir. Entonces, el inspector les estrechó la mano a Peters y a Norén.

—Oí decir que habías vuelto —comentó Norén—. Bienvenido.

—Gracias —repuso escueto Wallander.

—Nada ha sido igual mientras has estado de baja —confesó Peters.

—Bueno, pues ahora estoy aquí —atajó Wallander, intentando desviar la conversación hacia el tema de la investigación que tenían entre manos.

—La verdad, la información que se nos dio no fue de primera —se quejó Norén—. Nos habían dicho que ibas a retirarte. Así que no nos esperábamos tu aparición cuando suena la alarma de una casa vacía.

—La vida está llena de sorpresas —sentenció Wallander.

—Bueno, que sepas que eres muy bienvenido —dijo Peters estrechándole la mano de nuevo.

Y, por primera vez desde su reincorporación, sintió que aquel afecto con que lo recibían sus compañeros era sentido. Peters desconocía el artificio. Sus palabras habían sido sencillas y convincentes.

—Han sido meses muy duros —admitió Wallander—. Pero ya pasó. O, al menos, eso creo yo.

Tras la inspección de la casa se despidió de Peters y Norén, que se marcharon en el coche patrulla. Deambuló un rato por el jardín mientras intentaba ordenar sus pensamientos. Sus sentimientos personales se entremezclaban con lo acontecido a los dos abogados. Finalmente, decidió no demorar por más tiempo la segunda visita a la señora Dunér, pues creía tener algunas preguntas cuya respuesta necesitaba averiguar cuanto antes.

Eran poco más de las doce cuando llamaba a la puerta de la antigua secretaria, que abrió enseguida y lo hizo pasar. En esta ocasión, le aceptó la taza de té que le ofrecía.

—Siento volver a molestar tan pronto —se excusó—. Pero necesito que me ayude a forjarme una imagen tanto del padre como del hijo. ¿Quién era Gustaf Torstensson? Y, ¿quién Sten Torstensson? Usted estuvo trabajando con el primero durante treinta años.

—Y durante diecinueve con Sten Torstensson —añadió ella enseguida.

—Eso es mucho tiempo —prosiguió Wallander—. Suficiente para conocer a una persona. Pero, hablemos de Gustaf Torstensson en primer lugar. ¿Podría hacerme una descripción de su persona?

Su respuesta lo dejó atónito.

—No, no puedo.

—¿Cómo que no?

—Pues, porque en realidad es como si no lo hubiera conocido.

El tono era de total sinceridad, por lo que Wallander pensó que tendría que ir avanzando despacio, que no le cabía más que tomarse ese tiempo del que él, a causa de su característica impaciencia, creía no disponer.

—Comprenderá usted que la respuesta me resulte más que curiosa —advirtió Wallander—. No parece verosímil que no conozca usted a un hombre con el que ha estado trabajando durante treinta años.

—Yo nunca trabajé con él, sino para él —corrigió ella—. Es una diferencia considerable.

Wallander asintió con gesto comprensivo.

—Aun así, aunque no alcanzase a conocerlo, admitirá que sí llegó a saber mucho de él. Eso es lo que me tiene que contar. En caso contrario, nunca lograremos resolver el caso del asesinato de su hijo.

—No es usted sincero conmigo, señor Wallander —prorrumpió ella, sin dejar de sorprender al inspector—. ¿Me dirá qué fue lo que ocurrió exactamente cuando se mató con el coche?

Wallander tomó instantáneamente la decisión de revelarle la verdad.

—Eso es algo que ignoramos, por ahora —confesó—. Sin embargo, sí albergamos la sospecha de que se produjo algún incidente en la carretera, relacionado con el accidente. Algo que lo provocó o que aconteció después.

—Él había recorrido ese mismo trayecto en numerosas ocasiones. Conocía la carretera de memoria y siempre conducía despacio.

—Al parecer, venía de visitar a uno de sus clientes.

—Al hombre de Farnholm —aclaró ella.

Wallander aguardó una continuación que no se produjo, hasta que se vio obligado a preguntar:

—¿El hombre de Farnholm?

—Alfred Harderberg —reveló la señora Dunér—. El hombre del castillo de Farnholm.

Wallander sabía que aquel castillo estaba situado en una zona apartada, en la parte sur de la colina de Linderöd, pues lo había visto al pasar con el coche en numerosas ocasiones, si bien nunca había llegado a visitarlo.

—Era el cliente personal más importante del bufete —prosiguió la señora Dunér—. De hecho, durante los últimos años, fue el único cliente de Gustaf Torstensson.

Wallander anotó el nombre en un trozo de papel que encontró en el bolsillo.

—Es la primera vez que oigo ese nombre —admitió—. Es un hacendado, supongo.

—Bueno, es una buena manera de calificar a quien posee un castillo —afirmó ella—. Sin embargo, su principal actividad son los grandes negocios a escala internacional.

—Bien, ni que decir tiene que me pondré en contacto con él —reveló Wallander—. Debe de haber sido una de las últimas personas que vieron a Gustaf Torstensson con vida.

De repente, un repartidor echó unos folletos publicitarios por la ranura del correo. La señora Dunér dio un respingo cuando cayeron al suelo de la entrada.

«Tres personas asustadas», constató Wallander. «Pero ¿cuál es el origen de ese miedo?»

—En fin, hablemos de Gustaf Torstensson —insistió—. Vamos a intentarlo de nuevo. Haga un esfuerzo por describírmelo.

—Era la persona más reservada que jamás conocí —aseveró ella en un tono que Wallander creyó poder interpretar como ligeramente agresivo—. Nunca permitió que nadie se le aproximase. Era tan meticuloso que nunca jamás modificó una rutina. Era una de esas personas de las que suele decirse que se puede poner en hora el reloj según sus costumbres. En el caso de Gustaf Torstensson era más cierto que en ningún otro. Era como la imagen recortada de una silueta, sin sangre en las venas. Por otro lado, no resultaba ni amable ni desagradable, sino simplemente aburrido.

—Según Sten Torstensson era también una persona de carácter alegre —opuso Wallander.

—En tal caso, yo nunca lo noté —negó la señora Dunér.

—¿Cómo era la relación entre ellos?

La mujer no se lo pensó ni un segundo, sino que contestó de inmediato y con decisión.

—A Gustaf Torstensson lo irritaba que su hijo intentase modernizar el bufete —explicó—. Y para Sten Torstensson su padre era, en muchos sentidos, un lastre. Sin embargo, ambos ocultaban su parecer, pues ambos temían los conflictos en la misma medida.

—Antes de morir, Sten Torstensson me reveló el hecho de que alguna circunstancia que él ignoraba había estado preocupando e inquietando a su padre durante los últimos meses —explicó Wallander—. ¿Tiene usted algo que decir al respecto?

En esta ocasión, la señora Dunér meditó un momento antes de responder.

—Es posible —admitió—. Ahora que usted lo dice. Durante sus últimos meses de vida, estaba como ausente.

—¿Se le ocurre alguna explicación?

—No.

—¿No había ocurrido nada especial?

—No, nada.

—Quiero que piense bien la respuesta, pues podría ser muy importante.

La mujer se sirvió más té mientras reflexionaba. Wallander aguardaba paciente. Entonces, ella alzó la vista y lo miró.

—No, no puedo contestar a esa pregunta —replicó—. Lo cierto es que no se me ocurre ninguna explicación.

En ese momento, al mismo tiempo que escuchaba sus palabras, Wallander se dio perfecta cuenta de que no decía la verdad. Sin embargo, decidió no presionarla. Todo era aún demasiado confuso e impreciso. Todavía no había llegado el momento.

El inspector apartó la taza y se levantó.

—Bien, en ese caso, no la molestaré más —declaró con una sonrisa—. Gracias por la charla. Sin embargo, me temo que debo advertirla de que volveré con nuevas preguntas.

—¡Faltaría más! —aceptó la señora Dunér.

—Si se le ocurre alguna otra cosa, no tiene más que llamarme —le recordó él ya en la calle—. No lo dude, el menor detalle puede ser muy valioso para la investigación.

—Lo tendré en cuenta —afirmó ella antes de cerrar la puerta.

Wallander se sentó al volante, pero no puso en marcha el motor. Le había sobrevenido una sensación profundamente desagradable. Si bien no era capaz de explicar por qué, barruntaba que, detrás de la muerte de los dos abogados, se ocultaba algo de envergadura, pesado y horrendo. Aún no había hecho más que raspar la superficie.

«Aquí hay algo que nos está orientando en una dirección errónea», se dijo. «Tal vez deba considerar la posibilidad de que aquella postal que fue enviada desde Finlandia no sea una pista falsa, sino más bien la auténtica pista. Pero ¿hacia dónde nos lleva?»

Estaba a punto de poner en marcha el motor para alejarse de allí, cuando descubrió a una persona que, en pie sobre la acera contraria, lo miraba con fijeza.

Era una mujer joven, de apenas veinte años, de origen asiático indefinible. Al darse cuenta de que Wallander la había visto, se fue a toda prisa. Por el espejo retrovisor, la vio girar a la derecha, en dirección a la calle de Hamngatan, sin darse la vuelta para mirar.

Estaba seguro de no haberla visto nunca con anterioridad.

Aquello no tenía por qué significar que ella lo hubiese reconocido. Durante sus años de servicio como inspector de policía, había estado en contacto con refugiados en busca de asilo en contextos muy diversos.

Emprendió el regreso a la comisaría. El viento seguía siendo racheado. Una pantalla de nubes se aproximaba por el este. No había hecho más que girar para entrar en la carretera de Kristianstadvägen cuando, de repente, frenó en seco. El conductor del camión que tenía detrás dio un bocinazo airado.

«Mis reacciones son demasiado lentas», resolvió. «Ni siquiera me doy cuenta de lo evidente.»

Realizó una maniobra de tráfico prohibida y volvió por el mismo camino por el que había venido. Aparcó el coche ante la puerta de la oficina de Correos de la calle de Hamngatan y se apresuró después a tomar la perpendicular que conducía hasta la parte norte de la calle de Stickgatan. Se colocó de modo que pudiese ver de lejos la casa rosa en la que vivía la señora Dunér.

Hacía fresco y empezó a caminar por la acera de arriba abajo.

Una hora más tarde, comenzó a sopesar la idea de abandonar. Mas ¡estaba tan seguro de haber acertado...! Así, siguió vigilando la casa. A aquellas horas, Per Åkeson estaría esperándolo, pero lo haría en vano.

A las tres y veintitrés minutos exactamente, se abrió la puerta de la casa rosa. Wallander se deslizó a toda prisa hasta ocultarse tras una esquina.

En efecto, estaba en lo cierto. Era aquella mujer de aspecto asiático impreciso la que abandonaba la casa de la señora Berta Dunér.

La joven desapareció al volver la esquina.

En ese momento, Wallander notó que empezaba a llover.

5

La reunión del grupo de investigación que dio comienzo a las cuatro se prolongó durante siete minutos exactamente. Wallander fue el último en entrar y hundirse en su silla, sin resuello y con la cara sudorosa. Sus colegas lo miraban inquisitivos desde sus asientos en torno a la mesa, pero ninguno de ellos hizo comentario alguno.

A Björk le llevó unos minutos hacerse a la idea de que nadie tenía nada relevante de lo que informar o que exponer para su discusión. En aquel tipo de situaciones los policías se convertían en lo que, en su propia jerga, se denominaba «cavadores de túneles». En efecto, todos intentaban perforar diversas superficies con objeto de acceder a lo que pudiera hallarse oculto debajo. Se trataba, por tanto, de un periodo recurrente en el curso de toda investigación, que no solía originar conversaciones innecesarias. El único que tenía algo que preguntar era Wallander.

—Muy bien, pero ¿quién es Alfred Harderberg? —inquirió tras consultar la nota en la que había garabateado el nombre.

—¡Vaya! ¡Yo creía que eso lo sabía todo el mundo! —exclamó Björk con sorpresa manifiesta—. Es uno de los hombres de negocios más prósperos y exitosos del momento. Vive aquí, en Escania, cuando no está de viaje en su avión privado.

—Es el propietario del castillo de Farnholm —aclaró Svedberg—. Dicen que tiene un acuario con arena de oro en el fondo.

—Pues era cliente de Gustaf Torstensson —intervino Wallander–. Su principal cliente, para ser exactos. Y el último, pues venía de visitarlo la noche que murió en la plantación.

—Yo sé que suele organizar colectas privadas para los necesitados en las zonas de guerra de los Balcanes —reveló Martinson—. Claro que eso no debe de ser tan difícil cuando uno dispone de una cuenta corriente ilimitada.

—Alfred Harderberg es un hombre digno de respeto —sentenció Björk.

Wallander notó que empezaba a irritarse.

—¿Y quién no lo es? —le espetó—. De todos modos, yo pienso ir a hacerle una visita.

—De acuerdo, pero llámalo antes —advirtió Björk al tiempo que se levantaba.

La reunión había concluido. Wallander fue a buscar una taza de café y entró en su despacho. Necesitaba meditar un rato a solas sobre el posible significado del hecho de que una joven de origen asiático hubiese visitado a la señora Dunér. Cabía la posibilidad de que no significase nada en absoluto. Pero el instinto de Wallander lo hacía inclinarse por lo contrario. Puso los pies sobre la mesa y se echó hacia atrás en la silla, con la taza de café en equilibrio sobre una de sus rodillas.

Entonces, sonó el teléfono y, cuando fue a echar mano del auricular, se le escapó la taza, de modo que el café se le derramó sobre la pierna y la taza salió rodando por el suelo.

—¡Joder! —exclamó irritado con el auricular a medio camino hacia la oreja.

—No es necesario que seas desagradable —oyó decir a su padre—. Sólo quería saber por qué no llamas nunca.

Enseguida lo invadió el cargo de conciencia, lo que a su vez lo inducía a caer en un profundo estado de irritación. Se preguntó si la relación entre su padre y él llegaría a verse alguna vez libre de todas aquellas tensiones que emergían a la superficie al menor motivo.

—No, es que se me ha caído una taza de café al suelo —explicó a modo de excusa—. Y me he quemado la pierna.

El padre no pareció haber oído sus palabras.

—¿Por qué estás en tu despacho? —preguntó—. ¿No estabas de baja?

—Ya no. He vuelto al trabajo.

—¿Cuándo?

—Ayer.

—¿Ayer?

Wallander comprendió que, a menos que fuese capaz de finalizar la conversación de inmediato, aquélla podría prolongarse más de lo deseado.

—Ya sé que te debo una explicación —comenzó—. Pero es que ahora no tengo tiempo. Iré a verte mañana por la noche y te contaré lo que ha sucedido.

—Hace mucho tiempo que no te veo —recriminó el padre antes de colgar.

Wallander permaneció un instante sentado, con el auricular en la mano. Su padre, que cumpliría setenta y cinco años al año siguiente, no cesaba de llenar su alma de sentimientos harto contradictorios. Su relación había sido complicada, desde que él podía recordar. Y había estallado el día en que Wallander le comunicó a su padre su intención de convertirse en policía. Durante los veinticinco años que habían transcurrido desde aquel momento, su progenitor no había dejado pasar la menor oportunidad de criticar aquella decisión. Por su parte, Wallander era incapaz de liberarse del cargo de conciencia que le producía el no dedicarse más a su anciano padre. El año anterior, cuando recibió la apabullante noticia de que el anciano había tomado la determinación de casarse con una mujer treinta años más joven que él y que, por si fuera poco, era la asistente social que había estado ayudándole en casa tres veces por semana, pensó que, a partir de aquel momento, su padre no echaría en falta la compañía. Mas, aquella mañana, al quedar así, con el auricular en la mano tras la conversación telefónica con él, comprendió que, en el fondo, nada había cambiado.

Colgó por fin el auricular y recogió la taza de café, se secó la pernera del pantalón con una hoja que arrancó del bloc escolar que usaba para sus notas y recordó que debía ponerse en contacto con el fiscal, Per Åkeson, cuya secretaria le pasó la llamada enseguida. Wallander le explicó que le había surgido un imprevisto y Per Åkeson le propuso otra cita para la mañana siguiente.

Una vez que la conversación hubo concluido, fue a buscar otra taza de café y se cruzó en el pasillo con Ann-Britt Höglund, que iba cargada con una montaña de archivadores.

—¿Qué tal va eso? —preguntó Wallander.

—Muy despacio —aseguró ella—. No puedo evitar pensar que hay algo extraño en la muerte de estos dos abogados.

—Eso mismo pienso yo —convino Wallander sorprendido—. ¿Qué es lo que te sugiere tal cosa?

—La verdad, no lo sé.

—En fin, hablaremos de ello mañana —resolvió Wallander—. La experiencia me dice que no hay que menospreciar el valor de aquello que no somos capaces de expresar en palabras.

Volvió a su despacho y buscó su bloc, mientras los recuerdos lo devolvían a las heladas playas de Skagen, donde Sten Torstensson apareció de entre la niebla. «Fue allí donde esta investigación empezó para mí», se dijo. «En efecto, comenzó cuando Sten Torstensson aún estaba con vida.»

Muy despacio, fue revisando lo que había llegado a saber hasta el momento acerca de los dos abogados muertos. Se sentía como el soldado que, al acometer la retirada, mira cauto y alerta a ambos lados del camino. Más de una hora le llevó organizar y obtener una visión de conjunto de los datos que él y sus colegas habían logrado recabar hasta el momento.

«¿Qué es lo que veo, sin poder decir que lo vea realmente?», se preguntaba una y otra vez mientras revisaba el material. Sin embargo, cuando al cabo dejó a un lado el bolígrafo, pensó malhumorado que lo único que había obtenido era un perfecto signo de interrogación.

«Dos abogados muertos», prosiguió en su reflexión. «El uno en un curioso accidente de tráfico con toda probabilidad amañado por alguien. Y ese alguien, que acabó con la vida de Gustaf Torstensson, era un asesino que, con cálculo premeditado, se tomó la molestia de ocultar su crimen. La solitaria pata de aquella silla a medio enterrar en el barro fue un error más que llamativo. Está claro que aquí hay un *porqué* y un *quién*», concluyó. «E incluso es posible que haya algo más.»

Y, de repente, se dio cuenta de que se hallaba ante una roca que podía levantar de inmediato. Buscó el número de la señora Dunér en sus notas. Ella contestó casi al instante.

—Hola, soy el inspector Wallander. Lamento molestarla —se excusó—. Pero es que tengo una pregunta a la que quisiera me respondiese ahora mismo.

—Si está en mi mano, no dude que lo haré —respondió ella solícita.

«En realidad, son dos las preguntas que quiero hacerle», se dijo Wallander. «Pero lo de la joven asiática lo reservaré para otro momento.»

—La noche que Gustaf Torstensson murió, había ido a visitar el castillo de Farnholm —comenzó—. ¿Cuántas personas sabían que iba a visitar a su cliente aquella noche?

Antes de contestar, ella meditó un instante, que Wallander aprovechó para preguntarse si se estaría tomando un tiempo para hacer memoria o más bien para formular una respuesta apropiada.

—Bien, como es natural, yo lo sabía —dijo al fin—. Y cabe la posibilidad de que se lo mencionase a la señorita Lundin. Aparte de nosotras dos, nadie.

—¿Quiere decir que Sten Torstensson lo ignoraba? —inquirió Wallander.

—Así es. No creo que él estuviese al corriente —afirmó ella—. Llevaban agendas separadas.

—En otras palabras, sólo usted lo sabía —concretó Wallander.

—Cierto —contestó la mujer.

—Bien, disculpe las molestias —reiteró Wallander antes de colgar.

Entonces, regresó a sus notas. «Gustaf Torstensson va a ver a un cliente y se ve expuesto, por el camino de vuelta a casa, a una especie de atentado, a un asesinato camuflado bajo la apariencia de un accidente de coche.»

Reflexionó sobre la respuesta de la señora Dunér, sobre el hecho de que ella hubiese sido la única en saber del viaje que el viejo abogado haría a Farnholm.

«Ella ha dicho la verdad», resolvió. «Pero la sombra de la verdad me interesa más que la verdad misma. Pues, lo que me ha revelado, en realidad, es que, salvo ella misma, sólo el hombre de Farnholm sabía lo que Gustaf Torstensson iba a hacer aquella noche.»

Prosiguió su deambular por el paisaje del caso, que no cesaba de variar su apariencia. El sombrío hogar del anciano, con todos aquellos sistemas de seguridad, la colección de iconos oculta en el sótano... Cuando ya le parecía no poder avanzar más por aquellos derroteros, pasaba a analizar lo que tenía sobre Sten Torstensson. De nuevo se producía un cambio en el paisaje, que ahora se le antojaba casi impenetrable. Aquella visita inesperada del amigo abogado en su retiro de viento y de sirenas perdidas, luego el solitario café del museo Konstmuseum; todo se presentaba a su mente como el conjunto heterogéneo de los ingredientes de una intrincada opereta. «Sin embargo, hay momentos de la representación en que la vida se toma en serio», se recordó a sí mismo. Así, no le cabía la menor duda de la sinceridad de Sten Torstensson al referirse al estado de inquietud y nerviosismo de su padre. Tampoco dudaba de que la postal finlandesa que un desconocido había enviado y que, con toda certeza, había sido un encargo de Sten Torstensson, significaba una toma de postura; existía una amenaza que explicaba la necesidad de una falsa pista. Si es que aquella falsa pista no constituía la verdad...

«Aquí no concuerda nada», concluyó Wallander. «Pero al menos, son datos que se pueden pillar con alfileres. Bastante peor se presenta el asunto de la joven asiática que no desea ser vista cuando se dispone a visitar la casa rosa de Berta Dunér. Y la propia señora Dunér, que no miente mal, pero no con la habilidad suficiente como para que un inspector de la brigada criminal de la policía de Ystad no lo note o, como mínimo, sospeche que hay algo que no funciona.»

Wallander se levantó, desentumeció la espalda y se puso en pie junto a la ventana. Eran ya las seis y había oscurecido. Se oían sonidos dispersos procedentes del pasillo, pasos que se acercaban para después suavizarse y desaparecer. Le vinieron a la memoria las palabras que en una ocasión le dijo su viejo amigo Rydberg, durante su último año de vida: «En realidad, una comisaría se parece mucho en su diseño a una prisión. Los policías y los delincuentes estamos formados como imágenes idénticas, pero contrarias. Bien mirado, nunca sabremos quién se encuentra a este lado del muro, y quién en el exterior».

De pronto, Wallander se sintió abatido y solo. Como de costumbre, recurrió a su único consuelo: recrear en su mente una conversación imaginaria con Baiba Liepa, la mujer de Riga, como si se hallase ante él en aquella habitación, que tampoco era su despacho, sino una casa triste de la capital letona, de fachadas desgastadas por el llanto, en aquel apartamento de luces tenues y cortinas pesadas que siempre se mantenían echadas. Mas, al fin, la imagen se enturbia, pierde fuerza hasta caer como el más débil de una pareja de luchadores. En su lugar, aparece su propia figura, gateando sobre sus rodillas embarradas en medio de la bruma de Escania, con una escopeta en una mano y una pistola en la otra, como una copia patética de un inverosímil héroe cinematográfico y, sin saber cómo, la película se rompe en mil pedazos, la realidad se deja ver por entre las ranuras y allí está la muerte, el matar, como los conejos que suelen salir de la chistera de un mago. Se ve a sí mismo como espectador de una escena en la que un hombre muere de un disparo en mitad de la frente. Después, él mismo aprieta el gatillo y lo único de lo que puede estar seguro es de que, en ese momento, no piensa en otra cosa que en su deseo de que aquel hombre al que está apuntando con su pistola, muera realmente.

«Debería reírme más a menudo», se recomendó a sí mismo. «Sin haberme apercibido de ello, he arribado, con los años, a una costa de oscuras aguas profundas.»

Abandonó su despacho sin llevarse consigo ningún papel. Al llegar a la recepción, vio que Ebba estaba ocupada al teléfono. Cuando le hizo una seña de que aguardase un momento, él negó con un gesto de la mano, como si siguiese estando tan ocupado, que no pudiese detenerse ni un instante.

Después, se marchó a casa y se preparó una cena que ni él mismo habría sido capaz de describir. Regó las cinco plantas que tenía en los alféizares de las ventanas, llenó una lavadora con la ropa sucia que había por allí esparcida, antes de comprobar que no le quedaba detergente, y se sentó en el sofá a cortarse las uñas de los pies. De vez en cuando, alzaba la vista y echaba una ojeada a la habitación, como si albergase la esperanza de descubrir, de pronto, que no estaba solo. Poco después de las diez, se fue a la cama, donde el sueño lo venció casi de inmediato. En la calle, la lluvia había remitido hasta hacerse casi imperceptible.

Cuando despertó la madrugada del miércoles, aún estaba oscuro. Miró el reloj de agujas centelleantes que tenía sobre la mesilla de noche y vio que no eran más que las cinco, así que se dio la vuelta dispuesto a dormirse de nuevo, pero no lo consiguió. Notó que estaba nervioso. Todo aquel tiempo que había pasado inmerso en el frío había dejado profundas huellas en su espíritu. «Nada volverá ya a ser como antes», sentenció para sí. «Sea lo que sea lo que haya cambiado, en mi vida siempre habrá, a partir de ahora, un *antes* y un *después*. Kurt Wallander existe y ha dejado de existir, al mismo tiempo.»

A las cinco y media, se levantó, se tomó un café mientras aguardaba a que llegase el repartidor con el periódico y comprobó que estaban a cuatro grados. Ya a las seis de la mañana salía de su apartamento, empujado por una inquietud que no era capaz ni de describir ni de ignorar. Se sentó en el coche y lo puso en marcha, cuando se le ocurrió la idea de que muy bien podía poner rumbo al norte en aquel preciso momento para hacer una visita al castillo de Farnholm algo más tarde. Podría detenerse en algún lugar a medio camino a tomarse un café y a anunciar por teléfono su llegada. Se puso, pues, en marcha, en dirección este e intentó desviar la mirada al llegar al campo militar de prácticas de tiro en el que, pronto haría dos años, el viejo Wallander había librado su última batalla. Allá en la niebla, había aprendido que algunas personas no se arredraban ante ningún tipo de violencia, que no vacilaban en llevar a cabo una ejecución a sangre fría si sus fines así lo requerían. Allí mismo, de rodillas sobre el fango y sumido en la más honda desesperación, había defendido su vida y, mediante un disparo tan acertado como sorprendente, había matado a una persona. Aquello no tenía vuelta atrás; había sido un entierro y un nacimiento, al mismo tiempo.

Tomó la carretera de Kristianstadvägen y aminoró la marcha cuando pasó el lugar donde había perdido la vida Gustaf Torstensson. Al llegar al tramo Skåne-Tranås, se detuvo en un café. El viento había empezado a soplar con fuerza y pensó que debería haberse puesto un chaquetón de más abrigo. En realidad, tendría que haber dedicado algún pensamiento a su vestimenta en general; aquellos pantalones de tergal desgastados y el chubasquero sucio no resultarían del todo apropiados para ir a visitar al dueño de un castillo. Mientras atravesaba la puerta del café se preguntó fugazmente cómo se habría vestido Björk para una visita como aquélla, aunque fuese de servicio.

Una vez dentro, comprobó que estaba solo en el establecimiento. Cuando pidió el café y un bocadillo de queso, eran las siete menos cuarto. Se puso a hojear una revista vieja que había en una estantería, pero se aburrió enseguida, así que intentó planificar las preguntas que le haría a Alfred Harderberg, o a quien quiera que pudiese hablarle de la última visita laboral de Gustaf Torstensson. Aguardó hasta las siete y media para llamar, en primer lugar, a la comisaría de Ystad pero, a aquellas horas, el único de sus colegas que estaba en su puesto era Martinson, siempre tan madrugador. De modo que le explicó dónde se encontraba y le dijo que contaba con que la entrevista duraría unas dos horas.

—¿Sabes qué fue lo primero que se me ocurrió esta mañana, al despertar? —preguntó Martinson.

—Pues no, ¿qué fue?

—Que quien mató a Gustaf Torstensson fue su hijo.

—Y, entonces, ¿cómo te explicas que él mismo apareciese asesinado? —inquirió Wallander perplejo.

—No, si yo no explico nada. Lo que sí creo estar viendo con mayor claridad a medida que avanzamos es que hemos de buscar la explicación en su profesión, y no en sus vidas privadas.

—O en una combinación de ambas —apuntó Wallander meditabundo.

—¿Qué quieres decir con eso?

—No, nada. Es algo que soñé anoche —repuso el inspector evasivo—. Bueno, llegaré cuando pueda.

Se despidió y colgó antes de volver a tomar el auricular y marcar el número del castillo de Farnholm. Apenas si había terminado de sonar la primera señal de llamada, cuando alguien levantó el auricular y contestó al otro lado del hilo telefónico.

—Castillo de Farnholm —oyó que decía una voz de mujer con un vago acento extranjero.

—Soy el inspector Wallander, de la comisaría de Ystad —se presentó—. Quisiera hablar con Alfred Harderberg.

—Está en Ginebra —explicó la mujer.

Wallander se quedó algo cortado... Por supuesto que debía haber considerado la posibilidad de que un hombre que hacía negocios a escala internacional pudiese estar de viaje.

—¿Cuándo estará de vuelta?

—No lo dejó dicho.

—¿Vendrá mañana, o la semana que viene?

—Ése es un dato que no puedo proporcionarle por teléfono. Sus viajes son altamente confidenciales.

—Vamos a ver. Ya le he dicho que soy agente de policía —repitió Wallander, que empezaba a irritarse.

—¿Y cómo cree que puedo estar segura de tal cosa? Usted podría ser cualquiera.

—De todos modos, llegaré al castillo de Farnholm dentro de media hora. ¿Por quién tengo que preguntar?

—Eso se lo dirán los vigilantes de la puerta —aseguró la mujer—. Espero que venga provisto de una placa válida.

—¿Qué es, según usted, una placa válida? —quiso saber Wallander.

—Eso lo decidiré yo, cuando la vea —atajó la mujer, antes de colgar.

Wallander devolvió el auricular a su sitio de un fuerte golpe, lo que le valió la mirada enojada de la robusta camarera que, en ese momento, estaba colocando galletas sobre una bandeja. El inspector dejó el dinero en la barra y se marchó sin decir una palabra.

Quince kilómetros más al norte, giró a la izquierda y no tardó en verse rodeado del espeso boscaje que bordeaba la loma sur de la colina de Linderö. Frenó al llegar al cruce, en el que la carretera se desviaba hacia el castillo de Farnholm. Un disco de granito con un texto incrustado en letras de oro le reveló que iba por buen camino. Al ver la piedra, se le ocurrió pensar que más le parecía una lápida de lujo que un indicador.

El camino hacia el castillo estaba asfaltado y en perfecto estado. Además, vio que había una valla de gran altura, discretamente oculta entre los árboles. Bajó la ventanilla para ver mejor y descubrió entonces que la valla era doble, con un espacio intermedio de más de un metro. Meneó la cabeza en señal de reprobación antes de subir de nuevo la ventanilla. Después de recorrer aún otro kilómetro, llegó a una curva muy pronunciada, detrás de la cual apareció la verja y, al otro lado, una construcción gris de tejado plano que se parecía bastante a un búnker. Alcanzó la verja, pero nadie acudió. Hizo sonar el claxon, pero tampoco así obtuvo respuesta. Entonces, ya fuera del coche, empezó a notar cómo iba encolerizándose de forma paulatina. Tanta valla y tanta verja cerrada se le antojaron indicio de una acusada voluntad de humillar al recién llegado. En ese preciso momento, un hombre atravesó la puerta de acero y salió del búnker. Vestía un modelo de uniforme desconocido para Wallander, a quien le costaba acostumbrarse al hecho de que el número de compañías de seguridad que se establecían en el país para ofrecer sus servicios de vigilancia aumentase sin cesar.

El hombre del uniforme rojo oscuro se le acercó. Calculó que tendrían la misma edad, más o menos.

Entonces, el hombre lo reconoció.

—¡Kurt Wallander! —exclamó el vigilante—. ¡Pues sí que hacía años que no nos veíamos!

—Pues sí, algunos —convino Wallander—. Pero ¿cuántos puede hacer? ¿Quince, tal vez?

—¡Qué va! Veinte, por lo menos, si no más —corrigió el vigilante.

Wallander había logrado localizar el nombre del individuo en su memoria. Ambos tenían el mismo nombre de pila, Kurt, pero el vigilante se llamaba Ström de apellido. Y ambos habían sido policías en Malmö. Wallander era entonces joven e inexperto, mientras Ström era algo mayor y más experimentado. Nunca llegaron a tener otra relación que la meramente profesional. Después, cuando Wallander se trasladó a Ystad, supo, al cabo de los años, que Ström había dejado la policía. Tenía el recuerdo algo difuso de haber oído que lo habían despedido, a causa de algún asunto feo que quedó silenciado, tal vez el uso de la violencia contra algún detenido, o sospechas por la desaparición de material robado e incautado por la policía. Pero no lo sabía con certeza.

—Me llevé una sorpresa al oír que estabas en camino —aseguró Ström.

—Pues ha sido una suerte para mí —señaló Wallander—. Me pidieron que trajese una placa de identificación válida. ¿Qué das tú por válido?

—Sí, aquí en el castillo de Farnholm se mantiene un alto nivel de seguridad —explicó el vigilante—. Somos muy exhaustivos a la hora de controlar a cuantos cruzan estas puertas.

—¿Qué riquezas se ocultan tras estos muros?

—Riquezas, no. Pero sí un hombre que hace negocios de envergadura.

—¿Alfred Harderberg?

—Exacto. Él posee algo que muchos desean.

—¿Y qué es, si puede saberse?

—Conocimiento. Esto vale más que ser el propietario de una imprenta de billetes.

Wallander asintió, en señal de que comprendía su razonamiento. Sin embargo, el servilismo extremo de que Ström hacía gala ante aquel hombre le resultaba de lo más desagradable.

—En fin. Tú fuiste policía —concretó Wallander—. Yo aún lo soy. Creo que comprenderás por qué he venido.

—Claro. Yo suelo leer la prensa, así que me imagino que tiene algo que ver con el abogado.

—Son dos los abogados muertos —observó Wallander—. No sólo uno. Pero, por lo que tengo entendido, sólo el mayor de los dos llevaba los asuntos de Harderberg.

—Sí, venía muy a menudo —reveló Ström—. Un hombre amable y muy discreto.

—La noche del 11 de octubre fue la última —prosiguió Wallander—. ¿Estabas tú de guardia aquella noche?

Ström asintió.

—Supongo que lleváis un registro en el que anotáis quién entra, en qué vehículo y cuándo.

Ström rompió a reír.

—Esa práctica está abandonada hace ya mucho tiempo —aseguró—. Ahora lo llevamos todo por ordenador.

—Me gustaría que me sacaras por impresora una copia de las incidencias del 11 de octubre —pidió Wallander.

—Eso lo tendrás que pedir allí dentro —repuso Ström—. Yo no tengo competencia para hacer tal cosa.

—Pero sí tendrás, al menos, competencia para recordar, ¿no?

—Bueno, sé que estuvo aquí aquella noche —admitió al fin—. Pero no recuerdo cuándo llegó, ni tampoco cuándo se marchó.

—¿Estaba solo en el coche?

—Eso no te lo puedo decir.

—¿Porque no tienes competencia para decírmelo?

Ström asintió de nuevo.

—La verdad es que yo también me he planteado pasarme a una compañía privada de seguridad —confesó Wallander—. Pero creo que me costaría mucho habituarme a no tener competencia para contestar preguntas.

—Todo tiene su precio —sentenció Ström.

Wallander pensó que aquello era algo en lo que, sin lugar a dudas, podía admitir que estaba de acuerdo. Observó a Ström en silencio durante un instante, antes de preguntar:

—¿Qué clase de persona es Alfred Harderberg?

La respuesta lo dejó asombrado.

—No lo sé.

—Vamos, alguna opinión tendrás, ¿no? ¿O es que tampoco te está permitido responder a eso?

—No, es que no lo he visto en mi vida —declaró Ström.

Wallander se dio cuenta de que la respuesta era sincera.

—¿Cuánto hace que trabajas para él?

—Pronto hará cinco años.

—¿Y no lo has visto nunca?

—Nunca.

—Bueno, alguna vez habrá pasado esta verja, ¿verdad?

—Sí, pero siempre va en un coche con cristales ahumados.

—Ya, me figuro que eso será parte del sistema de seguridad.

Ström meneó la cabeza afirmando.

Wallander reflexionó un momento.

—En otras palabras, nunca sabes con certeza cuándo está dentro y cuándo ha salido —concluyó—. En ningún momento puedes estar seguro de si se halla en el vehículo que sale, o si se ha quedado en el castillo, ¿no es así?

—Son exigencias de la seguridad —sostuvo Ström.

Wallander regresó al coche y Ström desapareció por la puerta de acero. Poco después, la verja se abría silenciosa. A Wallander le dio la sensación de estar accediendo a otro mundo.

Tras otro kilómetro en coche, el bosque empezó a abrirse. Allí se alzaba el castillo, erguido sobre una colina, rodeado de un amplio parque bien cuidado. El gran edificio principal, al igual que las construcciones independientes que lo flanqueaban, eran de ladrillo color rojo oscuro. El castillo tenía almenas y torres, balaustradas colgantes y balcones. Lo único que desentonaba en aquel ambiente de un mundo pretérito era el helicóptero que emergía de una plataforma de hormigón. A Wallander le pareció un enorme insecto con las alas abatidas, un animal en reposo presto a despertar a la vida a la menor sacudida.

Conducía despacio en dirección a la entrada principal. A lo largo de todo el recorrido, unos pavos reales acompañaron al vehículo con su vanidoso contoneo. Aparcó detrás de un BMW negro y salió del coche. El silencio era absoluto a su alrededor. Aquella calma le hizo pensar en el día anterior, cuando recorrió el camino de gravilla que conducía a la casa de Gustaf Torstensson. «Tal vez sea esta calma la característica más sobresaliente de las personas bien situadas», pensó. «No las orquestas ni el toque de clarines, sino la calma.»

En ese preciso instante, se abrió una de las dos puertas de doble hoja que constituían la entrada principal al castillo. Una mujer de unos treinta años, ataviada con un traje de buen corte y, según Wallander adivinaba, bastante caro, salió a la escalinata.

—Entre, por favor —lo invitó con un esbozo de sonrisa, tan fría y poco hospitalaria como correcta.

—No sé si tendré una placa de identidad válida para usted —advirtió Wallander—. Pero el vigilante de la puerta me ha reconocido.

—Lo sé —se limitó a responder la mujer.

Aquélla no era la misma mujer con la que había hablado por teléfono cuando llamó desde la cafetería. Subió la escalera de piedra, tendió la mano y se presentó. Sin embargo, ella no aceptó su mano, sino que simplemente le dedicó otra sonrisa tan ausente como la primera. Él cruzó las puertas caminando tras ella. Atravesaron un enorme rellano salpicado de pedestales en piedra sobre los que reposaban esculturas modernistas, visibles gracias a la luz indirecta y discreta de unos focos ocultos. Al fondo, junto a la amplia escalera que conducía a la planta alta del castillo, descubrió a dos hombres cuyas siluetas se confundían en las sombras. Wallander intuía su presencia sin ser capaz de distinguir sus rostros. «La calma y las sombras», resolvió. «Ése es el mundo de Alfred Harderberg. Al menos, lo que llevo conocido hasta el momento.» Siguió a la mujer a través de una puerta que había a la izquierda, y por la que entraron en una gran habitación ovalada, igualmente decorada con esculturas. Sin embargo, como una llamada de atención sobre el hecho de que se encontraban en un castillo de origen medieval, también había allí algunas armaduras vigilantes de su presencia. En el centro de la habitación, sobre el encerado parquet de roble, había un escritorio con una única silla para las visitas. No se veía un solo papel sobre la mesa, aunque sí un ordenador y una centralita telefónica ultramoderna, no mayor que un teléfono normal. La mujer le ofreció asiento y tecleó un mensaje en el ordenador. De una impresora invisible que se hallaba en el interior de la mesa, surgió una copia que ella le tendió a Wallander.

—Si no me equivoco, usted quería una copia del control de entradas y salidas realizado la noche del 11 de octubre —dijo la mujer—. Aquí lo tiene. En él podrá ver cuándo llegó y se marchó de Farnholm el señor Torstensson.

Wallander dejó la copia en el suelo, junto a la silla.

—Así es. Pero no he venido sólo a eso —advirtió él—. También tengo una serie de preguntas que hacer.

—Adelante.

La mujer, que ahora se había sentado tras el escritorio, marcó unos números en el aparato telefónico, de lo que Wallander dedujo que acababa de desviar las posibles llamadas a otra centralita situada en algún lugar del inmenso castillo.

—Según la información que poseo, Gustaf Torstensson contaba a Alfred Harderberg entre sus clientes —comenzó Wallander—. Sin embargo, me han informado de que se encuentra en el extranjero.

—Cierto. Está en Dubai —aclaró la mujer.

Wallander frunció el entrecejo.

—Pues hace una hora se hallaba en Ginebra —comentó.

—Exacto —confirmó la mujer impertérrita—. Pero partió para Dubai esta mañana.

Wallander sacó su bloc de notas y el bolígrafo que llevaba en el bolsillo.

—¿Puede decirme su nombre y a qué se dedica?

—Soy una de las secretarias del señor Harderberg —respondió ella—. Me llamo Anita Karlén.

—¿Así que Alfred Harderberg tiene muchas secretarias? —inquirió Wallander.

—Eso depende de cómo contemos —precisó Anita Karlén—. Pero ¿es ésa una pregunta relevante?

Wallander notó que empezaba a irritarse de nuevo a causa del trato que se le dispensaba en aquel lugar, y decidió que tendría que cambiar de actitud, si no quería que su visita al castillo fuese una pérdida de tiempo.

—Si la pregunta es o no relevante, eso es algo que decido yo —atajó—. El castillo de Farnholm es una propiedad privada y ustedes tienen derecho a proveerla de tantas vallas y tan altas como les venga en gana, siempre que cuenten con el permiso correspondiente y que no contravengan la ley o la normativa en modo alguno, claro está, ya que, después de todo, Farnholm está en Suecia. Por otro lado, tiene derecho a decidir quién puede entrar aquí y quién no, excepción hecha de la policía. ¿Está claro?

—Por supuesto, pero nosotros no le hemos negado el acceso a usted, inspector Wallander —le hizo notar la mujer, siempre con el mismo aplomo.

—Bueno, a ver si me sé explicar aún más claro —insistió Wallander, que empezaba a sentirse incómodo ante la seguridad de la joven, cuya belleza indiscutible quizá también lo estuviese turbando.

En ese preciso momento, justo cuando se disponía a proseguir, se abrió una puerta al fondo de la sala y apareció una mujer con una bandeja. Wallander se sorprendió al ver que era negra. Sin pronunciar una palabra, la mujer dejó la bandeja sobre el escritorio y desapareció de la misma forma silenciosa en que había aparecido.

—¿Le apetece una taza de café?

Él la aceptó y ella le sirvió y le tendió la taza mientras Wallander observaba la porcelana.

—Permítame que le haga una pregunta que no es relevante —dijo—. ¿Qué ocurriría si la taza se me cayese al suelo? ¿Cuánto tendría que pagar por ella?

Entonces, la mujer le brindó una sonrisa que, por primera vez, le pareció sincera.

—Como comprenderá, todo está asegurado —reveló ella—. Sin embargo, la vajilla es una colección clásica de la casa Rörstrand.

Wallander depositó la taza sobre el parquet de roble con sumo cuidado, junto a la copia del control de incidencias.

—Bien, voy a ser muy claro —repitió—. Aquella noche del 11 de octubre, apenas una hora después de que el abogado Torstensson se hubiese marchado de aquí, falleció en un accidente de tráfico.

—Sí, nosotros enviamos una corona de flores al entierro —explicó ella—. Y una de mis colegas asistió a la ceremonia.

—Sí, claro, pero en ningún caso Alfred Harderberg, ¿no es así?

—Mi jefe evita las apariciones públicas en la medida de lo posible.

—Ya, eso me ha parecido —replicó Wallander—. El caso es que tenemos motivos para creer que aquello no fue un accidente, sino que nos inclinamos a pensar que el señor Torstensson fue asesinado. Por supuesto, el hecho de que su hijo resultase muerto a tiros en su despacho unas semanas más tarde tampoco mejora la situación. No enviarían ustedes unas flores al entierro del hijo también, ¿verdad?

Ella lo miró sin comprender.

—Nosotros no teníamos relación más que con Gustaf Torstensson —afirmó ella.

Wallander asintió antes de continuar.

—Bien, ahora comprenderá el motivo de mi visita. Por otro lado, aún no ha contestado a mi pregunta sobre el número exacto de secretarias que trabajan aquí.

—Ni usted parece haber comprendido que eso depende de cómo se mire.

—La escucho —invitó Wallander.

—Aquí, en el castillo de Farnholm hay tres secretarias —comenzó—. Además, hay otras dos que lo acompañan en todos sus viajes. Finalmente, el doctor Harderberg tiene diversas secretarias repartidas por todo el mundo. El número puede variar, pero nunca son menos de seis.

—Bien, a mí me salen once —concluyó Wallander.

Anita Karlén asintió.

—Acaba usted de llamar a su jefe doctor Harderberg —prosiguió Wallander.

—Sí, ha recibido varios títulos de doctor honoris causa —explicó ella—. Si lo desea, le puedo proporcionar una lista.

—Sí, por favor. Además, quiero un informe sobre el imperio financiero del señor Harderberg. Pero puede dármelo más tarde. Lo que necesito ahora es que me cuente lo que ocurrió la última tarde que Gustaf Torstensson estuvo aquí. ¿Cuál de todas las secretarias puede contestar a esa pregunta?

—Yo estaba de servicio aquella noche —aclaró ella.

Wallander reflexionó un instante.

—Y por eso está usted aquí —dedujo él—. Por eso me ha recibido usted, precisamente. Pero ¿qué habría ocurrido si usted hubiese librado hoy? Es imposible que hubiese sabido de antemano que la policía iba a venir hoy, ¿cierto?

—Muy cierto.

Pero, en ese mismo instante, Wallander comprendió que se equivocaba. Y, por si fuera poco, comprendió cómo era posible que la gente del castillo de Farnholm supiese de su visita con antelación. La sola idea lo indignó.

Tuvo que hacer un esfuerzo de concentración para poder seguir adelante con el interrogatorio.

—¿Qué ocurrió aquella tarde?

—El señor Torstensson llegó poco después de las siete. Mantuvo, en privado y durante más de una hora, una importante reunión con el doctor Harderberg y algunos de sus colaboradores más próximos. Una vez concluida la conversación, se tomó una taza de té y, a las ocho y catorce minutos, exactamente, abandonó Farnholm.

—¿De qué hablaron aquella tarde?

—Eso no se lo puedo decir.

—¡Pero si acaba de revelarme que usted estaba de guardia esa noche!

—Sí, pero fue una reunión sin secretarias, sin notas y sin informes.

—¿Quiénes eran los colaboradores?

—¿Perdón?

—A ver, me ha dicho que el señor Torstensson mantuvo esa conversación con el doctor Harderberg y algunos de sus colaboradores más próximos, ¿no es así?

—¡Ah, sí! Eso no se lo puedo decir.

—¿Porque no le está permitido?

—Porque no lo sé.

—¿Qué es lo que no sabe?

—Quiénes eran los colaboradores. Nunca los había visto antes. Vinieron ese mismo día y se marcharon muy temprano al día siguiente.

Wallander empezaba a no saber qué preguntar. Era como si las respuestas que recibía dejasen el asunto fuera del núcleo de la cuestión, así que decidió intentar una aproximación desde otro frente.

—Acaba de decir que el doctor Harderberg tiene once secretarias. ¿Podría decirme cuántos abogados tiene?

—Otros tantos, supongo.

—Pero no le está permitido revelarme el número exacto, ¿me equivoco?

—Ignoro el número exacto.

Wallander asintió. Iba tomando conciencia de que entraba en un callejón sin salida.

—¿Durante cuánto tiempo estuvo trabajando el señor Torstensson como abogado del doctor Harderberg?

—Desde que adquirió el castillo de Farnholm y lo convirtió en su cuartel general de operaciones hace cinco años, más o menos.

—El señor Torstensson había trabajado toda su vida en Ystad —observó Wallander—. Y, de pronto, alguien lo considera con la preparación suficiente como para actuar de asesor en negocios a escala internacional. ¿No le resulta un tanto curioso?

—Eso es algo que tendrá que preguntarle directamente al doctor Harderberg.

Wallander cerró su bloc de notas.

—Tiene toda la razón —convino—. De hecho, quiero que le haga llegar un mensaje, ya esté en Ginebra o en Dubai, o donde quiera que se encuentre, en el que se le comunique que el inspector Wallander desea hablar con él lo antes posible. En otras palabras, el mismo día que regrese a Suecia.

Dicho esto, se levantó y dejó la taza sobre la mesa con sumo cuidado.

—La policía de Ystad no cuenta con los servicios de once secretarias —ironizó—. Pero nuestras recepcionistas son muy eficaces, así que podrá dejarles recado de cuándo me puede recibir el doctor.

De nuevo la siguió hasta el gran rellano de la escalera y, ya junto a la puerta principal vio, sobre una mesa de mármol, un archivador de piel bastante grueso.

—Aquí tiene la relación de los negocios del doctor Harderberg que solicitó —explicó Anita Karlén.

«Es decir, que alguien ha estado escuchando la conversación», concluyó Wallander. «Alguien ha estado siguiendo toda la entrevista. Lo más probable es que ya le estén enviando una copia a Harderberg, donde quiera que esté. Si es que le interesa, cosa que dudo.»

—No olvide advertirle al doctor lo urgente de nuestro encuentro —insistió Wallander al despedirse. En esta ocasión, Anita Karlén sí le estrechó la mano.

Wallander lanzó una ojeada a la gran escalera que seguía a media luz, pero las sombras habían desaparecido.

Ya en el exterior, el cielo se mostraba despejado. Se sentó al volante. Anita Karlén seguía sobre la escalera, el cabello meciéndose al viento. Cuando Wallander arrancó y se marchó, comprobó en el espejo retrovisor que ella seguía allí, viéndolo partir. En esta ocasión, no tuvo que detenerse en la salida. La verja empezó a abrirse a medida que él se aproximaba. Kurt Strom no se dejó ver, y la verja volvió a deslizarse a sus espaldas, hasta quedar cerrada de nuevo. Fue conduciendo despacio de regreso a Ystad. Era un claro día de otoño. Cayó en la cuenta de que no hacía más de tres días que había decidido, de forma repentina, regresar a su puesto de trabajo, aunque a él le parecía que hiciese un siglo. Como si su persona hubiese tomado una dirección mientras sus recuerdos se alejaban, a velocidad de vértigo, en sentido contrario.

Inmediatamente después del cruce hacia la carretera principal, descubrió ante sí una liebre muerta en medio de la calzada. La esquivó sin dejar de pensar una y otra vez en el hecho de que aún se hallaba lejos de dar con una explicación satisfactoria a las muertes de Gustaf Torstensson y de su hijo. Le resultaba del todo inverosímil que existiese relación alguna entre los abogados muertos y la gente que vivía en el castillo, protegida por una doble valla. En cualquier caso, tenía decidido revisar aquel archivador ese mismo día, a fin de, en la medida de lo posible, forjarse una idea de las dimensiones y calidad del imperio de Alfred Harderberg.

Se hallaba inmerso en aquellas reflexiones cuando el teléfono del coche empezó a zumbar. Al descolgar el auricular, oyó la voz de Svedberg.

—¡Aquí Svedberg! —gritó éste—. ¿Dónde estás?

—A unos cuarenta minutos de Ystad.

—Martinson nos dijo que pensabas ir a Farnholm.

—Sí, de allí vengo, pero no ha dado muchos resultados.

La conversación se vio interrumpida por unas interferencias, hasta que la voz de Svedberg volvió clara al auricular.

—Ha llamado Berta Dunér. Quería hablar contigo —informó Svedberg—. Dijo tener mucho interés en que te pusieras en contacto con ella de inmediato.

—¿Por qué motivo?

—Pues eso no lo dijo.

—Dame su número de teléfono y la llamo ahora mismo.

—Será mejor que vayas a su casa directamente. Parecía muy urgente.

Wallander miró el reloj y comprobó que eran ya las nueve menos cuarto.

—¿Qué ha pasado en la reunión de esta mañana?

—Nada importante.

—Está bien, iré para su casa en cuanto llegue a Ystad —acordó Wallander.

—Muy bien —repuso Svedberg.

Concluyó la conversación, que dejó a Wallander inmerso en la duda de cuál podría ser el motivo tan acuciante por el que la señora Dunér quería verlo. Presa de una vaga tensión, pisó ligeramente el acelerador.

A las nueve y veinticinco aparcó de mala manera enfrente de la casa rosa en la que vivía Berta Dunér. Cruzó la calle a toda prisa y llamó a la puerta. Cuando ella le abrió, concluyó enseguida que algo había ocurrido, pues la mujer parecía aterrada.

—Me han dicho que ha llamado preguntando por mí —explicó Wallander.

Ella asintió y lo hizo pasar. Estaba a punto de quitarse los zapatos llenos de barro cuando ella lo agarró del brazo y lo llevó a la sala de estar que daba al pequeño jardín. Desde allí, le señaló hacia fuera.

—Alguien ha estado ahí fuera esta noche —aclaró.

Parecía tremendamente asustada; hasta el punto de que Wallander se sintió, en cierto modo, contagiado de su pánico. El inspector se acercó hasta la cristalera y contempló el césped, los setos de flores enterradas en nieve, las enredaderas sobre la piedra calcárea del muro, que separaba el jardín de Berta Dunér del de su vecino.

—Pues yo no veo nada —aseguró él.

Ella se había mantenido detrás de él, algo apartada, como si no se atreviese a acercarse a la ventana. Wallander empezaba a preguntarse si la mujer no habría caído víctima de un trastorno mental transitorio, consecuencia de los violentos acontecimientos de las últimas semanas.

Ella se colocó a su lado y le señaló de nuevo.

—Allí —musitó—. Allí. Alguien ha estado cavando allí esta noche.

—¿Llegó usted a ver a alguna persona? —quiso saber Wallander.

—No.

—Entonces, ¿oyó algún ruido?

—No. Pero sé que esta noche ha venido alguien.

Wallander intentó seguir la dirección de su dedo. Al fin, pudo distinguir a duras penas una pequeña porción de césped pisoteada.

—Bueno, puede haber sido un gato —sugirió—. O un topo. Incluso una rata.

Ella negó con un gesto.

—Aquí ha venido alguien esta noche —se empecinó.

Wallander abrió la cristalera y salió al jardín, donde empezó a caminar por el césped. Visto de cerca, parecía que hubiesen arrancado una mata para volverla a colocar de nuevo en su lugar. Se agachó y pasó la palma de la mano sobre el césped. Sus dedos sintieron la resistencia de un objeto duro, de plástico o de metal, un pincho que sobresalía por encima de la superficie. Retiró las briznas de césped con cuidado y descubrió que allí, bajo la capa de hierba, había un objeto de color grisáceo enterrado.

Quedó helado ante tal visión. Apartó la mano y se levantó despacio. Durante un instante pensó si no estaría volviéndose loco: aquello no podía ser verdad. Era tan fabuloso, tan incomprensible que no se atrevía ni a contemplarlo como una posibilidad.

Muy lentamente, regresó a la cristalera, poniendo los pies sobre las débiles huellas que había ido dejando. Cuando alcanzó la casa, se dio la vuelta. Seguía sin poder creerlo.

—¿Qué es? —inquirió la señora Dunér.

—Vaya a buscar la guía de teléfonos —respondió Wallander, que notó la tensión en su propia voz.

Ella lo miró sin comprender.

—¿Para qué quiere la guía de teléfonos?

—Haga lo que le digo —ordenó él.

La mujer salió al vestíbulo para regresar al momento con las páginas blancas de la guía de Ystad.

Wallander la tomó en sus manos como calculando el peso.

—Vaya a la cocina. Y quédese allí —le recomendó.

Ella obedeció.

Wallander pensó que, con total seguridad, aquello no serían más que figuraciones suyas.

De haber existido la menor posibilidad de que lo inverosímil fuese cierto, él debería estar haciendo algo muy distinto de lo que se disponía a hacer en aquel momento. Atravesó la cristalera y se colocó tan lejos de ella como pudo, en el interior de la habitación. Luego calibró un poco la distancia y apuntó con la guía, que lanzó contra el pincho que sobresalía del césped.

El estallido lo dejó aturdido.

Después de la explosión, le resultó inexplicable que los cristales de las ventanas hubiesen quedado enteros.

Echó una ojeada al cráter que se había formado en el césped. Acto seguido, se apresuró en dirección a la cocina, desde donde había oído el grito cortante de la señora Dunér. Y allí la encontró, paralizada, en medio de la cocina tapándose los oídos con las manos. Él la condujo hacia una de las sillas.

—No es nada —la tranquilizó—. Voy a hacer una llamada, pero vuelvo enseguida.

Marcó el número de la policía y se alegró al oír la voz de Ebba.

—Hola, soy Kurt. Tengo que localizar a Martinson o a Svedberg. O a quien sea.

Ebba sabía interpretar el tono de su voz. Había captado la gravedad del asunto. De eso estaba seguro. Así pues, se dispuso a hacer lo que le había pedido sin más preguntas.

Al cabo de un instante, la voz de Martinson se oyó al otro lado del hilo telefónico.

—Soy Kurt. La policía recibirá una llamada de alarma, de un momento a otro, sobre una violenta explosión que se ha producido en la parte trasera del hotel Continental. Procura que no se organice ninguna patrulla de emergencia. No quiero que esto se llene de coches de bomberos y de ambulancias. Busca a algún colega y ven para acá. Estoy en casa de la señora Dunér, la secretaria de los abogados Torstensson, en la calle de Stickgatan número veintiséis. Una casa rosa.

—¿Qué es lo que ha sucedido? —quiso saber Martinson.

—Ya lo verás cuando llegues —aseguró Wallander—. De todos modos, si te lo explicase, no darías crédito a mis palabras.

—Bueno, hombre, inténtalo.

Wallander dudó antes de responder.

—Si te dijese que alguien ha enterrado una mina en el jardín de la señora Dunér, ¿me creerías?

—Pues no —confirmó Martinson.

—Lo sabía.

Wallander colgó el auricular y regresó a la cristalera.

Allí estaba el cráter, en medio del jardín. Y no era fruto de su imaginación.

6

Días después, Kurt Wallander recordaría aquel miércoles 3 de noviembre como una jornada de cuya existencia no estaba totalmente seguro. ¿Cómo iba a soñar siquiera con encontrarse, un buen día, con una mina explosiva enterrada en un jardín del centro de Ystad?

De hecho, cuando Martinson llegó a la casa de la señora Dunér, en compañía de Ann-Britt Höglund, aún no acababa de creerse que una mina hubiese explosionado realmente. Sin embargo, antes de salir de la comisaría, Martinson, que había otorgado más crédito a sus palabras que él mismo, le había dejado un mensaje a Sven Nyberg, el técnico, que llegó a la casa rosa tan sólo unos minutos después de que Martinson y Ann-Britt Höglund hubiesen empezado a examinar el cráter del jardín. Puesto que no podían estar seguros de que no hubiese más minas ocultas bajo el césped, se mantuvieron bien pegados a la pared. Por iniciativa propia, Ann-Britt Höglund se sentó en la cocina, con la ya algo más serena señora Dunér, para poder interrogarla.

—¿Qué es lo que está ocurriendo aquí? —inquirió Martinson visiblemente alterado.

—¿Y a mí me lo preguntas? Yo no tengo ni idea —confesó Wallander.

Ahí terminó la charla, que abandonaron para continuar con la reflexiva observación del agujero que se abría en el suelo, hasta que, poco después, aparecieron los técnicos criminales, encabezados por el experto pero colérico Sven Nyberg que, al ver a Wallander, se detuvo en seco.

—¿Qué haces *tú* aquí? —preguntó en un tono tal que Wallander pensó si no habría cometido un acto en extremo inapropiado volviendo al trabajo.

—¡Pues trabajar! —exclamó sin poder evitar una postura defensiva.

—¡Ah! Creía que ibas a retirarte.

—Ya, eso creía yo también, pero me di cuenta de que no os las arreglaríais nada bien sin mí.

Sven Nyberg hizo amago de ir a replicar, pero Wallander alzó la mano en señal de protesta.

—Yo no soy tan importante como ese agujero que hay en el césped —atajó.

Entonces recordó que Sven Nyberg había trabajado para varias sedes de las Naciones Unidas en el extranjero.

—Tú que has estado en Chipre y Oriente Medio, sabrás si ha sido una mina lo que ha explotado aquí —observó Wallander—. Pero antes, quizá sea mejor que compruebes si hay alguna más.

—Yo no soy ningún perro —farfulló Nyberg al tiempo que se sentaba en cuclillas junto a la fachada de la casa.

Wallander le habló del pincho que sobresalía y le relató cómo había provocado la explosión con la guía de teléfonos. Sven Nyberg asintió.

—El número de sustancias o de mezclas explosivas capaces de producir una detonación como consecuencia de un simple golpe es reducidísimo —aclaró—. Una de ellas son las minas. Precisamente, han sido ingeniadas con ese fin, para que la gente o los vehículos salgan disparados por los aires con tan sólo poner un pie o una rueda sobre ellas. En el caso de las minas personales, es suficiente con que se las someta a una presión de pocos kilos: el pie de un niño, o una guía telefónica. Las minas para vehículos precisan de varios cientos de kilos para estallar.

Se levantó y miró interrogante a Wallander y a Martinson.

—¿Quién es capaz de enterrar una mina en un jardín? —preguntó—. Deberíais atrapar al responsable lo antes posible.

—Entonces, ¿estás seguro de que era una mina? —quiso saber Wallander.

—Bueno, no estoy seguro de nada, la verdad —admitió Nyberg—. Pero solicitaré un detector de minas del ejército para que rastree el jardín. Entretanto, sería conveniente que nadie pasease por él.

Mientras aguardaban la llegada del detector de minas, Martinson realizó algunas llamadas telefónicas y Wallander se sentó en el sofá a meditar sobre lo ocurrido. Desde donde estaba, podía oír las preguntas que Ann-Britt Höglund, en tono paciente y tranquilo, iba formulándole a la señora Dunér, que contestaba con tanta o más paciencia y lentitud.

«En primer lugar, dos abogados muertos», recapituló Wallander. «Luego, alguien coloca una mina en el jardín de la secretaria de esos dos abogados, con la intención indiscutible de que la mujer pise el explosivo y quede destrozada. Pese a que todo está aún muy en el aire y bastante difuso, creo que podemos sacar una conclusión: la solución se ha de encontrar en la actividad del bufete de abogados. Ya no cabe la posibilidad de que sea la vida privada y común de estas tres personas lo que arroje alguna luz sobre el asunto.»

Martinson vino a interrumpir su meditar cuando puso punto final a la última de sus conversaciones telefónicas.

—Björk me preguntaba si estoy en mi sano juicio —anunció con una mueca—. He de admitir que yo mismo no supe, por un momento, qué contestarle. Sostiene que es imposible que haya sido una mina, pero ha ordenado que lo informemos cuanto antes.

—Sí, bueno, en cuanto tengamos algo de lo que informar —observó Wallander—. ¿Dónde se ha metido Nyberg?

—Ha ido al cuartel del ejército para hacerse con el detector de minas lo antes posible —aclaró Martinson.

Wallander asintió y miró el reloj. Eran las diez y cuarto. Se le vino a la mente su visita a Farnholm, sin saber en realidad qué pensar. Martinson se colocó ante la puerta que daba al jardín, a contemplar el agujero.

—Hace veinte años sucedió algo similar en Söderhamn —comentó—. En los juzgados de la ciudad. ¿Lo recuerdas?

—Sí, pero vagamente —aseguró Wallander.

—Aquel caso de un viejo labriego que, durante una serie interminable de años anduvo interponiendo demandas contra todos y cada uno de sus vecinos y parientes. El hombre cayó víctima de un estado de psicosis que, por desgracia, nadie acertó a descubrir a tiempo. Entonces llegó a sentirse perseguido por sus honorables adversarios, incluso por sus abogados y hasta por el juez mismo. Al final, aquello estalló y, en medio de una negociación, sacó una escopeta y mató al juez y a su abogado defensor. Después, cuando la policía fue a inspeccionar su casa, situada en pleno bosque, resultó que había dispuesto una serie de explosivos en puertas y ventanas. Fue una suerte que nadie falleciese cuando empezaron a explosionar.

Wallander asintió, pues recordaba el suceso.

—A un fiscal de Estocolmo le vuelan la casa por los aires —concretó Martinson—. Los abogados se ven expuestos a todo tipo de abusos y amenazas. Y de los policías, mejor no hablar.

Wallander seguía sin responder. En ese momento, Ann-Britt Höglund llegó de la cocina con el bloc de notas en la mano. El inspector descubrió de repente, al verla sentada en la silla que tenía enfrente, que era una mujer atractiva, un detalle que, para su sorpresa, le había pasado totalmente inadvertido hasta entonces.

—Nada —sintetizó—. No oyó nada durante la noche, pero está segura de que el césped se hallaba en perfecto estado ayer tarde.

Es una mujer madrugadora y, tan pronto como empezó a amanecer, notó que alguien había estado revolviendo en su jardín. Además, y como es natural, tampoco se explica por qué alguien querría matarla. O, por lo menos, volarle las piernas.

—¿Crees que dice la verdad? —inquirió Martinson.

—Bueno, no resulta nada fácil determinar si la gente miente o no cuando está alterada —indicó Ann-Britt Höglund—. Pero yo estoy convencida de que es sincera cuando asegura que alguien ha enterrado ahí esa mina durante la noche, y que ella ignora el motivo.

—Ya, pero, en cualquier caso, hay algo que a mí no acaba de convencerme —apuntó dudoso Wallander—. Aunque, la verdad, no estoy seguro de cómo expresar lo que quiero decir.

—A ver —lo animó Martinson—. Inténtalo.

—Bien, el caso es que hoy, de madrugada, esta mujer descubre que algo anómalo ha sucedido en su jardín durante la noche —comenzó Wallander—. Se asoma a la ventana y ve que alguien ha estado cavando en su jardín. ¿Y qué hace entonces?

—Ya, ¿qué es lo que *no* hace? —precisó Ann-Britt Höglund.

—¡Exacto! —exclamó Wallander—. Lo lógico habría sido, simplemente, que hubiese abierto la cristalera y que hubiese salido al jardín para ver qué había ocurrido. Pero, curiosamente, ¿qué es lo que hace?

—Ya entiendo. En lugar de reaccionar de la forma esperada, llama a la policía... —completó Martinson.

—Eso es. Como si hubiese presentido que allí fuera la aguardaba algún peligro —concluyó Ann-Britt Höglund.

—Sí, o como si lo hubiese sabido —precisó Wallander.

—Claro, por ejemplo, una mina —añadió Martinson—. La verdad, cuando llamó a la comisaría, estaba muy nerviosa.

—Tanto como cuando yo llegué esta mañana —aclaró Wallander—. En realidad, a mí me ha parecido asustada e inquieta cada vez que he hablado con ella. Cierto que ese hecho puede muy bien tener su explicación en los sucesos de las últimas semanas. Sin embargo, no estoy del todo seguro.

En ese momento, se abrió la puerta de la calle, que dio paso a Sven Nyberg seguido de cerca por dos hombres de uniforme portadores de un objeto que a Wallander le hizo pensar en una aspiradora. A los dos militares no les llevó ni veinte minutos recorrer con el detector el pequeño jardín. Los policías se mantuvieron junto a las ventanas, desde donde seguían con interés los cautelosos pero decididos movimientos de los expertos. Cuando hubieron concluido, les aseguraron que el jardín estaba limpio y se dispusieron a marcharse. Wallander los acompañó hasta la calle, donde los aguardaba su vehículo.

—¿Qué puede decirse de la mina? —preguntó—. De su tamaño, de la potencia. ¿Es posible adivinar el país de fabricación? Cualquier dato puede resultar interesante.

CAPITÁN LUNDQVIST, rezaba la placa que llevaba prendida a la chaqueta del uniforme el mayor de los dos hombres, que fue quien respondió.

—No era una mina muy potente —aseguró—. Unos doscientos gramos de explosivo, como máximo. Pero lo suficiente para matar a una persona. Podemos decir que era un número cuatro.

—Y eso, ¿qué significa exactamente? —inquirió Wallander.

—Una persona pisa la mina —explicó el capitán—. Y luego hacen falta otras tres para llevarse al herido de aquel combate. Es decir, que la mina pone fuera de juego a cuatro combatientes.

Wallander asintió, en señal de que había comprendido el razonamiento.

—Las minas no se fabrican como las demás armas —continuó su exposición el capitán Lundqvist—. Bofors las produce, al igual que otros grandes fabricantes de armas. Pero, desde luego, todo país que se precie cuenta con minas de fabricación propia. Pueden fabricarse sin tapujos, bajo licencia, o bien como copias pirata. Los grupos terroristas disponen de modelos propios. Para poder pronunciarse acerca de la identidad de la mina, es necesario hallar fragmentos del explosivo utilizado y, a ser posible, un trozo del material del que está fabricada, que puede ser plástico o metal. Incluso madera.

—Bien, pues lo encontraremos —garantizó Wallander—. Y entonces volveremos a ponernos en contacto.

—Las minas no son armas muy agradables que digamos —añadió el capitán Lundqvist—. Dicen que no hay soldado más barato ni más fiel. Lo puedes dejar en cualquier lugar: allí permanecerá durante años, si es preciso. No necesita agua ni alimento, ni tampoco un salario. Lo único que hace es existir y aguardar. Hasta que alguien llega y lo pisa. Entonces, ataca.

—¿Durante cuánto tiempo puede estar activa una mina? —quiso saber Wallander.

—Nadie lo puede asegurar. Aún hoy siguen detonando minas que se enterraron durante la primera guerra mundial.

Wallander regresó al interior de la casa, en cuyo jardín Sven Nyberg ya había dado comienzo a la inspección técnica del cráter.

—Algo de explosivo y, a ser posible, un fragmento de la mina —le indicó al técnico.

—¿Y qué querías que buscásemos? —le espetó Nyberg malhumorado—. ¿Huesos inhumados?

Wallander sopesó la alternativa de permitir a la señora Dunér que se tranquilizase durante unas horas, pero su impaciencia ya empezaba a reclamarlo de nuevo. Aquella impaciencia que le producía el ver que en ningún lugar atisbaba la posibilidad de un avance claro, de un punto de partida firme para el desarrollo de la investigación.

—Os tocará a vosotros encargaros de Björk —les anunció a Martinson y a Ann-Britt Höglund—. Esta tarde tendremos que darle un repaso a fondo al estado de la situación.

—Si es que hay algún estado de la situación, querrás decir —objetó Martinson.

—Siempre lo hay —apuntó Wallander—. Aunque no siempre seamos capaces de verlo. ¿Sabéis si Svedberg ha empezado a hablar con los abogados que revisan el material del bufete?

—Sí, lleva allí toda la mañana —lo informó Martinson—. Pero yo creo que lo que quiere es quitarse ese muerto de encima. Ya sabes que leer papeles no es su punto fuerte.

—Está bien, échale una mano —ordenó Wallander—. Tengo la vaga sensación de que es urgente.

Volvió al interior de la casa, se quitó la chaqueta y fue al aseo del vestíbulo. Al ver su rostro en el espejo, lanzó un grito. En efecto, iba sin afeitar, tenía los ojos enrojecidos y el cabello revuelto, lo que le hizo preguntarse cuál habría sido la impresión que habría dejado tras su visita al castillo de Farnholm. Se enjuagó la cara con agua fría mientras reflexionaba sobre la manera de hacerle ver a la señora Dunér que él era consciente de que ella, por razones que él desconocía, le estaba ocultando información de diversa índole. «Amabilidad ante todo», resolvió. «En caso contrario, clausurará sin duda todas las vías de acceso.»

Una vez que se hubo refrescado, entró en la cocina, donde la mujer seguía hundida en la silla. Fuera, en el jardín, los técnicos policiales lo ponían todo manga por hombro. De vez en cuando, se oía el tono áspero de la voz de Nyberg. Entonces experimentó la sensación de que había vivido aquel instante con anterioridad, el turbador descubrimiento de que, en realidad, había estado caminando en círculos y que había vuelto a un punto de partida remoto. Cerró los ojos y respiró hondo, antes de sentarse a la mesa de la cocina. Mientras miraba a la mujer que tenía frente a sí, creyó, por un momento, ver en ella la imagen de su madre, fallecida hacía ya muchos años. El cabello gris, el cuerpo escuálido bajo una piel tensada por un marco invisible. Sin embargo, cayó en la cuenta de que ya no recordaba los rasgos de su rostro, que había palidecido en su recuerdo, que se había ido alejando hasta desaparecer de su memoria.

—Comprendo perfectamente que está usted muy alterada —aseguró—. Pese a todo, tenemos que hablar.

Ella asintió en silencio.

—Veamos, esta mañana descubrió usted que alguien había estado hurgando en su jardín durante la noche —comenzó.

—Así es. Me di cuenta enseguida —continuó ella.

—Bien. ¿Y qué hizo?

Ella lo miró con expresión de asombro.

—Ya se lo he contado. ¿Acaso he de repetirlo todo?

—Todo no —señaló Wallander paciente—. Lo único que debe hacer es responder a las preguntas que yo vaya haciéndole.

—Bien, pues, había empezado a clarear el día —obedeció la mujer—. Yo suelo madrugar. Me asomé al jardín y vi que alguien había estado ahí durante la noche. Entonces, llamé a la policía.

—¿Y por qué llamó usted a la policía? —preguntó Wallander sin dejar de observarla con atención.

—¿Qué iba a hacer si no?

—Pues, podría usted haber salido a ver qué había pasado.

—Ya, pero no me atreví.

—¿Por qué? ¿Porque sabía que podía ser peligroso?

Ella no contestó, pero Wallander aguardaba mientras oía refunfuñar a Nyberg en el jardín.

—Si he de ser sincero, creo que usted no ha sido honrada conmigo —apuntó Wallander—. En realidad, creo que conoce usted una serie de detalles que debería contarme.

La mujer se hizo sombra con la mano, como si la luz de la cocina le molestase. Wallander seguía esperando. En el reloj de la cocina estaban a punto de dar las once.

—Llevo mucho tiempo sintiendo miedo —reveló ella de pronto al tiempo que lanzaba a Wallander una mirada acusadora, como si él fuese el responsable de su temor.

La continuación que esperaba el inspector no llegaba, con lo que prosiguió:

—Uno no suele asustarse sin motivo. Para que la policía sea capaz de averiguar qué les sucedió a Gustaf y a Sten Torstensson, es indispensable que colabore.

—Yo no puedo ayudarles —afirmó ella.

Wallander comprendió que su interlocutora estaba a punto de venirse abajo. Pese a todo, siguió adelante.

—Pero sí puede responder a mis preguntas —propuso—. Puede empezar por contarme cuál es el origen de su miedo.

—¿Sabe qué es lo más aterrador en este mundo? —irrumpió ella de pronto—. Pues el miedo de los otros. Yo llevaba treinta años trabajando para Gustaf Torstensson. Y no lo conocía. Sin embargo, no pude evitar notar la transformación. Aquel miedo suyo se manifestaba como un olor extraño que su cuerpo hubiese empezado a exhalar.

—¿Cuándo fue la primera vez que lo advirtió?

—Hace tres años.

—¿Había acontecido algo especial?

—No, todo era como solía ser.

—Es muy importante que haga un esfuerzo por recordar.

—¿Y qué cree usted que he estado haciendo todo este tiempo?

Wallander intentaba meditar cada pregunta, para que ella no abandonase. Con todo, ahora le parecía dispuesta a responderle.

—¿Nunca habló de ello con Gustaf Torstensson?

—Nunca.

—¿Tampoco con su hijo?

—No creo que él notase nada.

«Puede que sea cierto», decidió Wallander. «Después de todo, ella era la secretaria de Gustaf Torstensson.»

—¿No se le ocurre ninguna explicación a lo ocurrido? Supongo que es consciente de que podría haber muerto en su jardín. Por eso, porque lo sospechaba, llamó a la policía, en lugar de ir a mirar. Usted esperaba que algo sucediese. Y quiere que crea que no sabe cómo explicarlo...

142

—Por las noches, venía gente al despacho —explicó ella—. Tanto Gustaf como yo lo notamos. Un bolígrafo que habían dejado en otro lugar, una silla sobre la que alguien había estado sentado y que había vuelto a colocar casi como estaba al principio...

—Pero, usted le preguntaría, supongo —insistió Wallander—. Algo le diría al respecto.

—No me estaba permitido. Él me lo prohibía.

—Es decir, que él sí hablaba de aquellas visitas nocturnas.

—No. Pero una puede interpretar por el rostro de otra persona lo que le está permitido decir y lo que no.

La conversación se interrumpió por la aparición de Nyberg, que dio unos toquecitos al otro lado de la ventana de la cocina.

—Vuelvo enseguida —se excusó el inspector mientras se ponía en pie.

Al otro lado de la cristalera, Nyberg extendía la mano. Wallander pudo ver sobre su palma un objeto negruzco y requemado, de poco más de medio centímetro.

—Era una mina de plástico —le adelantó—. Eso es lo único que me atrevo a asegurar, por ahora.

Wallander asintió.

—Es posible que podamos averiguar el tipo esta misma noche —prosiguió Nyberg—. Quizás incluso el lugar de fabricación. Aunque eso nos llevará más tiempo.

—Me pregunto si eres capaz de pronunciarte acerca de la persona que la colocó —quiso saber Wallander.

—Bueno, me habría resultado más fácil si no le hubieras dejado caer encima una guía de teléfonos —recriminó Nyberg.

—Es que no fue difícil de descubrir —se justificó Wallander.

—Alguien que sabe lo que hace coloca la mina de modo que no se note lo más mínimo —afirmó Nyberg—. Pero tanto tú como la señora que está en la cocina os disteis cuenta de que alguien había estado removiendo el césped. Concluyo, pues, que fueron aficionados.

«O alguien que desea hacernos creer que lo eran», añadió Wallander para sí. Sin embargo, nada dijo, sino que regresó a la cocina, donde se percató de que no le quedaba, por el momento, más que una pregunta por formular.

—Ayer por la tarde, recibió usted la visita de una joven de aspecto asiático. ¿Puede decirme quién era?

Ella lo miró boquiabierta.

—¿Cómo lo sabe? —inquirió.

—Eso carece de importancia —atajó Wallander—. Responda a mi pregunta.

—Es del servicio de limpieza del bufete —explicó ella.

«Vaya, así de sencillo», se dijo Wallander algo desilusionado.

—¿Cómo se llama?

—Kim Sung-Lee.

—¿Domicilio?

—Tengo su dirección en la oficina.

—¿Cuál fue el motivo de su visita?

—Quería saber si iba a continuar trabajando o no.

Wallander asintió.

—Me gustaría tener su dirección —aseguró al tiempo que se levantaba dispuesto a marcharse.

—¿Qué va a ocurrir ahora? —quiso saber la mujer.

—Ya no tendrá que sentir miedo —la tranquilizó Wallander—. Procuraré que haya un policía por aquí todo el tiempo que sea necesario.

Dicho esto, se fue a la comisaría, no sin antes avisar a Nyberg de su partida. Por el camino, hizo un alto en la pastelería de Fridolfs Konditori y se compró unos bocadillos. Cuando llegó, se encerró en su despacho y se preparó para lo que no tendría más remedio que comunicarle a Björk. No obstante, cuando estuvo listo y fue a buscarlo a su despacho, el comisario jefe ya se había marchado, así que no le quedaba otro remedio que posponer la conversación.

Era ya la una cuando Wallander llamó a la puerta de Per Åkeson, al otro extremo del edificio largo y estrecho de la comisaría. Siempre lo sorprendía el caos que parecía reinar en el despacho de Per Åkeson. El escritorio estaba atiborrado de pilas de papeles de medio metro de altura, los archivadores esparcidos por el suelo y sobre las sillas de las visitas. Completaban el cuadro una barra para pesas y un colchón arrumbado contra una de las paredes.

—¿Es que has empezado a entrenar? —preguntó Wallander.

—Pues sí. Y no sólo eso —precisó Per Åkeson, ufano—. Además, he empezado a practicar la sanísima costumbre de dormir una siesta después del almuerzo. De hecho, acabo de despertarme.

—¿Y duermes aquí, en el suelo? —se extrañó Wallander.

—Exacto. Treinta minutos —aclaró Per Åkeson—. Después puedo entregarme de nuevo al trabajo, con renovadas fuerzas.

—¡Anda! Pues quizá yo debiera hacer lo mismo —comentó Wallander vacilante.

Per Åkeson despejó una de las sillas para hacerle sitio por el simple procedimiento de propinar un manotazo a uno de los montones de archivadores, que cayeron al suelo. Acto seguido, se sentó con los pies apoyados sobre el escritorio.

—Ya casi te había dado por perdido —aseguró con una sonrisa—. Aunque, en el fondo, confiaba en que volvieras.

—Ha sido un tiempo jodido —repuso Wallander.

Per Åkeson adoptó de pronto un aire grave.

—En realidad, no soy capaz de imaginarme con exactitud lo que es. Me refiero a matar a otra persona. Por más que sea en defensa propia. Debe de ser el único acto del que no hay vuelta atrás. Supongo que carezco de la imaginación necesaria para intuir ese abismo.

Wallander asintió.

—Cierto. Un abismo que no te abandona, pero con el que tal vez pueda aprenderse a convivir.

Permanecieron sentados y en silencio, mientras oían las quejas de alguien que, en el pasillo, se las veía con una máquina de café estropeada.

—Tú y yo tenemos la misma edad —afirmó Per Åkeson—. Hace medio año, me desperté un día y me dije: «¡Dios mío! ¡Ya está! ¿Esto es todo? ¿Era esto la vida?». Debo reconocer que, en aquel momento, sentí pánico. Sin embargo ahora he de admitir igualmente que fue muy saludable, pues me movió a emprender algo que tendría que haber hecho hacía mucho tiempo.

De uno de los montones de documentos, el fiscal sacó un papel que tendió a Wallander. Éste comprobó que se trataba de un anuncio en el que varios organismos de la ONU buscaban personas con formación jurídica para ocupar diversos puestos en el extranjero, entre otros lugares, en distintos campos de refugiados de África y Asia.

—Pues sí. Envié una solicitud —afirmó Per Åkeson—. Y todo cayó en el olvido hasta que hace poco más de un mes, de pronto, me citaron para una entrevista en Copenhague. El caso es que hay ciertas probabilidades de que me ofrezcan un contrato por dos años en un gran campo de refugiados de Uganda a los que van a repatriar.

—Pues aprovecha la oportunidad —lo animó Wallander—. Pero ¿qué dice tu mujer?

—Aún no se lo he contado —admitió Per Åkeson—. Si he ser sincero, no sé lo que ocurrirá.

—Bueno, ya me contarás.

Per Åkeson bajó los pies de la mesa y apartó los papeles que tenía delante. Entonces, Wallander le refirió el episodio de la explosión en el jardín de la señora Dunér. Per Åkeson meneó la cabeza incrédulo.

—Eso es imposible —afirmó.

—Pues Nyberg estaba bastante seguro. Y, como bien sabes, no suele equivocarse.

—Y tú, ¿qué opinas sobre esta maraña? —quiso saber Per Åkeson—. He estado hablando con Björk y, por lo que me ha revelado, estoy de acuerdo con que hay que anular la investigación de la muerte de Gustaf Torstensson como un accidente. Pero ¿tenemos algo concreto?

Wallander meditó un instante, antes de responder.

—Lo único de lo que podemos estar del todo seguros, a mi entender, es que no ha sido una curiosa coincidencia la que ha terminado con la vida de los dos abogados y, además, ha colocado una mina en el jardín de la casa de su secretaria. Se trata de un delito planificado, del que nos falta tanto el principio como el final.

—¿Quieres decir que el intento de atentado sufrido por la señora Dunér no ha sido una simple medida disuasoria, para asustarla?

—Quien colocó aquella mina en el jardín lo hizo con la intención de acabar con su vida —sentenció Wallander—. Por eso quiero que tenga protección. Puede que hasta resulte conveniente que se marche de la casa.

—Lo arreglaré —prometió Per Åkeson—. Hablaré con Björk.

—Esa mujer está muerta de miedo —reveló Wallander—. Pero ahora comprendo, después de haber hablado con ella de nuevo, que no sabe por qué. Yo sospechaba que estaba ocultándonos algo pero, después del último interrogatorio, estoy convencido de que ella sabe tan poco como nosotros. En fin, se me ocurrió que tú podrías ayudarnos, contándonos lo que sepas de Gustaf y Sten Torstensson. Tú habrás tenido mucho contacto con ellos durante años, ¿no es así?

—Gustaf Torstensson no imitaba a nadie, era un ejemplar auténtico —aseguró Per Åkeson—. Y su hijo iba camino de serlo.

—Yo creo que el origen de todo esto está relacionado con el padre, Gustaf Torstensson —apuntó Wallander—. Pero no me preguntes por qué.

—En realidad, yo no tuve mucha relación con él. Era mayor que yo y empezó a actuar como defensor de oficio en los tribunales mucho antes de que comenzase mi carrera como fiscal. Por otro lado, tengo entendido que durante los últimos años se dedicó casi de forma exclusiva a la asesoría fiscal.

—¿Y Alfred Harderberg? —inquirió Wallander—. El hombre del castillo de Farnholm. Eso también se me antoja más que extraño. Un insignificante abogado de Ystad y un hombre de negocios dueño de un imperio financiero de ámbito internacional.

—Por lo que yo sé, ésa es justamente una de las principales cualidades de Harderberg —observó Per Åkeson—. Su sexto sentido para localizar y rodearse de los mejores colaboradores. Es posible que descubriese en Gustaf Torstensson alguna cualidad especial que nadie supo ver.

—¿No tiene Harderberg ningún asunto feo que esconder? —quiso saber Wallander.

—No, que a mí me conste, lo cual puede parecer sorprendente. Según dicen, existe un crimen oculto tras toda gran fortuna. Sin embargo, Alfred Harderberg parece ser un ciudadano impecable que, además, se interesa por su país.

—¿Cómo?

—No es de los que permiten que todas sus inversiones vayan a parar al extranjero. Ha llegado incluso a cerrar empresas en otros países y a trasladar la actividad a Suecia, lo que es poco menos que insólito en nuestros días.

—Es decir, que no hay sombras de delito que se ciernan sobre el castillo de Farnholm —concluyó Wallander—. Y la fama de Gustaf Torstensson, ¿es también impecable?

—Inmaculada —repuso Per Åkeson categórico—. Íntegro, meticuloso, aburrido. Honrado a la antigua. Ni un genio ni un ingenuo. Discreto. Apostaría cualquier cosa a que nunca se despertó una mañana con la duda de qué había sido de su vida.

—Y, pese a todo, lo asesinan —advirtió Wallander—. Es decir, que *al menos una* mancha debe de haber existido. Tal vez ni siquiera en su vida, sino en la de otra persona.

—No estoy seguro de comprender adónde quieres ir a parar... —confesó Per Åkeson.

—Bueno, yo me figuro que un abogado debe de ser como un médico, más o menos —explicó Wallander—. Alguien que conoce los secretos de muchas personas.

—Lo más probable es que tengas razón —convino Per Åkeson—. La solución ha de encontrarse en la relación con alguno de los clientes. Un punto común a cuantos trabajaban en el bufete, incluida la señora Dunér.

—Buscaremos ahí —resolvió Wallander.

—Bien. En cuanto a Sten Torstensson, no tengo mucho que decir, la verdad —confesó Per Åkeson—. Soltero, algo anticuado, como el padre. En alguna ocasión llegó a mis oídos el rumor de que le interesaban las personas de su mismo sexo... Pero eso no serán más que las habladurías típicas que suscitan todos los solteros maduros. De haber sucedido hace treinta años, podríamos haber pensado en un chantaje.

—Ya, en cualquier caso, no está de más tomar nota de ello —se interesó Wallander—. ¿Algo más?

—Pues, en el fondo, no. No era una persona muy bromista que digamos, con lo que la gente no solía invitarlo a cenar. Pero dicen que se le daba muy bien la vela.

En ese momento, sonó el teléfono. Per Åkeson tomó el auricular y contestó, antes de pasárselo a Wallander.

—Es para ti.

Wallander oyó la voz estridente y alterada de Martinson, de lo que dedujo que se había producido alguna novedad importante.

—¡Estoy en el despacho de los abogados! —gritó Martinson—. Hemos hallado lo que parece que andábamos buscando.

—¿Qué?

—Cartas de amenaza.

—¿Contra quién de ellos?

—Contra los tres.

—¿También contra la señora Dunér?

—Así es.

—Voy enseguida.

Le devolvió el auricular a Per Åkeson al tiempo que se levantaba.

—Martinson ha encontrado algunas cartas de amenaza —aclaró—. Parece que tenías razón.

—Llámame, aquí o a casa, en cuanto tengáis algo —pidió el fiscal.

Wallander salió disparado hacia su automóvil, sin ir a buscar el chaquetón que había dejado en su despacho, y sobrepasó el límite de velocidad de camino hacia el bufete. Sonja Lundin estaba sentada en su silla cuando él atravesó la puerta.

—¿Dónde están? —preguntó una vez dentro.

Ella le señaló la sala de visitas. Wallander abrió la puerta y, en el mismo momento, cayó en la cuenta de que había olvidado que allí había también tres miembros del Colegio de Abogados. Tres hombres de expresión grave, de unos sesenta años cada uno, contemplaban displicentes su irrupción en la sala. Recordó entonces su rostro sin afeitar, el mismo que había descubierto en el espejo de la señora Dunér aquella mañana y lamentó que su aspecto no fuese del todo presentable.

Martinson y Svedberg lo esperaban sentados a la mesa.

—Les presento al inspector Wallander —anunció Svedberg.

—Un policía conocido en todo el país —observó parco uno de los hombres del Colegio de Abogados, antes de saludarlo.

Wallander se sentó, no sin antes haber estrechado la mano de los otros dos.

—Cuéntame —le pidió a Martinson. Sin embargo, la respuesta vino de uno de los tres hombres de Estocolmo.

—Creo que es mi deber informar al inspector del procedimiento que suele seguirse con motivo de la liquidación de un bufete de abogados —intervino el hombre que, según Wallander creyó oír, se apellidaba Wrede.

—Ya, bueno, eso puede esperar —interrumpió Wallander—. Mejor vamos directos al grano: han aparecido unas cartas de amenaza, ¿no es así?

El hombre llamado Wrede miró a Wallander con desdén manifiesto, pero no añadió una palabra. Martinson le entregó un sobre marrón al tiempo que Svedberg le daba un par de guantes de plástico.

—Estaban en el fondo de un cajón, bien ocultas en el armario archivador —lo informó Martinson—. No tenían entrada consignada en los diarios ni en ningún registro. Simplemente, estaban escondidas.

Wallander se puso los guantes y abrió el gran sobre marrón, donde encontró dos cartas redactadas en papel blanco. Intentó leer los matasellos, sin lograrlo. En uno de los sobres había un borrón de tinta negra, como si alguien hubiese tachado parte del texto. Wallander extrajo las cartas de los sobres y las extendió ante sí sobre la mesa. Estaban escritas a mano y no eran muy extensas:

«No caerá el agravio en el olvido. Ninguno de ustedes disfrutará de la posibilidad de morir en pecado. Morirán todos, tanto usted, Gustaf Torstensson, como su hijo y la señora Dunér».

La otra carta era aún más escueta, pero Wallander observó que la letra era la misma: «Pronto quedará castigado el agravio».

La primera tenía fecha del 19 de junio de 1992. La otra estaba fechada el 26 de agosto del mismo año. Ambas tenían estampada la firma de la misma persona, Lars Borman.

Wallander apartó despacio las cartas y se quitó los guantes.

—Hemos estado buscando en los registros —explicó Martinson–. Pero ni Gustaf ni Sten Torstensson tuvieron nunca un cliente con ese nombre.

–Correcto –intervino de nuevo el hombre que respondía al nombre de Wrede.

–Este hombre habla de un agravio consumado –razonó Martinson–. Y debe de tratarse de algo muy grave. De no ser así, no es fácil justificar las amenazas de muerte contra los tres.

–Sí, seguramente tienes razón –aceptó Wallander en tono ausente.

De nuevo lo inundaba la sensación de que había algo que debería comprender y que escapaba a su conciencia.

–Muéstrame el lugar donde hallasteis el sobre –pidió al tiempo que se ponía en pie.

Svedberg lo condujo hasta un amplio armario metálico que había en el despacho donde la señora Dunér tenía su escritorio, y en el que Svedberg le señaló el cajón inferior. Wallander lo sacó y comprobó que estaba lleno de carpetas.

–Ve a buscar a Sonja Lundin –ordenó.

Svedberg regresó acompañado de la joven que, según Wallander notó, estaba muy nerviosa. Sin embargo, él estaba convencido de que la muchacha nada tenía que ver con los extraños sucesos acaecidos a los trabajadores del bufete, sin que aún pudiese explicar el porqué de su convencimiento.

–¿Quién tenía la llave de este armario? –inquirió.

–La señora Dunér –musitó Sonja Lundin, en un tono apenas audible.

–Por favor, hable más alto –rogó Wallander.

–La señora Dunér –obedeció ella.

–¿Sólo ella?

–Los abogados tenían sus propias llaves.

–¿Estaba siempre cerrado?

–La señora Dunér lo abría por la mañana, cuando llegaba, y lo cerraba antes de marcharse.

El hombre que se llamaba Wrede irrumpió en la conversación.

—Hemos requisado una llave de la señora Dunér —explicó—. La de Sten Torstensson. Esta mañana lo abrimos nosotros.

Wallander asintió.

Sabía que había algo más sobre lo que quería preguntarle a la joven, pero fue incapaz de recordar qué.

Entonces, se dirigió a Wrede.

—¿Qué opina usted acerca de estas amenazas? —le preguntó.

—Está claro que ese sujeto debe ser detenido de inmediato —aseguró.

—No era ésa mi pregunta —aclaró Wallander—. Lo que me interesa es su parecer.

—Los abogados solemos estar expuestos a ese tipo de reacciones.

—Supongo que todos reciben, antes o después, alguna carta de esta índole.

—Es posible que el Colegio de Abogados le pueda proporcionar datos estadísticos.

Wallander lo observó un buen rato, antes de formular su última pregunta.

—Y usted, ¿ha sido destinatario de alguna carta de este tipo? —inquirió.

—En alguna que otra ocasión.

—¿Por qué motivo?

—Lamento no poder revelárselo, pero eso iría contra mi deber profesional.

Wallander lo comprendía. Volvió a guardar las cartas en el sobre marrón, antes de declarar dirigiéndose a los tres hombres del Colegio de Abogados:

—Bien, el sobre nos lo quedamos.

—Ya, bueno, no es tan fácil como usted cree —objetó Wrede que, en todo momento, parecía hablar en nombre de los tres y que se había puesto en pie de un modo que hizo que Wallander se sintiese como en presencia de un tribunal.

—Es muy posible que nuestros intereses no coincidan en estos momentos —interrumpió Wallander, insatisfecho con su modo de expresarse—. Ustedes han venido para decidir el futuro de la sucesión del bufete, si es que se la puede llamar así. Nosotros, con el fin de buscar a uno o varios criminales que han cometido un delito. Así que este sobre vendrá conmigo.

—Pero nosotros no podemos aceptar que salga de aquí documento alguno hasta que no nos hayamos puesto en contacto con el fiscal encargado de la investigación previa —opuso Wrede.

—¡Estupendo! En ese caso, llame a Per Åkeson. Y salúdelo de mi parte.

Dicho esto, tomó el sobre y salió de la sala, seguido a paso rápido por Martinson y Svedberg.

—Habrá follón —aseguró Martinson cuando hubieron abandonado el bufete. Pero, según Wallander pudo oír, a su colega no parecía disgustarle la idea.

El inspector tenía frío. Aquel viento racheado no cesaba de arreciar.

—¿Qué hacemos ahora? —preguntó—. ¿Y qué está haciendo Ann-Britt Höglund?

—En casa con un niño enfermo —informó Svedberg—. A Hanson le encantaría saberlo. Siempre dice que las mujeres policía no sirven como investigadoras.

—Sí, Hanson siempre anda diciendo esto y aquello... —protestó Martinson—. Los policías que asisten a todos los cursos de formación continua que se ofrecen tampoco resultan demasiado útiles.

—En fin. Las cartas tienen dos años —atajó Wallander—. Tenemos un nombre, el de alguien llamado Lars Borman. Un hombre que amenaza de muerte a Gustaf y a Sten Torstensson, además de a la señora Dunér. Les escribe una carta y, dos meses más tarde, otra más. Una de ellas fue enviada en un sobre con una especie de membrete de una empresa. Sven Nyberg es muy bueno y creo que podrá descifrar la leyenda del membrete. Además, claro está, del origen del matasellos. Así que, en realidad, no sé a qué esperamos.

Regresaron a la comisaría y, mientras Martinson llamaba a Nyberg, que seguía cavando en el jardín de la señora Dunér, Wallander se aplicó a intentar descifrar los matasellos.

Svedberg había ido a ver si localizaba el nombre de Borman en alguno de los registros centrales de la policía. Sven Nyberg estaba congelado de frío y llevaba las rodilleras del mono llenas de manchas de hierba cuando, quince minutos más tarde, hizo su entrada en el despacho de Wallander.

—¿Cómo va la cosa? —se interesó Wallander.

—Despacio —repuso Nyberg—. ¿Qué te habías creído? Las minas saltan en mil pedazos cuando explotan.

Wallander señaló el sobre marrón con las dos cartas que había dejado sobre la mesa.

—Hay que examinar esto bien a fondo —afirmó—. Pero, ante todo, deseo saber de dónde es el matasellos y lo que dice el texto de uno de los sobres. Todo lo demás puede esperar.

Sven Nyberg se encajó las gafas, ajustó la dirección del flexo de Wallander y se aplicó a observar los sobres.

—Los matasellos podemos leerlos al microscopio —aseguró—. El texto del sobre está tachado con rotulador, así que tendré que raspar un poco, pero creo que podré sacarlo sin tener que enviarlo a Linköping.

—Es urgente —lo apremió Wallander.

Sven Nyberg se quitó las gafas indignado.

—¡Sí, claro! ¡Todo es urgente! —gritó—. Necesitaré una hora. ¿Te parece mucho?

—Tómate el tiempo que precises —pidió Wallander reconciliador—. Ya sé que trabajas tan rápido como te es posible.

Nyberg tomó las cartas y salió del despacho. Martinson y Svedberg entraron casi al momento de que él se hubiese marchado.

—No tenemos a ningún Borman en los registros —declaró Svedberg—. He encontrado a cuatro Broman y a un Borrman. Pensé que tal vez estuviese mal escrito... Pero resulta que Evert Borrman se dedicó a viajar por Östersund extendiendo cheques falsos a finales de los años sesenta. Si aún vive, debe de tener ochenta y cinco años.

Wallander meneó la cabeza insatisfecho.

—Tendremos que aguardar a ver qué dice Nyberg —se resignó—. En cualquier caso, creo que acertamos al no abrigar demasiadas esperanzas en torno a las cartas. Cierto que la amenaza es brutal, pero imprecisa. Os avisaré en cuanto Nyberg dé señales de vida.

Una vez solo, tomó el archivador de piel que le habían dado aquella mañana en el castillo de Farnholm. Durante casi una hora, quedó absorbido por el esfuerzo que le suponía comprender el alcance del imperio empresarial de Alfred Harderberg. Aún no había concluido su lectura cuando oyó unos toques en la puerta, que se abrió para dejar paso a Nyberg. Wallander descubrió, no sin asombro, que todavía no se había quitado el mono lleno de manchas.

—Bien, aquí tienes la respuesta a tus preguntas —declaró antes de dejarse caer pesadamente sobre la silla que Wallander tenía para las visitas—. Los matasellos de las cartas son de Helsingborg. Y en uno de los sobres pude descifrar el texto «Hotel Linden».

Wallander echó mano de un bloc escolar y empezó a tomar notas.

—Hotel Linden —repitió Nyberg—. En la calle de Gjutargatan, doce. Incluso venía el número de teléfono.

—¿En qué ciudad? —quiso saber Wallander.

—Creí que lo habías deducido tú solo —comentó Nyberg—.

Las cartas llevan matasellos de Helsingborg. El hotel Linden también está allí, claro.

—¡Estupendo! —exclamó Wallander.

—Yo no suelo hacer más de lo que me mandan —añadió Nyberg—. Sin embargo, como esto no me ha llevado mucho tiempo, hice algo más. Y creo que, lo que descubrí, te va a dificultar la tarea.

Wallander lo observaba inquisitivo.

—El caso es que llamé a ese número de teléfono de Helsingborg —explicó Nyberg—. Entonces oí una voz que me informaba de que el número no corresponde ya a ningún abonado. Le pedí a Ebba que investigara el asunto y no tardó ni diez minutos en averiguar que el hotel Linden lleva cerrado un año.

Nyberg se incorporó de la silla y sacudió el asiento.

—Y ahora, me voy a almorzar —puntualizó.

—Sí, claro. Vete. Y gracias por tu ayuda.

Cuando Nyberg se hubo marchado, Wallander comenzó a reflexionar sobre la información que aquél le había proporcionado. Después, llamó a Svedberg y a Martinson. Transcurridos unos minutos, ambos tomaban asiento en el despacho de Wallander con sendas tazas de café.

—Tiene que haber un registro general de hoteles —comenzó Wallander—. Un hotel es un negocio. Con un dueño, claro. No pueden cerrarlo sin que quede constancia en algún registro.

—¿Qué harán con los registros de los hoteles que ya no existen? —quiso saber Svedberg—. ¿Los quemarán, o se conservarán en algún lugar?

—Hemos de averiguarlo ahora mismo —los exhortó Wallander—. Lo más importante es dar con el dueño del hotel Linden. Si nos repartimos el trabajo, no debería llevarnos más de una hora. Nos vemos de nuevo cuando estemos listos.

Ya a solas otra vez, llamó a Ebba para pedirle que buscase el nombre de Borman en la guía telefónica de la zona de Escania y Halland. Acababa de colgar el auricular, cuando sonó el teléfono. Era su padre.

—No irás a olvidar tu promesa de venir a visitarme esta tarde, ¿verdad? —le recordó.

—No, claro. Allí estaré —aseguró Wallander mientras pensaba que, en realidad, estaba demasiado cansado como para ir hasta Löderup. Pero era consciente de que no podía negarse ni cambiar los planes.

—Llegaré sobre las siete —precisó.

—Ya veremos —lo provocó el padre.

—¿Qué quieres decir con eso? —preguntó Wallander, notando que empezaba a irritarse.

—Lo que quiero decir es que ya veremos si cumples tu promesa o no —repuso el padre.

Wallander tuvo que contenerse para evitar la discusión.

—Iré —afirmó antes de concluir la conversación.

De repente, la habitación donde se encontraba se le antojó cargada, el aire irrespirable. Salió y se dirigió pasillo arriba hasta la recepción.

—No hay ningún abonado llamado Borman —le comunicó Ebba—. ¿Quieres que siga buscando?

—No. Déjalo por ahora —respondió Wallander.

—Me gustaría invitarte a cenar a casa —declaró Ebba de pronto—. Y que me contases cómo estás de verdad.

Wallander contestó con un gesto afirmativo por toda respuesta.

Regresó al despacho y abrió la ventana. El viento seguía soplando, cada vez con más fuerza. Y sintió frío. Así que cerró de nuevo la ventana y se sentó ante la mesa. El archivador del castillo de Farnholm continuaba allí, abierto, pero lo apartó con la mano y empezó a pensar en Baiba, la mujer de Riga.

Veinte minutos más tarde, cuando Svedberg llamó a la puerta y entró, seguía aún sumido en aquellos recuerdos.

—Bueno, pues ya sé cuanto hay que saber sobre los hoteles suecos —aseguró—. Martinson no tardará en llegar.

Cuando Martinson hubo cerrado la puerta tras de sí, Svedberg se sentó en una esquina de la mesa y dio comienzo a la lectura de las notas que había hecho en su bloc.

—El hotel Linden fue una propiedad gestionada por un hombre llamado Bertil Forsdahl —empezó—. Esa información la obtuve del Gobierno Civil. Era un pequeño hotel familiar que dejó de ser rentable. Por otro lado, Bertil Forsdahl es una persona mayor, de setenta años. Pero aquí tengo su número de teléfono, por si acaso. Y vive en Helsingborg.

Wallander marcó el número mientras Svedberg le dictaba las cifras. Tardaron bastante en responder.

Cuando, por fin, alguien descolgó el auricular, se oyó la voz de una mujer.

—Quería hablar con Bertil Forsdahl —anunció Wallander.

—Pues no está en casa —lo informó la mujer—. No llegará hasta esta noche. ¿De parte de quién?

Wallander reflexionó rápidamente antes de contestar.

—Me llamo Kurt Wallander —se presentó—. Y llamo desde la comisaría de Ystad. Tengo algunas preguntas que hacerle a su marido, acerca del hotel del que fue dueño hasta hace un año. No es que haya sucedido nada. Son sólo unas preguntas rutinarias.

—Mi marido es una persona honrada —sostuvo la mujer.

—De eso estoy convencido —la tranquilizó Wallander—. Es pura rutina. ¿Cuándo volverá a casa?

—Ha salido de excursión a Ven con un grupo de jubilados —aclaró la mujer—. Después irán a cenar a Landskrona. Pero lo más seguro es que esté de vuelta hacia las diez. Él nunca se va a la cama antes de medianoche. Una costumbre de sus tiempos como director de hotel.

—Dígale que volveré a llamarlo —advirtió Wallander—. Y que no hay nada de lo que preocuparse.

—No, si yo no me preocupo. Mi marido es un hombre honrado —insistió la mujer.

Wallander dio por finalizada la conversación.

—Iré a su casa esta noche —aseguró.

—Podrías esperar hasta mañana, creo yo —observó Martinson algo sorprendido.

—Sí, tal vez. Pero, de todos modos, no tengo nada que hacer esta noche.

Una hora después repasaron el estado de la investigación. Björk les había hecho saber que le había surgido un imprevisto, pues lo habían convocado a una reunión urgente con el jefe de Policía Provincial. Ann-Britt Höglund apareció de repente. Su marido había llegado a casa y se había quedado al cuidado del niño enfermo.

Todos estaban de acuerdo en que había que concentrarse en las amenazas de las cartas. Sin embargo, Wallander sentía que algo no iba bien. No lograba deshacerse de la idea machacona de que había algo extraordinario en las muertes de los abogados. Algo que debería haber visto, pero que no conseguía identificar.

Recordó que Ann-Britt Höglund le había expresado la misma sensación el día anterior.

Después de la reunión, ambos se quedaron en pie en medio del pasillo.

—Si vas a Helsingborg esta noche, me gustaría ir contigo —afirmó la joven—. Si no te importa.

—No es necesario —rechazó Wallander.

—Ya, pero, aun así, me encantaría.

Él asintió. Acordaron verse junto a la comisaría a las nueve.

Wallander salió hacia Löderup, a casa de su padre, poco antes de las siete.

Se detuvo por el camino a comprar unos bollos. Cuando llegó, comprobó que su padre estaba en el estudio, pintando ese eterno motivo suyo del paisaje otoñal, con o sin urogallo al fondo.

«Mi padre es eso que la gente llama desdeñosa un pintor de pacotilla», sentenció para sí. «El caso es que, en ocasiones, yo me siento también como un policía de pacotilla.»

La esposa del padre, la antigua asistente social, había ido a visitar a sus padres, por lo que el hombre estaba solo. Wallander contaba con que se sentiría ofendido cuando le contase que no podía quedarse con él más que una hora. Sin embargo, ante su sorpresa, el padre asintió sin hacer ningún comentario. Estuvieron jugando a las cartas un rato. Wallander no se extendió mucho a la hora de explicar los motivos por los que había vuelto a su trabajo. A decir verdad, el padre tampoco había mostrado mayor interés por el tema. Además, aquella tarde, para variar, no iniciaron ninguna discusión. De regreso a Ystad, Wallander se preguntó cuánto tiempo hacía que no ocurría algo similar.

Eran las nueve menos cinco cuando, sentados en el coche de Wallander, pusieron rumbo a la salida hacia Malmö. No amainaba el viento y Wallander notó que, por las junturas de goma mal ajustadas de las ventanillas, se colaban tenues ráfagas de aire que le traían el perfume discreto de Ann-Britt Höglund. Cuando llegaron a la E-65, pisó el acelerador.

—¿Te orientas en Helsingborg? —quiso saber ella.

—No, no la conozco.

—Podemos llamar a los colegas de allí para preguntarles —sugirió la joven.

—Bueno, creo que será mejor mantenerlos fuera de este asunto, por el momento —recomendó Wallander.

—Y eso, ¿por qué? —preguntó ella sorprendida.

—Cuando unos policías meten las narices en el terreno de otros, surgen enseguida un montón de inconvenientes —explicó Wallander—. No tenemos por qué complicarnos las cosas sin necesidad.

Continuaron en silencio mientras Wallander pensaba, con desagrado, en la charla que se veía obligado a mantener con Björk. Cuando llegaron a la salida hacia el aeropuerto de Sturup, giró. Pocos kilómetros más adelante, se desvió de nuevo, rumbo a Lund.

—Cuéntame por qué te hiciste policía —pidió Wallander.

—Todavía no —respondió ella—. En otra ocasión.

El tráfico no era muy abundante. El viento parecía soplar con fuerza creciente. Pasaron la rotonda que había a las afueras de Staffanstorp, que enseguida dio paso a las luces de la ciudad de Lund. Eran ya las nueve y veinticinco.

—¡Qué curioso! —exclamó ella de pronto.

Wallander notó de inmediato que su voz había cobrado un tono distinto.

Lanzó una mirada a su rostro, que se entreveía a la flaca luz del salpicadero, y comprobó que mantenía la vista fija en el espejo lateral. Él miró el retrovisor y divisó, a lo lejos, las luces de un coche.

—¿Qué es lo que te resulta tan curioso? —quiso saber el inspector.

—Es la primera vez que me pasa —continuó ella.

—¿Qué?

—Que alguien me persiga. O al menos me espíe.

Wallander comprendió que hablaba en serio y volvió a mirar las luces en el retrovisor.

—¿Cómo estás tan segura de que ese coche venga siguiéndonos? —inquirió él.

—Muy sencillo —indicó ella—. Los hemos tenido detrás todo el tiempo.

Wallander la miró incrédulo.

—Estoy totalmente segura —declaró Ann-Britt Höglund—. Ese coche ha estado siguiéndonos desde que salimos de Ystad.

7

El miedo era como un depredador.

Después de aquello, Wallander lo recordaría como un zarpazo al cuello, una imagen que incluso a él le resultaba infantil e imprecisa pero que, en cualquier caso, decidió utilizar como comparación. ¿A quién le había descrito aquel miedo suyo? A su hija Linda y tal vez también a Baiba, en alguna de las cartas que solía enviar a Riga. Pero, desde luego, a nadie más. En efecto, nunca le hizo ningún comentario a Ann-Britt Höglund acerca de lo que sintió en el coche; ella, por su parte, tampoco preguntó. Y, en realidad, él había caído presa de un pánico tal que lo hizo temblar y hasta creer que perdería el control del vehículo, que, a una velocidad de vértigo, se precipitaría hacia el arcén y quizá también hacia la muerte. Recordaba perfectamente que deseó haberse hallado solo en el coche, pues eso le habría facilitado las cosas. En efecto, gran parte del temor que sentía, creador de aquel depredador que lo amenazaba, nacía de la inquietud por que le ocurriese algo a ella, a la colega que llevaba en el asiento del acompañante. En apariencia, había desempeñado el papel del policía experto, que no se dejaba amedrentar por un suceso tan insignificante como el que suponía el descubrimiento repentino de que alguien estuviese siguiéndolos por la carretera entre Staffanstorp y Lund. Pero la realidad era bien distinta, pues se había sentido presa de un terror mortífero hasta que hubieron alcanzado el límite de la ciudad. Una vez hubieron sobrepasado la entrada a la provincia y que ella le hizo saber que el coche aún les iba a la zaga, él giró para acceder a una de las grandes estaciones de servicio que tenían horario nocturno. Desde allí vieron pasar el coche, un Mercedes azul oscuro. No obstante, fueron incapaces de distinguir el número de matrícula ni la cantidad de personas que ocupaban el vehículo. Wallander se detuvo ante uno de los surtidores.

—Creo que te has equivocado —afirmó.

Ella negó con un gesto.

—Ese coche venía persiguiéndonos —insistió ella—. Desde que salimos de Ystad. No podría jurar que haya estado esperándonos en las proximidades de la comisaría. Pero el hecho es que lo descubrí muy pronto, en la rotonda desde la que salimos a la E-Sesenta y cinco. Entonces no era más que un coche como otro cualquiera pero, cuando nos desviamos dos veces y aún seguía sin adelantarnos, empezó a convertirse en algo más que un simple turismo. Como te dije, jamás me había ocurrido. Que me persiguiese un coche.

Wallander salió del vehículo, desenroscó el tapón del depósito y lo llenó mientras ella, en pie y a su lado, observaba sus movimientos.

—¿Y quién iba a perseguirnos? —inquirió mientras volvía a colgar el surtidor en su lugar.

Ella aguardó junto al coche mientras él entraba a pagar con el convencimiento de que su colega estaba en un error, conclusión que apoyaba además en el hecho de que la sensación de temor había empezado a desvanecerse.

Continuaron a través de la ciudad, de sus calles desiertas en donde los semáforos parecían cambiar de color con total desinterés. Cuando hubieron dejado la ciudad tras de sí y Wallander aceleró al salir a la autovía en dirección norte, empezó a controlar de nuevo los vehículos que iban detrás. Sin embargo, el Mercedes había desaparecido para no volver. Al girar hacia el acceso sur a Helsingborg, aminoró la marcha. Un camión sucio los adelantó, seguido de un Volvo de color rojo oscuro. Entonces, se detuvo en el arcén, se quitó el cinturón de seguridad y salió del coche. Una vez fuera, se dirigió a la parte posterior del vehículo y se arrodilló, como si estuviese examinando una de las ruedas traseras. Estaba seguro de que ella tomaría nota de los coches que los sobrepasaran. Aguardó en aquella posición unos cinco minutos, durante los cuales contó hasta cuatro vehículos, uno de ellos un autobús que, a juzgar por el ruido del motor, tenía algún cilindro averiado. Se sentó al volante y la miró.

—¿Algún Mercedes? —preguntó.

—No. Un Audi blanco —repuso ella—. Dos hombres delante y quizás otro en el asiento trasero.

—¿Por qué te has fijado justo en ése?

—Porque fueron los únicos que no miraron en esta dirección. Además, aumentaron la velocidad.

Wallander le señaló el teléfono del coche.

—Llama a Martinson —le pidió—. Me imagino que has anotado las matrículas. No sólo la del Audi, sino también la de los otros, ¿no? Dáselas a Martinson. Y adviértele que es urgente.

Dicho esto, le dio el teléfono particular de Martinson mientras él iba a buscar una cabina telefónica, donde esperaba encontrar una guía en la que hallar la descripción del camino que necesitaba. Oyó que Ann-Britt hablaba primero con alguno de los hijos de Martinson, seguramente la hija de doce años. Un minuto después, el propio Martinson se puso al teléfono y ella le facilitó los números de matrícula en cuestión. Cuando hubo terminado, le tendió el auricular a Wallander.

—Dice que quiere hablar contigo —explicó.

Wallander frenó y detuvo el coche antes de contestar.

—¿Pero qué es lo que pasa? —preguntó Martinson—. ¿No pueden esperar los coches hasta mañana?

—Si Ann-Britt te llama y te dice que es urgente, es que lo es —replicó Wallander.

—¿De qué coches se trata?

—Es demasiado largo para explicarlo ahora. Ya te enterarás mañana. Cuando hayas averiguado a quién pertenecen, nos llamas de inmediato al coche.

Colgó el auricular enseguida, para no darle a Martinson la oportunidad de insistir con más preguntas. Al mismo tiempo, notó que Ann-Britt se había sentido herida.

—Me pregunto por qué no me habrá creído a mí. ¿Por qué ha tenido que oír tu confirmación? —se lamentó con un tono de voz chillón que lo sorprendió.

Wallander intentó descubrir si su colega no quería controlar su decepción o si, simplemente, no podía.

—No merece la pena preocuparse por ello —dijo en un intento de quitarle importancia al incidente—. No es fácil acostumbrarse a los cambios. Tú representas el acontecimiento más revolucionario que ha sucedido en la comisaría de Ystad en muchos años. Y estás rodeada de una serie de perros viejos que no tienen ningún interés en modificar sus costumbres.

—¿Eso también te afecta a ti? —inquirió ella.

—Supongo que sí —repuso Wallander.

El inspector no encontró ni una sola cabina hasta que no hubieron llegado a la altura del atracadero de transbordadores. No había rastro alguno del Audi blanco. Aparcó ante la estación de tren, donde localizó la calle de Gjutargatan, situada en el extremo oeste de la ciudad, en un plano bastante sucio. Memorizó el camino antes de regresar al coche.

—¿Quién nos sigue ahora? —preguntó ella cuando giraban hacia la izquierda y pasaban el edificio blanco del teatro.

—No lo sé —confesó Wallander—. Hay demasiados detalles llamativos en torno a las personas de Gustaf y Sten Torstensson. Me da la impresión de que estamos siempre avanzando en la dirección equivocada.

—Pues a mí me parece que no avanzamos lo más mínimo —objetó ella.

—Sí, o tal vez estemos moviéndonos en círculo, sin apercibirnos de que vamos pisando nuestras propias huellas —sugirió Wallander.

En cualquier caso, el Audi no se veía por ninguna parte. Llegaron hasta una zona de chalets muy tranquila. Wallander aparcó ante el número doce antes de salir del coche. El viento soplaba con tal violencia que tiraba de las puertas del vehículo. La casa a la que se dirigían estaba construida en ladrillo rojo, de una sola planta, con el garaje adosado y un pequeño jardín. Bajo una lona, Wallander adivinó la silueta de una vieja embarcación, de las de madera. La puerta se abrió antes de que hubiesen podido hacer sonar el timbre. Un hombre de cabello cano, enfundado en un chándal, los observaba con un atisbo de sonrisa curiosa.

Wallander sacó su placa.

—Soy el inspector Wallander, de la brigada criminal —informó—. Ésta es mi colega Ann-Britt Höglund. Ambos de la policía de Ystad.

El hombre tomó en sus manos la placa, que examinó con ojos miopes. En ese preciso instante, apareció en el vestíbulo su mujer, que los saludó amablemente. Wallander experimentó la sensación de que se hallaba en el umbral de un hogar habitado por dos personas felices. Los invitaron a entrar en una sala de estar donde ya habían dispuesto unas tazas y una bandeja con dulces. Wallander estaba a punto de sentarse en una de las sillas cuando descubrió un cuadro que colgaba de una de las paredes. Al principio, no dio crédito a lo que veía pero, ante su sorpresa, tuvo que admitir que se trataba de uno de los cuadros de su padre, de la variedad sin urogallo. Notó que Ann-Britt Höglund seguía su mirada con curiosidad. Él meneó la cabeza y se sentó, sin ofrecer explicación alguna. Era, en efecto, la segunda vez que aquello le ocurría en su vida, el encontrarse con un cuadro fruto del pincel de su padre en la casa de un extraño. En una ocasión, hacía ya cuatro años, había visto uno en un apartamento de Kristianstad, éste con urogallo.

—Le pido disculpas por lo intempestivo de la hora —se excusó Wallander—. El caso es que tenemos una serie de preguntas cuya respuesta no puede esperar, por desgracia.

—Al menos, tendrán tiempo de tomarse un café —ofreció la mujer.

Ellos asintieron. Wallander pensó que la razón por la que Ann-Britt Höglund había querido acompañarlo no era otra que la de presenciar cómo dirigía un interrogatorio, lo que lo hizo sentirse inseguro en el acto. «Ha pasado ya tanto tiempo...», se dijo. «En realidad, más que enseñarle yo, tendría que ponerme a aprender de nuevo, a recordar cuanto, hasta hace unos días, había circunscrito a un periodo de mi vida pretérito y cerrado.»

Pensó en la interminable playa de Skagen, en su abandonado distrito y, por un instante, sintió añoranza. Sin embargo, era consciente de que allí no había nada. Aquella vía había dejado de existir.

—Usted fue, hasta hace un año, el director de un hotel llamado Linden* —comenzó.

—Así es. Durante cuarenta años —precisó el hombre con un tono que Wallander interpretó como de orgullo.

—Eso es mucho tiempo —admitió Wallander.

—Lo compré en 1952 —prosiguió Bertil Forsdahl—. Por aquel entonces se llamaba Pelikanen, estaba bastante deteriorado y no gozaba de muy buena fama. Se lo compré a un hombre llamado Markusson, un alcohólico que no se preocupaba del negocio. Durante el último año, eran más bien sus compañeros de borrachera los que ocupaban las habitaciones. He de reconocer que lo adquirí a muy buen precio. Markusson murió al año siguiente en Helsingör, de cirrosis. Decidimos cambiarle el nombre al ho-

* _Linden,_ en español, «el tilo». _(N. de la T.)_

tel y, como había un tilo plantado en la calle a la puerta del edificio... El hotel estaba junto al antiguo teatro, que tampoco existe hoy. Había ocasiones en las que los actores se alojaban allí. Una vez, incluso, tuvimos a la propia Inga Tidblad como huésped. Solía desayunar té.

—Supongo que conservará el registro en el que la famosa actriz estampó su nombre —tanteó Wallander.

—La verdad es que guardo todos los registros —aseguró Bertil Forsdahl—. Abajo en el sótano tengo los cuarenta años.

—Sí, a veces nos sentamos por las noches a hojearlos y enseguida acuden los recuerdos —intervino de pronto su mujer—. Al ver los nombres, recordamos a las personas.

Wallander intercambió una mirada rápida con su colega. Acababan de dar respuesta a una de sus principales preguntas.

En ese momento se oyó, procedente de la calle, el ladrido inesperado de un perro.

—Es el perro guardián del vecino —explicó Bertil Forsdahl a modo de disculpa—. Suele guardar toda la calle.

Wallander tomó un poco de café y se dio cuenta de que en la taza también aparecía el nombre del hotel.

—Voy a contarle por qué hemos venido a visitarle —comenzó—. Al igual que en las tazas, usted tenía el nombre y la dirección del hotel en el membrete de los sobres y el papel de carta. Pues bien, en los meses de junio y agosto del año pasado, se remitieron dos cartas desde Helsingborg. El sobre de una de ellas llevaba ese membrete. Supongo que sería poco antes de que usted cerrase el negocio.

—Sí. Tuvimos abierto hasta el 15 de septiembre —puntualizó Bertil Forsdahl—. No les cobramos nada a los huéspedes que pasaron en él aquella última noche.

—¿Podría decirme por qué cerró el hotel? —intervino Ann-Britt.

Wallander se dio cuenta de que le producía cierta irritación el hecho de que ella se mezclase en la conversación, pero confiaba en que no hubiese notado su reacción. En cualquier caso, fue la esposa quien respondió, como si una mujer sólo pudiese dirigirse a otra persona de su mismo género.

—¿Y qué podíamos hacer si no? —preguntó ella a su vez—. El edificio había sido declarado en ruinas y el negocio no se sostenía. La verdad, de habérsenos permitido, habríamos aguantado unos años más. Pero no pudo ser.

—Hicimos lo que pudimos por mantener el mejor estándar imaginable —añadió Bertil Forsdahl—. Pero resultó demasiado caro a la larga. Sale bastante costoso tener televisión en color en todas las habitaciones.

—Sí, fue un día aciago, aquel 15 de septiembre —observó la mujer—. Conservamos las llaves de cada una de las habitaciones. Las diecisiete que teníamos. Ahora hay un aparcamiento en el lugar en que se alzaba el edificio. Y el tilo ha desaparecido, claro. Murió podrido. O quizá de pena, si es que los árboles pueden sentir.

El perro seguía ladrando en la calle mientras Wallander dedicaba un pensamiento a aquel árbol que ya no existía.

—El nombre de Lars Borman, ¿les dice algo? —fue su siguiente pregunta.

La respuesta resultó del todo sorprendente.

—¡Pobre hombre! —exclamó Bertil Forsdahl.

—Cierto. Una historia terrible —convino su mujer—. ¿Por qué se interesa por él ahora la policía?

—Es decir, que saben quién es —concretó Wallander, que vio cómo Ann-Britt Höglund sacaba de inmediato el bloc de notas que llevaba en el bolso.

—Un hombre muy agradable —aseguró Bertil Forsdahl—. Taciturno y muy tranquilo. Siempre amable y solícito. Ya no quedan muchas personas como él en el mundo.

—Nos gustaría ponernos en contacto con él —apuntó Wallander.

Bertil Forsdahl y su esposa intercambiaron una mirada. Wallander tuvo la repentina sensación de que se sentían incómodos.

—Lars Borman está muerto —informó Bertil Forsdahl—. Creí que lo sabían.

Wallander guardó silencio durante un instante, antes de proseguir.

—No sabemos absolutamente nada de Lars Borman —declaró al fin—. Lo único que conocemos de él es que, el año pasado, escribió dos cartas, una de las cuales envió en un sobre de este hotel. Nos habría gustado hablar con él. Ahora sabemos que es inviable, pero quisiéramos saber lo que le ocurrió, y quién era.

—Era un huésped habitual, que estuvo alojándose en nuestro hotel, al menos tres veces al año, durante mucho tiempo. Solía quedarse dos o tres días.

—¿A qué se dedicaba? ¿Y de dónde era?

—Era empleado del Landsting* —contestó la mujer—. Su trabajo tenía algo que ver con la economía.

—Sí, era auditor —precisó Bertil Forsdahl—. Un funcionario honrado y cumplidor del Landsting de la provincia de Malmö.

—Vivía en Klagshamn —continuó la esposa—. Tenía mujer e hijos. Fue una tragedia espantosa.

—Pero ¿qué fue lo que ocurrió? —quiso saber Wallander.

—Se suicidó —declaró Bertil Forsdahl en un tono de condolencia que no pasó inadvertido para Wallander.

—Nos lo habríamos esperado de cualquiera, menos de Lars Borman —prosiguió Bertil Forsdahl—. Pero, al parecer, guardaba un secreto que ninguno de nosotros pudo siquiera imaginar.

—¿Qué fue lo que ocurrió? —repitió Wallander.

* Organismo público de carácter provincial, dotado de atribuciones similares a las diputaciones españolas, que dirige y administra los intereses de cada región, especialmente en lo relativo a la sanidad pública. *(N. de la T.)*

—Sí, pues, había estado aquí, en Helsingborg —explicó el hombre—. Unas semanas antes de que fuésemos a cerrar. Trabajaba durante el día y pasaba las noches en su habitación. Era muy aficionado a la lectura. La última mañana, pagó la cuenta y se despidió. Prometió llamarnos alguna vez, aunque cerrásemos el hotel. Y se marchó. Pocas semanas después, supimos lo ocurrido. Se había ahorcado en un bosquecillo a las afueras de Klagshamn, a pocos kilómetros de su casa. No dejó nada, ninguna nota, ninguna carta; ni para la mujer ni para los hijos. Todos quedamos conmocionados.

Wallander asentía despacio. Él había crecido en Klagshamn y se preguntaba si Lars Borman habría puesto fin a su vida en alguno de los bosquecillos en que él solía jugar de niño.

—¿Qué edad tenía entonces? —inquirió Wallander.

—Había cumplido los cincuenta, pero no tendría muchos más —contestó la mujer.

—Dice usted que vivía en Klagshamn —retomó Wallander—. Y que trabajaba como auditor provincial. Me resulta entonces un tanto extraño que se quedase en un hotel. Malmö no está tan lejos de Helsingborg, ¿no es cierto?

—Ya. El caso es que no le gustaba conducir —aclaró Bertil Forsdahl—. Además, a mí me daba la impresión de que le gustaba estar aquí. Podía encerrarse en su habitación por las noches y entregarse a la lectura. Nosotros no lo importunábamos lo más mínimo. Y él lo agradecía.

—Como es natural, tendrá usted su dirección en los registros —apuntó Wallander.

—Oímos que su viuda vendió la casa y se mudó —explicó la mujer—. Al parecer, no podía soportar seguir viviendo allí, después de lo ocurrido. Y sus hijos eran mayores.

—¿Sabe adónde se mudó?

—A España. A una ciudad llamada Marbella, creo.

Wallander miró a Ann-Britt, que no cesaba de tomar notas.

—Si me lo permite, a mí también me gustaría hacerle una pregunta —intervino el hombre—. ¿Por qué le interesa a la policía saber todo esto acerca del difunto Lars Borman?

—Pura rutina —simplificó Wallander—. Y siento no poder decirle más. En cualquier caso, no se trata de que sea ni haya sido sospechoso de ningún delito.

—Era un hombre honrado, que pensaba que había que vivir sin excesos y cumplir —añadió Bertil Forsdahl con vehemencia—. Durante todos aquellos años, tuvimos tiempo de charlar bastante. Siempre se indignaba cuando abordábamos el tema de la corrupción que estaba adueñándose de nuestra sociedad.

—¿No les dieron nunca una explicación de por qué se suicidó? —inquirió Wallander.

Ambos negaron con la cabeza.

—Bien —concluyó Wallander—. Sólo nos queda echar un vistazo a los registros del último año, si no tienen inconveniente.

—No, claro. Los tenemos en el sótano —declaró Bertil Forsdahl al tiempo que se levantaba.

—Puede que llame Martinson —le recordó Ann-Britt Höglund—. Será mejor que vaya al coche a buscar el teléfono.

Wallander le dio las llaves y la esposa de Forsdahl la acompañó. Al momento oyeron cómo cerraba la puerta del coche, sin provocar, curiosamente, los ladridos del perro vecino. Cuando las dos mujeres hubieron regresado, bajaron al sótano. En una habitación demasiado grande para quedar relegada a un sótano, hallaron una larga hilera de estanterías que cubrían una de las paredes. Además, también estaba el antiguo letrero del hotel y un cuadro con las diecisiete llaves. «Un pequeño museo», concluyó Wallander algo emocionado. «Aquí reposan los recuerdos de una larga vida de trabajo. Las remembranzas de un pequeño hotel insignificante que, un buen día, dejó de ser rentable.»

Bertil Forsdahl sacó el último registro de la fila y lo abrió sobre una mesa. Fue hojeando en el mes de agosto de 1992, hasta llegar al día 26, donde señaló una de las columnas. Wallander y Ann-Britt Höglund se inclinaron sobre el archivo. El inspector reconoció la letra de inmediato. Incluso le pareció que la carta había sido escrita con el mismo bolígrafo con el que Lars Borman había plasmado su rúbrica en el registro. Había nacido el 12 de octubre de 1939 y firmaba con el título de auditor provincial. Ann-Britt Höglund anotó la dirección de Klagshamn: calle de Mejramsvägen, número 23. Wallander no recordaba el nombre de aquella calle, de lo que dedujo que pertenecería a alguna de las numerosas urbanizaciones de chalets que se habían construido después de que él se hubiese trasladado. Pasó hacia atrás las hojas del registro, hasta llegar al mes de junio, en el que de nuevo halló la firma de Lars Borman, en la entrada del mismo día en que se remitió la carta.

—¿Tú entiendes algo? —le susurró Ann-Britt Höglund.

—No mucho —confesó Wallander.

En ese preciso momento, el teléfono que Ann-Britt Höglund había llevado consigo al sótano empezó a zumbar. Wallander le hizo seña de que contestase. Ella se sentó en un taburete y se aplicó a anotar lo que Martinson había averiguado. Wallander cerró el registro y vio cómo Bertil Forsdahl lo devolvía a su lugar. Cuando la conversación hubo concluido, subieron de nuevo a la planta baja. Ya por la escalera, Wallander le preguntó a su colega lo que le había dicho Martinson.

—Era el Audi. Después hablamos —propuso ella.

Eran ya las once y cuarto cuando Wallander y Ann-Britt se preparaban para marcharse.

—Siento que se haya hecho tan tarde —se disculpó Wallander—. Hay ocasiones en que la policía no puede esperar.

—¡Ojalá le hayamos sido de alguna ayuda! —exclamó Bertil Forsdahl—. Aunque resulta doloroso el recuerdo del pobre Lars Borman.

—Lo comprendo —aseguró Wallander—. Pero, si recordasen

174

algún otro detalle, les ruego que se pongan en contacto con la policía de Ystad.

—Algún detalle, ¿como qué? —preguntó Bertil Forsdahl extrañado.

—No sé, cualquier cosa —contestó Wallander al tiempo que le tendía la mano en señal de despedida.

Abandonaron la casa y se acomodaron en el coche. Wallander encendió la lamparita y Ann-Britt Höglund sacó su bloc de notas.

—Bien. Yo tenía razón —aseguró mirando a Wallander—. Era el Audi blanco. La matrícula era robada. En realidad, era de un Nissan que está por vender en un concesionario de Malmö.

—¿Y los otros coches?

—Todo en orden.

Wallander puso en marcha el vehículo. Eran ya las once y media y el viento parecía haber amainado. Abandonaron la ciudad para salir a la autovía, donde el tráfico era bastante escaso. Tras ellos no se veía ningún otro coche.

—¿Estás cansada? —preguntó Wallander.

—No —respondió ella.

Había una estación de servicio nocturna con cafetería al sur de Helsingborg, así que Wallander giró y se detuvo ante ella.

—Pues si no estás cansada, podemos parar un momento —sugirió—. Y tener una pequeña reunión nocturna para intentar interpretar lo que nos han contado esta noche. Tampoco estaría de más echarles un ojo a los coches que se detengan aquí. El único que no debe preocuparnos es el Audi blanco.

—Y eso, ¿por qué? —preguntó ella asombrada.

—Porque si vuelven, lo harán en un vehículo distinto —aseguró Wallander—. Quienes quiera que sean esas personas, saben bien lo que hacen. No vendrán a seguirnos dos veces en el mismo coche.

Entraron en la cafetería, y Wallander pidió una hamburguesa. Ann-Britt Höglund no quiso comer nada. Después, se sentaron en un lugar desde el que podían observar el aparcamiento. Unos camioneros daneses tomaban café en torno a una mesa pero, por lo demás, el establecimiento estaba vacío.

—Bien, dime cuál es tu opinión acerca de un auditor provincial que escribe cartas amenazadoras a dos abogados y luego se marcha en bicicleta al bosque y se cuelga —solicitó Wallander.

—La verdad, no es fácil forjarse una opinión —admitió ella.

—Inténtalo —la exhortó Wallander.

Guardaron silencio durante un instante, inmersos cada uno en sus reflexiones. Un camión de una compañía de mudanzas se detuvo ante la gasolinera. En ese momento, se oyó el número del plato de Wallander, que se levantó, fue a buscarlo y regresó a la mesa.

—Lars Borman los acusa en sus cartas de agravio —comenzó ella—. Sin embargo, ignoramos en qué consistía dicho agravio. Él no fue cliente de los Torstensson. Por otro lado, tampoco sabemos qué relación pudo haber entre ellos. En realidad, no sabemos nada de nada.

Wallander dejó el tenedor y se limpió la boca con una servilleta.

—Imagino que ya habrás oído hablar de Rydberg —repuso Wallander—. Un antiguo policía de la brigada criminal que murió hace unos años. Era un hombre de gran sensatez. En cierta ocasión, me dijo algo así como que los policías adolecen de una marcada tendencia a decir a todas horas que no saben nada, pero que, en el fondo, siempre sabemos mucho más de lo que creemos.

—Me suena a una de aquellas máximas con las que nos llenaban la cabeza en la Escuela Superior de Policía —observó ella—. De esas que apuntábamos y que olvidábamos a la primera de cambio.

Wallander se indignó, pues no soportaba que nadie cuestionase la capacidad de Rydberg.

—Lo que vosotros anotaseis o dejaseis de anotar en la Escuela Superior de Policía no me interesa lo más mínimo —barbotó—. Pero sí que creo que deberías prestar atención a lo que te digo. O a lo que decía Rydberg.

—Oye, ¿te has enfadado? —preguntó ella sorprendida.

—Yo no me enfado nunca —sostuvo Wallander—. Es sólo que, en mi opinión, has hecho una síntesis bastante mala de lo que sabemos acerca de Lars Borman.

—¡Vaya! Pero quizá tú seas capaz de hacer una mejor —lo retó ella, de nuevo con voz chillona.

«Bueno, parece que es bastante susceptible», resolvió Wallander. «Por lo visto, es mucho más difícil de lo que yo creía ser la única mujer entre los agentes de la brigada criminal de Ystad.»

—En realidad no quería decir que tu síntesis sea mala —se retractó—. Pero creo que has obviado algunos detalles.

—Bien, te escucho —repuso ella—. Eso es algo que se me da muy bien.

Wallander apartó el plato y fue a buscar una taza de café. Los dos camioneros daneses habían abandonado la cafetería, por lo que se habían quedado solos. Desde la cocina, se oía la débil melodía de una radio.

—Por supuesto que no es factible sacar ninguna conclusión —comenzó Wallander—. Sin embargo, sí que podemos elaborar ciertas hipótesis. De hecho, podemos hacer una prueba con el rompecabezas y ver si el motivo parece razonable o, al menos, si se puede entrever algún motivo.

—Hasta aquí, estoy de acuerdo —admitió ella.

—De Lars Borman sabemos que era auditor —continuó Wallander—. Además, sabemos que era un hombre de honradez inquebrantable. Y éste ha sido el rasgo más sobresaliente de los indicados por Forsdahl y su mujer, aparte de que fuese amante de la tranquilidad y la lectura. Sé por experiencia que es bastante insólito que nadie empiece a describir a una persona de ese modo. Lo cual me indica que, en verdad, era un apasionado de la probidad.

—Un auditor apasionado de la probidad —concretó ella.

—Bien, de pronto, este hombre íntegro escribe dos cartas con severas amenazas al bufete de abogados Torstensson de Ystad. Las firma con su nombre, pero tacha el membrete del hotel de uno de los sobres. Es decir, que podemos jugar con varias suposiciones.

—No desea quedar en el anonimato —propuso Ann-Britt Höglund—. Pero tampoco quiere mezclar al hotel en el asunto.

—No sólo no desea actuar de forma anónima —completó Wallander—. En realidad, creo que podemos suponer sin temor a equivocarnos que los abogados sabían quién era Lars Borman.

—Sí, un hombre honrado que se indigna ante un agravio. La cuestión es qué implica el agravio de que habla —continuó ella.

—En este punto, es lícito hacer una penúltima conjetura —intervino Wallander—. Que nos falta un eslabón intermedio. Lars Borman no era cliente de los abogados. Pero puede haber otra persona; alguien que tenía contacto con Lars Borman por un lado y con los abogados, por otro.

Ella asintió reflexiva, antes de responder.

—¿Qué hace un auditor, exactamente? —prosiguió el razonamiento—. Controlar que el dinero se maneje como es debido. Revisa los recibos y da cuenta y acredita en sus informes de auditoría que todas las operaciones se han realizado según la ley. ¿Es a eso a lo que te refieres?

—Exacto. Gustaf Torstensson trabajaba como consultor financiero —le recordó Wallander—. Y el trabajo de un auditor consiste en hacer cumplir las leyes y normativas. Es decir que, aunque bajo apariencias distintas, un abogado que actúa como consultor financiero y un auditor realizan prácticamente la misma labor. O, al menos, así debería ser.

—Bien. Ésa era tu penúltima conjetura —señaló ella—. Lo que quiere decir que aún te queda una, ¿cierto?

—Así es. Lars Borman escribió dos cartas —retomó Wallander—. Puede que hubiese escrito más, pero eso es algo que desconocemos. Sin embargo, sí conocemos el hecho de que simplemente, las metió en un sobre y las envió...

—Ya, pero hoy los dos abogados están muertos —interrumpió ella—. Y esta misma mañana, alguien intentó eliminar a la señora Dunér.

—Sí, pero Lars Borman se suicidó después de haber enviado las cartas —observó Wallander—. Y es ahí donde debemos empezar. Por su suicidio. Tendremos que ponernos en contacto con los colegas de Malmö. Tiene que existir un documento en el que se descarte la sospecha de delito. Y seguro que hay un informe médico.

—Además, tenemos a una viuda en España —añadió ella.

—Y los hijos, que, con toda probabilidad, viven en Suecia. Tendremos que hablar con ellos también.

Dicho esto, se levantaron y abandonaron la cafetería.

—Deberíamos practicar este ejercicio más a menudo —propuso Wallander—. Es estupendo hablar contigo.

—¿A pesar de que no comprendo nada de nada y de que mis síntesis no son buenas? —ironizó ella.

Wallander se encogió de hombros.

—Sí, a veces, me voy de la lengua.

Ya en el coche, casi a la una de la madrugada, Wallander sufría ante la idea de la soledad que lo aguardaba en su apartamento de Ystad. Se sentía como si, en su vida, algo hubiese concluido hacía ya mucho tiempo, mucho antes de que se viese arrodillado entre la niebla en el campo de tiro próximo a la ciudad. Algo de lo que él no había tomado conciencia. Le vino a la mente el cuadro de su padre que había visto colgado en la casa de la calle de Gjutargatan. Hasta aquel momento, había considerado las pinturas de su padre como una manifestación vergonzosa de dudoso valor artístico, un escarceo con el mercado del mal gusto. Sin embargo, ahora se le ocurría de repente que quizá tuviese que empezar a contemplar sus obras con otros ojos. Que muy bien podría ser que su padre pintase cuadros que inspiraban esa armonía y ese equilibrio que las personas solían buscar, y que hallaban en lo estático de su paisaje. Recordó su reflexión acerca de esa visión de sí mismo como un policía de pacotilla. Cabía la posibilidad de que, en el fondo, el desprecio que sentía por sí mismo fuese injustificado.

—¿En qué estás pensando? —dijo Ann-Britt Höglund, interrumpiendo el hilo de su discurrir.

—No, en nada —mintió él evasivo—. Es sólo que estoy cansado, supongo.

Puso rumbo a Malmö pues, aunque el camino resultara más largo, no quería apartarse de las carreteras principales en su trayecto de vuelta a Ystad. Había poco tráfico y no parecía que los fuese siguiendo ningún coche. El viento volvía a soplar racheado y oponía resistencia al avance del vehículo.

—Yo pensaba que eso no podía ocurrir aquí —comentó ella de repente—. El que unos desconocidos pudieran perseguirte en un coche.

—Y no sucedía, hasta hace unos años —aseguró Wallander—. Pero las cosas empezaron a cambiar. Dicen que Suecia empezó a modificar su apariencia despacio, sin sentir. Aunque, en mi opinión, todo era completamente evidente y previsible, para quien estaba dispuesto a abrir los ojos.

—Cuéntame cómo era antes y qué fue lo que pasó —le pidió ella.

—Pues no sé si sabré hacerlo —confesó él tras un breve silencio—. Mis opiniones son las de cualquier otro ciudadano. Sin embargo, en el trabajo diario, incluso en una ciudad tan pequeña y, en cierto modo, insignificante como la de Ystad, se percibía la diferencia. Los delitos aumentaban en número y cambiaban de naturaleza, se volvían más brutales y complejos. Y empezamos a encontrar delincuentes entre personas que, hasta entonces, habían sido ciudadanos impecables. Lo que no sé decirte es el porqué de toda esa transformación.

—En cualquier caso, eso no explica las causas de que tengamos uno de los peores índices de resolución de casos del mundo. La policía sueca soluciona menos casos de actos delictivos que casi todos los demás cuerpos de policía —afirmó su colega.

—Ya. Cuéntaselo a Björk —bromeó Wallander—. Es algo que le quita el sueño. A veces me da la impresión de que pretende que la policía de Ystad restablezca sola el buen nombre de toda la policía sueca.

—Bueno, pero tiene que haber una explicación, digo yo —insistió ella—. Me niego a creer que se deba a la falta de personal o a la carencia de esos recursos de los que todos hablan sin que nadie sea capaz de precisar en qué consisten.

—Es como el encuentro de dos mundos —aventuró Wallander—. Muchos policías experimentan la misma sensación que yo y piensan que nosotros recibimos la instrucción y atesoramos la experiencia en un tiempo en que todo era diferente, los delitos más transparentes, la moral más firme, la autoridad de la policía, incuestionable. Hoy, tendríamos que vivir, en nuestra formación, otras experiencias y recibir otros conocimientos para ser tan útiles como antes. Pero no es así. Por otro lado, los nuevos agentes, los policías como tú, tienen pocas posibilidades de ejercer su influencia sobre el trabajo diario, de decidir a qué debemos dar prioridad. A veces me da la impresión de que la ventaja que nos llevan los delincuentes aumenta sin ningún tipo de trabas. Y la sociedad responde manipulando los datos estadísticos. En lugar de permitir que la policía solucione los crímenes que se cometen, hacen que prescriban. Lo que, hace diez años, se consideraba como acciones ilícitas, hoy se tiene por actitudes no delictivas. Se produce a diario una especie de corrimiento. Lo que ayer se castigaba, puede hoy pasar inadvertido o haber prescrito poco después de haberse producido. A lo sumo, se redacta un informe destinado a desaparecer en alguna prensa de papel usado, y lo único que queda de todo ello es algo que, en realidad, nunca sucedió.

—Vaya. Pues eso no resulta muy halagüeño —sentenció ella, recalcando cada palabra.

Wallander le lanzó una mirada.

—¿Y quién ha dicho que lo sea?

Ya habían sobrepasado Landskrona y se encontraban cerca de Malmö cuando los adelantó una ambulancia con las luces de emergencia y a gran velocidad. Wallander se encontraba agotado. Sin poder explicarse el motivo, se compadeció, por un instante, de la colega que tenía a su lado pues, durante los próximos años, se vería obligada a reconsiderar su labor de policía. A menos que fuese una persona extraordinaria, experimentaría una larga cadena de decepciones interrumpida por contadas alegrías.

No le cabía la menor duda de ello.

Asimismo, pensó que los rumores que sobre ella circulaban parecían coincidir con la realidad. Recordaba el primer año de Martinson cuando, recién salido de la Escuela Superior de Policía, llegó a Ystad. La verdad es que, por aquel entonces, no les fue de gran ayuda, si bien se había convertido, en la actualidad, en uno de sus mejores agentes.

—Mañana haremos un repaso a fondo de todo el material —anunció en un intento de animarla—. Algún lugar habrá por el que sea posible perforar el muro.

—Eso espero —repuso ella—. Aunque puede que también aquí la situación se vuelva tan extrema que empecemos a considerar ciertos tipos de asesinato como actos que haya que pasar por alto.

—Entonces, el cuerpo de Policía no tendrá más remedio que hacer la revolución —bromeó Wallander.

—El director general de la policía nunca aceptaría tal medida.

—Pues aprovecharemos la ocasión cuando esté en el extranjero en una de sus cenas de representación —resolvió Wallander.

—En ese caso, no nos faltarán oportunidades —concluyó ella.

Ahí se agotó el tema de conversación. Wallander seguía la autopista que discurría al este de la ciudad. Se dispuso a concentrarse del todo en la conducción, pensando de pasada en cuanto había acontecido a lo largo del día.

Cuando hubieron abandonado Malmö y se encontraban ya camino de Ystad por la E-65, Wallander tuvo un presentimiento repentino de que algo no andaba bien. En aquel punto del viaje, Ann-Britt Höglund llevaba ya un rato con los ojos cerrados y la cabeza inclinada hacia un lado. No se veían las luces de ningún vehículo que les fuese a la zaga.

En un segundo, se aguzaron todos sus sentidos. «Siempre acabo pensando en el sentido equivocado», se recriminó a sí mismo. «En lugar de constatar que no nos persiguen, he de preguntarme por qué. Si Ann-Britt Höglund estaba en lo cierto y, de hecho, no tengo ya ningún motivo para dudar de que un coche viniera persiguiéndonos desde que salimos de la comisaría de Ystad, el que ahora no nos sigan será indicio de que, simplemente, ya no consideran necesaria la persecución.»

Entonces, recordó la mina que había hallado en el jardín de la señora Dunér.

Sin pensárselo dos veces, aminoró la marcha y se desvió hacia el arcén con las luces de emergencia encendidas. Ann-Britt Höglund se despertó al notar que el coche se había parado, y lo miró interrogante y con cara soñolienta.

—Sal del coche —ordenó Wallander.

—¿Por qué?

—¡Haz lo que te digo! —rugió él.

Ella se quitó el cinturón de seguridad a toda prisa y salió antes que él.

—¡Apártate! —exclamó Wallander.

—¿Qué ocurre? —preguntó ella mientras ambos veían cómo se encendían y apagaban las luces de emergencia. Un viento helado soplaba con violencia.

—No lo sé —confesó Wallander—. Puede que nada en absoluto. Me inquietó la idea de que ningún coche viniese siguiéndonos.

No tuvo que explicar su razonamiento. Ella lo comprendió en el acto. En ese momento, Wallander tomó conciencia de que era, desde el principio, una buena policía. Era inteligente, sabía adaptarse a situaciones inesperadas. Pero también supo que, por primera vez en mucho tiempo, contaba con una persona con la que compartir su miedo. Fue entonces, en aquel arcén próximo a la salida hacia Svedala, cuando comprendió que el interminable deambular por las playas de Skagen había alcanzado definitivamente su punto final.

Había tenido la presencia de ánimo suficiente como para llevarse el teléfono del coche, y empezó a marcar el número particular de Martinson.

—Pensará que he perdido el juicio —dijo mientras aguardaba la respuesta.

—¿Qué crees que puede suceder?

—No sé. Pero me imagino que quienes son capaces de enterrar minas en los jardines suecos, también pueden manipular un coche.

—Si es que son los mismos —precisó ella.

—Sí, si es que son los mismos —repitió Wallander.

Martinson respondió por fin y Wallander oyó que aún estaba medio dormido.

—Soy Kurt. Estoy en la E-Sesenta y cinco, justo a la altura de Svedala. Ann-Britt está conmigo. Quiero que llames a Nyberg y le pidas que venga aquí.

—¿Qué ha sucedido?

—Quiero que le eche un vistazo a mi coche.

—Pues si has detectado algún fallo en el motor, ¿por qué no llamas a la grúa? —sugirió Martinson atónito.

—No tengo tiempo para explicaciones —atajó Wallander notando que empezaba a indignarse—. Haz lo que te digo. Dile a Nyberg que se traiga el material necesario para comprobar si voy conduciendo por ahí con una bomba bajo los pies.

—¿Una bomba?

—Así es. Ya me has oído.

Wallander colgó y meneó la cabeza.

—Lo cierto es que tiene razón —admitió—. Por supuesto que es un completo despropósito que nosotros estemos aquí, en la E-Sesenta y cinco a media noche y pensemos que llevamos una bomba en el coche.

—¿Y la llevamos?

—No lo sé. Espero que no, claro. Pero no estoy seguro.

Nyberg tardó una hora en llegar al lugar indicado. Para entonces, tanto Wallander como Ann-Britt Höglund estaban helados. El inspector se había preparado para la circunstancia de que Nyberg desatase su ira al llegar, al verse arrancado de su sueño por razones que, sin duda, le habrían parecido de lo más cuestionables. No obstante y para sorpresa suya, el técnico se presentó con un talante amable y convencido de que había ocurrido algo grave. Wallander envió a Ann-Britt al coche de Nyberg, pese a las protestas de la colega, para que entrase en calor.

—En el asiento delantero tienes un termo —ofreció Nyberg—. Puede que el café aún esté caliente.

Dicho esto, se dirigió a Wallander, que vio que el técnico llevaba el pijama debajo del abrigo.

—¿Qué le ocurre al coche? —le preguntó.

—Espero que tú sepas decírmelo —admitió Wallander—. Hay bastantes probabilidades de que no sea nada en absoluto.

—¿Qué quieres que busque?

—Te confieso que no lo sé. Lo único que puedo darte es una presuposición. El coche estuvo fuera de control durante unos treinta minutos. Y estaba cerrado.

—¿Tienes alarma? —lo interrumpió Nyberg.

—¡Qué voy a tener! —exclamó Wallander—. Es un coche viejo y malo. Siempre he supuesto que a nadie le interesaría robarlo.

—Bien, continúa —lo invitó el técnico.

—Como te decía, durante treinta minutos —repitió Wallander—. Cuando puse en marcha el motor, no ocurrió nada, todo normal. Desde Helsingborg hasta aquí debe de haber unos cien kilómetros. Nos detuvimos por el camino a tomar café. Yo había llenado el depósito cuando íbamos camino de Helsingborg y habrían pasado unas tres horas desde que el coche estuvo sin vigilancia.

—En realidad, no debería ponerle la mano encima —advirtió Nyberg—. Si es que sospechas que el coche puede salir volando por los aires.

—Eso es. Aunque yo creía que eso ocurría al ponerlo en marcha —comentó Wallander.

—Hoy en día, las explosiones se pueden controlar a gusto del consumidor —aclaró Nyberg—. Puedes encontrar cualquier cosa, desde modelos con retardador incorporado y dispositivo de autocontrol, hasta señales de encendido manipuladas por radio, que pueden dirigirse desde muy lejos.

—En ese caso, tal vez sea más sensato dejarlo —propuso Wallander.

—Tal vez —concedió Nyberg—. Pero yo quiero echarle una mirada, de todos modos. Digamos que lo hago por voluntad propia, que no es una orden tuya.

Nyberg se acercó a su coche a buscar una de sus potentes linternas. Wallander tomó la taza de café que le ofrecía Ann-Britt Höglund, que había salido del coche. Ambos vieron cómo Nyberg se tumbaba junto al vehículo e iluminaba la parte inferior del mismo.

Después, fue dándole la vuelta, muy despacio.

—Debo de estar soñando —musitó Ann-Britt Höglund.

Nyberg se detuvo junto a la puerta abierta del conductor y enfocó la linterna hacia el interior. Un autocar con letreros en polaco y algo sobrecargado pasó ante ellos a toda velocidad camino, sin duda, del transbordador de Ystad. Nyberg retiró la linterna y se les acercó.

—No sé si te he entendido mal. ¿No dijiste que habías llenado el depósito de camino a Helsingborg?

—Así es —corroboró Wallander—. Lo llené en Lund. No le habría cabido ni una gota más.

—Y luego os fuisteis a Helsingborg y desde allí, hasta aquí, ¿cierto?

Wallander calculó mentalmente.

—Cierto. No puede haber más de ciento cincuenta kilómetros.

Entonces, vio que Nyberg meditaba con el entrecejo fruncido.

—¿Cuál es el problema? —quiso saber Wallander.

¿Es posible que tengas mal el indicador del nivel de gasolina? —preguntó a su vez Nyberg.

—Nunca. Siempre indica fielmente la cantidad que hay.

—¿Cuántos litros caben en el depósito?

—Sesenta.

—Pues explícame entonces por qué, según el indicador, no te queda más que una cuarta parte del depósito.

Al principio, Wallander no comprendió lo que quería decir Nyberg pero enseguida cayó en la cuenta del alcance de su pregunta.

—Quiere decir que alguien ha extraído gasolina de mi depósito, porque el coche consume menos de un litro cada diez kilómetros.

—Bien, alejémonos diez metros de tu coche —sugirió Nyberg—. Además, voy a apartar el mío.

Lo vieron retirar su propio vehículo mientras las luces de emergencia del otro seguían encendidas. El viento seguía soplando racheado. Otro turismo polaco, también éste con exceso de pasajeros, pasó en dirección este. Nyberg volvió de aparcar el coche, y se puso, como sus dos colegas, a contemplar el de Wallander.

—Si uno extrae gasolina de un depósito lo hace, normalmente, para hacerle sitio a otra sustancia —explicó Nyberg—. En otras palabras, que alguien puede haber metido una carga de explosivos con un retardador que la gasolina va desgastando. Hasta que salta la chispa. ¿Baja el indicador cuando el coche está parado con el motor en marcha?

—No.

—En ese caso, creo que lo mejor será que no toquemos el coche hasta mañana —sugirió Nyberg—. A decir verdad, tendríamos que solicitar que cortasen la E-Sesenta y cinco.

—Björk no lo permitiría nunca. Máxime, cuando ni siquiera sabemos si han llegado a manipular el depósito.

—A pesar de todo, tendremos que buscar gente que corte la autovía —insistió Nyberg—. Éste es el distrito de Malmö, ¿no?

—Sí, por desgracia —se lamentó Wallander—. Pero ya los llamo yo.

—Tengo el bolso en el coche —intervino Ann-Britt Höglund—. ¿Puedo ir a buscarlo?

—De ninguna manera —repuso Nyberg—. Déjalo allí. Y el motor puede seguir en marcha.

Así, Ann-Britt Höglund volvió a sentarse en el coche de Nyberg. Wallander marcó el número de la policía de Malmö. Nyberg se había puesto a orinar al borde del arcén. El inspector contemplaba el cielo estrellado mientras aguardaba que pasaran su llamada.

Respondieron de Malmö al mismo tiempo que vio a Nyberg subirse la cremallera del pantalón.

En ese preciso momento, la noche estalló en blanco resplandor.

El teléfono salió despedido de la mano de Wallander.

Eran la tres y cuatro minutos de la madrugada.

8

Una calma descarnada.

Así recordaría Wallander la explosión, como una habitación espaciosa de la que hubiesen extraído el oxígeno, la presencia de un extraño vacío allí, en la E-65 y en medio de la noche otoñal, un agujero negro en el que, incluso la energía del viento se vio conminada, por un instante, al silencio. Todo sucedió como el rayo, pero la memoria tenía una capacidad sorprendente de alargar las imágenes de modo que, al final, quedó en él la sensación de que la explosión no había sido sino una sucesión apresurada de acontecimientos encadenados pero perfectamente interpretables.

El signo externo que mayor sorpresa le había causado fue el hecho de que el teléfono estuviese allí, tendido sobre el asfalto húmedo, a varios metros de distancia de donde él se encontraba. Veía en aquella circunstancia el más claro exponente del absurdo de la situación, más incluso que la evidencia de que su coche se hallase envuelto en arrebatadas llamas que parecían someter al vehículo a un rápido proceso de licuación.

Fue Nyberg quien reaccionó. En efecto, él fue quien se aferró a Wallander para arrancarlo de allí, como si hubiese temido que el coche ardiendo originase nuevas explosiones. Ann-Britt Höglund se había lanzado al exterior del vehículo de Nyberg, donde se encontraba, antes de cruzar la calle en precipitada carrera. Era probable que hubiese lanzado un grito, aunque Wallander ignoraba si no habría sido él mismo, o Nyberg, el origen de aquel alarido; o tal vez ninguno de ellos había gritado y el lamento hubiese sido fruto de su imaginación.

No obstante, él pensaba que debería haberlo hecho. Él debería haber proferido un grito, un rugido con el que maldecir el hecho complejo de haber vuelto al trabajo, de que Sten Torstensson hubiese ido a visitarlo a Skagen y lo hubiese involucrado en una investigación de asesinato en la que nunca debería haberse implicado. No debería haber regresado, tendría que haber estampado su firma en aquellos papeles que Björk había preparado, tendría que haber dado aquella conferencia de prensa y haberse dejado entrevistar para una columna en la revista *Svensk Polis*, o para la contraportada, antes de dar esa etapa por clausurada.

En cualquier caso, en pleno desconcierto después de la explosión, se produjo un instante de calma tortuosa, en el que Wallander pudo razonar con total lucidez, mientras contemplaba el teléfono del coche sobre el asfalto y las lenguas de fuego que emergían de su viejo Peugeot, mientras éste se consumía sobre el arcén. Los pensamientos habían sido claros y distintos; cada uno lo había conducido sin dificultad al siguiente, hasta la formulación natural de la conclusión primera de que el doble asesinato de los abogados, la mina enterrada en el jardín de la señora Dunér y el intento de asesinato de que él había sido víctima desvelaban un modelo, por impreciso y poco transparente que aún fuese.

Sin embargo, le había resultado posible e incluso inevitable concluir, aún inmerso en el caos, que, por espantoso que pareciese, alguien creía que él sabía algo que no debía saber. En efecto, estaba convencido de que quien había colocado el explosivo en su depósito no perseguía la muerte de Ann-Britt Höglund. Lo cual le proporcionaba otro dato acerca de las personas que se ocultaban tras la oscura maraña: su total despreocupación por la vida humana.

Presa del miedo y la desesperación, Wallander era consciente de que aquellas personas, camufladas en coches blancos con matrícula falsa, se equivocaban por completo. De hecho, nada le habría impedido ofrecer una declaración pública en la que, con total franqueza, hubiese anunciado que desconocía la trama que sostenía el asesinato de los dos abogados, la aparición de la mina en el jardín de la señora Dunér y quizá también el suicidio del auditor provincial Lars Borman, si es que había sido un suicidio.

Él no sabía nada. Sin embargo, mientras el coche aún alimentaba las llamas y Nyberg, junto con Ann-Britt Höglund, desviaban a los curiosos conductores nocturnos y se dedicaban a llamar a los bomberos y a la policía, él había permanecido inmóvil en medio de la carretera con la idea de llevar a término su reflexión. Comprendía que el único origen lógico del funesto error de aquellas personas, al creer que él estaba en posesión de alguna información, lo constituía la visita de Sten Torstensson a Skagen. La postal que había encargado enviar desde Finlandia no había sido suficiente. Lo habían seguido hasta Jutlandia; y lo habían estado espiando entre los grumos de niebla y las dunas de arena; lo habían seguido hasta el museo Konstmuseet, donde estuvieron tomando café. Nunca llegaron a estar tan cerca que pudiesen oír el contenido de su conversación pues, en tal caso, habrían descubierto que Wallander nada sabía, ya que tampoco Sten Torstensson poseía ningún conocimiento comprometedor para nadie: todo eran presentimientos y conjeturas. Pese a todo, aquellas personas no podían correr el riesgo de lo contrario. Y ésa era la razón por la que, en aquel momento, su viejo Peugeot ardía sobre el arcén; y por eso había estado ladrando el perro del vecino durante su visita a la familia Forsdahl.

«Esta quebrantadora calma», se dijo, «es el punto en el que me encuentro, y desde el que puedo extraer aún otra conclusión que quizá sea la más importante de todas, ya que significa que hemos hallado una de las claves de esta investigación espantosa, un principio organizador sobre el que inclinarse a estudiar y sobre el que decir: aquí podemos tomar impulso. Es muy posible que no se esconda en él la piedra angular del caso, pero sí algo que, simplemente, debemos encontrar.»

Pensó que la cronología era auténtica, que el punto de partida no podía ser otro que aquellos campos en los que Gustaf Torstensson había perdido la vida hacía ya casi un mes. Todo lo demás, incluida la ejecución del hijo, debía ser consecuencia de lo ocurrido aquella noche en que el anciano regresaba de su visita al castillo de Farnholm. «Ahora ya lo sabemos», resolvió. «De modo que podemos definir el curso a seguir.»

Se agachó a recoger su teléfono. El número de la central de alarmas de la policía de Malmö se iluminó en la pantalla. Desconectó el teléfono, convencido de que el golpe contra el asfalto lo habría dañado.

Entonces llegaron los bomberos y él se dispuso a observar cómo la blanca espuma en que envolvían el vehículo en llamas extinguía el fuego que lo estaba consumiendo. De repente, Nyberg apareció a su lado, sudoroso y asustado, según observó Wallander.

—Estuvo cerca —dijo lacónico.

—Sí —repuso Wallander—. Pero no lo suficiente.

Nyberg lo miró inquisitivo.

En ese momento, un jefe de la policía de Malmö se acercó a Wallander, que recordaba haberlo visto con anterioridad, si bien no fue capaz de recordar su nombre.

—Según me han informado, es tu coche el que ha ardido —dijo el policía de Malmö—. Corría el rumor de que habías abandonado el cuerpo. Acabas de reincorporarte y te ponen una bomba en el coche.

Wallander dudó, por un instante, de si el hombre de Malmö estaba siendo irónico. Al cabo decidió que no, sino que su razonamiento era lógico, pero él quería evitar que se originase un revuelo innecesario.

—Sí, el caso es que iba de vuelta a casa, junto con una colega.

—Ya, Ann-Britt Höglund —se adelantó el hombre de Malmö—. Ya nos hemos presentado. Ella me ha recomendado que hable contigo.

«Bien hecho», pensó Wallander. «Cuantas menos versiones se divulguen, más fácil resultará mantener una unívoca. La verdad es que esta chica aprende muy rápido.»

—Me dio la sensación de que fallaba algo —explicó Wallander—. Nos detuvimos y salimos del coche. Entonces llamé a Nyberg. Poco después de su llegada, el coche voló por los aires.

El policía de Malmö lo observaba incrédulo.

—¿He de suponer que ésa es tu versión oficial?

—Bueno, habrá que examinar el vehículo, pero nadie ha resultado herido —advirtió Wallander—. Por ahora, ésa es la versión oficial. Pero le diré a Björk, el comisario jefe de Ystad, que se ponga en contacto con vosotros. Espero que sepas disculparme; lo cierto es que no recuerdo tu nombre.

—Roslund —declaró el policía de Malmö.

Wallander hizo un gesto de asentimiento.

—Bien, acordonaremos la zona. Además, dejaré aquí un coche.

Wallander miró el reloj y comprobó que eran las cuatro y cuarto.

—Entonces nos iremos a casa, a ver si dormimos algo —aseguró Wallander.

De modo que se marcharon en el coche de Nyberg, sin que nadie hiciese comentario alguno durante el trayecto. Dejaron a Ann-Britt Höglund a la puerta de su casa antes de que Nyberg llevase a Wallander a su apartamento de la calle de Mariagatan.

—Tendremos que ponernos manos a la obra con esto dentro de unas horas —afirmó Wallander antes de salir del coche—. Este asunto no puede esperar.

—Estaré en la comisaría a las siete —aseguró Nyberg.

—Bueno, a las ocho está bien —concedió Wallander—. Gracias por venir.

Ya en casa, se dio una ducha rápida y se tumbó entre las sábanas.

Dieron las seis de la mañana sin que hubiese logrado conciliar el sueño.

Poco antes de las siete, se levantó. Sabía que lo aguardaba un duro día de trabajo y se preguntaba de dónde sacaría las fuerzas para afrontarlo.

El jueves 4 de noviembre comenzó con un suceso sensacional.

En efecto, Björk se presentó en el trabajo sin afeitar, algo insólito hasta entonces. Así, cuando las puertas de la sala de reuniones se cerraron a las ocho y cinco minutos de la mañana, todos los allí presentes pudieron comprobar que la barba de su comisario jefe era bastante más vigorosa de lo que nadie había podido imaginarse. Wallander comprendió que tampoco aquella mañana tendría la posibilidad de hablar con él sobre lo acontecido con anterioridad a su visita al castillo de Farnholm. Aquello podía esperar, claro, pues lo que se les había presentado en las últimas horas era mucho más importante.

Las manos de Björk aterrizaron sobre la mesa con un estallido mientras sus ojos posaban una dura mirada a su alrededor.

—¿Qué es lo que está ocurriendo aquí? —prorrumpió—. Resulta que, a las cinco y media de la madrugada, un jefe de la policía del distrito de Malmö me llama a mi casa para preguntarme si ellos han de enviar a sus propios técnicos a examinar el coche de Kurt Wallander, que se encuentra en la E-Sesenta y cinco a las afueras de Svedala, o si nosotros pensamos mandar a Nyberg y sus ayudantes. Y allí quedo yo, a las cinco y media de la mañana, como digo, con el auricular en la mano sin saber qué decir, puesto que no tengo el menor conocimiento de lo ocurrido. ¿Acaso ha sucedido algo? ¿Habrá resultado herido o quizás incluso muerto Kurt Wallander en un accidente de coche que provocó el incendio del mismo? Yo, señores, no sé nada de nada. Sin embargo, Roslund, el jefe de Malmö, es un hombre sensato y me lo explica. De modo que ahora sé, más o menos, lo que ha acontecido, si bien carezco, en el fondo, de la información suficiente para hacerme una idea de lo que pasó ayer noche.

—Tenemos un doble asesinato que resolver —atajó Wallander—. Además de un intento de asesinato contra la señora Dunér. Por otro lado y hasta ayer mismo, hemos contado con un mínimo de datos sobre los que trabajar. Creo que todos estamos de acuerdo en que hemos ido dando palos de ciego en la investigación. De repente, aparecen las cartas de amenaza, hallamos un nombre relacionado con un hotel de Helsingborg, hacia donde Ann-Britt y yo nos dirigimos enseguida, aunque reconozco que podríamos haber esperado hasta hoy. En Helsingborg visitamos a dos personas que conocieron a Lars Borman y que pueden proporcionarnos una información muy valiosa. Durante el viaje de ida, Ann-Britt descubre que alguien viene siguiéndonos. Ya en Helsingborg, nos detenemos y logramos anotar unas cuantas matrículas que pueden ser sospechosas. Martinson se encarga de localizarlas con toda diligencia. Entretanto, mientras nosotros hablamos con el matrimonio Forsdahl, los antiguos dueños del hoy cerrado hotel Linden, alguien coloca un explosivo en nuestro depósito de gasolina. Debido a una pura casualidad, yo empiezo a sentirme inquieto durante el camino de regreso, llamo a Nyberg y el coche explota. Todos resultamos ilesos. El incidente se produjo a las afueras de Svedala, en el distrito policial de Malmö. Eso es, más o menos, lo que ha ocurrido.

El silencio de Wallander se sumó entonces al del resto de los presentes. Nadie pronunció palabra, así que pensó que sería mejor continuar y ofrecerles todo el cuadro, hacerlos partícipes de todas sus reflexiones, de todo aquello sobre lo que había meditado mientras estuvo en la carretera durante la noche viendo cómo su coche ardía ante sus propios ojos.

De nuevo le sobrevino la extraordinaria sensación de hallarse en un espacio vacío del que hasta el viento racheado había decidido ausentarse.

El instante de la hiriente calma.

Pero también el de la clarividencia.

Así, les expuso con detalle sus razonamientos, que enseguida hallaron eco en las mentes de su auditorio. Sabía que sus colegas estaban en posesión de un conocimiento profundo del trabajo policial, que les permitía distinguir entre humildes teorías y las sucesiones de hechos fantásticos pero perfectamente posibles.

—Es decir —concretó Wallander—, que yo veo tres frentes. Hemos de concentrarnos en Gustaf Torstensson y sus clientes, profundizar con diligencia en los asuntos que ocuparon los últimos cinco años de su vida, en los que sólo se dedicó a la asesoría fiscal y cometidos similares. Sin embargo, para ahorrar tiempo, nos concentraremos en los últimos tres años durante los que, a decir de la señora Dunér, su estado de ánimo y carácter empezaron a sufrir cierta modificación. Por otro lado, me gustaría que alguien hablase con la mujer asiática encargada de la limpieza del despacho, pues es posible que haya visto u oído algo. La señora Dunér tiene su dirección.

—¿Sabes si habla sueco? —inquirió Svedberg.

—De no ser así, tendremos que buscar un intérprete —respondió Wallander.

—Yo puedo hablar con ella —se ofreció Ann-Britt Höglund.

Wallander dio un trago a su café, ya frío, antes de proseguir.

—La segunda línea de ataque que hemos de seguir es la persona de Lars Borman —explicó—. Albergo la sospecha de que podrá ayudarnos a avanzar, pese a estar muerto.

–Para ello necesitaremos el apoyo de los colegas de Malmö –intervino Björk–. No olvides que Klagshamn pertenece a su distrito.

–Pues yo preferiría que no –opuso Wallander–. Estoy convencido de que todo marcharía mucho más rápido si nos encargáramos de todo nosotros solos. Como tú bien has señalado a menudo, no es infrecuente que surjan problemas de tipo administrativo cuando se requiere la colaboración entre policías de diversos distritos.

Mientras Björk meditaba su respuesta, Wallander aprovechó para rematar su exposición.

–La tercera pista a investigar es, por supuesto, la de averiguar quién nos sigue. Aquí quizá deberíais decirme vosotros si habéis notado que algún coche os persiga.

Martinson y Svedberg negaron con un gesto.

–Bien, pues no faltan motivos para estar alerta –aconsejó Wallander–. Es probable que me equivoque y que sólo yo les preocupe, pero es imposible saberlo.

–La señora Dunér está bajo protección policial –le recordó Martinson–. Y a mí me da la impresión de que tú también la necesitas.

–No –rechazó Wallander–. No es el caso.

–Yo no estoy de acuerdo –intervino Björk en tono decidido–. En primer lugar, no puedes ir por ahí tú solo y, además, tendrás que ir armado.

–Eso jamás –proclamó Wallander.

–Se hará lo que yo diga –insistió Björk.

Wallander no se tomó la molestia de contradecirlo, pues él ya había tomado una decisión.

Se distribuyeron las distintas tareas. Martinson y Ann-Britt Höglund irían al bufete para examinar todo el material relativo a los últimos años de Gustaf Torstensson. Svedberg haría un seguimiento profundo de los propietarios del vehículo o los vehículos que los habían seguido hasta Helsingborg la noche anterior.

Wallander se encargaría del fallecido Lars Borman.

—He tenido, durante varios días, la sensación de que el tiempo apremia —confesó—. Ignoro el porqué, la verdad, pero será mejor que nos apresuremos de todos modos.

La reunión se dio por concluida y se marcharon a sus respectivos despachos. Wallander percibió el empeño que cada uno tenía intención de poner en su cometido y no dejó de advertir que Ann-Britt Höglund lograba vencer el cansancio.

Fue a buscar un café y se encerró en su despacho para determinar cómo proseguir. Nyberg asomó la cabeza a través de la puerta entreabierta y le comunicó que pensaba acercarse al cementerio de coches de Svedala.

—Supongo que querrás que averigüe si hay alguna similitud con lo que hallamos en el jardín de la señora Dunér —apuntó.

—Así es —confirmó Wallander.

—No creo que lo consiga —admitió Nyberg—. Pero lo intentaré.

Nyberg desapareció y Wallander llamó a la recepción para hablar con Ebba.

—De verdad que se nota que has vuelto —comentó la recepcionista—. Es tremendo lo que está ocurriendo.

—Ya, pero no pasó nada —repuso Wallander—. Eso es lo que cuenta.

Dicho esto, pasó rápido a explicarle el motivo de su llamada.

—Quiero que me agencies un coche —le pidió—. Tengo que salir para Malmö dentro de un rato. Además, has de llamar al castillo de Farnholm y pedirles que me envíen un nuevo resumen del imperio financiero de Alfred Harderberg. El que tenía en el coche se quemó.

—Como comprenderás, no les voy a revelar ese detalle —señaló Ebba.

—Sí, quizá sea mejor no hacerlo —admitió Wallander—. Pero diles que lo quiero de inmediato.

Así concluyó la conversación.

Entonces, lo asaltó una idea. Salió al pasillo y llamó a la puerta de Svedberg. Cuando abrió, comprobó que estaba inmerso en la lectura de las notas de Martinson acerca de los coches de la noche anterior.

—Oye, ¿recuerdas el nombre de Kurt Ström? —le preguntó.

Svedberg reflexionó un instante.

—Sí, un policía de Malmö —repuso vacilante—. Si no me equivoco...

—No —confirmó Wallander—. Quiero que me hagas un favor cuando hayas terminado con los coches. Kurt Ström dejó la policía hace ya muchos años. Corrió el rumor de que lo invitaron a una renuncia voluntaria para evitar que fuese despedido. Quiero que intentes averiguar, con la mayor discreción posible, qué fue lo que sucedió realmente.

Svedberg anotó el nombre.

—¿Puedo saber por qué? —inquirió—. ¿Acaso guarda alguna relación con los abogados, con el coche objeto del atentado, con la mina en el jardín?

—Pues sí. Todo está relacionado —indicó Wallander—. Kurt Ström trabaja como guardia de seguridad en el castillo de Farnholm, donde Gustaf Torstensson estuvo de visita la misma noche en que murió.

—Lo averiguaré —afirmó Svedberg.

Wallander volvió a su despacho y se sentó ante el escritorio. Se encontraba tan agotado que ni siquiera tenía fuerzas para meditar sobre lo poco que había faltado para que tanto él como Ann-Britt Höglund hubieran muerto aquella noche.

«Más adelante», se recomendó a sí mismo. «El difunto Lars Borman es, por ahora, más importante que el aún vivo Kurt Wallander.»

Buscó en la guía el número de teléfono del Landsting de la provincia de Malmö, que sabía tenía su sede en Lund. Marcó el número y la respuesta de la centralita fue inmediata. Pidió que lo pusieran con la sección de asuntos económicos, con alguno de los superiores.

—Lo siento, ninguno de los superiores se encuentra aquí hoy —le reveló la joven de la centralita.

—Ya, pero alguno estará disponible, ¿verdad? —insistió Wallander.

—No —respondió paciente la joven—. Estarán todo el día en una conferencia sobre el próximo plan presupuestario.

—¿Dónde?

—En el centro de conferencias de Höör —aclaró la muchacha—. Pero no creo que pueda ponerse en contacto con ellos allí.

—¿Cómo se llama el auditor jefe del Landsting? —preguntó entonces Wallander—. Si es que él también está allí.

—Se llama Thomas Rundstedt. Y sí, él está en Höör, al igual que los demás. Pero quizá pueda esperar y llamarlo mañana —sugirió la joven.

—Gracias por todo —repuso Wallander antes de colgar.

Ni que decir tiene que no tenía la menor intención de aguardar hasta el día siguiente. Fue por otra taza de café mientras reflexionaba acerca de los datos de que disponía sobre Lars Borman. En ello estaba cuando interrumpió el hilo de sus pensamientos la llamada de Ebba, que lo informó de que tenía un coche aguardándolo a la puerta de la comisaría.

Habían dado ya las nueve y cuarto.

Era un claro día otoñal de cielo azul y despejado, y el viento había amainado durante las primeras horas matinales. De pronto, Wallander pensó con regocijo en el paseo en coche que tenía planeado emprender.

Llegó al centro de conferencias de Höör poco antes de las diez. Aparcó el coche y se dirigió a la recepción, donde la leyenda de un gran expositor ponía en conocimiento de los recién llegados que la sala principal estaba ocupada con la jornada presupuestaria del Landsting provincial. Un hombre de cabello bermejo le ofreció su sonrisa amable.

—Venía a ver a algunos de los participantes de la conferencia —explicó.

—Acaban de tener una pausa —respondió el recepcionista—. La próxima no será hasta el almuerzo, que se servirá a las doce y media. Siento decirle que, hasta esa hora, no se los puede interrumpir.

Entonces sacó su placa.

—Hay ocasiones en que es necesario interrumpir —sentenció—. Redactaré una nota que entregarás en la sala de conferencias.

Echó, pues, mano de un bloc que había sobre la mesa y se aplicó a escribir.

—¿Ha sucedido algo? —preguntó inquieto el recepcionista.

—No, nada grave —lo tranquilizó Wallander—. Pero sí es urgente.

Desprendió la hoja del bloc y dijo, al tiempo que se la entregaba:

—Es para Thomas Rundstedt, el auditor jefe. Aguardaré aquí mismo.

El recepcionista desapareció dejando a Wallander solo con sus bostezos. En efecto, se sentía hambriento. A través de una puerta entreabierta divisó un comedor, y se encaminó a él. Sobre una de las mesas, había una cesta llena de bocadillos de queso.

Se comió uno y después otro, antes de volver al sofá de la recepción.

Tuvo que esperar cinco minutos hasta que el recepcionista regresó del interior de la sala, acompañado de un hombre que

Wallander supuso sería la persona que él buscaba, el auditor jefe Rundstedt.

El hombre era alto y de complexión robusta, lo que provocó en Wallander la reflexión de que él siempre había imaginado que los auditores habían de ser hombres menudos y ágiles, en tanto que el individuo que ahora tenía ante sí bien podría haber sido boxeador. Por si fuera poco, estaba totalmente calvo y observaba a Wallander con mirada suspicaz.

—Mi nombre es Kurt Wallander, de la brigada de policía judicial de Ystad —se presentó al tiempo que le tendía la mano—. Supongo que es usted Thomas Rundstedt, auditor jefe del Landsting de Malmö.

El hombre asintió con un gesto brevísimo.

—¿Cuál es el problema? —preguntó el auditor—. Hemos dejado notificación expresa de nuestro deseo de no ser molestados. Las finanzas del Landsting no son un tema con el que se pueda jugar. En especial, en los tiempos que corren.

—No me cabe la menor duda —repuso Wallander—. No es mi intención retenerlo mucho tiempo. ¿Qué le sugiere el nombre de Lars Borman?

Thomas Rundstedt alzó las cejas sin poder ocultar su perplejidad.

—Eso fue anterior a mi incorporación al Landsting —reveló el hombre—. Fue auditor provincial, pero falleció. Yo no llevo en este puesto más de seis meses.

«¡Joder!», profirió Wallander para sus adentros. «Este viaje hasta Höör ha sido inútil.»

—¿Alguna otra cosa? —preguntó Thomas Rundstedt.

—¿Quién fue su antecesor? —quiso saber Wallander.

—Martin Oscarsson —aclaró Rundstedt—. Se jubiló.

—Es decir, que él era el superior de Lars Borman.

—Así es.

—¿Dónde vive?

—En Limhamn, en una bonita casa junto al estrecho. En la calle de Möllevägen, pero no recuerdo el número. Supongo que lo podrá encontrar en la guía.

—Bien, pues, eso es todo —aseguró Wallander—. Lamento las molestias. Por cierto, ¿no sabrá usted cómo murió Lars Borman?

—Al parecer, se suicidó —explicó Rundstedt.

—Bien, suerte con el presupuesto —le deseó Wallander—. ¿Subirán los impuestos?

—¡Ojalá lo supiera! —exclamó Thomas Rundstedt antes de regresar al trabajo.

Wallander hizo una seña de despedida al recepcionista y se encaminó al coche, desde donde llamó al servicio de información telefónica para solicitar la dirección de Martin Oscarsson. «Calle de Möllevägen, treinta y dos», fue la respuesta.

Poco antes de las doce, se encontraba ante la puerta.

Era una casa construida en piedra, de principios de siglo. AÑO DE 1912, rezaba una placa que adornaba el gran portón de la entrada. Atravesó la verja y llamó a la puerta, que abrió un hombre de edad vestido con ropa deportiva. Wallander se presentó y le mostró su placa antes de que el hombre lo invitase a entrar. En contraste con el sombrío exterior de la vivienda, era el interior un lugar decorado con muebles claros, cortinas en color pastel y grandes espacios abiertos. Procedente de alguna parte de la casa se oía una melodía que surgía de un tocadiscos, y en la que Wallander creyó reconocer la voz del cantante de variedades Ernst Rolf. Martin Oscarsson lo invitó a sentarse en la sala de estar al tiempo que le preguntaba si le apetecía un café, que Wallander rechazó.

—El motivo de mi visita no es otro que hablar con usted de Lars Borman —comenzó—. Fue Thomas Rundstedt quien me facilitó su nombre. Hace un año, poco antes de su jubilación, Lars Borman murió. Según la versión oficial, se suicidó.

—¿Por qué quiere usted hablar de él? —dijo Martin Oscarsson en un tono reticente que no pasó inadvertido a Wallander.

—Su nombre ha salido a relucir en una investigación que estamos llevando a cabo en estos momentos —explicó Wallander.

—¿Y qué investigación es ésa?

El inspector pensó que no había motivos para ocultarle la verdad.

—Habrá leído en la prensa que un abogado de Ystad murió brutalmente asesinado hace unos días. Necesito hacerle algunas preguntas sobre Lars Borman relacionadas con la investigación de ese asesinato.

Martin Oscarsson lo observó largo rato antes de pronunciarse.

—Bien. Es cierto que soy ya un anciano, cansado aunque puede que no del todo acabado; sin embargo, tengo que admitir que ha despertado usted mi curiosidad. Responderé a sus preguntas, si puedo.

—Lars Borman trabajaba como auditor provincial —inició Wallander—. ¿Cuáles eran, exactamente, los cometidos que tenía a su cargo? ¿Cuánto tiempo estuvo trabajando para el Landsting?

—Un auditor no es ni más ni menos que eso, un auditor —sentenció Martin Oscarsson—. Y lo que hace, claro está, es auditar, es decir, revisar la contabilidad, en este caso, la del Landsting. Es su deber controlar que todas las operaciones se llevan a cabo conforme a la ley y que los importes para gastos presupuestados por la comisión administrativa no se sobrepasen. Asimismo, se cuenta entre sus obligaciones comprobar que el personal reciba el salario establecido. Es útil, en este punto, tener presente que un Landsting es como un imperio industrial de enormes proporciones, integrado por reinos menores. Uno de sus principales objetivos consiste en responder de la sanidad. Sin embargo, caen bajo su competencia otras muchas actividades de interés social, como la educación o la cultura. Como comprenderá, Lars Borman no era nuestro único revisor de cuentas. Cuando llegó, lo habían trasladado de la federación de municipios, a principios de los años ochenta.

—¿Considera usted que era un buen auditor? —quiso saber Wallander.

La respuesta de Martin Oscarsson fue rápida y terminante.

—El mejor de cuantos he conocido en mi vida.

—Y eso, ¿por qué?

—Era capaz de trabajar con rapidez sin dejar por ello de ser exhaustivo. Era una persona entregada a su profesión y nunca le faltaban sugerencias para hallar soluciones que permitiesen al organismo ahorrar dinero.

—Tengo entendido que era una persona honrada en extremo —apuntó Wallander.

—Por supuesto que lo era —confirmó Martin Oscarsson—. Pero no es nada que deba sorprendernos. Los revisores de cuentas suelen ser honrados. Cierto que puede haber excepciones, pero les resulta imposible sobrevivir en una institución como el Landsting.

Wallander reflexionó un instante antes de proseguir.

—Y, de repente, se suicidó —dijo al fin—. ¿No resultó algo inesperado?

—Claro que sí —admitió Martin Oscarsson—. ¿No lo es todo suicidio?

A partir de ese momento, Wallander no supo dar con una respuesta satisfactoria de qué fue lo que ocurrió en realidad. Algo cambió en la voz de Martin Oscarsson; un leve matiz de inseguridad, quizá de desinterés, impregnó su forma de responder. Y, desde ese momento, la conversación cambió de carácter para Wallander, de modo que aguzó su atención y sustituyó la actitud que la rutina invocaba por otra más alerta.

—Usted trabajó sin duda codo con codo junto a Lars Borman —prosiguió—. Y supongo que llegaría a conocerlo bien. ¿Qué clase de persona era?

—La verdad, nunca tuvimos una relación de amistad. Él vivía para su trabajo y para su familia. Nadie podía cuestionar su integridad, y siempre parecía presto a retirarse cuando alguien se le aproximaba demasiado.

—¿Tal vez padeciese alguna enfermedad grave?

—Lo ignoro.

—A usted debió de darle mucho que pensar su suicidio.

—Fueron días aciagos. Su suicidio oscureció mis últimos meses antes de la jubilación.

—¿Podría contarme cómo fue su último día de trabajo?

—Puesto que murió en domingo, lo vi por última vez la tarde del viernes anterior, en un consejo celebrado con los jefes del departamento de economía del Landsting. Un consejo en que los ánimos se soliviantaron demasiado, por desgracia.

—¿Por qué motivo?

—Había disparidad de opiniones acerca de la solución más conveniente a cierto problema.

—¿Qué problema?

Martin Oscarsson lo observó meditabundo.

—No estoy seguro de que deba responderle a esa pregunta —declaró al fin.

—¿Por qué?

—En primer lugar, porque ya estoy jubilado. Por otro lado, la ley de administraciones prescribe los asuntos que han de considerarse como secretos.

—Sí, pero en este país gozamos del principio de transparencia —le recordó Wallander.

—Cierto, del que, no obstante, quedan excluidos determinados asuntos que, por razones específicas, no se considera oportuno que salgan a la luz pública.

Wallander meditó un instante antes de formular la siguiente pregunta.

—Es decir, que en su último día de servicio, Lars Borman participó en un consejo con los jefes del departamento de economía del Landsting. ¿Es correcto?

Martin Oscarsson asintió.

—Un consejo en el que, con ánimo acalorado, se discutió un problema que luego se consideró como no apropiado para hacerse público. ¿Quiere eso decir que el acta de dicho consejo es secreta?

—No exactamente —señaló Martin Oscarsson—. A decir verdad, no se redactó acta alguna.

—Entonces, no puede haberse tratado de ningún consejo de administración normal —observó Wallander—. En esos casos ha de redactarse un acta, que después se somete a aprobación.

—Ya, bueno. Se trataba de una negociación secreta —confesó Martin Oscarsson—. Ahora es ya agua pasada. Y no creo que deba responder a más preguntas al respecto. Ya no soy joven y he olvidado cuanto ocurrió.

«Más bien me parece que sea justo al contrario», se dijo Wallander. «Este hombre no ha olvidado nada. ¿Cuál sería el asunto que trataron aquel viernes?»

—Como es natural, no puedo obligarlo a que conteste a mis preguntas —admitió Wallander—. Pero sí que puedo formularlas a través de un fiscal. O dirigirme a la comisión permanente de administración. En realidad, tengo un buen número de vías mediante las cuales obtener la información que deseo.

—No contestaré a más preguntas —se empecinó Martin Oscarsson terminante, al tiempo que se levantaba de la silla.

Wallander permaneció sentado.

—Siéntese —lo invitó—. Tengo una propuesta que hacerle.

Martin Oscarsson vaciló un instante antes de volver a ocupar su silla.

—Comportémonos como aquel viernes por la tarde —sugirió—. Yo no haré anotaciones de ningún tipo, como en una conversación de alto secreto. No habrá testigos, de modo que este consejo no se habrá celebrado jamás. Le doy mi palabra de que yo nunca mencionaré su nombre, no importa lo que usted me diga.

Piense que, si fuera necesario, obtendría la información de otras fuentes.

Martin Oscarsson sopesó su propuesta.

—Thomas Rundstedt sabe que usted ha venido a verme —le recordó.

—Sí, pero ignora para qué —objetó Wallander.

El inspector aguardaba mientras Martin Oscarsson deliberaba consigo mismo. Aunque él sabía cuál sería su resolución, pues no dudaba de su sensatez.

—De acuerdo. Me acojo a su propuesta —aceptó por fin—. Pero no le garantizo que pueda responder a todas sus preguntas.

—¿Que pueda o que quiera? —inquirió Wallander.

—Eso es asunto mío —le espetó Martin Oscarsson.

Wallander asintió. Ambos estaban de acuerdo.

—Entonces, dígame. ¿Cuál era el problema?

—El Landsting de la provincia de Malmö había sido víctima de un gran desfalco —reveló Martin Oscarsson—. Entonces aún ignorábamos de cuánto dinero se trataba. Ahora ya contamos con ese dato.

—¿Y cuánto era?

—Cuatro millones de coronas. Dinero de los contribuyentes.

—¿Qué ocurrió?

—Para que pueda comprenderlo, he de ofrecerle una visión general del funcionamiento de un Landsting —advirtió Martin Oscarsson—. Nosotros manejamos muchos miles de millones al año, a través de un sinnúmero de actividades y departamentos. Claro que la administración económica del organismo de que hablamos está centralizada y por completo informatizada, con diversos sistemas de seguridad incorporados a distintos niveles, a fin de evitar que se cometan malversaciones de fondos y otras irregularidades. Hay incluso sistemas de seguridad destinados a controlar a los más altos cargos y sobre los cuales no es preciso que me extienda. Lo que sí resulta importante subrayar es que, naturalmente, la revisión de todos los abonos que se realizan es constante. Es decir, que si alguien tuviera la intención de dedicarse a la delincuencia económica en el seno de un Landsting, esa persona tendría que estar muy bien informada sobre los procedimientos de traslado del dinero de una cuenta a otra. Y esto es más o menos lo que necesita saber.

—Sí, creo que lo entiendo —comentó Wallander dispuesto a seguir escuchando.

—Bien, pues lo que ocurrió nos hizo ver que las normas de seguridad eran demasiado endebles —prosiguió Martin Oscarsson—. Aunque, claro está, desde aquel incidente, se introdujeron unas nuevas, de modo que aquel tipo de desfalco sería imposible de llevar a cabo en la actualidad.

—Tómese el tiempo que necesite —lo animó Wallander—. Cuantos más detalles me proporcione sobre lo acontecido, mejor.

—Bien, el caso es que aún existen ciertas lagunas sobre el curso de aquellos acontecimientos —aseguró Martin Oscarsson—. Pero esto es lo que tenemos: como usted quizá sepa, toda la administración social sueca ha sufrido profundas transformaciones durante los últimos años, lo cual ha sido, en muchos casos, como sufrir una operación quirúrgica sin la suficiente dosis de anestesia. En especial nosotros, los funcionarios que nos habíamos formado en una tradición anterior dentro de la administración, experimentamos serias dificultades para adaptarnos a los violentos vaivenes. Dicha transformación no ha terminado de completarse aún y nos llevará mucho tiempo el poder calibrar todas sus consecuencias. Pero las administraciones de los distintos niveles de la sociedad empezarían a gestionarse del mismo modo que el sector privado, según las exigencias del mercado y la competencia. Así, varias unidades quedaron convertidas en empresas, los servicios de otras se sometieron a subcontratación, y a todas se les exigían niveles de eficacia cada vez mayores. Todo ello implicó, para nuestro Landsting, la constitución de una empresa que se hiciese cargo de toda la documentación que este tipo de organismo genera al año. Una de las mejores cosas que le puede ocurrir a una compañía es tener a un Landsting como cliente, ya sea para venderle cortadoras de césped o detergente. Así, para constituir la nueva empresa, contratamos los servicios de una asesoría que, entre muchas otras tareas, se responsabilizaría de valorar los currículos de los aspirantes a todos los puestos directivos que estaban vacantes. Y ahí fue donde resultamos víctimas del desfalco.

—¿Cómo se llamaba la asesoría?

—Strufab, pero no recuerdo el significado del acrónimo.

—¿Quién era el responsable de esa empresa?

—Pertenecía a una división del grupo de inversiones Smeden, que como sabrá, cotiza en Bolsa.

—Pues no, la verdad —confesó Wallander—. ¿Quién es el principal propietario?

—Por lo que yo sé, Volvo y Skanska se contaban entonces entre los accionistas mayoritarios de Smeden. Pero puede que las circunstancias sean hoy otras.

—Bien, ya volveremos sobre ello más tarde —atajó Wallander—. Concentrémonos ahora en el desfalco. ¿Qué ocurrió exactamente?

—Entre finales de aquel verano y comienzos del otoño, celebramos una serie de reuniones en las que debíamos ultimar y confirmar el proceso de formación de la nueva empresa —aclaró Martin Oscarsson.

»La asesoría era eficaz en la realización de su trabajo y recibía el elogio de nuestros juristas, así como el de los responsables del departamento de economía del Landsting. Incluso llegamos a proponer a la comisión permanente de administración que contemplase la posibilidad de integrar a Strufab en el organigrama del Landsting mediante un contrato.

—¿Cómo se llamaban los asesores?

212

—Egil Holmberg y Stefan Fjällsjö. A alguna de las reuniones asistió una tercera persona pero, por desgracia, no recuerdo su nombre.

—Y aquellas personas resultaron ser estafadores.

La respuesta de Martin Oscarsson dejó a Wallander perplejo.

—No lo sé. La estafa se cometió de un modo tal que, al final, nadie pudo ser acusado. Sencillamente, no había culpables. Pero el dinero había desaparecido.

—¡Vaya! Parece increíble. Siga, por favor —lo exhortó Wallander.

—Bien. Hemos de retrotraernos al año 1992 —prosiguió Martin Oscarsson—. Al día en que dieron el golpe, en un tiempo muy limitado, por cierto. Después comprendimos que lo tenían perfectamente planificado. Todo sucedió un día en que estábamos celebrando una reunión con los asesores en una de las salas de reuniones del departamento de economía. Comenzamos a la una de la tarde y suponíamos que habríamos terminado para las cinco. Cuando la reunión empezó, Egil Holmberg nos hizo saber que tenía que marcharse a las cuatro, pero aquello no tenía por qué influir en la reunión. A eso de las dos y cinco, la secretaria del director de economía del Landsting entró en la sala y nos comunicó que Stefan Fjällsjö tenía una importante llamada telefónica. Creo recordar que del Ministerio de Industria. Stefan Fjällsjö se disculpó y siguió a la secretaria para atender la llamada en su despacho. La mujer nos contó más tarde que, cuando se disponía a abandonar el despacho para dejar a Stefan Fjällsjö a solas, éste le hizo saber que la conversación le llevaría unos diez minutos. Después, ella salió del despacho, con lo que, claro está, no conocemos los detalles de lo que sucedió, aunque sí a grandes rasgos. Stefan Fjällsjö dejó el auricular sobre la mesa. Ignoramos quién realizó la llamada, si bien no era, sin duda, del Ministerio de Industria. Entonces atravesó la puerta que comunica el despacho de la secretaria con el del director del departamento de economía y ordenó una transferencia de cuatro millones de coronas, en concepto de servicios de asesoría, a una cuenta de una sucursal del banco Handelsbanken en Estocolmo. Puesto que el director del departamento de economía ejercía en exclusiva el derecho de aprobación y certificación de las transferencias, no hubo problema alguno. En el extracto figuraba el número de contrato de la asesoría ficticia, creo recordar que se llamaba Sisyfos. Stefan Fjällsjö redactó un documento que confirmaba la aprobación de la transferencia. Para ello, falsificó la firma del director en el impreso correspondiente. Después, introdujo los datos de la confirmación en el ordenador y dejó el documento escrito en la carpeta del correo interno. Hecho esto, regresó al despacho de la secretaria, retomó la conversación con su compañero y dio por finalizada la conversación cuando la secretaria entró al despacho, transcurridos los diez minutos. Así culminó el primer paso de la estafa. Stefan Fjällsjö volvió después a la sala de conferencias, sin que hubiesen pasado ni quince minutos desde que salió.

Wallander lo escuchaba muy atento a fin de no olvidar ningún detalle, dado que se había comprometido a no tomar notas.

Martin Oscarsson prosiguió:

—Poco antes de las tres, Egil Holmberg se levantó y abandonó la reunión. Sin embargo, como comprendimos más tarde, no llegó a salir de las dependencias del Landsting, sino que bajó al despacho del jefe de contabilidad, que se encontraba con nosotros en la reunión. Esto no era habitual aunque, para esta ocasión, los dos asesores así lo habían solicitado, de lo que se deduce que el plan estaba bien pergeñado de antemano. Egil Holmberg accedió al ordenador del jefe de contabilidad, introdujo el supuesto contrato y fechó la solicitud del pago de los cuatro millones de coronas una semana antes. Acto seguido, llamó a la mencionada sucursal del banco Handelsbanken en Estocolmo, notificó el abono y aguardó tranquilamente. Diez minutos más tarde, llamaron del banco para confirmar la transacción, que él ratificó. Así, no le quedaba ya más que una gestión por realizar, a saber, confirmar la orden de abono al banco del propio Landsting, antes de abandonar sus oficinas. La mañana del lunes, muy temprano, alguien solicitó un reintegro de cuatro millones de coronas en aquella sucursal del banco Handelsbanken, en Estocolmo. El sujeto, que se dio a conocer como Rikard Edén, pertenecía a la compañía Sisyfos. Tenemos motivos más que suficientes para creer que fue el propio Stefan Fjällsjö quien visitó el banco aquella mañana, aunque bajo otro nombre. Tardamos aproximadamente una semana en descubrir toda la operación. Presentamos una denuncia a la policía y no nos llevó mucho tiempo figurarnos cómo tenían que haberse desarrollado los acontecimientos. Sin embargo, no contábamos con ninguna prueba. Tanto Stefan Fjällsjö como Egil Holmberg lo negaron todo, por supuesto, dando muestras de gran indignación. Por su parte, el Landsting interrumpió todo contacto con la asesoría, si bien no pudimos hacer mucho más. Finalmente, el fiscal sobreseyó la causa. Logramos, eso sí, acallar el escándalo. Todos los funcionarios estábamos de acuerdo sobre este punto, todos menos uno.

—¿Lars Borman?

Martin Oscarsson asintió despacio.

—Él estaba indignado. Todos lo estábamos, por supuesto. Pero en su caso, el sentimiento era más intenso, más profundo, como si se hubiese sentido humillado personalmente al ver que no teníamos la intención de seguir presionando al fiscal ni a la policía para que investigasen el caso. Se lo tomó muy a pecho. Yo creo que sintió que lo traicionábamos, de algún modo.

—¿Lo suficiente como para suicidarse?

—Me temo que sí.

«Hemos avanzado un paso más», se dijo Wallander. «Sin embargo, el escenario es aún difuso. ¿Qué papel representa en todo esto el bufete de abogados de Ystad? Alguno han de desempeñar, puesto que Lars Borman les envió aquellas cartas.»

—¿Tiene usted idea de a qué se dedican Egil Holmberg y Stefan Fjällsjö en la actualidad?

—Sé que la asesoría cambió de nombre, pero nada más. Como comprenderá, procuramos prevenir a todos los Landsting del país, si bien lo hicimos con la mayor discreción.

Wallander meditó un instante.

—Dijo usted que había formado parte de un grupo empresarial de inversiones, pero no pudieron identificar al propietario. ¿Quién es el presidente del consejo de administración de Smeden?

—Por lo que he ido siguiendo en la prensa, sé que el grupo Smeden ha cambiado totalmente durante el último año. Quedó dividido en varios sectores, algunos de los cuales fueron vendidos, mientras surgían otros nuevos. No creo que exagere si digo que no goza de muy buena fama en la actualidad. De hecho, Volvo vendió sus acciones, pero no recuerdo quién fue el comprador. Sin embargo, podrá obtener dicha información de cualquier funcionario de la Bolsa.

—Me ha sido usted de gran ayuda —aseguró Wallander al tiempo que se ponía en pie.

—No olvidará usted nuestro acuerdo, ¿verdad?

—Yo no olvido nada —lo tranquilizó Wallander.

Entonces, se dio cuenta de que le quedaba aún una pregunta por formular.

—¿No se le llegó a pasar por la cabeza la posibilidad de que Lars Borman hubiese sido asesinado?

Martin Oscarsson le dedicó una mirada atónita.

—No —repuso categórico—. Nunca. ¿Por qué iba a pensar algo semejante?

—No se preocupe. Era sólo una pregunta. En fin, gracias por su colaboración. Es posible que me ponga en contacto con usted de nuevo más adelante.

Cuando abandonó el chalet de piedra, Martin Oscarsson lo siguió con la mirada desde la escalera. Pese a que estaba tan cansado que sólo le apetecía echarse a dormir sobre el volante, se obligó a dar un paso más en sus razonamientos. Lo lógico habría sido regresar a Höör, hacer salir una vez más a Thomas Rundstedt de la reunión y hacerle una serie de preguntas muy distintas a las que había pensado en un principio.

Sin embargo, se puso en marcha de regreso a Malmö mientras en su mente maduraba una decisión. Se detuvo en el arcén, marcó el número de la policía de Malmö y pidió que lo pasaran con Roslund. Dio su nombre y dijo que era urgente. Desde la centralita no tardaron ni un minuto en localizar a Roslund.

—Soy Wallander, de Ystad —se presentó escueto—. Nos vimos la noche pasada.

—Sí, claro. No se me ha olvidado —repuso Roslund—. Me han dicho que era urgente.

—Así es. Estoy en Malmö. El caso es que quería pedirte un favor.

—Tomo nota —se ofreció Roslund solícito.

—Hace un año, aproximadamente, a principios de septiembre, no sé si el primer domingo del mes o el segundo, un hombre llamado Lars Borman se ahorcó en un bosquecillo de Klagshamn. Imagino que tendréis un registro del aviso de emergencia del suceso. Además, tendrá que obrar en vuestro poder la notificación de exclusión de delito, así como una copia del protocolo de la autopsia. Quiero que me busques toda esa documentación. En realidad, también quisiera ponerme en contacto con alguno de los agentes que salieron a descolgar el cadáver. ¿Crees que podrás hacerlo?

—A ver, repíteme el nombre —pidió Roslund.

Wallander se lo deletreó.

—Pues, no sé cuántos suicidios tendremos al año —advirtió el colega de Malmö—. De éste en concreto no creo que haya oído hablar siquiera. Pero daré con los documentos e intentaré ver si alguno de los que salieron de emergencia se encuentra aquí hoy.

Wallander le dio el número de teléfono del coche.

—Yo me voy para Klagshamn ahora mismo —lo informó Wallander.

Era ya la una y media y él intentaba en vano ahuyentar el cansancio. No tuvo al fin otro remedio que ceder, de modo que se desvió por una carretera que conducía a una de las muchas caleras ya cerradas que había por los alrededores. Apagó el motor y se abrigó bien con la chaqueta. Pocos minutos después, lo había vencido el sueño.

Se despertó sobresaltado. Cuando abrió los ojos, estaba helado y no tenía una conciencia clara de dónde se hallaba. Hubo algo, en el sueño, que lo hizo emerger a la superficie, algo con lo que había soñado pero que no podía recordar. Se adueñó de él una honda sensación de abatimiento al contemplar el gris del paisaje que lo envolvía. Eran las dos y veinte, así que había estado durmiendo durante media hora y ahora se sentía como arrancado de un prolongado estado de inconsciencia.

«No puede uno hallarse más próximo a la mayor de todas las soledades», sentenció para sí. «Estar solo en el mundo. El último ser humano, tristemente olvidado en el abandono o, simplemente, perdido por el camino.»

El chirrido del teléfono quebró el hilo de sus pensamientos.

Era Roslund.

—Parece que acabes de despertarte. No te habrás dormido sentado en el coche, ¿verdad?

—No, ¡qué va! —mintió Wallander—. Será que estoy algo resfriado.

—Bueno. Al final, he encontrado lo que buscabas. Toda la documentación te aguarda aquí mismo, sobre la mesa. Además, tengo conmigo a Magnus Staffansson, que iba de patrulla la noche que sonó la alarma, cuando unos deportistas que hacían ejercicios de orientación se toparon con el cuerpo colgado de un abedul. Espero que él pueda explicarte cómo nadie puede colgarse precisamente de un abedul. ¿Dónde vais a veros?

Wallander sintió que el agotamiento abandonaba su cuerpo.

—Junto al desvío de entrada a Klagshamn —propuso.

—De acuerdo. Pues allí lo tendrás dentro de quince minutos. Por cierto que he estado hablando con Sven Nyberg, hace tan sólo un momento. Dijo que no había encontrado nada raro en tu coche.

—No me extraña —aseguró Wallander.

—Ya. Al menos, no tendrás que ver los restos cuando vayas de regreso a casa —lo consoló Roslund—. Estamos a punto de salir para retirarlo.

—Oye, gracias por todo —concluyó Wallander.

Así, emprendió el camino hacia Klagshamn y se detuvo en el lugar acordado. Transcurridos unos minutos, apareció un coche de la policía, que frenó al verlo. Wallander había esperado fuera del coche. Magnus Staffansson vestía uniforme y le dedicó un saludo reglamentario, al que Wallander respondió con un leve y desaliñado vaivén de la mano. Se sentaron en el coche de Wallander antes de que Magnus Staffansson le entregase una carpeta llena de fotocopias.

—Voy a echar una ojeada a esto —comentó Wallander—. Entretanto, intenta recordar qué ocurrió aquella noche, hace un año.

—La verdad, uno procura olvidar los suicidios cuanto antes —aseguró Magnus Staffansson con un marcadísimo acento de Malmö, que provocó la sonrisa de Wallander, ante el recuerdo de su propio dialecto, con el que hablaba antes de que los años vividos en Ystad lo hubiesen atenuado.

Se aplicó, pues, a leer rápidamente el escueto informe, el protocolo de la autopsia y la notificación de sobreseimiento de las investigaciones previas. En ningún momento contemplaron la posibilidad de que se hubiese cometido un crimen.

«Me pregunto si no lo hubo», pensó antes de dejar la carpeta sobre el salpicadero y dirigirse a Magnus Staffansson.

—Lo mejor será que vayamos al lugar del hallazgo —sugirió—. ¿Recuerdas dónde es?

—Sí, está a unos kilómetros del pueblo —explicó el agente.

Abandonaron Klagshamn y pusieron rumbo hacia el sur, bordeando la costa. Un carguero se deslizaba lentamente por el estrecho de Öresund, mientras un banco de nubes pendía inmóvil sobre Copenhague. Los barrios de chalets que se sucedían empezaron a escasear y no tardaron en dar paso a grandes extensiones de terreno cultivable, por alguna de las cuales se arrastraba pertinaz un tractor solitario.

Llegaron al lugar enseguida y se detuvieron cerca de un soto situado a la izquierda de la carretera. Wallander dejó el coche detrás del vehículo policial y salió de inmediato. El suelo estaba húmedo y pensó que debería ponerse las botas pero, ya camino del maletero, recordó que se habían quemado junto con su coche la noche anterior.

Magnus Staffansson le señaló un abedul, más recio que el resto de los circundantes.

—Allí fue donde se colgó —aclaró.

—Bien, cuéntame —lo animó Wallander.

—Casi todo figura en el informe —se resistía Magnus Staffansson.

—Siempre es mejor oírlo de viva voz —insistió Wallander.

—Bueno, fue un domingo por la mañana —comenzó—. Poco antes de las ocho. Habíamos estado intentando tranquilizar a un pasajero iracundo del transbordador de la mañana, el que viene de Dragør, que insistía en que su descomposición de estómago se debía al desayuno que les habían servido durante la travesía. Entonces nos llegó la llamada de alarma: un hombre colgado de un árbol, decía. Nos dieron la descripción del camino y nos pusimos en marcha. Dos jóvenes que hacían prácticas de orientación se toparon con él en medio de su entrenamiento. Como es lógico, estaban conmocionados, pero uno de los dos tuvo el temple suficiente como para volver veloz a la casa y llamar a la policía. Hicimos lo que debíamos: bajamos el cuerpo, pues hay ocasiones en que el suicida aún vive. Después llegó la ambulancia, la brigada judicial nos tomó el relevo y el caso quedó clasificado como de suicidio. No recuerdo nada más. ¡Ah, sí! Olvidaba mencionar que el hombre había llegado hasta aquí en una bicicleta, que hallamos tirada entre los arbustos.

Wallander observaba el árbol mientras escuchaba la narración de Magnus Staffansson.

—¿Qué tipo de cuerda usó? —inquirió el inspector.

—Parecía un cabo de embarcación, grueso como mi pulgar.

—¿Recuerdas el nudo?

—Era un simple nudo corredizo.

—¿Cómo crees que lo hizo?

Magnus Staffansson le dedicó a Wallander una mirada perpleja.

—Colgarse no es una operación sencilla —aclaró Wallander—. ¿Sabes si se apoyó sobre algo? ¿Tal vez había trepado al árbol?

Magnus Staffansson le señaló el tronco del abedul.

—Supusimos que se apoyó en aquella parte donde el tronco presenta un nudo bastante sobresaliente, pues no había nada más de lo que pudiera haberse servido.

Wallander asintió. Del informe de la autopsia se desprendía que Lars Borman había muerto por estrangulamiento y que no tenía ninguna vértebra rota. Cuando la policía llegó al lugar de los hechos, no llevaba muerto ni una hora.

—¿No hay nada más que te venga a la memoria?

—¿Como qué?

—Tú sabrás.

—En estos casos, uno hace lo que tiene que hacer —concretó Magnus Staffansson—. Uno escribe el informe y procura olvidarlo todo lo antes posible.

Wallander sabía a qué se refería, conocía la congoja, distinta de cualquier otra, que infundían los casos de suicidio y pensó en todas aquellas ocasiones en que él mismo se había visto en el brete de hacerse cargo de seres humanos que habían puesto fin a su vida con sus propias manos.

Reflexionó en torno a lo que le había contado Magnus Staffansson, en torno a sus palabras, que se posaban sobre el contenido del informe como un calco. Y, pese a todo, supo enseguida que algo no encajaba.

No cesaba de meditar sobre la forma de ser de Lars Borman. Aunque incompleta, aunque salpicada de ensombrecidas lagunas, la descripción de su carácter dejaba traslucir una personalidad equilibrada. El día que decidió acabar con su existencia, el hombre echó mano de su bicicleta, puso rumbo a un soto y eligió un árbol en extremo inapropiado para llevar a cabo su plan.

Ya en esta sarta de acontecimientos que culminaron en la muerte de Lars Borman hallaba algo extraño.

Sin embargo, no era sólo esto lo que lo hacía sentirse tan disconforme.

En un primer momento, no cayó en la cuenta de qué podía ser pero, de repente, se quedó inmóvil, mirando fijamente el terreno que se extendía a unos metros del árbol.

«¡La bicicleta!», exclamó para sí. «La bicicleta nos da una versión muy diferente de toda esta historia.»

Magnus Staffansson había encendido un cigarrillo y bailoteaba con los pies para mantenerlos calientes.

—¿Qué me dices de la bicicleta? —inquirió Wallander—. La

descripción que de ella dais en vuestros informes es bastante incompleta.

—Era una buena bicicleta —rememoró el agente—. De diez marchas, bien cuidada; y de color azul oscuro, eso lo recuerdo bien.

—Muéstrame el lugar exacto donde la hallasteis.

Magnus Staffansson no dudó lo más mínimo antes de indicarle el sitio.

—¿En qué posición estaba? —quiso saber Wallander.

—¿Cómo podría describir la posición de la bicicleta? —preguntó el agente vacilante—. Simplemente, estaba tumbada en el suelo.

—¿Es posible que se hubiese caído?

—Bueno, no creo, pues no habían extendido la patilla.

—¿Estás seguro?

Reflexionó un instante, antes de responder.

—Sí, totalmente.

—¿Quieres decir que llegó y dejó caer la bicicleta en el suelo, algo así como lo que hacen los niños, cuando tienen prisa?

Magnus Staffansson asintió.

—Así mismo. Estaba aquí, en el suelo, como arrojada sin miramiento. Como si hubiese tenido mucha prisa por acabar con todo.

Wallander meneó la cabeza meditabundo.

—Una cosa más. ¿Podrías pedirle a tu colega que confirmase que la patilla no estaba extendida?

—¿Tan importante es? —inquirió Magnus Staffansson lleno de asombro.

—Así es —confirmó Wallander—. Ese detalle reviste mucha más importancia de la que tú crees. Si su opinión no coincide con la tuya, llámame.

—La patilla no estaba extendida. Estoy completamente seguro de ello —insistió Magnus Staffansson.

—Bueno, pero llámame de todos modos —repitió Wallander—.

Y ahora, creo que ya podemos marcharnos de aquí. Gracias por tu ayuda.

Wallander puso rumbo a Ystad.

Pensó en Lars Borman, un auditor del Landsting. Un hombre al que no se le habría ocurrido arrojar su bicicleta, ni siquiera en una situación extrema.

«Bien, un paso más», pensó. «Voy acercándome a algo, aunque no sé qué puede ser. En algún punto entre Lars Borman y el bufete de los abogados de Ystad existe un agujero negro. Eso es lo que he de hallar.»

No se dio cuenta de que había sobrepasado el lugar en que su coche había quedado consumido por el fuego. Hasta llegar a Rydsgård no se desvió para ingerir un almuerzo más que tardío en el restaurante Gästgiveriet, donde era el único comensal. Pensó, mientras aguardaba que le sirvieran la comida, que aquella misma noche llamaría a Linda, por cansado que se sintiese, y que le escribiría una carta a Baiba.

Poco antes de las cinco se encontraba de vuelta en la comisaría de Ystad, donde supo por Ebba que no celebrarían ninguna reunión aquella tarde, pues todos estaban ocupados y ninguno de los colegas tenía tiempo que perder en exponer a sus compañeros que no tenían nada importante que decir, de modo que se reunirían al día siguiente, a las ocho de la mañana.

—¡Qué mal aspecto tienes! —exclamó Ebba.

—Sí, esta noche pienso dormir —prometió Wallander.

Se dirigió a su despacho y cerró la puerta tras de sí. Había sobre la mesa algunos mensajes, pero ninguno tan urgente que no pudiese aguardar hasta el día siguiente.

Se quitó la chaqueta y dedicó media hora a redactar un informe de lo que había hecho durante el día. Hecho esto, dejó el lápiz y se echó hacia atrás en la silla.

«Tenemos que dar con la tecla», se dijo. «Hemos de hallar el orificio por el que penetrar el misterio de esta investigación.»

Acababa de ponerse la chaqueta y ya se disponía a salir del despacho cuando oyó unos toquecitos en la puerta, a los que siguió la figura de Svedberg. Wallander notó enseguida que había sucedido algo, pues su colega parecía nervioso.

—¿Tienes un momento? —preguntó Svedberg.

—¿Qué ha ocurrido?

Svedberg se retorció con un gesto inequívoco de profundo malestar y Wallander se percató de que apenas podía contenerse de impaciencia.

—Me figuro que tienes algo que decir, puesto que has venido a verme —lo apremió—. La verdad, estaba a punto de marcharme a casa.

—Pues creo que tendrás que ir a Simrishamn —le advirtió Svedberg.

—Y eso, ¿por qué?

—Hemos recibido una llamada.

—¿De quién?

—De los colegas de allí.

—¿La policía de Simrishamn? ¿Y qué querían?

Svedberg pareció tomar aliento antes de proseguir.

—Se han visto obligados a detener a tu padre —dejó caer al fin.

Wallander le clavó una mirada incrédula.

—¿Que la policía de Simrishamn ha detenido a mi padre? ¿Por qué motivo?

—Parece ser que se ha visto envuelto en un enfrentamiento bastante violento —explicó Svedberg.

Wallander lo observó un buen rato, sin pronunciar palabra, antes de sentarse de nuevo ante su escritorio.

—A ver, cuéntamelo otra vez, pero más despacio... —le pidió.

—Llamaron hace una hora —repitió Svedberg—. Como tú no estabas, hablaron conmigo. Detuvieron a tu padre hace un par de horas. Entabló una reyerta en el Systembolaget* de Simris-hamn. Y parece ser que fue bastante violenta. Al cabo de un rato de discusión, descubrieron que se trataba de tu padre y decidie-ron llamar aquí.

Wallander asentía despacio sin decir nada. Al cabo, se levan-tó con esfuerzo de su silla.

–Está bien, iré ahora mismo.

–¿Quieres que te acompañe?

–No, gracias.

Wallander abandonó la comisaría. No sabía qué decir.

Poco menos de una hora más tarde, atravesaba las puertas de la comisaría de Simrishamn.

* Systembolaget, únicos comercios con autorización estatal para la venta de bebidas alcohólicas en Suecia. *(N. de la T.)*

9

De camino a Simrishamn, Wallander se acordó de los Caballeros de Seda.

Se le habían hecho presentes y comprendió enseguida que hacía ya mucho tiempo que no dedicaba un pensamiento al hecho de que, en verdad, hubiesen sido completamente reales.

La última vez que había ocurrido tal cosa, que a su padre lo hubiese detenido la policía, Kurt Wallander tenía once años y conservaba un recuerdo bien diáfano de aquel momento: aún vivían en Malmö y él había reaccionado ante la detención del padre con una mezcla de pudor y de orgullo.

En aquella ocasión, no obstante, el escenario de la pelea no había sido ninguno de los establecimientos del Systembolaget, sino el parque público del centro de la ciudad, y había ocurrido un día de principios de verano de 1956, un sábado, para ser exactos, en que a Wallander le permitieron salir por la noche con su padre y algunos de sus amigos.

Éstos, que solían presentarse a intervalos irregulares, aunque siempre sin anunciarse, para hacerles una visita, fueron sus grandes héroes de aventuras durante los años de infancia del pequeño Wallander. Llegaban deslizándose en sus resplandecientes coches americanos, siempre vestían trajes de seda, sobre sus cabezas lucían a menudo elegantes sombreros de ala ancha y culminaban su atuendo con pesados anillos de oro en los dedos. Venían para desaparecer raudos en el interior del pequeño taller perfumado de óleos y disolventes, para admirar y a veces incluso comprar alguno de los cuadros que pintaba su padre. De vez en cuando osaba adentrarse en el taller, donde se ocultaba tras las pilas de maderas amontonadas en el más oscuro rincón, retazos de lienzos viejos roídos por las ratas y, temblando de miedo, se aplicaba a escuchar los tratos de adquisición que compradores y vendedor siempre acababan por sellar con unos tragos de coñac. Ya había comprendido él que la familia vivía gracias a aquellos héroes, los Caballeros de Seda, como él había comenzado a llamarlos en sus secretos diarios. Aquellos instantes eran unos pilares sagrados de su vida, los que auspiciaban el cierre de un negocio, coronado por la aparición, entre las manos cargadas de anillos, de aquellos inefables fajos de billetes de los que los héroes extraían otros más delgados, que el padre terminaba guardándose en el bolsillo al tiempo que dedicaba a los compradores una pequeña reverencia.

En efecto, aún se le venían a la memoria las conversaciones de réplicas escuetas, casi entrecortadas, a menudo seguidas de las débiles protestas del padre y los cloqueos de los extraños.

«Siete paisajes sin y tres con urogallo», había oído decir a alguno de ellos una vez. Entonces el padre empezaba a rebuscar entre los montones de lienzos terminados y, una vez aceptados por buenos, el dinero llovía sobre la mesa. Él tenía once años y se protegía entre las sombras, en ocasiones abotargado por el olor a disolvente, mientras pensaba que lo que estaba contemplando en aquel momento era la vida adulta, aquella que lo aguardaba también a él, al otro lado del arroyuelo que constituía el límite del séptimo curso de la escuela, o tal vez fuese ya el noveno pues, para su sorpresa, era incapaz de recordarlo. Después, muy oportuno, surgía de entre las sombras, una vez llegado el momento de transportar los lienzos al coche reluciente, para colocarlos en el maletero y a veces también en el asiento trasero. Era aquélla una intervención crucial pues ocurría de vez en cuando que el Caballero descubría al muchacho que portaba los lienzos y le alargaba despreocupado un billete de cinco coronas enterito. Entonces, padre e hijo permanecían junto a la verja mientras el coche se deslizaba alejándose y, una vez que lo habían perdido de vista, el talante del padre cambiaba por completo, la solícita amabilidad se disipaba en un segundo, escupía al recuerdo del hombre que acababa de marcharse y se quejaba desdeñoso de que lo hubiesen engañado una vez más.

Constituía aquél uno de los grandes misterios de su niñez, cómo su padre podía considerarse engañado pese a recibir invariablemente un buen montón de dinero a cambio de aquellos cuadros tan aburridos, todos iguales, aquel paisaje con un sol al que no le estaba permitido entregarse al ocaso.

Tan sólo una vez había tenido ocasión de participar en otro tipo de clausura de una de esas visitas de aquellos hombres extraños. Se trataba, en aquella oportunidad, de dos hombres a los que no había visto nunca con anterioridad y, por la conversación que estuvo espiando tras un viejo rodillo de planchar, comprendió que se trataba de nuevos contactos de su padre. Era, pues, una ocasión especial, ya que los cuadros de este no tenían por que gustarles. Como siempre oportuno, salió a llevar las obras de arte al coche, un Dodge esta vez, aunque a aquellas alturas había aprendido ya a vencer las distintas cerraduras de cada maletero. Entonces, los dos hombres propusieron ir a cenar. Uno se llamaba Anton, recordaba, mientras que el otro tenía un nombre extranjero, tal vez polaco. Él y su padre se arrebujaron como pudieron en el asiento trasero, entre los lienzos. Aquellos hombres extraordinarios tenían incluso un aparato de música en el coche y fueron escuchando a Johnny Bode mientras se dirigían al parque. El padre se había sentado con los dos hombres en uno de los restaurantes, pero a él lo habían empujado entre los tiovivos con unas cuantas monedas de una corona en la mano. Era un cálido día de principios de verano, soplaba una brisa procedente del estrecho y él había calculado al milímetro para cuántos viajes le daría aquel dinero. Intuyó que, de haberlo guardado, los hombres lo habrían considerado un desplante, que se lo habían dado para que lo gastase todo precisamente aquella noche. Así, se subió en el tiovivo y dio dos viajes en la noria que lo elevó tan alto que pudo divisar hasta la ciudad de Copenhague. De vez en cuando echaba una ojeada para comprobar que su padre, el polaco y el hombre llamado Anton seguían allí. Y así, desde la distancia, pudo ver que se hallaban en torno a una mesa sobre la que disponían copas y botellas, platos de comida y servilletas blancas que ellos introducían pulcramente por los cuellos de sus camisas. Por cierto que, en aquella ocasión, se prometió a sí mismo que, cuando él hubiese pasado aquel arroyuelo, ya fuese el del séptimo curso o el del noveno, se convertiría en uno de aquellos hombres que aparecían en suave discurrir de sus flamantes coches y que bendecían a los pintores de cuadros desprendiendo de sus apretados fajos unos cuantos billetes que depositaban sobre la mesa de un sucio taller.

Ya había anochecido y parecía que la noche traería lluvia. Él había decidido subir a la noria una tercera vez, pero no pudo ser pues, de repente, los tiovivos y la noria y las tómbolas perdieron todo su poder de atracción en un segundo y la gente se precipitó hacia el restaurante. Él siguió la corriente, colándose apretujado entre la masa, hasta que llegó a ver algo que jamás pudo olvidar después. Un espectáculo que también supuso el cierre de una etapa cuya existencia él no había sido capaz de prever y que le enseñó que la vida se compone de multitud de fronteras diversas que, por lo general, no podemos descubrir hasta que nos enfrentamos a ellas.

En efecto, algo había sucedido y el mundo entero había estallado cuando, a codazos y trompicones, logró aproximarse lo suficiente como para ver de qué se trataba, y pudo divisar a su propio padre entregado a un violento enfrentamiento con uno de los Caballeros de Seda y unos cuantos vigilantes, camareros y otros individuos para él desconocidos. La mesa estaba volcada, las copas y las botellas rotas, un filete chorreante y con anillos de cebolla dorados pendía del brazo del padre, que sangraba por la nariz sin por ello dejar de prodigar sus frenéticos puñetazos. Todo sucedió muy deprisa, él pateó y se retorció y tal vez también llamase a gritos a su padre presa del pánico. Sin embargo, de improviso, el alboroto cesó. La autoridad de unos vigilantes tocados con gorras rojas los apaciguó, algunos policías aparecieron de repente y su padre fue arrastrado lejos de allí, junto con Anton y el polaco. En el lugar del altercado no quedaba más que un sombrero de ala ancha pisoteado. Él intentó correr tras ellos y alcanzar a su padre, pero lo apartaron y, al final, se vio solo ante la verja del parque. Entonces le sobrevino el llanto, mientras veía cómo su padre desaparecía en un coche de la policía.

Se marchó, pues, a casa, recorriendo a pie todo el camino. Antes de que llegase, había empezado a llover. Todo era un puro caos, el mundo entero se había quebrado en una grieta inmensa hasta el punto de que, si hubiese estado en su mano, él habría censurado y cortado aquella escena. Sin embargo, esto no era posible en la vida real, de modo que se apresuró a través de la lluvia preguntándose si su padre volvería algún día. Una vez en casa, se sentó a esperarlo en el taller, mareado por el olor a disolvente. Cada vez que un coche pasaba ante la casa, echaba a correr hacia la verja. La lluvia no cesaba y, finalmente, se acurrucó entre los lienzos sin pintar hasta que lo venció el sueño.

Lo despertó la presencia de su padre, inclinado sobre él. De una narina sobresalía un trozo de algodón y tenía el ojo izquierdo amoratado y muy inflamado. Despedía un fuerte olor a alcohol, que a él se le antojaba similar al aceite rancio. Se incorporó y lo rodeó con sus brazos.

—No me escucharon —se lamentó el padre—. No me escucharon. Yo les dije que mi niño estaba conmigo, pero ellos no me escucharon. ¿Cómo llegaste a casa?

Él le explicó su regreso a pie bajo la lluvia.

—Siento que terminara así —se disculpó el padre—. Pero es que me sacaron de quicio. Afirmaron algo que no es cierto.

El padre alargó el brazo, sacó uno de los lienzos y se puso a contemplarlo con el ojo sano. Era una de las versiones con urogallo.

—Es que me sacaron de quicio —reiteró—. Los muy cerdos dijeron que era un gallo lira. Aseguraban que el pájaro está tan mal pintado, que no se puede distinguir si es un urogallo o un gallo lira. Es lógico que uno se ponga fuera de sí. ¡Pues sólo faltaba que viniesen aquí a pisotear mi dignidad, vamos!

—¡Pues claro que es un urogallo! —lo animó entonces Wallander—. Cualquiera puede ver que eso no es un gallo lira.

El padre lo miró dibujando una sonrisa. Dos de sus dientes delanteros habían desaparecido. «Se le ha roto la sonrisa», se estremeció Wallander. «A mi padre se le ha roto la sonrisa.»

Después se sentaron a tomar café. La lluvia no cedía y el padre empezó a permitir que se templase la ira provocada por el insulto.

—Mira que no ver la diferencia entre un gallo lira y un urogallo... —repetía, como un sortilegio, o una especie de un ruego—. Mira que decir que yo no sé pintar un pájaro tal como es...

Wallander recordaba todo aquello mientras se dirigía a Simrishamn. Recordaba también que los dos hombres, Anton y el que quizá fuese polaco, habían vuelto para comprar más cuadros durante años, después del incidente. La pelea, las inflamadas iras repentinas, los excesos con el coñac, todo se había convertido en un episodio festivo que ahora gustaban de rememorar entre risas. El hombre llamado Anton llegó incluso a pagar los dos dientes que le implantaron al padre en la mandíbula superior. «Amistad», resolvió. «Al margen de los puñetazos había algo más importante. La amistad entre los tratantes de arte y el hombre que pintaba su eterno motivo, para que ellos tuviesen algo que vender.»

Se le vino a la mente el cuadro colgado de aquella pared de

la casa de Helsingborg. Pensó en todas las paredes que no había visto. Y allí donde el urogallo se erguía contra el fondo de un paisaje estático, nunca se ponía el sol.

Por primera vez en su vida creía entender algo que no había visto claro hasta entonces. Su padre se había pasado la existencia impidiendo que el sol se pusiese. Ése había sido su punto de partida, su empeño. Había pintado cuadros en los que, quienes los fijasen a sus paredes, pudiesen ver que era posible apresar al sol.

Ya en Simrishamn, aparcó ante la comisaría y atravesó la puerta de entrada. Y allí estaba, sentado tras una mesa, Torsten Lundström, que se jubilaría en unos años y al que Wallander tenía por hombre amable, un policía de la vieja escuela que no pretendía más que hacer el bien a sus semejantes. Saludó a Wallander con una seña mientras dejaba a un lado el periódico que estaba leyendo. Wallander se sentó en una silla, sin dejar de observarlo.

—¿Qué ha ocurrido? —inquirió—. Lo único que sé es que mi padre se ha visto envuelto en una riña en el Systemet. Eso es todo.

—Te daré los detalles —prometió Torsten Lundström amable—. Tu padre llegó al Systemet en taxi, poco antes de las cuatro. Entró, sacó un número y se sentó a esperar su turno que, al parecer, se le pasó. Entonces se acercó al mostrador y pidió que le dejasen hacer su compra, pese a que había perdido su turno. El dependiente no lo hizo demasiado bien, pues creo que le pidió a tu padre que sacase otro número. Entonces tu padre se niega, al tiempo que otro cliente, cuyo número aparece en la pantalla, se entromete diciéndole a tu padre que se aparte. En ese momento, y ante la perplejidad de todos los presentes, es tal la indignación que invade a tu padre que se pone a golpear al otro cliente. El dependiente interviene entonces y tu padre arremete también contra él. El resto ya te lo puedes imaginar. Por si te sirve de consuelo, no ha habido heridos, aunque creo que a tu padre le duele el puño derecho. Es fuerte, pese a la edad.

—¿Dónde está?

Torsten Lundström le indicó una puerta al fondo.

—¿Qué va a pasar ahora? —quiso saber Wallander.

—Puedes llevártelo a casa. Por desgracia, lo denunciarán por agresión, a menos que puedas llegar a un acuerdo con el cliente y el dependiente. Yo hablaré con el fiscal.

Le pasó a Wallander una nota con dos nombres.

—Conozco al dependiente y no creo que suponga mayor problema —afirmó—. Con el otro, será peor. Es el dueño de una compañía de transportes y se llama Sten Wickberg. Vive en Kivik. Al parecer, ha decidido ir a por tu padre, pero siempre puedes llamarlo y hablar con él. Te he anotado el número de teléfono. Además, tu padre le debe doscientas treinta coronas a la compañía de taxis de Simrishamn. Con el lío que se organizó, no llegó a pagar la carrera. El taxista se llama Waldemar Kåge. Ya he hablado con él y sabe que recibirá el dinero.

Wallander tomó el papel y lo guardó en el bolsillo, antes de preguntar, haciendo una seña hacia la puerta que tenía tras de sí.

—¿Cómo está?

—Bueno, yo creo que ya está más tranquilo. Aunque insiste en que estaba en su pleno derecho de defenderse.

—¿Defenderse? —inquirió Wallander sorprendido—. ¡Pero si fue él quien empezó la pelea!

—Ya, pero él dice que tenía derecho a defender su lugar en la cola del Systemet —aclaró Torsten Lundström.

—¡Dios santo!

El policía se levantó.

—Podéis marcharos a casa cuando queráis —aseguró—. Oye, a propósito, ¿qué es eso que dicen de que tu coche se ha quemado?

—Sí, bueno, pudo ser un fallo del sistema eléctrico —repuso Wallander esquivo—. Además, el coche era bastante viejo.

—Voy a salir un momento —dijo Torsten Lundström—. La puerta se bloquea cuando la cierras.

—Gracias por todo —añadió Wallander.

—¿Gracias? ¿Por qué, hombre? —opuso el colega antes de encajarse la visera y salir.

Wallander llamó antes de abrir la puerta. Allí estaba su padre, sentado sobre un banco en la fría habitación, limpiándose las uñas con un clavo. Al ver a Wallander, se levantó indignado.

—No has podido venir antes, ¿verdad? —le espetó—. ¿Cuánto tiempo querías que estuviese aquí sentado esperándote?

—He venido en cuanto me ha sido posible —afirmó Wallander—. Venga, vamos a casa.

—No antes de haber pagado el taxi —declaró el padre—. Uno tiene que pagar sus deudas.

—Anda, ya lo arreglaremos luego —lo disuadió.

Abandonaron la comisaría y salieron de la ciudad en silencio. Wallander comprendió que su padre parecía haber olvidado lo ocurrido.

Wallander no rompió el silencio hasta que no se hallaron próximos al desvío hacia Gimmingehus.

—¿Qué fue de Anton y del polaco? —preguntó entonces.

—¡Vaya! ¿Te acuerdas de ellos? —inquirió a su vez el padre, lleno de sorpresa.

—También hubo gresca en aquella ocasión —le recordó Wallander apesadumbrado.

—Pues yo creía que los habrías olvidado —afirmó el padre—. Del polaco hace veinte años que no sé nada, desde que empezó en un ramo que le parecía más rentable: revistas guarras. No sé cómo le iría. Pero Anton está muerto. Lo mató la bebida, hace ya casi veinticinco años.

—¿Y qué ibas a hacer tú en el Systemet? —quiso saber Wallander.

—Pues lo que uno suele hacer allí, comprar coñac —atajó el padre.

—¡Pero si a ti no te gusta el coñac!

—No, pero a mi mujer sí que le apetece una copa por la noche.

—¿Qué dices? ¿Que Gertrud bebe coñac?

—¿Y por qué no había de hacerlo? ¡Oye! No te vayas a creer con derecho a controlarla, igual que has intentado dirigir mi vida.

Wallander no daba crédito a lo que acababa de oír.

—¿Se puede saber cuándo he intentado yo controlarte a ti? —rugió iracundo—. ¡Si hay alguien aquí que haya intentado dirigir al otro, ése eres tú, que no has dejado de meterte en mis asuntos!

—Si me hubieras escuchado, nunca te habrías convertido en policía —concretó el padre más sosegado—. Y, si tenemos en cuenta los sucesos de los últimos años, es evidente que habría sido una ventaja.

Wallander intuyó que lo mejor que podía hacer era cambiar de tema de conversación.

—Menos mal que no has resultado herido —comentó.

—Uno tiene que defender su dignidad —sostuvo el padre—. Su dignidad, y su turno en la cola del Systembolaget. De lo contrario, está uno perdido.

—Espero que seas consciente de que pueden denunciarte —le advirtió Wallander.

—Pues lo negaré todo —resolvió el padre.

—¿Pero qué es lo que vas a negar? Todo el mundo sabe que fuiste tú quien empezó. No puedes negar nada.

—Lo único que yo he hecho ha sido defender mi dignidad. ¿Acaso va uno a la cárcel por eso hoy en día?

—No, no vas a ir a la cárcel —explicó Wallander—. Pero es posible que tengas que pagar daños y perjuicios.

—Pues no pienso hacerlo —se empecinó el padre.

—Ya lo haré yo —cedió Wallander—. Le propinaste un puñetazo en la nariz al dueño de una compañía de transportes. Esas cosas se pagan.

—Uno tiene que defender su dignidad —reiteró el padre impasible.

Wallander no añadió palabra. Poco después giraron para entrar en el patio de la casa del anciano, a las afueras de Löderup.

—No le digas nada a Gertrud —rogó el hombre una vez fuera del coche en un tono tan suplicante que Wallander quedó sorprendido.

—No lo haré —prometió.

El año anterior, su padre había contraído matrimonio con una mujer de los servicios sociales, que empezó a ir a su casa a los primeros indicios de senilidad de su progenitor. Y, desde que ella se convirtió en un nuevo aspecto de su solitaria vida, pues acudía a atenderlo tres días por semana, el hombre había cambiado notablemente, de modo que no quedaba ya signo alguno de su mal. No les había importado el hecho de que ella fuese treinta años más joven y Wallander, que no comprendía en absoluto aquella unión, terminó por darse cuenta de que era sincera en su deseo de casarse con su padre. Él no sabía mucho acerca de la futura esposa del anciano, salvo que era de la región, que tenía dos hijos mayores y que había estado separada muchos años. La nueva pareja parecía llevar una buena vida en común y Wallander había sorprendido en sí mismo un vago sentimiento de envidia en varias ocasiones. Su propia vida, cada vez más empobrecida, habría necesitado de la intervención de una asistente de los servicios sociales.

Cuando entraron en la casa, ella estaba preparando la cena. Se alegró al verlo, como siempre que Wallander iba a visitarlos, y él adujo razones de trabajo como excusa para no quedarse a cenar. Sí fue, en cambio, al taller, junto con su padre, a tomarse un café que prepararon en el viejo y sucio hornillo.

—La otra noche vi uno de tus cuadros en una casa de Helsingborg —le reveló.

—Sí, son muchos los que llevo pintados en todos estos años —comentó el padre.

A Wallander le entró curiosidad.

—¿Sabes cuántos has pintado?

—Si quisiera, podría calcularlo —admitió el anciano—. Pero no quiero.

—Tienen que ser muchos miles.

—Prefiero no pensarlo. Sería como invitar a la muerte a entrar en el vestíbulo.

Wallander quedó atónito ante el comentario de su padre, pues nunca antes lo había oído referirse a su propia vejez y mucho menos a la muerte. De repente se dio cuenta de que nada sabía acerca del posible temor que su padre pudiese sentir ante la muerte. «Después de tantos años, no sé nada de él», se recriminó en silencio. «Y, con toda probabilidad, él tampoco sabe mucho más de mí.»

El anciano se sentó y lo contempló con sus ojos miopes.

—Es decir, que ahora te encuentras bien, puesto que has empezado a trabajar de nuevo. La última vez que viniste a vernos, antes de marcharte a aquella pensión de Dinamarca, dijiste que ibas a dejar la policía. Pero parece que has cambiado de idea.

—Sí. Algo ocurrió —comenzó Wallander que, en realidad, prefería evitar el tema de su profesión, pues siempre acababan discutiendo.

—Sé que eres un buen policía —declaró el padre de pronto.

—¿Quién te ha dicho eso? —se sorprendió Wallander.

—Gertrud. Han escrito sobre ti en los periódicos. Yo no lo he leído. Pero ella asegura que decían que eres un buen policía.

—Sí, claro. Los periódicos escriben tantas cosas.

—Yo sólo te cuento lo que dice ella.

—Y tú, ¿qué dices?

—Que intenté desaconsejarte ese camino. Que aún soy de la opinión de que deberías buscarte otra profesión.

—Pues, la verdad, no creo que lo haga —confesó Wallander—. Pronto cumpliré los cincuenta. Seré policía mientras viva.

Oyeron salir a Gertrud, que anunció que la cena estaba lista.

—No pensé que te acordases de Anton y del polaco —comentó el padre cuando atravesaban el patio de grava.

—Es uno de los recuerdos de mi niñez que más impresión me causaron —explicó Wallander—. Por cierto, ¿sabes cómo llamaba yo a aquellas figuras tan curiosas que venían a comprar tus cuadros?

—Eran tratantes de arte —simplificó el padre.

—Ya lo sé. Pero para mí eran caballeros en trajes de seda. Y de hecho, ése era el nombre que les daba, los Caballeros de Seda.

El padre detuvo el paso y lo miró, antes de romper a reír.

—¡Vaya! Ése sí que es un buen nombre. ¡Sí, sí! Eso eran, en realidad: caballeros con trajes de seda.

Se despidieron ante la escalera.

—¿Seguro que no te puedes quedar? —lo invitó de nuevo Gertrud—. Hay comida suficiente.

—Tengo trabajo —volvió a excusarse Wallander.

Regresó a Ystad a través del sombrío paisaje otoñal mientras se esforzaba por detectar cuál sería la característica de la forma de ser de su padre que tanto le recordaba a sí mismo.

No halló respuesta. O, al menos, eso le pareció.

La mañana del viernes 5 de noviembre, Wallander acudió a la comisaría poco después de las siete con la sensación de estar repuesto y lleno de determinación. Se tomó una taza de café e invirtió la primera hora en preparar la reunión del equipo de investigación, que daría comienzo a las ocho. Realizó una exposición esquemática y en orden cronológico de todos los datos de que disponían e intentó discurrir un modo de proceder a partir de aquel momento. Al mismo tiempo, contaba con la posibilidad de que sus colegas hubiesen obtenido, a lo largo del día anterior, resultados que les permitiesen esclarecer algo más el estado en que se encontraban en el proceso de investigación.

No había conseguido zafarse de la sensación de apremio, al mismo tiempo que, en su imaginación, crecían las sombras, cada vez más aterradoras, de los abogados muertos. Intuía con nitidez asombrosa que, en realidad, sólo estaban raspando la superficie.

Dejó el bolígrafo, se echó hacia atrás en la silla y cerró los ojos.

Enseguida se vio en Skagen de nuevo. La playa se extendía ante él, envuelta en un manto de niebla. En algún lugar estaba también Sten Torstensson. Wallander intentó ver más allá de su persona, descubrir a quienes, en secreto, lo habían seguido y espiado su encuentro con el policía enfermo. Tuvieron que estar muy cerca, aunque invisibles, acechantes en algún lugar entre las dunas.

Le vino a la memoria el recuerdo de la mujer que solía pasear al perro. ¿Pudo ser ella? ¿O la joven camarera del museo Konstmuseet? No, la respuesta tenía que ser otra. Alguien se había agazapado entre la bruma, una persona que había pasado inadvertida para todos.

Miró el reloj y comprobó que era hora de acudir a la reunión de investigación. Recogió sus papeles, se levantó y abandonó el despacho.

Aquella mañana, una vez concluida la reunión, que duró cuatro horas, Wallander comprendió que habían atravesado el muro, que habían atisbado un modelo, pese a que todo estaba aún bastante difuso y no habían podido dirigir sus sospechas en ningún sentido concreto. En efecto, a pesar de todo, constataron de un modo a todas luces definitivo que aquella sucesión de hechos no podía ser consecuencia del azar, sino que existía entre ellos una conexión, si bien a los investigadores se les ocultaba su naturaleza. Y fue Wallander quien, en su intento de obtener una síntesis, cuando todos estaban ya cansados, el aire enrarecido y Svedberg había empezado a quejarse de un fuerte dolor de cabeza, logró formular aquello que todos sentían de un modo u otro.

—Bueno, ahora tendremos que empezar a rebuscar minuciosamente —concretó—. Es posible y también probable que este caso nos lleve mucho tiempo, pero más tarde o más temprano, lograremos que los detalles encajen. Entonces habremos dado con la solución. Ahora hemos de procurar no proceder a la ligera. Ya nos hemos topado con una mina enterrada y, por decirlo con una metáfora, puede haber más minas.

Durante cuatro horas, pues, repasaron el material, intercambiaron puntos de vista, valoraron los datos y avanzaron. Volvieron del revés los distintos detalles de que disponían, para extraer de ellos el máximo de información, probaron diversas interpretaciones hasta llegar a un acuerdo sobre las versiones más verosímiles. Fue un momento decisivo en la investigación, uno de los más críticos en el que todo podía torcerse si abandonaban los cauces adecuados por otros menos productivos. Todo aquello que se les resistiese había de ser considerado como puntos de partida constructivos, en lugar de hacerlos caer en simplificaciones y abocarlos a juicios precipitados. «Éste es el momento de las construcciones provisionales», se decía Wallander. «Estamos construyendo una serie de modelos diferentes y hemos de andarnos con pies de plomo, para no descomponerlos con excesiva rapidez.»

Aquellos modelos provisionales descansaban todos sobre la misma base.

Pronto se habría cumplido un mes desde que Gustaf Torstensson perdiera la vida una noche en la finca próxima a las laderas de Brösarp. Por otro lado, hacía diez días que Sten Torstensson había visitado Skagen para resultar muerto a tiros en su despacho poco después. De ahí partían una y otra vez.

En la reunión matinal de aquel día, fue Martinson el primero en exponer sus hallazgos, apoyado por los de Nyberg.

—Tenemos los datos de los técnicos criminalistas acerca del

arma y la munición que acabaron con la vida de Sten Torstensson –comenzó mientras blandía en su mano el informe–. Y me ha parecido hallar al menos un detalle digno de interés.

En este punto, tomó la palabra Sven Nyberg.

–Así es. Sten Torstensson fue alcanzado por tres balas de nueve milímetros. Es decir, munición estándar. Sin embargo, y esto es lo interesante, nuestros expertos creen que el arma utilizada pudo ser de fabricación italiana, una Bernadelli Practical. No voy a detenerme a exponer los detalles técnicos que los hacen decantarse por este modelo. También puede tratarse, ciertamente, de una Smith & Wesson, con denominación tres nueve uno cuatro o cinco nueve cero cuatro. Pero es más verosímil que se trate de una Bernadelli, que es un arma rarísima en este país. No hay más de unos cincuenta ejemplares registrados. Claro que nadie sabe cuántas circulan por ahí de forma ilegal, aunque podemos suponer que una treintena.

–¿Y adónde nos conduce eso? –inquirió Wallander–. ¿Quién se supone que puede utilizar una pistola italiana?

–Un experto en armas –aclaró Nyberg–. Alguien que ha escogido esa pistola a conciencia.

–¿Es lícito concluir de tus palabras que cabe la posibilidad de que se trate de un asesino profesional y extranjero? –aventuró Wallander.

–Es posible –confirmó Nyberg–. Sí, de hecho, cabe esa posibilidad.

–Repasaremos los registros de los propietarios de las Bernadelli legales –aseguró Martinson–. Por lo que hemos visto hasta ahora, ninguno de los propietarios registrados ha denunciado el robo de la suya.

Prosiguieron su puesta en común, ahora con la intervención de Svedberg.

–La matrícula del coche que os seguía era falsa –anunció–. La habían robado de un Nissan de Malmö. Nos están ayudando desde aquel distrito y han encontrado algunas huellas dactilares, aunque me temo que no deberíamos albergar demasiadas esperanzas.

Wallander asintió y Svedberg lo miró inquisitivo.

—¿Tienes algo más?

—Bueno, me pediste que realizase algunas indagaciones acerca de Kurt Ström —le recordó Svedberg.

Entonces Wallander les relató brevemente su visita al castillo de Farnholm y su encuentro con el ex policía.

—En fin, no se puede decir que fuese un galardón para el cuerpo, el tal Kurt Ström —comenzó Svedberg—. Se obtuvieron pruebas más que sobradas de su colaboración con varios peristas. Algo que nunca se pudo probar pero que, con toda probabilidad, era un hecho fue que filtró información sobre varias redadas que estaba preparando la policía. Finalmente fue despedido y todo se silenció con la mayor discreción.

Aquí se pronunció Björk, por primera vez en toda la mañana.

—Resulta siempre muy lamentable, cada vez que ocurre —se quejó—. El cuerpo de Policía no puede permitirse el lujo de acoger a tipos como Kurt Ström. Lo que a mí me parece preocupante es que estos ejemplares de pasado profesional dudoso aparezcan sin problemas como profesionales en las empresas de seguridad. Lo que indica que los requisitos de control son mínimos.

Wallander evitó comentar la digresión de Björk, pues sabía que corrían el riesgo de desembocar en una discusión que nada tenía que ver con la investigación en curso.

—Ignoro lo que hizo estallar tu coche —intervino de nuevo Nyberg—. Pero sí puedo asegurar que había alguna sustancia extraña en el depósito.

—Las bombas que se adaptan a los coches pueden ser de varios tipos —observó Ann-Britt Höglund.

—Así es. Y justamente ese método, el aprovechar la corrosión producida por el combustible como mecanismo de retardo, es típico de los países asiáticos, si no me equivoco.

—Una pistola italiana y una bomba asiática. ¿Adónde nos conduce esto? —preguntó Wallander.

—En el peor de los casos, a una conclusión errónea —auguró Björk terminante—. Detrás de todo esto no tienen por qué hallarse personas del otro extremo del mundo. Hoy día, Suecia es una encrucijada y un punto de encuentro en que todo es posible.

Wallander sabía cuánta razón tenía Björk.

—Bien, prosigamos —los animó—. ¿Conseguimos algo del despacho de abogados?

—Nada aún, al menos nada que pueda considerarse decisivo para la investigación —anunció Ann-Britt Höglund—. Nos llevará mucho tiempo revisar y valorar toda la documentación. Lo único que parece indiscutible es el hecho de que el número de clientes de Gustaf Torstensson se vio reducido de forma bien perceptible durante los últimos años. Por otro lado, se dedicaba casi en exclusiva a la constitución de empresas, a la asesoría fiscal y a la redacción de contratos. Me pregunto si no nos vendría bien la ayuda de algún miembro de la brigada judicial nacional, algún especialista en delitos económicos. Aunque no se haya cometido ningún delito, es difícil comprender lo que se oculta tras todos esos papeles.

—Podéis acudir a Per Åkeson, para empezar —sugirió Björk—. Él sabe bastante de delitos relacionados con gestiones económicas. Él mismo os dirá si es necesario pedir ayuda a colaboradores con más formación en el tema. Si es así, la pediremos.

Wallander asintió y consultó su lista.

—¿La limpiadora asiática? —recordó.

—Ya hemos concertado una cita —intervino Ann-Britt Höglund—. Estuve hablando con ella por teléfono y su sueco es lo bastante bueno como para poder prescindir de los servicios de un intérprete.

Entonces le tocó el turno a Wallander, que procedió a una exposición minuciosa de su visita a Martin Oscarsson y de su viaje en coche a Klagshamn y al soto en que Lars Borman se había ahorcado. Al igual que en tantas otras ocasiones, experimentó la sensación de que, al tiempo que daba cuenta ante sus colegas de lo acontecido, descubría nuevos contextos y conexiones. En efecto, la exposición de los hechos aguzaba su ingenio y su atención.

Una vez hubo concluido, el ambiente de la sala se tornó muy denso. «Se va a producir un avance decisivo», concluyó. «O, al menos, estamos muy próximos.»

Así, abrió él mismo la discusión exponiendo de forma sucinta sus propias conclusiones.

—Hemos de encontrar la relación —resolvió—. ¿Cuál es el punto de encuentro entre Lars Borman y el bufete de abogados Torstensson? ¿Qué provoca en Lars Borman una indignación tal que lo mueve a enviar aquellas cartas, cuyo contenido amenazante incluye a la señora Dunér? Los acusa de haber cometido un agravio terrible y, en realidad, no podemos estar seguros de que guarde relación con el golpe contra el Landsting. Sin embargo, en mi opinión, no iríamos descaminados si así lo supiésemos durante unos días. Éste es el gran enigma del caso, el agujero en el que hemos de buscar con todas nuestras fuerzas y recursos.

Todos necesitaban tiempo para meditar acerca de lo que acababa de decir Wallander, por lo que, en un principio, la discusión parecía no fluir más que a duras penas.

—A mí me llaman la atención las dos cartas —intervino Martinson vacilante—. No me puedo deshacer de la sensación de que son ingenuas, tan infantiles, casi inocentes. No puedo, a través de ellas, forjarme una idea de la forma de ser de Lars Borman.

—Hemos de obtener más información a ese respecto —observó Wallander—. En primer lugar, tendríamos que intentar localizar a los hijos y hablar con ellos. Además, podemos llamar a Marbella e interrogar a la viuda.

—A mí no me importaría hacerme cargo de ello —se ofreció Martinson—. La verdad, me interesa la figura de Lars Borman.

—También habrá que investigar a fondo toda esa maraña de la empresa de inversiones Smeden —apuntó Björk—. Propongo que nos pongamos en contacto con el grupo de delitos económicos de Estocolmo. O quizás incluso sea mejor que lo haga el propio Åkeson. Allí hay colegas que conocen ese mundo tan bien como el mejor analista de Bolsa.

—Bien, de eso me encargo yo —aseguró Wallander—. Yo puedo hablar con Per Åkeson.

Continuaron toda la mañana revolviendo entre los datos del material disponible. Al final, alcanzaron un grado de cansancio y aturdimiento tal que nadie creía poder aportar nada más. Para entonces, Björk había abandonado ya la habitación para asistir a una de las innumerables reuniones con el director provincial de la policía. Wallander decidió que era el momento de dar por finalizada la reunión.

—Tenemos dos abogados asesinados —comenzó—. Y el suicidio de Lars Borman, si es que lo fue. Tampoco debemos olvidar la mina del jardín de la señora Dunér. Ni mi coche, claro. Es evidente que nos enfrentamos a sujetos peligrosos. Además, son gente que somete a un control exhaustivo cuanto hacemos, por lo que hemos de estar atentos y andarnos con cuidado.

Recogieron sus notas y se despidieron. Wallander se marchó a comer a uno de los restaurantes del centro de Ystad, pues necesitaba estar solo. Poco después de la una ya estaba de vuelta en la comisaría, donde dedicó el resto del día a ponerse en contacto con la brigada de policía judicial nacional y sus expertos en delincuencia económica. Aún no habían dado las cuatro cuando atravesó el corredor que conducía a la parte del edificio donde se hallaban las dependencias de la fiscalía, para mantener una larga conversación con Per Åkeson. Hecho esto, regresó a su despacho y no lo abandonó hasta casi las diez de la noche.

Sentía la necesidad de salir a respirar el aire y notó que echaba en falta los largos paseos por Skagen, así que dejó el coche y se fue a pie a su apartamento de la calle de Mariagatan. Hacía una noche templada y fue deteniéndose de vez en cuando ante algún escaparate para contemplar los productos que exponían. Llegó a casa poco antes de las once.

Habían dado ya las once y media cuando, de forma inesperada, sonó el teléfono. Él acababa de servirse un vaso de whisky y se había sentado frente al televisor para ver una película. Fue al vestíbulo y descolgó el auricular, que le trajo la voz de Ann-Britt Höglund.

—¿Llamo en mal momento?

—No, en absoluto —respondió Wallander.

—Estoy en la comisaría —le reveló—. Creo que he encontrado algo.

Wallander comprendió que ella jamás lo habría llamado de no haberse tratado de algo muy importante, así que no se lo pensó ni un segundo.

—Voy ahora mismo —afirmó—. Estaré ahí en diez minutos.

Una vez en la comisaría, se encaminó directamente al despacho de su colega, que lo aguardaba en el pasillo.

—Me apetecía un café —explicó—. El comedor está vacío, pues Peters y Norén se marcharon hace un momento. Al parecer, se ha producido un accidente en el cruce hacia Bjäresjö.

Se sentaron, pues, con sendas tazas de café, junto a uno de los extremos de la mesa.

—Tuve un compañero en la Escuela Superior de Policía que se pagaba los estudios especulando en la Bolsa —comenzó.

Wallander no podía ocultar su asombro.

—Así que lo llamé —continuó ella, casi excusándose—. Hay ocasiones en que todo va más rápido si una recurre a contactos personales, si los tienes, claro. Le hablé de Strufab, de Sisyfos y de Smeden. Le di los nombres, Fjällsjö y Holmberg, y me prometió ver qué podía averiguar. Me llamó a casa hace una hora, y vine a la comisaría de inmediato.

Wallander aguardaba la continuación excitado y tenso.

—Tomé nota de cuanto me dijo. La compañía de inversiones Smeden ha sufrido un sinnúmero de transformaciones durante los últimos años. Los consejos de administración han cambiado cada dos por tres; en varias ocasiones bloquearon la comercialización de acciones por ciertas sospechas de delitos internos, entre otras transgresiones de la normativa de la Bolsa; paquetes de acciones mayoritarios pasaron de unas manos a otras en inextricable torbellino bursátil. Smeden ha sido como un laboratorio de todo tipo de experimentos que nosotros solemos considerar como indicio claro de la falta de sentido de la responsabilidad en el mundo financiero, hasta hace unos años. Entonces, una serie de inmobiliarias extranjeras, inglesas, belgas y españolas, entre otras, empezaron a comprar grandes paquetes de acciones aunque, eso sí, con la mayor discreción. En un principio, nada hizo pensar que fuese el mismo responsable quien, a la sombra, actuaba a través de las diversas inmobiliarias. Todo sucedía, además, de forma lenta y paulatina, como si tuviesen gran interés en no llamar la atención. En aquel momento, todo el mundo estaba ya tan hastiado de oír hablar de Smeden, que nadie se lo tomaba en serio; y menos aún los medios de comunicación. Cada vez que el director de la Bolsa se las tenía que ver con los periodistas, iniciaba su intervención solicitando que lo eximieran de todo interrogatorio acerca de Smeden, que estaba ya harto de cuanto guardaba relación con aquella empresa. Sin embargo, de repente, un buen día, las tres inmobiliarias adquirieron una serie de paquetes de acciones de tal magnitud, que los medios no pudieron seguir mirando a otro lado y empezaron a preguntarse quién o quiénes podían mostrar tanto interés por una compañía cuya imagen se hallaba tan empañada por el descrédito. Resultó entonces que Smeden había caído en manos de un ciudadano inglés no del todo desconocido, Robert Maxwell.

—Pues a mí no me dice nada su nombre —confesó Wallander—. ¿Quién es?

—Esta persona murió —aclaró ella—. Hace unos años, cayó por la borda de su yate de lujo cerca de las costas españolas. Corrió el rumor de que tal vez hubiese sido asesinado y se llegó a hablar de la Mosad, el servicio de espionaje israelí y de poco claros pero sustanciosos negocios de tráfico de armas. Según la versión oficial, era propietario de periódicos y editoriales, todos gestionados desde Liechtenstein. Con su muerte, su imperio se derrumbó como un castillo de arena. No quedaron más que deudas y malversaciones de fondos de pensiones, con lo que la bancarrota fue inmediata y de proporciones colosales. Pero, al parecer, sus hijos continuaron con el negocio.

—Un inglés —dijo Wallander meditabundo—. Y eso, ¿adónde nos conduce?

—Pues a que no es ése el final. Las acciones habían de pasar a otras manos.

—¿A quién?

—Había alguien entre bastidores —explicó ella—. Robert Maxwell había actuado por encargo de otra persona que deseaba permanecer en el anonimato. Y esa persona sí era sueca. De este modo, se cerraba un círculo muy curioso.

Ella lo contemplaba atenta.

—¿No te imaginas quién es esa persona? —inquirió.

—Pues..., no.

—A ver, adivínalo.

En ese instante, Wallander comprendió que conocía la respuesta.

—Alfred Harderberg —declaró.

Ella asintió.

—El hombre del castillo de Farnholm —repitió despacio.

Permanecieron en silencio un momento.

—A través de Smeden, ese hombre dirigía también Strufab —añadió ella.

Wallander la observó reflexivo.

—Bien hecho —la felicitó—. Muy bien hecho.

—Puedes darle las gracias a mi compañero —indicó ella—. Es policía en Eskilstuna. Pero aún hay más.

—¿Ah, sí?

—La verdad, no sé si es importante o no, pero mientras te esperaba se me ocurrió una idea. Gustaf Torstensson murió en el camino de regreso del castillo de Farnholm y Lars Borman se ahorcó. Pero es posible que ambos, cada uno a su manera, hubiesen descubierto lo mismo, lo que quiera que fuese.

Wallander mostró su conformidad con un gesto despacioso.

—Sí, puede que tengas razón —admitió—. Pero yo creo que podemos atrevernos a extraer otra conclusión, aún no probada, si bien determinante: que Lars Borman no se suicidó. Al igual que Gustaf Torstensson no murió en un accidente de tráfico.

Se hizo un nuevo silencio.

—Alfred Harderberg... ¿Es posible que él esté detrás de todo lo ocurrido? —inquirió ella.

Wallander miraba fijamente su taza. La idea le resultaba del todo nueva e inesperada. Y, a pesar de todo, comprendió que él ya lo había sospechado, aunque inconscientemente.

Entonces miró a su colega.

—Por supuesto que puede ser Alfred Harderberg —declaró—. Por supuesto.

10

Wallander recordaría la semana siguiente como un periodo en que tanto él como sus colegas emplearon el tiempo en construir barricadas invisibles en torno a aquella investigación tan intrincada. Fue como si, en muy poco tiempo y bajo una presión extrema, hubiesen estado preparando un complejo ataque bélico. La idea no era del todo absurda, puesto que habían designado como su enemigo a Alfred Harderberg, un hombre que no sólo era un monumento viviente, sino que además actuaba como un señor en sus dominios, en sentido clásico, antes de haber cumplido los cincuenta.

Todo comenzó la misma noche del viernes, cuando Ann-Britt Höglund le reveló lo que había descubierto acerca del contacto inglés Robert Maxwell y su papel como testaferro en la compra de acciones y el descubrimiento de que el dueño de la compañía Smeden no era otro sino el mismo hombre del castillo de Farnholm que, en consecuencia, había pasado del más absoluto anonimato a, de improviso, convertirse en protagonista del crimen. También algo después, Wallander pensaría, con cierto remordimiento, en el hecho de que él debería haber sospechado de Alfred Harderberg mucho antes, sin ser nunca capaz de explicarse por qué no lo había hecho. En efecto, cualquier respuesta que lograba darse a sí mismo en este sentido le resultaba insuficiente y se le antojaba una excusa de la razón por la que él, con cierto grado de apatía y negligencia, le había concedido a Alfred Harderberg, en la fase inicial de la investigación, una inmunidad inmerecida; como si el castillo de Farnholm hubiese sido, pese a todo, un territorio extranjero donde aplicar las convenciones diplomáticas.

En cualquier caso, aquella semana supuso un cambio radical a este respecto. Cierto que se habían visto obligados a avanzar con gran cautela, no sólo por satisfacer los deseos de Björk, en parte apoyado por Per Åkeson, sino, muy especialmente debido a que los datos de que disponían eran en extremo limitados. Sabían de antemano que Gustaf Torstensson había prestado sus servicios de asesor financiero al hombre del castillo de Farnholm, pero ignoraban qué había hecho en realidad, en qué había consistido su trabajo exactamente; por otro lado, tampoco contaban con ningún indicio de que el imperio financiero de Harderberg se dedicase a actividades ilegales. Pero ahora tenían en su poder otros dos datos que podían guardar relación: Lars Borman y el desfalco al Landsting de la provincia de Malmö silenciado en su momento y enterrado de forma casi clandestina el año anterior, fuera del alcance del público. La conversación de aquella noche del viernes 5 de noviembre, cuando Wallander y Ann-Britt Höglund se quedaron hablando en la comisaría hasta bien entrada la madrugada, fue pura especulación. Sin embargo, también constituyó el germen de un modelo a seguir en la investigación, y Wallander tomó conciencia de que debían actuar con una buena dosis de cautela y discreción pues, de ser cierto que Harderberg estaba involucrado, y Wallander no dejó de pronunciar la expresión condicional «de ser cierto» durante toda la semana, debían recordar que aquel hombre tenía ojos y oídos prestos muy cerca de ellos, las veinticuatro horas, atentos a cuanto hiciesen y dondequiera que lo hiciesen. Además, debían tener en cuenta la posibilidad de que la relación entre Lars Borman, Harderberg y uno de los abogados muertos no implicase que tuviesen la solución en la mano.

Por otro lado, Wallander dudaba debido a motivos bien diferentes. En efecto, él había crecido y vivido en la creencia ciega y apenas meditada de que los artífices de la vida económica del país eran tan inmunes a la menor sospecha como la mujer del césar; los hombres y mujeres responsables de la gran industria sueca eran el apoyo y baluarte del milagroso estado del bienestar. La industria exportadora, en su calidad de condición indispensable de la prosperidad del país, resultaba, simplemente, incuestionable. Y mucho menos en aquellos momentos, cuando toda la construcción del bienestar empezaba a tambalearse sobre su base corrompida. Así, había que proteger a los artífices de ataques irresponsables, cualquiera que fuera su procedencia. No obstante y pese a sus dudas, sabía que era muy posible que hubiesen dado con la pista decisiva, por descabellado que pudiese parecer a simple vista.

—En realidad, ignoramos las circunstancias últimas —sentenció Ann-Britt aquella noche—. Contamos con una conexión, una posibilidad de establecer relaciones que hemos de investigar a fondo, pero no creo que debamos hacerlo con el convencimiento de que esa circunstancia nos conduzca al autor del crimen.

Se habían encerrado en el despacho de Wallander, con sendas tazas de café. A él le sorprendió que su colega no hubiese manifestado su deseo de marcharse a casa enseguida, ya que era bastante tarde y ella, a diferencia de lo que le ocurría a él, tenía una familia que la aguardaba en casa. Por otro lado, no era probable que lograsen ningún resultado aquella noche y era preferible que llegasen descansados y repuestos al trabajo al día siguiente. Sin embargo, ella quería proseguir la conversación, lo que le hizo pensar en la forma en que él mismo solía reaccionar cuando tenía su edad; incluso en el trabajo desesperanzado de la policía había momentos de inspiración y excitación creadoras, que propiciaban el deseo casi infantil de jugar con las posibles alternativas.

—Ya sé que eso no significa nada —apuntó ella—. Pero un delincuente de la talla de Al Capone, por ejemplo, fue descubierto y acusado por un auditor.

—Pues a mí no me parece comparable —objetó Wallander—. Él era un delincuente conocido por haber amasado su fortuna a base de robos, contrabando, extorsión, chantajes y asesinatos. En este caso, sólo sabemos que un exitoso hombre de negocios sueco es accionista mayoritario en una compañía de inversiones que no goza de buena fama y que, entre otras actividades, controla una asesoría en la que unos individuos han perpetrado una gran estafa al Landsting. Eso es todo.

—Ya, bueno. Antes se decía que detrás de toda gran fortuna se escondía un crimen —comentó ella—. ¿Por qué ya no se piensa igual? No importa qué periódico leas hoy en día, todos están plagados de ejemplos que confirman la antigua creencia.

—Sí, hay muchos aforismos que ilustran la existencia humana —ironizó Wallander—. Siempre hay alguno apropiado a cada situación. Los japoneses dicen que los negocios son una guerra. Sin embargo, eso no legitima el asesinato, al menos en Suecia, como medio para que cuadren las cuentas de un balance final, si es que es eso lo que persiguen.

—Cierto. Además, contamos con un buen número de vacas sagradas en este país —advirtió ella—. Y somos bastante reacios a tratar con criminales si poseen apellidos ilustres o si pertenecen a alguna de las mejores y más antiguas familias nobles de Escania. No nos gusta llevarlos a juicio cuando han metido mano a la caja.

—Yo nunca he pensado así —aseguró Wallander, consciente de que no era sincero.

Después de la conversación se preguntó qué era lo que quería defender al manifestar aquella postura opuesta a la de su colega. ¿Acaso tenía intención de defender algo, en realidad, o no sería más bien que a Ann-Britt Höglund, mujer y más joven que él, no podía dársele toda la razón así como así?

—Pues yo creo que todos pensamos así —se empecinó ella—. Los policías reaccionan como todo el mundo. Y los fiscales también. Las vacas sagradas han de poder pastar en paz...

Así anduvieron a la deriva entre los escollos, sin terminar de hallar una guía. A Wallander le daba la impresión de que los puntos de vista se apartaban, lo que venía a confirmar algo que él llevaba ya tiempo pensando: que las diferencias generacionales se harían cada vez más patentes dentro del cuerpo de Policía. Y no se trataba tanto de su condición de mujer, como del hecho de que, simplemente, ella era portadora de otras experiencias. «Ambos somos policías, pero cada uno con una imagen del mundo diferente», se decía. «El mundo tal vez sea el mismo para los dos, pero las representaciones respectivas de ese mundo difieren bastante.»

Aparte de todas estas reflexiones, cayó en la cuenta de algo que se le antojó muy desagradable. En efecto, se percató de que aquellos razonamientos que él le había estado exponiendo a Ann-Britt Höglund podrían haber sido de Martinson, de Svedberg o incluso de Hanson, el eterno alumno de cursos de formación continua. Así pues, aquella noche del viernes, mientras conversaba con su nueva colega, no hablaba sólo por sí mismo, sino también por los demás. Y su discurso respondía al de toda una generación que parecía pronunciarse de forma unívoca cuando él se dirigía a la joven. Lo irritaba el hecho de culpar, en su fuero interno, a Ann-Britt Höglund, demasiado segura de sí misma, demasiado terminante en sus opiniones. No le gustaba que le recordasen su propia indolencia, la escasa solidez de los puntos de vista que podía manifestar acerca del mundo y de la época que le había tocado vivir.

Le daba la impresión de que ella estuviese describiéndole un país desconocido. Una Suecia que, por desgracia, no era invención suya, sino que existía fuera de la comisaría, habitada por seres humanos más que reales.

Pese a todo, la conversación fue decayendo hasta agotarse, una vez que Wallander hubo aplacado los ánimos. Fueron a buscar más café y aceptaron unos bocadillos que les ofreció un colega de tráfico el cual, agotado o tal vez hastiado, miraba fijamente al vacío. Después de comer, volvieron al despacho de Wallander donde, a fin de evitar que el asunto de las vacas sagradas resurgiese, el inspector tomó el timón y propuso un momento de reflexión constructiva.

—Yo llevaba un elegante archivador de piel en el coche cuando éste ardió —comentó—. Me lo dieron en mi primera visita al castillo de Farnholm y ya había empezado a leerlo. Contenía documentación sobre el imperio de Harderberg, sus títulos de doctor honoris causa, todas sus hazañas. El mecenas Harderberg. El humanista Harderberg. El Harderberg amigo de la juventud, el hombre interesado por el deporte, el protector de bienes culturales, el aficionado a la restauración de antiguos pesqueros de Öland, el doctor honoris causa en arqueología, que sufraga con generosidad el coste de excavaciones de posibles yacimientos de la Edad de Hierro en Medelpad. El aficionado a la música, que corre con los gastos de nómina y Seguridad Social de dos violinistas y un fagotista de la Orquesta Sinfónica de Gotemburgo. El magnánimo patrocinador en los países nórdicos de los estudios sobre la paz. Y todo lo que he olvidado ya. Era como si presentaran a toda la Academia Sueca en una sola persona. Con las manos limpias de la menor gota de sangre. Pero ya le he pedido a Ebba que me consiga otro ejemplar, pues habrá que leerlo e investigarlo. Hemos de procurarnos, sin levantar sospechas, un buen número de resúmenes de actividades y balances contables de todas sus empresas. Tenemos que averiguar cuántas compañías posee, dónde se encuentran y a qué se dedican, qué venden, qué compran. Hemos de comprobar su valoración patrimonial y su situación fiscal. En ese sentido, acepto tu comparación con Al Capone. Necesitamos saber a cuánta información tuvo acceso Gustaf Torstensson. Hemos de preguntarnos por qué lo eligieron a él, precisamente. Debemos desvelar cada secreto y adentrarnos a hurtadillas en el cerebro de Harderberg, no sólo en su cartera. Nos veremos obligados a entrevistarnos con once secretarias sin que él se dé cuenta porque, si lo hace, el portazo unísono de todas sus puertas hará temblar su imperio entero. No podemos olvidar que, por muchos recursos que movilicemos, él tiene capacidad para enviar al campo de batalla tropas aún mayores. Y siempre resulta más fácil cerrar una puerta que, una vez cerrada, volver a abrirla, o preservar una falacia construida con ingenio que descubrir una verdad difusa.

Ella había escuchado su alocución con algo que Wallander interpretó como sincero interés. En realidad, él había estado intentando formular cuál era su posición, al tiempo que la exponía. Sin embargo, no podía por menos de reconocer que había realizado cierto esfuerzo por aplastarla. Él era el policía, y ella debía considerarse a sí misma como una mocosa, aunque una mocosa de inteligencia acreditada.

—Esto es lo que tenemos que hacer —redondeó aún el inspector—. Y todo esto nos puede conducir a obtener la grandiosa recompensa que conlleva el no haber hallado nada en absoluto. Sin embargo, lo más importante de todo, por el momento, y también lo más difícil, es la cuestión de cómo llevar a cabo cada uno de los pasos sin que se noten. En el supuesto de que nuestras sospechas sean ciertas y de que Harderberg haya ordenado que se nos vigile o que intenten hacernos volar por los aires, y si es su brazo el que, oculto y desde la distancia, coloca una mina en el jardín de la señora Dunér, en ese caso, hemos de tener bien presente que ese hombre nos oye y nos ve. El desplazamiento de nuestras tropas no puede ser evidente; todo debe suceder como si nuestros movimientos se produjesen en medio de la más espesa niebla. ¿Cómo articular una investigación de este tipo? Ésa es la cuestión más importante que debemos plantearnos, antes de darnos la mejor respuesta imaginable.

—Es decir, que tenemos que hacer lo contrario —concluyó ella.

—Exacto. Hemos de izar una bandera que anuncie que «no tenemos el menor interés por Alfred Harderberg».

—¿Y si resulta demasiado evidente? —objetó ella.

—Eso no podemos permitirlo —negó Wallander—. Lo que significa que hemos de izar una segunda bandera. Hemos de declarar ante el mundo que «por supuesto que en los procedimientos de la investigación se incluye la figura de Alfred Harderberg, que nos resulta muy interesante en una serie de aspectos».

—¿Cómo sabremos si él se lo cree o no?

—No hay manera de saberlo, por lo que podemos izar una tercera bandera, que proclame que tenemos una pista de la que estamos seguros, que nos orienta en cierto sentido; una pista que, además, pueda parecer tan fiable que el propio Harderberg crea que en verdad vamos descaminados.

—Sí, pero él procurará asegurarse.

Wallander asintió.

—Así es, y tendremos que aprender a detectar sus medios —declaró Wallander—. Sin embargo, no debemos fingir que no nos ocupamos de él. No debemos aparecer como una serie de policías torpes, sordos y ciegos que se despistan unos a otros. Hemos de descubrir sus estratagemas para luego interpretarlas de forma inteligente, aunque le hagamos creer que las interpretamos mal. Hemos de actuar como si sostuviésemos un espejo ante nuestra propia estrategia, para luego interpretar la imagen que aquél nos devuelva.

Ella lo miraba con expresión de profunda meditación.

—¿Crees que lo conseguiremos, que Björk aceptará? Y, además, ¿qué dirá Per Åkeson?

—Cierto, ése será nuestro primer gran problema —convino Wallander—. Convencernos a nosotros mismos de que nuestra idea es acertada. Nuestro jefe de policía tiene una habilidad que compensa buena parte de sus facetas menos afortunadas: si nosotros mismos no creemos en lo que decimos o en los puntos de partida que proponemos para la investigación, lo percibe enseguida. Entonces ataca de inmediato. Y eso es algo muy positivo.

—Y una vez que nos hayamos convencido a nosotros mismos, ¿por dónde empezamos?

—Cuando eso suceda, tendremos que procurar no fracasar en demasiados de los puntos que nos hayamos propuesto. Hemos de cabalgar en la dirección equivocada con tanta maña, que Harderberg se lo trague. Hemos de cabalgar en la dirección equivocada y en la correcta, al mismo tiempo.

Ella se levantó y se encaminó a su despacho para buscar su bloc de notas. Entretanto, Wallander aplicó el oído al escuchar a un perro policía que ladraba en algún rincón de la comisaría. Ann-Britt volvió de su despacho y él pensó de nuevo, al verla entrar, que era una mujer muy atractiva, a pesar de la palidez de su rostro, la piel ajada por el cansancio y las ojeras.

Revisaron sus conclusiones una vez más, siempre con intervenciones muy apropiadas por parte de la policía que indicaban los puntos débiles del razonamiento de Wallander y localizaban las contradicciones. Muy a su pesar, se dio cuenta de que sus aportaciones lo inspiraban, pues eran fruto de una mente lúcida. De repente se le ocurrió pensar que no había mantenido una conversación similar a aquélla desde que su colega Rydberg murió hacía unos años. Se imaginaba que había vuelto, como una especie de doble que se hubiese aparecido para poner a su disposición su experiencia a través de aquel pálido rostro de mujer.

Salieron juntos de la comisaría, poco después de las dos de la madrugada. La noche era fría y estrellada y se oía el crepitar del suelo helado bajo sus pies.

—La reunión de mañana se presenta muy larga —auguró Wallander—. Va a haber muchas objeciones, pero hablaré antes con Björk y le pediré a Per Åkeson que asista también. Si ellos no se ponen de nuestra parte, perderemos mucho tiempo buscando los medios de convencerlos.

La sorpresa de ella parecía sincera cuando afirmó:

—No les queda otro remedio que comprender que tenemos razón, ¿no?

—Bueno, no es seguro.

—¡Uf! A veces me da la impresión de que la policía sueca es una organización demasiado torpe.

—Ya, pero para eso no hace falta ser un policía recién salido de la academia —aseguró Wallander—. Björk calcula que, con el actual incremento de personal administrativo y de otras categorías que no se dedican al trabajo de campo como los investigadores o los agentes de tráfico, la actividad normal de la policía verá su fin para el año 2010. Según él, en ese año, los policías pasarán el tiempo enviándose documentos los unos a los otros.

Ella rió de buena gana.

—Vaya, puede que, después de todo, hayamos elegido la profesión equivocada.

—Quizá no sea la profesión lo erróneo —precisó Wallander—, sino la época.

Se separaron y se marcharon a casa cada uno en su coche. Wallander no dejaba de observar el retrovisor mientras atravesaba la ciudad en dirección a la calle de Mariagatan, pero no vio que lo siguiera nadie. Se sentía muy cansado aunque, al mismo tiempo, experimentaba una sensación de plenitud, como si, de repente, se hubiese abierto una puerta ante la solución al caso que tenían entre manos. Barruntaba que se acercaban días de duro trabajo.

La mañana del sábado 6 de noviembre, Wallander llamó a Björk poco después de las siete. Fue su mujer quien respondió y le pidió que llamase unos minutos más tarde pues, según le explicó, su marido estaba en la bañera. Wallander aprovechó para llamar a Per Åkeson que, le constaba, era muy madrugador y solía levantarse sobre las cinco cada mañana. El fiscal contestó de inmediato. Wallander le expuso, en pocas palabras, la conexión que creía haber detectado y en razón de la cual podía colegirse que el interés que Alfred Harderberg pudiera tener para la investigación era ya de otra naturaleza. Per Åkeson lo escuchó en silencio, sin hacer comentario alguno. Una vez que Wallander hubo concluido, le hizo una pregunta. Sólo una.

—¿De verdad crees que eso es sostenible?

Wallander se lo pensó antes de responder.

—Así es. Yo creo que esa perspectiva puede darnos la clave.

—En tal caso, no tengo objeciones que oponer, claro está. Y estoy contigo en que debemos concentrarnos en dar profundidad a la investigación. No obstante, soy de la opinión de que todo debe producirse con la mayor discreción. Lo último que necesitamos en Ystad es una situación similar a la del caso Palme.

Wallander entendía bien a qué se refería Per Åkeson. El asesinato del primer ministro sueco, aún sin resolver, constituía un misterio de diez años de antigüedad, un trauma que no sólo sumía en el abatimiento a la policía, sino también a gran parte de la población sueca. Demasiadas personas, tanto dentro como fuera del cuerpo de Policía, sabían que, con toda probabilidad, aquel asesinato no se había aclarado debido a que, desde el primer momento, la investigación fue mal dirigida porque quedó en manos de un jefe provincial de la policía que se designó a sí mismo como responsable y que resultó ser un perfecto inútil como investigador. En todas las comisarías de policía suecas se discutía sin descanso, en ocasiones con indignación, otras veces con desprecio, sobre cómo se les habrían escurrido de entre las manos el asesinato, el asesino y el plan entero. Uno de los errores más funestos de aquella investigación tan catastrófica había sido precisamente que los mandos policiales hubiesen impuesto a los investigadores unas directrices concretas para las pesquisas, sin contar con la cobertura suficiente para sus prioridades. Wallander estaba, pues, de acuerdo con Per Åkeson: un crimen tenía que estar prácticamente resuelto antes de que la policía pudiese permitirse el lujo de poner toda la carne en el asador.

—Me gustaría que estuvieses presente en la reunión de esta mañana —rogó Wallander—. Hemos de tener muy claro nuestro objetivo. No quiero que el equipo de investigación llegue a dividirse pues, si eso sucede, nuestras posibilidades de hacernos con la nueva situación disminuirán de forma drástica.

—Claro, iré —prometió Per Åkeson—. En realidad, pensaba ir a jugar al golf esta mañana pero, con el tiempo que hace, no me importa dejarlo para otro día.

—Seguro que en Uganda hace calor —lo provocó Wallander—. ¿O era a Sudán adonde ibas?

—Ni siquiera he hablado de ello con mi mujer —repuso Per Åkeson a media voz.

Tras concluir la conversación, se tomó otra taza de café y llamó de nuevo a Björk. En esta ocasión fue el propio comisario jefe quien respondió a la llamada. Wallander había tomado la determinación de no decir una palabra acerca de los hechos que habían precedido a su primera visita al castillo de Farnholm. Prefería no hacerlo por teléfono, pues consideraba necesario tener a Björk frente a sí para referírselo. De modo que fue bastante escueto por teléfono.

—Tenemos que vernos para discutir un giro en la situación —anunció Wallander—. Se trata de algo que cambiará la orientación de la investigación.

—¿Qué ha ocurrido? —inquirió Björk.

—Prefiero no revelártelo por teléfono —opuso Wallander.

—¿No creerás que nuestros teléfonos están intervenidos, verdad? —preguntó asombrado—. ¡Hasta ahí podíamos llegar imaginando cosas raras!

—No, no es eso —lo tranquilizó Wallander aunque cayó en la cuenta de que había pasado por alto aquella posibilidad.

En cualquier caso, ya era demasiado tarde, pues le acababa de contar a Per Åkeson cuál iba a ser el nuevo plan a seguir a partir de entonces.

—Tengo que verte un momento, antes de la reunión —le dijo.

—Está bien. Puedo estar ahí dentro de media hora —concedió Björk—. Pero no entiendo por qué tienes que ser tan misterioso.

—No soy misterioso —corrigió Wallander—. Pero hay cuestiones de las que es mejor tratar cara a cara.

—Bueno, parece bastante dramática esa nueva situación —aseguró Björk—. Me pregunto si no sería conveniente ponerse en contacto con Per Åkeson.

—Sí, acabo de hablar con él —aclaró Wallander—. Nos vemos en tu despacho, pues, dentro de media hora.

Antes de atravesar la puerta del despacho de Björk, Wallander estuvo un rato sentado en el coche, a la entrada de la comisaría, para sosegarse un poco. Durante un momento, vaciló pensando si no sería mejor dejarlo y que quizás hubiese tareas más importantes a las que entregarse. Sin embargo, comprendió que tenía la obligación de hacerle ver a Björk que lo acontecido con el caso Palme no podía repetirse, pues ello conduciría a una crisis de confianza difícil de superar sin la dimisión de Wallander.

Así, mientras razonaba en el coche, pensaba también en lo rápido que todo había sucedido. Hacía tan sólo una semana que él consumía sus días deambulando entre las dunas de Skagen, preparando la despedida de su vida profesional. Sin embargo, ahora tenía una impresión inconfundible de que debía defender su puesto y su integridad como agente de policía. Por otro lado, tampoco podía tardar mucho en escribirle sobre aquello a Baiba Liepa, la mujer de Riga.

¿Sería ella capaz de comprender cómo y por qué había cambiado todo?

Una vez en el despacho de Björk, se sentó en el sofá reservado para las visitas.

—Bueno, a ver, cuéntame —lo exhortó el comisario jefe.

—Antes de entrar a hablar de lleno sobre la investigación, hay otra cuestión que he de comentarte —anunció Wallander, no sin advertir el tono inseguro de su propia voz.

—¿No se te habrá ocurrido dejarlo otra vez, verdad? —preguntó Björk preocupado.

—No, no es eso —aseguró Wallander—. Es que necesito saber por qué llamaste al castillo de Farnholm para advertirles de que la policía de Ystad iba a ponerse en contacto con ellos a propósito de la investigación del asesinato. Necesito que me expliques por qué no nos informaste a mí o a cualquiera de los demás colegas de que habías llamado.

Wallander comprobó que Björk se sentía incómodo e irritado al mismo tiempo.

—Alfred Harderberg es una personalidad en nuestra sociedad —aclaró Björk—. Además, no es sospechoso de ningún acto delictivo. Lo único que hice fue cumplir con las normas que impone la cortesía más elemental. Y ahora, ¿me puedes explicar cómo es que tú estás al corriente de esa llamada telefónica?

—Bueno, porque estaban demasiado bien preparados cuando llegué —explicó Wallander.

—La verdad, no veo qué puede haber de malo en eso, dadas las circunstancias —replicó el comisario jefe.

—Pues no fue muy oportuno —declaró Wallander—. En realidad, fue desafortunado por varios motivos. Por otro lado, ese tipo de sucesos pueden crear un mal ambiente en el seno del equipo de investigación, ya que dependemos de la presuposición de que los demás actúan sin tapujos.

—Cierto, pero, a decir verdad, me cuesta aceptar que tú, precisamente, vengas a hablarme de sinceridad —recriminó Björk, ya sin ocultar su indignación.

—Mis deficiencias no deberían excusar una actitud similar por parte de otros —replicó Wallander—. Por lo menos, no deberían excusar el que mi jefe actúe del mismo modo.

En ese momento, Björk se levantó enojadísimo de su silla.

—¡Bien! Pues yo no pienso aceptar que te dirijas a mí en esos términos —rugió con el rostro encendido—. No fue más que una muestra de cortesía, sólo eso. Dadas las circunstancias, no creo que una llamada rutinaria como aquélla haya ejercido mayor influencia sobre el caso.

—De acuerdo, pero resulta que las circunstancias no son ya las que eran —advirtió Wallander, seguro de que no conseguiría nada más, por el momento, sino que lo importante era poner a Björk al corriente de cómo había cambiado la situación.

Björk, aún en pie, no dejaba de observarlo.

—Ya puedes ser un poco más claro —lo acució—. No sé de qué me hablas.

—Bueno, hemos obtenido cierta información, según la cual Alfred Harderberg podría estar detrás de todo lo ocurrido —reveló Wallander—. En tal caso, creo yo, debemos admitir que las circunstancias a las que te refieres han cambiado de forma un tanto radical.

Björk volvió a ocupar su silla, sin dar crédito a sus palabras.

—¿Qué quieres decir exactamente? —inquirió.

—Quiero decir que tenemos motivos suficientes para sospechar que Alfred Harderberg puede estar implicado, de forma directa o indirecta, en los asesinatos de los dos abogados, así como en el intento de asesinato de la señora Dunér y de la bomba que hizo saltar mi coche por los aires.

Björk lucía una expresión de absoluto escepticismo.

—¿Y quieres que me lo crea?

—Así es —declaró Wallander—. Per Åkeson ya lo ha hecho.

Sin entrar en detalles, le ofreció una breve descripción de cuanta información habían recabado, tras lo cual Björk quedó un buen rato en silencio, mirándose las manos, antes de responder.

—En fin, si todo esto resulta cierto, será en extremo lamentable —sentenció al fin.

—Los asesinatos y los atentados con bomba son lamentables —precisó Wallander.

—Hemos de ser muy cautos —prosiguió Björk, quien no pareció haber reparado en el comentario de Wallander—. No podemos permitirnos una posible intervención sin estar en posesión de pruebas absolutamente irrefutables.

—Tampoco solemos hacerlo —advirtió Wallander—. ¿Por qué habríamos de actuar así en esta ocasión?

—Estoy convencido de que esto nos llevará a la nada más inconmensurable —auguró Björk al tiempo que se incorporaba en señal de que daba por concluida la conversación.

—Es una posibilidad —admitió Wallander—. Tan probable como la opuesta.

Cuando salió del despacho del comisario jefe eran ya las ocho y diez. Fue a buscar un café y miró en el despacho de Ann-Britt Höglund, que no había llegado aún. Después, se sentó ante su escritorio y llamó a Simrishamn para hablar con el taxista Waldemar Kåge. Cuando lo localizó en el teléfono del coche, le explicó el motivo de su llamada. Luego escribió en una nota adhesiva que no debía olvidar enviarle doscientas treinta coronas al taxista. Durante un instante, consideró también la posibilidad de llamar al dueño de la compañía de transportes al que su padre había agredido en el Systembolaget, para intentar convencerlo de que no exigiese que el anciano se presentase a juicio, pero se arrepintió enseguida. A las ocho y media daría comienzo su reunión y debía aprovechar el tiempo para concentrarse en el caso.

Se apostó, pues, junto a la ventana, para contemplar la calle. El cielo gris, el aire húmedo y un frío acerado. «El otoño llega a su fin y pronto será invierno. Y aquí estoy yo», se dijo. «Me pregunto dónde estará Alfred Harderberg en este momento. ¿En el castillo de Farnholm, tal vez? O a diez mil metros de altura, en su jet privado, camino a, o de vuelta de alguna de sus complicadas transacciones financieras? ¿Qué fue lo que descubristeis vosotros, Gustaf Torstensson y Lars Borman? ¿Qué fue lo que sucedió en verdad? Si Ann-Britt y yo estamos en lo cierto..., ¿será posible que dos policías de generaciones diferentes, cada uno con su propia imagen del mundo, hayan llegado a una conclusión común e indiscutible, capaz incluso de ofrecernos la verdad del caso?»

A las ocho y media en punto, Wallander hacía su entrada en la sala de reuniones. Björk estaba ya sentado presidiendo la mesa y Per Åkeson miraba por la ventana, mientras Martinson y Svedberg susurraban enfrascados en una conversación acerca de, según Wallander creyó interpretar, un asunto referido a los salarios. Ann-Britt Hoglund ocupaba su lugar habitual, justo enfrente de Björk. Ni Martinson ni Svedberg parecieron reaccionar ante el hecho de que Per Åkeson estuviese presente. Al entrar, el inspector hizo a Ann-Britt Hoglund una seña a modo de saludo.

—¿Cómo crees que irá la cosa? —inquirió en voz baja.

—Esta mañana, al despertar, pensé que todo había sido un sueño —comentó ella—. ¿Has hablado ya con Björk y Åkeson?

—Åkeson está ya al corriente de casi todo —explicó él—. A Björk no le he dado más que los datos imprescindibles.

—¿Qué dijo Åkeson?

—Seguirá nuestra línea.

Björk dio unos toquecitos en la mesa con un lápiz que hicieron sentarse a los que aún quedaban en pie.

—No tengo nada que decir, salvo que le doy la palabra a Kurt —comenzó—. Si no he comprendido mal, parece que el rumbo de la investigación ha experimentado un cambio radical.

Wallander asintió al tiempo que pensaba en cómo empezar pues, de pronto, un vacío denso ocupaba su cabeza. Sin embargo, logró concentrarse y comenzar sin más dilación. Expuso con detalle lo que el colega de Ann-Britt en Eskilstuna había logrado averiguar y las conclusiones a las que habían llegado durante la noche, y cómo proponía moverse a fin de no despertar a la hidra. Una vez finalizada su intervención, que duró más de veinticinco minutos, le preguntó a Ann-Britt Höglund si tenía algo que añadir, pero ella negó con la cabeza en señal de que él había dado cuenta cabal de todas las novedades.

—Bien, ése es el punto en que nos hallamos, pues —concluyó Wallander—. Puesto que todo esto implica que nos veremos obligados a reconsiderar las prioridades que nos habíamos propuesto hasta el momento, hemos invitado a Per Åkeson a asistir a esta reunión. Claro que también debemos tratar la cuestión de si no sería necesario solicitar ayuda externa desde este momento. Penetrar en lo más recóndito de la vida de Alfred Harderberg, y sobre todo sin que él se dé cuenta, como es nuestro propósito, va a ser sin duda alguna un cometido arduo y penoso.

Una vez terminada su revisión del nuevo panorama, Wallander seguía sin estar seguro de haber logrado transmitir lo que pretendía. Ann-Britt Höglund sonreía y asentía de vez en cuando, pero él continuaba dudando al ver los rostros indecisos en torno a la mesa.

—Bueno, éste va a ser un bocado duro de roer —intervino Per Åkeson cuando consideró que el silencio duraba ya demasiado—. Hemos de tener muy presente que Alfred Harderberg goza de tan buena fama que su persona resulta modélica para la economía sueca. No debemos contar con otra cosa que la más férrea resistencia, si nos ponemos a cuestionar esa imagen. Por otro lado, no puedo negar que hay materia suficiente como para que nos interesemos por él de verdad. A mí me cuesta creer, como es natural, que el propio Alfred Harderberg haya tenido nada que ver con los asesinatos y con los demás sucesos. Pero es muy probable que, en algún punto remoto de su imperio, se produzcan acontecimientos que él no puede controlar.

—Pues yo siempre he soñado con poder pillar a uno de esos señores —irrumpió Svedberg.

—Una actitud lamentable en un policía —intervino Björk sin ocultar su disgusto—. No debería ser preciso que nos recordasen nuestra condición de funcionarios neutrales.

—Bien, vamos a ceñirnos al asunto que nos ocupa —interrumpió Åkeson—. Tal vez fuera conveniente que nos recordasen también que, en razón de nuestro papel como servidores de la justicia, nos pagan para abrigar sospechas en los casos en que, en condiciones normales, no tendríamos por qué hacerlo.

—O sea, que tenemos vía libre para concentrarnos en Alfred Harderberg, ¿no es así? —preguntó Wallander.

—Con ciertas limitaciones —opuso Björk—. Estoy de acuerdo con Per en que hemos de actuar con cautela y mucho miramiento. Es más, quiero que tengáis muy presente que, en el momento en que algo de lo que hacemos trascienda las paredes de esta casa, lo consideraré como delito de prevaricación. No quiero declaraciones de carácter individual a la prensa sin que yo les haya dado el visto bueno.

—Eso ya nos lo imaginábamos —intervino Martinson, que no se había pronunciado hasta el momento—. A mí lo que me preocupa es saber cómo vamos a rastrear el imperio de Alfred Harderberg, siendo tan pocos. Y cómo vamos a organizar la investigación de forma conjunta con los grupos de delincuencia económica de Malmö y Estocolmo. O cómo vamos a colaborar con la agencia tributaria. En fin, que me pregunto si no deberíamos replantear el asunto y decantarnos por otra vía.

—¿Como cuál? —se interesó Wallander.

—Que lo dejemos todo en manos de la brigada de policía judicial nacional —declaró Martinson—. Ellos podrían coordinarse con los grupos policiales y las instituciones estatales que consideren oportuno. Sinceramente, creo que debemos admitir que somos insuficientes para resolver este crimen.

–Sí, la verdad, a mí también se me ha pasado por la cabeza –confesó Per Åkeson–. Pero en esta etapa inicial, antes de que hayamos realizado un análisis profundo de las circunstancias, los grupos de delincuencia económica de Malmö y Estocolmo no aceptarían encargarse del caso. No sé si habéis reparado en que ellos están aún más sobrecargados de trabajo que nosotros, si cabe. Si nosotros somos pocos, ellos están tan faltos de personal que la catástrofe es poco menos que inminente. Por el momento, creo que debemos gestionar el caso nosotros mismos, como podamos. Pero intentaré presionar a los grupos de delincuencia económica para que colaboren desde el principio. Quién sabe, quizá lo consiga.

A Wallander le quedó bien claro que fue gracias a esta intervención de Per Åkeson acerca de la situación desesperada de la brigada judicial nacional como lograron establecer de forma definitiva los presupuestos de la investigación que tenían entre manos. En efecto, concentrarían la búsqueda en el esclarecimiento de los negocios de Alfred Harderberg y en su posible conexión con Lars Borman y los abogados asesinados. Por si fuera poco, no podrían contar más que consigo mismos. Cierto que la policía de Ystad siempre tenía entre manos algún tipo de delito económico, pero las proporciones de éste superaban con mucho las de cualquier precedente, sin contar con la circunstancia de que ni siquiera estaban seguros de poder sospechar que la muerte de los dos abogados tuviese su origen en un delito de esa índole.

En otras palabras, la primera tarea a acometer era averiguar qué buscaban en realidad.

Cuando, unos días después, Wallander escribió a Baiba Liepa una carta en la que la ponía al corriente de aquella Batida Secreta, que era como había denominado la investigación, tras buscar en el diccionario el término inglés correcto, no caracterizó la operación, desde luego, como una acometida sin pies ni cabeza. Había salido de la reunión con la sensación clara de que tanto él como sus colegas estaban decididos a resolver el caso. «Todo policía lleva a un cazador en su interior», le escribió. «Rara vez se deja oír el clarín durante el desarrollo de la batida pero, al final, solemos atrapar al zorro que íbamos buscando. Sin nuestra intervención, ya hace tiemo que el gallinero sueco habría quedado arrasado y vacío, a no ser por unas cuantas plumas ensangrentadas revoloteando al soplo del viento otoñal.»

Es decir, que se pusieron manos a la obra con entusiasmo. Björk canceló las restricciones que solía imponer a las horas extraordinarias y los animó sin dejar de recordarles que todos sus movimientos debían mantenerse en secreto. Per Åkeson se quitó la chaqueta y se aflojó el impecable nudo de la corbata para convertirse en uno más aunque, claro está, sin dejar de hacer valer su autoridad como director de la operación que empezaba a ponerse en marcha.

Sin embargo, Wallander sentía que era él quien tomaba las decisiones; y esto le hacía experimentar, de vez en cuando, un estremecimiento de satisfacción. Así, en virtud de circunstancias inesperadas y de una consideración, en su opinión inmerecida, por parte de sus colegas, se le ofrecía ahora la posibilidad de lavar parcialmente su conciencia por la responsabilidad que sentía al haber defraudado la confianza que Sten Torstensson había depositado en él cuando fue a pedirle ayuda en Skagen. Y al dirigir el equipo de la investigación encaminada a esclarecer el asesinato de los dos abogados, investigaba al mismo tiempo la posibilidad de reconciliarse con ese remordimiento. Había estado tan ocupado con su propia desgracia personal que no fue capaz de interpretar la llamada de socorro de Sten Torstensson ni de permitir que su súplica atravesase su ensimismado y bien defendido abatimiento.

En alguna ocasión durante aquel periodo escribió otra carta a Baiba Liepa, una que no llegó a enviar, en la que intentaba aclararle a ella, y al mismo tiempo a sí mismo, lo que en verdad significaba haber matado a una persona, en comparación con la responsabilidad que sentía ahora ante la muerte de Sten Torstensson y ante su propia negativa a brindarle ayuda. Toda aquella elucubración lo llevó a concluir, no sin una buena dosis de desconfianza por su parte, que la muerte del abogado había empezado a torturarlo más que los acontecimientos que habían tenido lugar el año anterior en aquel campo de tiro brumoso, rodeado de unas ovejas cuya presencia sólo podía adivinar.

En cualquier caso, su comportamiento no ponía de manifiesto indicio alguno del tormento que minaba su interior. En el comedor, los colegas comentaban entre sí el regreso y la recuperación de Wallander, que hallaban tan asombrosa como si, estando parapléjico, se hubiese levantado repentinamente de la camilla a una llamada del equipo. Martinson, en ocasiones incapaz de reprimir su cinismo, lo explicó así:

—Lo que Kurt necesitaba era un buen asesinato, no uno de esos homicidios cometidos a la ligera. Dos abogados muertos, una mina en un jardín, una bomba asiática en su depósito de gasolina..., ésa era la medicina que precisaba para sanar.

En realidad, nadie dudaba de que la jocosa opinión de Martinson estuviese, hasta cierto punto, justificada.

Invirtieron toda una semana en establecer las directrices principales del procedimiento, un tiempo durante el cual ni Wallander ni ninguno de sus colegas durmió más de una media de cinco horas por noche. Algún tiempo después, todos se mostraron de acuerdo en considerar aquellos siete días como prueba irrefutable de que hasta los ratones eran capaces de rugir como leones, si era necesario. Ni siquiera Per Åkeson, tan difícil de impresionar, pudo evitar descubrirse ante los resultados obtenidos por los agentes.

—Es imprescindible que esto no trascienda —le comentó a Wallander una noche en que ambos habían salido a tomar el fresco aire otoñal y a sacudirse el cansancio. El inspector no entendía a qué se refería.

—Si alguien se enterase, la Dirección General de la Policía y el Ministerio de Justicia nombrarían una comisión encargada de estudiar y presentar a los ciudadanos lo que no dudarían en llamar algo así como «el modelo Ystad», a saber, cómo alcanzar resultados óptimos con el mínimo de recursos. En consecuencia, se llegaría a la probada conclusión de que la policía sueca no carece en absoluto de efectivos suficientes y serviría como base para argumentar que, en realidad, lo que tenemos es un exceso de agentes. Tantos, será la consecuencia última, que se entorpecen la labor los unos a los otros y dan pie a un deplorable despilfarro de dinero y a unos índices de resolución de casos muy deficientes.

—¡Pero si no hemos obtenido ningún resultado! —objetó Wallander sorprendido.

—Ya, pero te estoy hablando de la Dirección General de la Policía, del enigmático mundo de los políticos donde, tras una verborrea inagotable no hacen otra cosa que, con extrema cautela, eso sí, atascarse en minucias y dejar pasar lo verdaderamente importante. Donde la gente se va a la cama cada noche rezando para que, al día siguiente, les resulte posible convertir el agua en vino. No estoy pensando en el hecho de que aún no hayamos dado con el asesino de los dos abogados, sino en la realidad que hemos llegado a descubrir acerca de Alfred Harderberg, que no es ya el ciudadano impecable y por encima de toda sospecha que creíamos al principio.

En efecto, aquello era una gran verdad. Durante aquella semana de actividad febril lograron hacerse una idea, si bien aún incompleta, del imperio de Alfred Harderberg, que les permitió ver que las lagunas y los agujeros negros eran claro indicio de la necesidad de no perder de vista al hombre del castillo de Farnholm.

Cuando Åkeson y Wallander charlaban aquella noche del 14 de noviembre a la puerta de la comisaría, habían avanzado tanto en sus indagaciones que creían poder extraer ciertas conclusiones. Así, habían superado la primera fase, habían llevado a cabo su batida, sin que nada hubiese trascendido al exterior, y habían empezado a vislumbrar la imagen sorprendente del imperio financiero en el que Lars Borman y, en especial Gustaf Torstensson, debieron de descubrir algo que no les estaba permitido ver.

La cuestión era, pues, averiguar qué pudo ser.

El trabajo había sido agotador, pero Wallander había organizado bien sus tropas, sin dudar a la hora de responsabilizarse de las tareas más duras y, según pudieron comprobar después, menos interesantes. Revisaron la trayectoria de Alfred Harderberg, desde su cuna, como hijo de un tratante de maderas alcoholizado de Vimmerby llamado Alfred Hanson, hasta el presente, en que se encontraba en posesión de un sinnúmero de llaves que abrían las puertas de una red de negocios descomunal capaz de facturar sumas de dinero astronómicas, tanto dentro como fuera del país. En alguna ocasión, durante aquel fatigoso trabajo que resultó ser la lectura de todas las actividades económicas y de los balances contables, las declaraciones y las carteras de acciones, Svedberg sentenció:

—Simplemente, es imposible que el dueño de tanta riqueza sea un hombre honrado.

Pero, al final, fue Sven Nyberg, el huraño y quisquilloso técnico criminal, quien les proporcionó la información que precisaban. Como solía suceder, resultó ser el azar el que lo hizo tropezarse con aquella pequeña grieta en el muro de pulcritud de Alfred Harderberg, una malformación apenas visible que tan productiva resultó para ellos. Cierto que habrían corrido el riesgo de que la oportunidad se les hubiese escapado de las manos, quizá para siempre, de no haber reparado Wallander en el comentario insignificante que el técnico hizo en una ocasión, a altas horas de la noche, cuando estaba a punto de abandonar el despacho del inspector.

Eran casi las doce de la noche del miércoles. Wallander leía con avidez un informe de Ann-Britt Höglund sobre las posesiones terrenales de Alfred Harderberg, cuando Nyberg aporreó la puerta. No era el técnico un dechado de discreción, precisamente. Se movía por los pasillos de la comisaría como una apisonadora y golpeaba las puertas de los despachos de los agentes como si estuviese anunciando una detención. Aquella noche había terminado de catalogar los resultados preliminares obtenidos en el laboratorio sobre la mina que hallaron en el jardín de la señora Dunér y sobre la bomba que hizo estallar el coche de Wallander.

—Me figuro que querrás saber los resultados de inmediato —afirmó tras dejarse caer en una de las maltrechas sillas de Wallander.

—Claro. Dime, ¿qué tienes? —preguntó Wallander contemplando a Nyberg con ojos enrojecidos por el insomnio.

—Nada —reveló Nyberg.

—¿Nada?

—Ya me has oído, ¿no? —espetó Nyberg irritado—. Eso también es un resultado. Es imposible determinar dónde se fabricó la mina. Creemos que puede ser de fabricación belga, de una empresa que se llama Poudres Réunies de Belgique, o como se pronuncie. Al menos, eso es lo que sugiere el tipo de explosivo. Por otro lado, no hemos hallado ninguna partícula, es decir, que la mina explotó en vertical, lo que refuerza la conjetura del origen belga. Sin embargo, no deja de ser una conjetura y la fabricación puede ser, en el fondo, de cualquier país. En cuanto a tu coche, no hemos obtenido ningún resultado que nos permita decir si introdujeron algo en el depósito o no. Vamos, que no podemos asegurar nada en absoluto. O sea, nada.

—Te creo —aseguró Wallander, que rebuscaba entre sus notas aquélla en la que había escrito algo sobre lo que deseaba consultar a Nyberg.

—Por lo que a la pistola italiana se refiere, la Bernadelli, tampoco hemos averiguado nada nuevo —prosiguió el técnico mientras Wallander tomaba nota—. No hay ninguna denuncia de robo y los propietarios que figuran en los registros tenían su documentación en orden y estaban en posesión de la pistola. Así que Per Åkeson y tú tendréis que decidir si las requisamos y empezamos a probarlas.

—¿Crees que merecerá la pena? —inquirió Wallander.

—Puede que sí y puede que no —repuso Nyberg—. Yo opino que debemos efectuar un control de las Smith & Wesson robadas, antes de requisar las otras. Eso nos llevará unos días.

—Pues eso haremos —aceptó Wallander al tiempo que garabateaba una nota recordatoria para sí mismo, antes de continuar repasando las conclusiones de Nyberg.

—No hallamos huellas dactilares en el despacho de los abogados —reveló Nyberg—. Quienquiera que disparase contra Sten Torstensson no se detuvo a dejar el dedo contra el cristal de la ventana, precisamente. Tampoco el análisis de las cartas de Lars Borman dio resultado alguno, salvo la confirmación de que era, sin duda, su letra la que había plasmada en ellas. Svedberg ha estado hablando con sus dos hijos.

—¿Qué dijeron de su manera de expresarse en las misivas? —quiso saber Wallander—. Se me olvidó preguntarle a Svedberg sobre ello.

—¿Qué pasa con la manera de expresarse?

—Sí, las cartas estaban escritas en un estilo un tanto extraño.

—Creo que Svedberg nos contó en alguna reunión que Lars Borman era disléxico, ¿no es así?

Wallander frunció el entrecejo.

—Pues yo no recuerdo nada de eso.

—Ya; a lo mejor habías ido por una taza de café justo en aquel momento.

—Sí, es posible. Pero, de todos modos, tengo que hablar con Svedberg. ¿Algo más?

—Bueno, he estado revolviendo en el coche de Gustaf Torstensson —comentó Nyberg—. Allí tampoco detecté huellas dactilares. He examinado la cerradura del maletero y el contacto. Y también estuve hablando con el patólogo de Malmö. Creo poder afirmar que estamos de acuerdo en que no recibió el golpe en la nuca de forma accidental, al verse bamboleado contra el techo del coche, por ejemplo, pues la superficie de la herida no tiene correspondencia alguna posible en la carrocería del coche. Así que sólo cabe concluir que fue una mano dura la que lo abatió. Además, debía de estar fuera del coche cuando sucedió, a menos que hubiese alguien en el asiento trasero.

—Sí, yo también he pensado en ello —apuntó Wallander—. Lo más verosímil es que se hubiese detenido en mitad del camino y hubiese salido del coche. Entonces, alguien vino por detrás y lo golpeó. El accidente fue, pues, amañado. Pero ¿por qué se detendría en medio de la niebla? ¿Y qué lo haría bajarse del coche?

—A eso no te puedo contestar —confesó Nyberg.

Wallander dejó el bolígrafo y se echó hacia atrás en la silla. Le dolía la espalda y pensaba que debería marcharse a casa a dormir un poco.

—El único objeto llamativo que encontramos en el coche fue un recipiente de plástico, fabricado en Francia —comentó Nyberg.

—¡Vaya! ¿Y qué contenía?

—Nada.

—Entonces, ¿por qué te resultó tan llamativo?

Nyberg se encogió de hombros y se levantó de la silla.

—Una vez vi uno igual. Hace cuatro años, durante una visita de prácticas al hospital de Lund.

—¿En un hospital?

—Así es. Yo tengo buena memoria. Aquél era exactamente igual.

—¿Y para qué lo utilizaban?

Nyberg había puesto ya la mano sobre el picaporte.

—¿Cómo quieres que lo sepa? —le espetó—. Comoquiera que sea, el recipiente de plástico que había en el coche de Torstensson estaba químicamente limpio de toda sustancia. Tan limpio como puede estar un recipiente que nunca ha contenido nada en absoluto.

Dicho esto, se marchó. Wallander pudo oír el eco de sus zapatazos que se alejaban hasta desaparecer pasillo arriba.

Ya solo en el despacho, apartó los montones de papeles y se levantó dispuesto a marcharse a casa cuando, chaqueta en mano, se le ocurrió una idea.

Algo de lo que Nyberg había dicho justo antes de salir del despacho le había llamado la atención.

Algo acerca del recipiente de plástico.

Enseguida cayó en la cuenta de qué se trataba, así que volvió a ocupar la silla, aún con la chaqueta en la mano.

«No puede ser», razonó. «¿Por qué habría un recipiente de plástico totalmente nuevo, sin usar, en el coche de Torstensson? Además, un recipiente vacío y de un tipo muy especial.»

Sólo se le ocurría una respuesta sensata.

Cuando Gustaf Torstensson abandonó el castillo de Farnholm, el recipiente no estaba vacío. Contenía algo.

Lo cual indicaba, a su vez, que no se trataba del mismo recipiente, sino de otro que había sido cambiado en el trayecto a través de la bruma. Cuando Gustaf Torstensson se detuvo y se bajó del coche para morir de un golpe en la nuca.

Wallander miró el reloj, que indicaba que era ya más de medianoche. Aguardó un cuarto de hora antes de llamar a casa de Nyberg.

—¿Qué cojones pasa ahora? —vociferó Nyberg al oír la voz de Wallander.

—Quiero que vuelvas aquí. Enseguida —le ordenó.

El inspector se había preparado para capear uno de los ataques de ira de Nyberg.

Sin embargo, el técnico no pronunció palabra sino que colgó el auricular sin más.

A la una menos veinte, Nyberg entraba de nuevo en el despacho de Wallander.

11

Aquella charla nocturna con Nyberg resultó decisiva para Wallander. Una vez más, creyó poder constatar que los casos complicados solían aclararse de forma inesperada en los momentos más insospechados. Muchos de los colegas de Wallander veían en ello una prueba irrefutable de que también la policía necesitaba de vez en cuando una pequeña dosis de buena suerte para escapar de un callejón sin salida. Por su parte Wallander pensaba para sus adentros que, en realidad, todo aquello venía a demostrar cuánta razón tenía Rydberg cuando afirmaba que un buen policía debía prestar atención a su intuición aunque, eso sí, sin llegar a perder su juicio crítico. Así, él sabía, sin saberlo en realidad, que aquel recipiente de plástico hallado en el maletero del coche siniestrado de Gustaf Torstensson era importante y, aunque se sentía muy cansado, no había podido resistirse y aguardar hasta el día siguiente para confirmar su sospecha. Por este motivo llamó a Sven Nyberg, que no tardó en volver a atravesar la puerta de su despacho, por segunda vez aquella noche, para sentarse sin más en la misma silla de antes. El temido exabrupto del técnico, conocido por su mal genio, no llegó a producirse, aunque Wallander observó, algo sorprendido, que llevaba el pijama debajo del abrigo y que calzaba un par de botas de agua.

—¡Vaya! No has tardado mucho en irte a la cama, ¿no es así? —preguntó Wallander—. De haberlo sabido no te habría llamado.

—¿He de entender que me has hecho venir sin necesidad? Wallander negó con un gesto.

—No, nada de eso. Se trata de ese recipiente de plástico. Quiero que me hables de él.

—No tengo nada más que decir, salvo lo que ya conoces —repuso Nyberg, inquisitivo.

Wallander se sentó ante su escritorio y observó a Nyberg. Sabía que era un buen técnico criminal, además de estar dotado de mucha imaginación y una memoria inusitada.

—Ya, pero me dijiste que habías visto uno parecido en alguna ocasión —le recordó Wallander.

—Parecido no, sino exactamente igual —precisó Nyberg.

—Eso quiere decir que se trata de un recipiente especial —continuó Wallander—. ¿Podrías describírmelo?

—Claro, pero ¿no será mejor que vaya a buscarlo? —sugirió Nyberg.

—Bueno, podemos ir a verlo juntos —propuso Wallander al tiempo que se ponía en pie.

Atravesaron el pasillo desierto de la comisaría mientras, desde algún despacho, se dejaba oír la música de una radio. Nyberg abrió el depósito donde la policía guardaba las pruebas de investigaciones en curso.

El recipiente estaba allí, en una estantería. Nyberg lo sacó y se lo dio a Wallander. Era de forma rectangular y su aspecto hizo pensar al inspector en una nevera portátil. Lo colocó sobre una mesa para intentar abrir la tapadera.

—Está atornillada —advirtió Nyberg—. Además, se ve que es totalmente hermético. Mira aquí, en este lateral, hay una abertura cuadrangular. Ignoro la utilidad que pueda tener, pero sospecho que debe de llevar un termómetro instalado en el interior.

—Ya. Tú viste uno igual en el hospital de Lund —comentó Wallander mientras examinaba el recipiente—. ¿Recuerdas dónde exactamente? ¿En qué sección?

—Bueno, el hecho es que, cuando lo vi, estaba en movimiento —respondió Nyberg.

Wallander lo miró sin comprender.

—Sí, estaba en el pasillo de los quirófanos —prosiguió Nyberg—. Una enfermera apareció con él en la mano y me dio la impresión de que llevaba prisa.

—¿No recuerdas nada más?

—Nada.

Salieron, pues, en dirección al despacho de Wallander.

—A mí me recuerda a una nevera portátil —declaró Wallander.

—Pues sí, eso creo yo que es —convino Nyberg—. Puede que para conservar sangre.

—En fin. Quiero que lo averigües. Quiero saber qué hacía ese recipiente en el coche de Gustaf Torstensson la noche que murió.

Una vez en el despacho, Wallander cayó en la cuenta de algo que Nyberg había dicho antes, aquella tarde.

—Oye, ¿no dijiste que estaba fabricado en Francia?

—Sí, en el mango decía «Made in France».

—Vaya, pues no me di cuenta.

—Bueno, en el que vi en Lund, el texto era más legible —admitió Nyberg—. Así que creo que estás disculpado.

Wallander volvió a ocupar su silla, mientras Nyberg permanecía en pie junto a la puerta.

—Es posible que me equivoque, pero a mí me parece un tanto extraño que hubiese un recipiente de plástico de esas características en el coche de Gustaf Torstensson. ¿Qué hacía allí? Además, ¿estás seguro de que no había sido utilizado?

—Cuando desatornillé la tapadera, descubrí que aquélla era la primera vez que se abría desde que salió de la fábrica. ¿Quieres que te explique cómo lo supe?

—No, gracias. Me basta con que tú estés seguro de ello. De todos modos, no comprendería nada.

—Ya veo que tienes la sensación de que el recipiente es importante —aseguró Nyberg—. Pero yo suelo encontrar objetos poco usuales en los maleteros de coches siniestrados.

—Sí, sólo que en este caso no podemos permitirnos el lujo de pasar por alto el menor detalle —le advirtió Wallander.

—No creo que podamos hacerlo en ningún caso —objetó Nyberg sorprendido.

Wallander se levantó.

—Gracias por venir. Quisiera tener la respuesta acerca del uso del recipiente mañana mismo —le recordó.

Dicho esto, se separaron a la puerta de la comisaría. Wallander se marchó a casa, y se sentó en la cocina a comerse unos bocadillos antes de acostarse. Ya en la cama, no era capaz de conciliar el sueño y estuvo dando vueltas un buen rato para, al cabo, levantarse e ir de nuevo a la cocina. Se sentó a la mesa sin encender la lámpara. La luz de la farola transformaba la cocina en un curioso recinto fantasmagórico. Se sentía inquieto e impaciente debido a todos aquellos cabos sueltos que marcaban la investigación. Cierto que ya se habían decidido por el camino a seguir, pero a él lo embargaba la duda de si sería ésa la vía correcta. ¿No habrían obviado algún detalle importante? De nuevo lo transportó la memoria al día en que Sten Torstensson se le acercó avanzando por la playa de Jutlandia. Y aún creía poder recordar la conversación mantenida entre ambos casi punto por punto. Pese a todo, se preguntaba si sería posible que él no hubiese entendido bien el mensaje real del abogado, como si hubiese otro contenido subyacente a las palabras que en verdad pronunció.

Cuando por fin volvió a la cama, eran ya más de las cuatro de la mañana. En la calle, había empezado a soplar el viento y la temperatura había descendido. Sintió un escalofrío cuando se acurrucó bajo el edredón. No tenía la sensación de haber avanzado lo más mínimo. Como tampoco había logrado convencerse a sí mismo de que debía ser paciente. En definitiva, era incapaz de cumplir las exigencias que imponía a sus colegas.

Cuando llegó a la comisaría, poco antes de las ocho, soplaban vientos de tormenta. En la recepción oyó decir que existía el riesgo de que los vientos se convirtiesen en huracanados hacia la tarde y, mientras se encaminaba hacia su despacho, se preguntó si el techo de la casa de su padre en Löderup resistiría las acometidas. Lo cierto era que le remordía la conciencia desde hacía ya mucho tiempo por no haber encontrado un hueco para arreglárselo y sabía que, si la tormenta arreciaba, cabía la posibilidad de que el techo no aguantase y se viniese abajo. Se sentó y decidió que, después de todo, podía llamarlo, pues no había hablado con él desde la pelea en el Systembolaget. Y, justo cuando se disponía a descolgar el auricular, sonó el teléfono.

—Tienes una llamada —anunció Ebba—. ¿Te has dado cuenta del viento que hace?

—Pues consuélate pensando que, según dicen, va a empeorar —ironizó Wallander—. ¿Quién me busca?

—Del castillo de Farnholm.

Wallander dio un respingo.

—Está bien. Pásamela —ordenó.

—Es una señora con un nombre muy curioso —aseguró Ebba—. Dijo llamarse Jenny Lind.

—Pues a mí me suena bastante normal.

—Yo no he dicho que sea raro, sino curioso —precisó Ebba—. ¿Tú no has oído hablar de la gran cantante Jenny Lind*?

—Anda, dale paso a la llamada.

Ya al teléfono, llegó a sus oídos la voz de una mujer joven. «Otra de las muchas secretarias», concluyó.

—¿El inspector Wallander?

—Sí, soy yo.

---

* Jenny Maria Lind Goldschmidt (1820-1867), soprano sueca célebre a escala internacional y «amor imposible» del escritor danés Hans Christian Andersen, a quien conoció durante una estancia en Copenhague con motivo de su primera actuación en la capital danesa. *(N. de la T.)*

—En una visita al castillo, solicitó usted ser atendido por el doctor Harderberg, ¿cierto?

—Yo no suelo pedir audiencia —espetó Wallander notando que empezaba a irritarse—. Simplemente, tengo que hablar con él a propósito de la investigación de un asesinato.

—Lo entiendo. Acaba de llegar un télex en el que el doctor Harderberg nos comunica que llegará a Suecia a mediodía, y que podrá recibirlo mañana.

—¿Y de dónde procede ese télex? —inquirió Wallander.

—¿Tiene eso alguna importancia?

—De lo contrario, no le preguntaría —mintió Wallander.

—El doctor Harderberg se encuentra ahora en Barcelona.

—Bien, pues yo no quiero esperar hasta mañana —declaró Wallander—. He de hablar con él lo antes posible. Si llega a Suecia a mediodía, debe de poder recibirme esta tarde.

—No tiene ninguna cita para esta tarde, pero he de ponerme en contacto con él antes de confirmárselo.

—Haga usted lo que quiera —atajó Wallander—. Dígale que recibirá la visita de la policía de Ystad esta tarde, a las siete.

—Imposible. El doctor Harderberg organiza siempre sus visitas personalmente.

—Pues ésta es la excepción —sentenció Wallander—. Estaremos ahí a las siete.

—¿Vendrá usted acompañado?

—Así es.

—¿Puedo preguntarle el nombre del acompañante?

—Sí que puede, pero no se lo pienso dar. Será otro agente del grupo de homicidios de Ystad.

—Me pondré en contacto con el doctor Harderberg enseguida —aseguró Jenny Lind—. Por cierto, que debo hacerle saber que hay ocasiones en que el doctor cambia sus planes con poquísima antelación y que puede verse obligado a viajar a otro lugar antes de volver a Suecia.

—Pues no voy a poder consentirlo —objetó Wallander mientras empezaba a pensar que, en realidad, se excedía bastante en sus atribuciones al afirmar tal cosa.

—He de reconocer que me sorprende usted —confesó Jenny Lind—. ¿De verdad que un policía tiene potestad para decidir lo que hará o no el doctor Harderberg?

Wallander siguió extralimitándose.

—Bueno, si hablo con un fiscal, éste puede imponerle las exigencias necesarias.

En ese preciso momento, tomó conciencia de su error. Ciertamente, habían decidido proceder con cautela. Tan importante era que Alfred Harderberg respondiese a sus preguntas, como que quedase convencido de que el interés de la policía por su persona era de carácter puramente rutinario, por lo que intentó mitigar sus afirmaciones.

—Por supuesto que el doctor Harderberg no está bajo sospecha de delito —afirmó—. Pero tenemos que hablar con él lo antes posible, con motivo de un aspecto de la investigación. Estoy convencido de que una persona tan prominente colaborará de buen grado con la policía en el esclarecimiento de un delito tan grave.

—Hablaré con él —repitió Jenny Lind.

—Le agradezco su llamada —aseguró Wallander a modo de despedida.

De repente, se le ocurrió una idea, y le pidió a Ebba que localizase a Martinson, al que hizo acudir a su despacho.

—Hemos tenido noticias de Alfred Harderberg —lo informó—. Se encuentra en Barcelona y a punto de regresar a Suecia. He pensado ir a verlo esta noche, con Ann-Britt Höglund.

—Pues tiene a un hijo enfermo y no vendrá hoy —le aclaró Martinson—. Acaba de llamar.

—En ese caso, te vienes tú —decidió Wallander.

—Con sumo gusto. Me muero por ver el acuario con arena de oro que dicen que tiene.

—¡Ah, sí! Por cierto, ¿sabes algo de aviones?

—No mucho, la verdad.

—Es que se me ha ocurrido una idea —explicó Wallander—. Alfred Harderberg tiene un reactor propio, un Gulfstream, que no sé si es mucho o poco. Y ese avión tiene que estar registrado en alguna parte. Además, seguro que existe una central a la que comunicar los planes de vuelo, donde podrán revelarnos cuándo piensa viajar y adónde.

—Y si no, me imagino que tendrá un par de pilotos, como mínimo —apuntó Martinson—. Me pongo a ello enseguida.

—No, encárgaselo a otro —se opuso Wallander—. Tú tienes tareas más importantes a las que dedicarte.

—Ann-Britt puede hacerlo desde su casa —sugirió Martinson—. Seguro que agradecerá sentirse de utilidad.

—Yo creo que puede llegar a ser una buena policía —comentó Wallander.

—Sí, esperemos que así sea —repuso Martinson—. Pero, a decir verdad, es imposible saberlo aún. Lo único indudable es que obtuvo muy buenas calificaciones en la Escuela de Policía.

—Claro, tienes razón. La realidad no puede mimetizarse en un centro de instrucción.

Cuando Martinson abandonó el despacho, Wallander se sentó con la intención de prepararse para la reunión del equipo que se celebraría a las nueve. Cuando se despertó aquella mañana, todas las reflexiones nocturnas acerca de los cabos sueltos que enmarañaban el caso seguían muy presentes. Había tomado la determinación de dejar a un lado cuanto no pudiese considerarse significativo para el caso de forma inmediata en la idea de que, si más tarde se demostraba que la pista que habían decidido seguir era errónea, siempre podrían recurrir a los cabos sueltos. Hasta que esto no sucediese, esos cabos sueltos no deberían reclamar su interés.

Apartó todos los documentos que tenía sobre el escritorio y

colocó ante sí un folio en blanco. Hacía ya muchos años, Rydberg le había enseñado un modo de ver con otros ojos una investigación en la que se hallasen enfrascados. «Hemos de ir de una torre vigía a otra, cambiar de perspectiva de vez en cuando», recomendaba el compañero. «De lo contrario, nuestros puntos de vista carecerán de sentido. Por complicada que resulte una investigación, ha de existir un modo de explicársela a un niño. Y eso es lo que debemos hacer, ver las cosas de un modo simple, sin por ello caer en la tentación de simplificar.»

Así pues, Wallander se aplicó a escribir: «Había una vez un viejo abogado que fue a visitar el castillo de un hombre muy rico. Tras la visita y en el camino de vuelta a casa, alguien lo mató e intentó hacernos creer que había sido un accidente de tráfico. Poco después, el hijo de este abogado resulta muerto por varios disparos de bala, en su propio despacho. El caso es que el hijo, antes de morir, había empezado a sospechar que su padre no había muerto en un accidente. Además, había venido a hablar conmigo para pedirme ayuda y con esta intención viajó a Dinamarca, donde yo me encontraba, aunque le dejó dicho a su secretaria que iría a Finlandia, desde donde llegó una postal que él remitió. Unos días después, alguien enterró una mina en el jardín de la secretaria de ambos abogados. Una agente de policía de Ystad, una mujer muy despierta, advierte que un coche viene siguiéndonos mientras viajamos juntos hacia Helsingborg. El bufete de abogados recibió dos cartas de amenaza de un auditor provincial que más tarde se quita la vida colgándose de un árbol en un soto a las afueras de Malmö. Aunque lo más verosímil es que también él haya sido asesinado y que, tal y como ocurrió con el accidente de tráfico, el suicidio estuviese amañado. Todos estos sucesos guardan relación, pero no se nos presenta ninguna explicación inmediata que los justifique. No se ha cometido ningún robo, no cabe hablar de la mediación de pasión alguna, ni de odio ni de celos. Tan sólo tenemos un curioso recipiente de plástico. Y podemos volver a empezar. Había una vez un viejo abogado que fue a visitar el castillo de un hombre muy rico».

Wallander dejó el bolígrafo.

«Alfred Harderberg», se dijo. «Un Caballero de Seda de nuestro tiempo. De esos que se ocultan en el trasfondo. En el trasfondo de todos nosotros. De los que van volando por todo el mundo y cierran negocios impenetrables, como si se tratase de un ritual cuyas reglas sólo conocen los iniciados.»

Leyó lo que había escrito y, pese a lo transparente del enunciado, no halló nada que arrojase el menor rayo de luz acerca de la investigación. Y, sobre todo, no halló nada que indicase que Alfred Harderberg pudiese estar implicado.

«Debe de tratarse de algo de mucha envergadura», resolvió. «Si estoy en lo cierto, si ese hombre está detrás de todo esto, no cabe duda de que Gustaf Torstensson, y también Lars Borman, tuvieron que haber descubierto algo que amenazaba todo su imperio. Con toda probabilidad, Sten Torstensson ignoraba qué podía ser. Pero vino en mi busca, y se temía que lo hubiesen vigilado, lo cual resultó ser verdad. Y ellos no podían arriesgarse a que él difundiera lo que sabía, ni siquiera podían correr el riesgo de que Berta Dunér tuviese la menor idea.

»Así que debe de ser algo grande», se repitió. «Algo que quizá quepa en un recipiente de plástico que se parece a una nevera portátil.»

Fue a buscar un café y volvió al despacho para llamar a su padre.

—Hay tormenta —señaló Wallander—. Es posible que tu tejado no aguante.

—Eso espero —replicó el padre.

—¡¿Eso esperas?! ¿Qué es lo que esperas?

—Vivir la experiencia de ver mi tejado volando por los aires, como unas alas que sobrevolaran los campos. Sería una experiencia nueva.

—Lo cierto es que tendría que haberlo reparado hace ya tiempo —se excusó Wallander—. Pero te lo tendré listo antes de que llegue el invierno.

—Ya veremos —lo retó el padre—. Para eso, tendrías que venir aquí.

—No te preocupes, que encontraré el momento —prometió Wallander—. ¿Has pensado en lo que ocurrió en Simrishamn?

—¿Y qué es lo que tengo que pensar? —se extrañó el padre—. Hice lo correcto.

—Uno no puede ir por ahí golpeando a la gente como le venga en gana —le advirtió Wallander.

—Pues yo no pienso pagar ninguna multa —aseguró el padre—. Prefiero ir a la cárcel.

—No vas a ir a la cárcel —atajó Wallander—. Te llamaré esta noche para ver qué ha pasado con el tejado. Pueden soplar vientos huracanados.

—Pues me subiré a la chimenea —dijo el padre.

—¡Dios santo! ¿Por qué ibas a hacer tal cosa?

—Para darme una vuelta volando.

—Te matarás. ¿No está Gertrud ahí?

—Sí. Me la llevaré a ella también —afirmó el padre antes de colgar.

Wallander quedó allí sentado, con el auricular en la mano, cuando Björk entró en el despacho.

—Si vas a hacer una llamada, me espero —dijo Björk.

Entonces Wallander colgó el auricular.

—Me ha dicho Martinson que el doctor Harderberg ha dado señales de vida —comentó Björk.

El inspector aguardaba una continuación que no se produjo.

—¿Eso era una pregunta? En tal caso, te diré que Martinson tiene razón. Aunque no fue Harderberg en persona quien llamó, puesto que él se encuentra en Barcelona y se espera que vuelva hoy mismo, así que he pedido una cita con él esta noche.

Wallander notó que Björk se sentía atribulado.

—Martinson me dijo también que él iba a acompañarte. La cuestión es si eso es lo más apropiado.

—¿Y qué hay de inapropiado en ello? —inquirió Wallander perplejo.

—No quiero decir que Martinson no sea la persona indicada —corrigió Björk—. Es sólo que se me ha ocurrido que podría ir yo en su lugar.

—Y eso, ¿por qué?

—Bueno, el doctor Harderberg no es un ciudadano cualquiera, después de todo.

—¡Pero tú no estás tan enterado de los detalles de la investigación como Martinson y yo! Además, no vamos al castillo de Farnholm en visita de cortesía.

—Mi presencia podría surtir un efecto tranquilizador sobre la situación. Un objetivo que, si no recuerdo mal, hemos decidido perseguir. No creo que debamos inquietar al doctor Harderberg.

Wallander reflexionó un instante, antes de responder. Aunque, para irritación suya, comprendía que lo que Björk pretendía acompañándolo era controlar que él no se comportase de un modo, a su juicio, poco profesional desde el punto de vista policial, perjudicando así la imagen del cuerpo; intuía al mismo tiempo que tenía razón, que no convenía que Harderberg empezase a inquietarse al ver el interés que la policía mostraba por él.

—Entiendo lo que quieres decir —concedió—. Pero también cabe la posibilidad de que tu presencia surta el efecto contrario. Puede resultar demasiado llamativo que el comisario jefe en persona asista a un interrogatorio rutinario.

—En fin, no era más que una idea —claudicó Björk.

—Será mejor que venga Martinson —concluyó Wallander al tiempo que se ponía en pie—. Bueno, creo que nuestra reunión está a punto de empezar.

De camino a la sala de reuniones, Wallander se permitió una reflexión acerca del hecho de que, algún día, tendría que aprender a proceder con sinceridad. Tendría que haberle dicho a Björk lo que pensaba, que no quería que lo acompañase él, que le costaba aceptar su actitud servil para con Alfred Harderberg. En el comportamiento de Björk, adivinaba un aspecto de las condiciones impuestas por el poder en el que no había reparado con anterioridad. Pese a todo, era consciente de que aquél era un tipo de comportamiento que afectaba a toda la sociedad. Siempre había alguien por encima que dictaba las condiciones, expresas o tácitas, para quienes estaban debajo. De hecho, aún recordaba cuando, siendo niño, veía cómo los trabajadores se descubrían y aguardaban con la gorra en la mano hasta que habían pasado sus superiores, aquellos de quienes dependían sus vidas. Se acordó de la espalda de su padre doblegada ante los Caballeros de Seda y comprendió que la actitud era la misma, aunque la gorra ya no fuese visible.

«Yo también llevo una gorra en la mano», se recriminó. «Sólo que a veces no me doy cuenta de que está ahí.»

Se distribuyeron en torno a la mesa de la sala de reuniones. Svedberg mostró sombrío una propuesta del nuevo uniforme de la policía, que se había distribuido por todos los distritos policiales del país.

—¿Quieres ver qué aspecto vamos a tener en el futuro? —inquirió.

—Pero si nosotros no llevamos uniforme nunca —atajó Wallander.

—Ann-Britt no es tan negativa como nosotros —comentó Svedberg—. Ella opina que el nuevo uniforme puede quedar hasta bonito.

Björk había ocupado su lugar y dejó caer las palmas de las manos sobre la mesa, en señal de que daba comienzo la reunión.

—Esta mañana Per no estará con nosotros —anunció—. Está

intentando que condenen a los dos gemelos del asalto al banco, los del año pasado.

—¿Qué gemelos? —quiso saber Wallander.

—¿Es que puede haber alguien que no se haya enterado de eso? El año pasado, una sucursal del banco Handelsbanken sufrió un robo a manos de dos individuos que resultaron ser gemelos.

—Yo no estaba aquí el año pasado —le recordó Wallander—. Así que no sé nada.

—Bueno, al final los pillamos —dijo Martinson—. Se habían procurado una formación económica elemental en una de las afamadas escuelas superiores del país y necesitaban el capital inicial para hacer realidad sus ideas. Por lo visto, tenían en mente la construcción de un paraíso terrenal flotante que se desplazase por la costa sur.

—Pues no me parece mala idea —observó Svedberg meditabundo, mientras se rascaba la calva.

Wallander echó una ojeada a su alrededor.

—Alfred Harderberg ha llamado. Iré a hablar con él esta tarde. Martinson vendrá conmigo. Existe cierto riesgo de que modifique sus planes y no vuelva hoy, pero ya les he advertido que nuestra paciencia no es infinita.

—¿No crees que eso puede despertar sus sospechas? —preguntó Svedberg.

—He insistido en todo momento en que se trata de un interrogatorio rutinario —indicó Wallander—. Pues, después de todo, él fue la última persona que vio a Gustaf Torstensson con vida.

—¡En fin, ya era hora de que llamase, la verdad! —comentó Martinson—. Aunque hemos de pensar muy bien de qué vamos a hablar con él.

—Tenemos todo el día por delante —lo animó Wallander—. Desde el castillo nos harán llegar la confirmación de su regreso.

—¿Dónde se encuentra, esta vez? —quiso saber Martinson.

—En Barcelona —respondió Wallander.

—Sí, allí posee propiedades inmobiliarias de gran volumen —recordó Svedberg—. Además, tiene negocios en zonas turísticas en construcción a las afueras de Marbella. Todo ello gestionado por una sola empresa, llamada Casaco. He visto un prospecto de acciones en alguna parte. Si no recuerdo mal, todas las transacciones se realizan a través de un banco de Macao, a saber dónde está eso.

—Pues yo tampoco lo sé —confesó Wallander—. Pero en estos momentos, eso carece de importancia.

—Macao está al sur de Hong Kong —aclaró Martinson—. ¿Qué tal lleváis la geografía, chicos?

Wallander se sirvió un vaso de agua, mientras la reunión empezaba a discurrir por su rutina habitual. Uno tras otro, los colegas expusieron lo ocurrido desde la última vez que se habían visto. Así, cada uno de ellos dio cuenta de los resultados de sus pesquisas respectivas. Martinson les transmitió algunos mensajes de Ann-Britt Höglund. Lo más importante era que, al día siguiente, se vería tanto con los hijos de Lars Borman como con su viuda, que estaba de visita en Suecia. Cuando le tocó el turno, Wallander empezó por hablarles acerca del recipiente de plástico, aunque no tardó en darse cuenta de que a sus colegas les costaba comprender que ese detalle fuese tan significativo. «Bueno, mejor así», resolvió. «Esa actitud suya mitigará mis expectativas.»

Media hora más tarde, la conversación degeneró en una discusión de carácter general. Todos convenían con Wallander en dejar a un lado, hasta nueva orden, los cabos sueltos que no apuntasen directamente hacia el castillo de Farnholm.

—Seguimos esperando los resultados de los grupos de delincuencia económica de Estocolmo y Malmö —les recordó Wallander cuando la reunión estaba a punto de acabar—. Por ahora, lo único que podemos asegurar es que no hemos descubierto ningún móvil evidente para los asesinatos de Gustaf y Sten Torstensson; es decir, que el móvil no ha sido ni el robo ni la venganza. Como es natural, debemos continuar examinando la documentación relativa a los clientes, si la pista del castillo de Farnholm resulta improductiva. En cualquier caso, ahora hemos de concentrarnos en Harderberg y Lars Borman. Esperemos que Ann-Britt obtenga alguna información relevante de las entrevistas con los hijos y la viuda de éste.

—¿Tú crees que será capaz? —inquirió Svedberg.

—¿Y por qué no iba a serlo? —preguntó a su vez Wallander, sorprendido.

—Bueno, no tiene mucha experiencia que digamos —aclaró Svedberg—. Pero no era más que una pregunta.

—Pues yo creo que va a hacerlo estupendamente —sostuvo Wallander—. Si no hay más preguntas, podemos dar por concluida la reunión.

Wallander regresó a su despacho, donde se quedó un instante junto a la ventana, sin pensar en nada. Después, se sentó y empezó a revisar por enésima vez todo el material recopilado hasta el momento acerca de la persona de Alfred Harderberg y su imperio económico. Gran parte de la documentación la tenía ya más que leída, pero la examinó una vez más, sin llegar a comprenderlo todo. Las transacciones financieras más complicadas, cómo una compañía se transformaba en otra diferente de forma imperceptible, el complejo juego de las emisiones de acciones, todo aquello provocaba en él la sensación de adentrarse en un país cuyas leyes desconocía. De vez en cuando hacía una pausa que aprovechaba para intentar localizar a Sven Nyberg, sin lograrlo. Se saltó el almuerzo y no salió de la comisaría hasta las tres y media. Nyberg seguía sin dar señales de vida y Wallander empezó a temer que tendría que partir hacia el castillo de Farnholm sin saber para qué servía el dichoso recipiente de plástico. Atravesó la tormenta hasta alcanzar la kebabería de la plaza de

Stortorget, donde almorzó sin dejar de pensar ni un minuto en Alfred Harderberg.

Cuando volvió a la comisaría, halló sobre su escritorio un mensaje del castillo de Farnholm en el que le comunicaban que el doctor Harderberg estaba dispuesto a recibirlo a las siete y media, aquella misma tarde. Fue a buscar a Martinson para hablar con él, pues debían prepararse bien, acordar las preguntas que le harían y las que se guardarían para otra ocasión, y se topó con Svedberg en el pasillo.

—Martinson dejó recado de que lo llamases a casa —lo informó Svedberg—. Se marchó hace un rato. Al parecer, había ocurrido algo, pero no sé qué.

Ya en su despacho, Wallander llamó a su colega.

—No voy a poder acompañarte —se lamentó Martinson—. Mi mujer está enferma y no puedo contar con la canguro para esta tarde. Tal vez Svedberg pueda ir contigo.

—Acaba de irse —le respondió Wallander—. No sé adónde.

—De verdad que lo siento —se disculpó Martinson.

No te preocupes. Tu deber es quedarte en casa. Ya lo arreglaré de algún modo —lo tranquilizó Wallander.

—Bueno, siempre puedes llevarte a Björk —ironizó Martinson.

—Oye, pues es verdad —respondió Wallander muy serio—. Lo pensaré.

Sin embargo, tan pronto como hubo colgado el auricular, tomó la decisión de visitar el castillo él solo, pues sabía que eso era lo que deseaba en realidad.

«Ésa es mi mayor debilidad como policía», se recriminó. «Que prefiero trabajar solo.» Aunque, con los años, había empezado a dudar de que fuese realmente una debilidad.

A fin de poder concentrarse, salió de la comisaría, se sentó al volante y partió hacia el centro de Ystad. La tormenta había arreciado y el viento soplaba ya huracanado, de modo que el coche oscilaba tambaleándose de un lado a otro. Bancos de nubes desgarradas se precipitaban por el cielo, lo que lo hizo pensar en el tejado de su padre. De repente, sintió nostalgia de las óperas que solía escuchar también cuando iba en el coche, así que se detuvo en el arcén y encendió la luz interior, pero su búsqueda fue en vano, ya que no encontró ninguna de sus viejas casetes. Entonces cayó en la cuenta de que aquel coche no era el suyo, sino uno prestado. Continuó, pues, hacia Kristianstad mientras intentaba repasar mentalmente lo que le diría a Alfred Harderberg. Pero tomó conciencia de que lo que más expectativas creaba en él era el encuentro mismo. Había leído, en los numerosos informes de que disponían, que no existía ni una sola fotografía de aquel hombre y Ann-Britt Höglund le había contado que era extremadamente huraño con los fotógrafos. En las contadas ocasiones en que se dejaba ver en público, sus colaboradores procuraban que nunca hubiese ninguno presente y, en una ocasión en que la televisión sueca le había pedido una entrevista, pudieron comprobar después que no había en los archivos ni una sola secuencia en que él apareciese.

Wallander pensó en su primera visita al castillo de Farnholm. Aquella vez concluyó que la quietud de los lugares apartados constituían la característica más sobresaliente de los propietarios de las grandes fortunas. Ahora se encontraba en disposición de añadir otro rasgo: eran seres imperceptibles, personas sin rostro cuyas vidas discurrían en hermosos entornos.

Poco antes de llegar a Tomelilla atropelló a una liebre que descubrió, como un torbellino, a la luz de los faros. Se detuvo y salió al vendaval, que estuvo a punto de arrastrarlo. La liebre estaba allí tendida, en nervioso pataleo de sus patas traseras. Wallander fue a buscar una piedra al borde de la carretera pero, cuando regresó, la liebre ya estaba muerta. La apartó de la calzada con el pie y regresó al coche algo abatido. El viento soplaba con tal fuerza que poco faltó para llevarse la puerta del coche. Prosiguió hasta Tomelilla, y allí paró ante una cafetería en la que se tomó un bocadillo y un café. Eran ya las seis menos cuarto. Sacó un bloc de notas y anotó el enunciado de algunas preguntas, sin dejar de advertir la tensión que le producía la idea del encuentro. Al mismo tiempo, le daba vueltas en la cabeza a lo absurdo que resultaba el hecho de que él esperase hallarse ante un asesino.

Estuvo sentado en aquella cafetería casi una hora, tomando café y dejando vagar sus pensamientos hasta que, de repente, se sorprendió recordando a Rydberg. Por un instante, le costó reconstruir la imagen de su rostro y sintió cierto temor. «Perder a Rydberg sería como perder a mi único amigo verdadero, por más que esté muerto», se dijo.

Pagó la cuenta y, al salir, vio que el viento había derribado el letrero de la entrada de la cafetería. Circulaban coches, pero ni un alma andaba por las calles. «Una auténtica tormenta de otoño», constató mientras ponía el motor en marcha dispuesto a partir. «Es el invierno que se abre paso con la ventolera.»

Llegó a la verja del castillo a las siete y veinticinco, imaginándose que Kurt Ström iría a recibirlo. Sin embargo, nadie se presentó. El oscuro búnker parecía abandonado. El portón se abrió silencioso y él prosiguió el trayecto hacia el castillo, cuya fachada se presentaba, al igual que los jardines, iluminada por la potente luz de algunos focos, que les daban el aspecto de un escenario. «Un reflejo de la realidad, pero no la realidad misma», sentenció para sí.

Se detuvo ante la escalinata que conducía al castillo y apagó el motor. Cuando salió del coche, la puerta de entrada se abrió. Hacia la mitad de la escalera, dio un traspié, empujado por el viento, y el bloc de notas se le escapó de las manos y desapareció arrastrado en volandas por la tormenta. Meneó la cabeza disgustado y prosiguió su ascenso hasta la puerta, donde lo aguardaba una mujer de unos veinticinco años, con el pelo muy corto, casi rapado.

—¿Era importante? —inquirió ella solícita.

Wallander reconoció su voz.

—No, era sólo un bloc de notas —explicó él.

—Como es natural, enviaremos a alguien para que lo busque —aseguró Jenny Lind.

Wallander observó sus pesados pendientes y las mechas azules que salpicaban su cabello negro.

—No había nada escrito —aseguró él.

—¿No dijo usted que vendría acompañado?

—Sí, pero no ha sido así.

En ese preciso instante, Wallander descubrió la presencia de los dos hombres que, estáticos, se mantenían apostados entre las sombras de la gran escalinata que conducía a la planta alta del castillo, y recordó las sombras entrevistas la primera vez que visitó Farnholm. No era capaz de distinguir sus rostros y, por un instante, albergó serias dudas sobre si serían personas de carne y hueso, o si no se trataría más bien de un par de viejas armaduras.

—El doctor Harderberg vendrá enseguida —anunció Jenny Lind—. Puede esperarlo en la biblioteca.

Lo llevó entonces hacia una puerta que había a la izquierda del amplio rellano de la escalera. Wallander oía el eco de sus propios pasos. Se preguntó entonces cómo aquella joven podía moverse sin hacer el menor ruido y, al mirar hacia el suelo, vio con no poca sorpresa que iba descalza.

—¿No tiene frío? —le preguntó al tiempo que señalaba los pies de la secretaria.

—La calefacción va por el suelo, mediante tubos caloríficos —aclaró ella sin inmutarse antes de abrirle la puerta de la biblioteca—. Encontraremos el bloc que se ha llevado el viento —declaró antes de marcharse y cerrar la puerta tras de sí.

Se encontraba en una gran sala ovalada, de paredes recubiertas de librerías. En el centro había unos cuantos sillones de piel en torno a una mesa baja. Había una luz tenue y, a diferencia de lo que ocurría en el descansillo, allí el suelo estaba cubierto de alfombras orientales. Wallander permanecía inmóvil. Aplicó el oído, sorprendido de no percibir el menor ruido del vendaval que soplaba fuera. Concluyó que la habitación estaba insonorizada y recordó que fue allí mismo donde Gustaf Torstensson había pasado la última tarde de su vida. Allí se había reunido con unos desconocidos y de allí partió en su coche camino de Ystad, adonde no llegó jamás.

Wallander echó una ojeada a la sala y descubrió, tras una columna, un acuario enorme en el que aleteaban algunos peces de especies singulares. Se aproximó al cristal para cerciorarse de que la arena del fondo era, en verdad, de oro, y comprobó que despedía destellos, aunque no habría sabido decir si el polvo que reposaba en la base era de aquel precioso metal. Continuó, pues, dando vueltas por la sala. «Me estarán observando, sin duda», se dijo. «Pese a que no puedo ver ninguna cámara, supongo que estarán escondidas entre los libros y serán tan sensibles a la luz que la escasa iluminación del recinto es más que suficiente. Por supuesto que también habrán instalado micrófonos ocultos. Contaban con que vendría acompañado y nos habrían dejado aquí solos unos minutos para espiar lo que haríamos o diríamos. Quién sabe, quizás incluso puedan leer mis pensamientos...»

El inspector no oyó entrar a Harderberg y, aun así, intuyó de repente que ya no estaba solo en la biblioteca. Cuando se dio la vuelta, vio a un hombre en pie junto a uno de los hondos sillones de piel.

—Inspector Wallander —dijo el hombre con una sonrisa que, según Wallander tendría ocasión de comprobar, nunca desaparecía de su rostro bronceado y que el inspector jamás pudo olvidar después.

—Alfred Harderberg —lo imitó Wallander a modo de saludo—. Le agradezco mucho que haya realizado un esfuerzo por recibirme.

—Todos debemos colaborar cuando la policía requiere nuestro apoyo —aseguró Alfred Harderberg.

Mientras se daban la mano, Wallander pensó que tenía una voz muy agradable. Harderberg vestía un traje a rayas de buen corte y con toda probabilidad muy caro, y la primera impresión de Wallander fue que todo en aquel hombre era perfecto, su vestimenta, su manera de moverse, su modo de hablar. Y aquella eterna sonrisa que no parecía dispuesta a abandonar su rostro.

Así pues, tomaron asiento antes de iniciar la entrevista.

—He pedido que nos traigan té —anunció Harderberg, solícito—. Espero que le guste el té.

—Sí, mucho —repuso Wallander—. Y con el tiempo que hace, es lo que más apetece. Los muros de este castillo deben de ser muy gruesos.

—Supongo que lo dice porque no se oye el viento —adivinó Harderberg—. Así es, son muy gruesos. Están construidos para ofrecer resistencia, tanto a los soldados enemigos como a los vientos indómitos.

—No habrá sido un aterrizaje muy agradable —comentó Wallander—. ¿Llegó usted al aeropuerto de Everöd o al de Sturup?

—Siempre utilizo el de Sturup, pues desde allí hay conexión directa con las vías aéreas internacionales. Y el aterrizaje fue impecable. Le aseguro que seleccioné a mis pilotos con el mayor esmero.

La figura de la mujer africana que Wallander había visto en su primera visita al castillo se desgajó de las sombras y los dos hombres guardaron silencio mientras ella les servía.

—Éste es un té muy especial —afirmó Harderberg.

Wallander recordó algo que había leído aquella tarde.

—Imagino que procede de alguna de sus plantaciones.

La sonrisa inquebrantable le impidió a Wallander averiguar si Harderberg quedó sorprendido de que él conociese la existencia de aquellas plantaciones de té.

—Ya veo que el inspector está bien informado —constató—. En efecto, somos propietarios de una parte de las plantaciones que Lonhros posee en Mozambique.

—Está muy bueno —convino Wallander—. La verdad, a mí me cuesta trabajo imaginarme lo que implica poder hacer negocios en todo el mundo. La existencia de un policía es bien distinta. El paso decisivo debió de constituir un abismo también para usted, de Vimmerby a las plantaciones de té en África.

—Cierto, un abismo —aceptó Harderberg.

Wallander comprobó que el doctor clausuraba la recién iniciada conversación sobre el tema con un punto invisible. Dejó la taza de té sobre la mesa y, de pronto, se sintió algo inseguro. El hombre que tenía frente a sí emanaba una autoridad controlada pero infinita.

—Bien, haremos que este encuentro no se prolongue más de lo necesario —anunció Wallander tras un instante de silencio durante el que, en vano, intentó oír el bramido del viento—. El abogado Gustaf Torstensson, que falleció en un accidente de coche tras una visita a este castillo fue, en realidad, asesinado. El accidente fue una componenda destinada a ocultar el crimen. Aparte de la persona o personas que le quitaron la vida, fue usted el último que lo vio con vida.

—He de admitir que todo esto es absolutamente incomprensible para mí —sostuvo Alfred Harderberg—. ¿Quién iba a querer matar al viejo Torstensson?

—Sí, la misma pregunta que nos hacemos nosotros —apuntó Wallander—. Además, ¿quién tendría la suficiente sangre fría como para ocultar el crimen bajo la apariencia de un accidente de tráfico?

—Claro, pero supongo que ya tendrán ustedes alguna idea.

—Así es, aunque no me es posible comentarla con usted.

—Me hago cargo —aseguró Harderberg—. En cualquier caso, estoy seguro de que usted se figura la conmoción que nos produjo el suceso, pues el viejo Torstensson era un colaborador de confianza.

—Sí, bueno. El caso es que ese suceso vino a complicarse con el hecho de que su hijo, Sten Torstensson, también resultase asesinado. ¿Lo conocía usted?

—No, jamás lo vi aunque, como es natural, estoy al corriente de lo ocurrido.

Wallander sentía crecer su inseguridad ante la imperturbabilidad de Harderberg. En condiciones normales, solía detectar muy pronto si la persona que tenía frente a sí estaba mintiéndole o no. Sin embargo, aquel hombre, el hombre sonriente, era distinto.

—Usted se dedica a realizar grandes negocios por todo el mundo —afirmó Wallander—. Y gobierna un imperio que factura miles de millones. Por lo que he podido entender, está usted a punto de entrar a formar parte de la lista de los propietarios de las compañías más grandes del mundo.

—En efecto, lo más probable es que, ya el año próximo, superemos tanto a Kankaku Securities como a Pechiney Internacional —se ufanó Harderberg—. En tal caso, podremos contarnos entre las mil compañías más grandes del mundo.

—Jamás he oído hablar de ninguna de las dos —confesó Wallander.

—Kankaku es una multinacional japonesa y Pechiney, francesa —lo informó Harderberg—. Sus respectivos presidentes del consejo de administración y yo nos vemos de vez en cuando, nos encanta divertirnos haciendo pronósticos sobre el momento en que nos hallaremos entre las mil compañías del mundo con la mayor facturación.

—Bien, ese mundo me es totalmente ajeno —admitió Wallander—. Como creo que lo era para Gustaf Torstensson, que jamás fue otra cosa que un simple abogado de provincias. Y pese a todo, usted halló un lugar para él en su organización...

—No tengo inconveniente en reconocer que yo fui el primer sorprendido —repuso Harderberg—. Sin embargo, cuando decidimos establecer nuestra central sueca en el castillo de Farnholm, caímos en la cuenta de que necesitábamos un abogado que conociese el entorno; y me propusieron a Gustaf Torstensson.

—¿Quién?

—Pues la verdad, ya no me acuerdo.

«Ahí lo tenemos», se dijo Wallander, a quien no se le ocultó el cambio apenas perceptible en aquel rostro por lo demás impasible. «Claro que lo recuerda. Es sólo que no le interesa responder a esa pregunta.»

—Según tengo entendido, se dedicaba de forma exclusiva a la asesoría financiera —indagó Wallander.

—Así es, se ocupaba de que todas nuestras transacciones con el resto del mundo observasen lo prescrito en la legislación sueca —explicó Harderberg—. Era un hombre muy competente y yo confiaba en él sin reservas.

—Aquella última noche..., permítame adivinar que celebraron su reunión aquí mismo, en la biblioteca; ¿de qué hablaron aquella noche?

—Habíamos presentado una oferta para la adquisición de unos inmuebles en Alemania, propiedad de Horsham Holdings, una compañía canadiense. Yo iba a ver a Peter Munk pocos días después para, de ser posible, cerrar el negocio. Estuvimos hablando de la posibilidad de que hubiese algún obstáculo de índole formal capaz de impedir la realización del negocio. Nuestra idea era pagar una parte del precio de compra en acciones, y el resto en metálico.

—¿Quién es Peter Munk? —quiso saber Wallander.

—El accionista mayoritario de Horsham Holdings —le reveló Harderberg—. Él es el artífice de todos los negocios.

—¿Debo entender que la reunión de aquella noche fue de carácter rutinario?

—Así es. No se tocó ningún asunto fuera de lo normal.

—Se me ha informado de que acudieron a la cita otras dos personas.

—En efecto, dos directores de la Banca Commerciale Italiana —declaró Harderberg—. Habíamos pensado pagar los inmuebles alemanes con una parte de nuestro paquete de acciones en Montedison y el banco italiano sería la entidad de enlace en la transacción.

—Pues me gustaría que me facilitase el nombre de esas dos personas —señaló Wallander—. Por si fuese preciso hablar con ellos también.

—Cuente con ello —ofreció Harderberg.

—Y una vez concluida la reunión, el señor Torstensson abandonó el castillo de Farnholm —prosiguió Wallander—. ¿Notó usted algo extraño en él durante la tarde?

—Nada.

—¿No tiene usted idea de por qué fue asesinado?

—Me resulta del todo incomprensible. Un hombre viejo y solo. ¿Quién querría matarlo?

—Exacto —convino Wallander—. ¿Quién? ¿Y quién mató a su hijo pocos días después?

—Me pareció entender que la policía tenía una pista —le recordó Harderberg.

—Y la tenemos —aseguró Wallander—. Pero aún no hemos hallado el móvil.

—Me encantaría poder ayudarle —aseguró Harderberg, solícito—. Al menos, sí que quisiera que la policía me mantuviese informado del desarrollo de la investigación.

—Es muy posible que deba volver a importunarlo con más preguntas —dijo Wallander al tiempo que se ponía en pie.

—Haré cuanto esté en mi mano para responderlas —sentenció Harderberg.

Se estrecharon la mano de nuevo, mientras Wallander intentaba ver a través de la sonrisa, por encima de sus ojos de un azul gélido. Pero, en algún punto del trayecto, se le interpuso un muro invisible.

—¿Llegaron ustedes a comprar las casas? —preguntó Wallander.

—¿Qué casas?

—Las de Alemania.

La sonrisa se exhibió aún más amplia.

—¡Por supuesto! —afirmó Harderberg—. Y resultó ser un negocio excelente, para nosotros.

Se despidieron ante la puerta, donde Jenny Lind aguardaba descalza para acompañarlo hasta la salida.

—Encontramos su bloc de notas —le dijo mientras atravesaban el gran vestíbulo.

Wallander notó que los hombres que espiaban entre las sombras habían desaparecido.

Jenny Lind le entregó un sobre.

—Supongo que contiene los nombres de los dos directores del banco italiano —aventuró Wallander.

Ella sonrió.

«Todos sonríen aquí», concluyó. «Me pregunto si los que se esconden para vigilar en la oscuridad también lo hacen.»

La tormenta lo azotó tan pronto como salió de Farnholm.

Jenny Lind cerró la puerta tras él. La verja se deslizó a su paso y el inspector sintió un gran alivio cuando la hubo atravesado.

«El mismo trayecto que hizo Gustaf Torstensson», se dijo. «Aproximadamente a la misma hora.»

De repente, sintió miedo. Echó una rápida ojeada al asiento trasero, para comprobar que nadie se hubiese agazapado ocultándose allí.

Pero estaba solo.

La tormenta parecía querer quebrantar el coche y por las rendijas de las ventanas se filtraba un aire helado.

Iba pensando en Alfred Harderberg. El hombre sonriente.

«Claro que es él», resolvió. «Claro que él sabe lo que ocurrió. Es esa sonrisa lo que debo destrozar.»

12

Los vientos huracanados que habían invadido Escania fueron amainando paulatinamente.

Al amanecer, después de que Kurt Wallander hubiese sufrido otra de sus noches de insomnio en el apartamento, la tormenta había empezado a ceder. Durante las horas nocturnas de vigilia, había permanecido junto a la ventana de la cocina observando la calle. Los golpes de viento habían doblegado la farola que, vencida, tironeaba de sus cables como un animal prisionero de sus ligaduras.

Wallander había regresado del curioso mundo teatral de Farnholm con la sensación imprecisa de haber sido vencido. Ante el sonriente Alfred Harderberg, había desempeñado el mismo papel de lacayo que su padre se veía obligado a representar ante los Caballeros de Seda cuando él no era más que un niño. Allí, junto a la ventana de la cocina, mientras contemplaba el torbellino de la tormenta, se le ocurrió que Farnholm no era más que una variante de los resplandecientes coches americanos que, con sus movimientos sinuosos, se detenían a la puerta de aquella casa de Malmö en la que él había crecido. El estentóreo polaco enfundado en su traje de seda era un pariente lejano del señor de aquel castillo de paredes insonorizadas. Y él había ocupado uno de los sillones de piel de Alfred Harderberg sosteniendo en su mano un sombrero invisible; y aquello le había producido un sentimiento de derrota.

Ni que decir tiene que se trataba de una hipérbole. Él había cumplido con su deber, había formulado sus preguntas y se las había visto con aquel hombre que tanto poder acumulaba en sus manos y al que nadie parecía haber visto nunca. Y tenía la certeza de que había logrado calmarlo. Alfred Harderberg no tenía ningún motivo para temer que hubiese dejado de ser un ciudadano por encima de toda sospecha.

Por otro lado, con aquella visita, Wallander quedó convencido de que se habían decantado por seguir la pista correcta, de que habían levantado la piedra bajo la cual se hallaba la solución al misterio de por qué habían asesinado a los dos abogados. Y bajo la piedra, había descubierto la huella de Alfred Harderberg.

Se vería obligado no sólo a quebrantar aquella sonrisa helada, sino también a vencer a un gigante.

Durante aquella noche de tormenta en que se le negó el sueño, revisó una y otra vez su conversación con Alfred Harderberg. Con la imagen de su rostro impresa en la memoria, se esforzó por interpretar los débiles cambios de su muda sonrisa al igual que se intenta descifrar un código. En una ocasión entrevió un abismo, seguro, cuando preguntó quién le había propuesto que se pusiese en contacto con Gustaf Torstensson. Ahí, por una milésima de segundo, tan fugaz como inequívoca, la sonrisa se desdibujó. Lo que le indicaba que había instantes en los que Alfred Harderberg no podía evitar resultar humano, vulnerable, desnudo. Al mismo tiempo, era consciente de que aquello no tenía por qué significar nada. Pudo haberse tratado de la manifestación del cansancio repentino e insuperable del infatigable y ocupado viajero, la debilidad apenas perceptible de, súbitamente, no tener ya fuerzas para seguir representando el papel de señor educado con un insignificante agente de la policía de Ystad.

Pese a todo, Wallander intuía que era allí donde debía dar los primeros pasos si lo que perseguía era imponerse al gigante para quebrar su sonrisa y hallar la verdad sobre la muerte de los dos abogados. No dudaba de que la habilidad y la perseverancia de los agentes de los grupos de delincuencia económica lograrían recabar una serie de datos que les permitiesen avanzar. Pero durante aquella noche, Wallander llegó a la conclusión de que era el propio Alfred Harderberg quien debía guiarlos por el buen camino. En algún lugar, en algún momento, aquel hombre sonriente dejaría una pista, a la que ellos se aferrarían para luego utilizarla en su contra.

Por supuesto que el inspector también estaba seguro de que los dos abogados no habían muerto a manos de Alfred Harderberg. Como tampoco había sido él quien había colocado la mina en el jardín de la señora Dunér, ni ocupaba el vehículo que los siguió a él y a Ann-Britt camino a Helsingborg, ni fue él quien vertió el explosivo en el depósito de gasolina. Wallander no pudo evitar percatarse de que aquel hombre habló en todo momento en primera persona del plural, como un rey, como un señor, pero también como alguien consciente del valor de rodearse de colaboradores leales, de esos que nunca ponían en tela de juicio las órdenes recibidas.

En aquel contexto, la figura de Gustaf Torstensson hallaba un puesto inesperado, se le ocurrió a Wallander, que empezaba a comprender por qué Alfred Harderberg lo había elegido como colaborador. Ciertamente, de él le cabía esperar una lealtad absoluta. Él sabría siempre que su lugar estaba al otro extremo de la mesa. Alfred Harderberg le había ofrecido una posibilidad en la que él no habría podido ni soñar.

«Así de sencillo», se dijo Wallander mientras contemplaba la farola meciéndose al viento. «Tal vez Gustaf Torstensson descubrió algo que no quería o no podía aceptar. Es posible que también él hubiese detectado en aquella sonrisa una grieta en la que se vio reflejado para, finalmente, tomar conciencia del papel tan desagradable que estaba desempeñando.»

De vez en cuando, a lo largo de la noche, Wallander abandonaba la ventana e iba a sentarse ante la mesa de la cocina, donde, en un bloc escolar, ponía por escrito sus reflexiones en un intento de clasificarlas y dotarlas de unidad.

Hacia las cinco de la mañana, preparó café. Después se acostó de nuevo y dio unas cabezadas hasta las siete, hora a la que se levantó, se dio una ducha y se tomó otra taza de café. Poco antes de las siete y media salió camino de la comisaría. Un cielo despejado y un frío cada vez más intenso habían venido a reemplazar a la tormenta. A pesar de no haber dormido prácticamente nada, se sentía lleno de energía cuando entró a su despacho. «Nuevos bríos», concluyó para sí. «Ya no estamos adentrándonos en el caso, sino que nos hallamos inmersos en él.» Arrojó la chaqueta sobre una silla, fue a buscar una taza de café y llamó a recepción para pedirle a Ebba que le localizase a Nyberg. Mientras aguardaba su respuesta, elaboró una síntesis de su reunión con Alfred Harderberg. Svedberg asomó la cabeza para preguntarle cómo había ido el encuentro.

—Ya te enterarás después —lo frenó Wallander—. Pero yo sigo creyendo que estos asesinatos y el resto de los sucesos tienen su origen en el castillo de Farnholm.

—Ann-Britt Höglund llamó para decir que irá directamente a Ängelholm, a visitar a la viuda y a los hijos de Lars Borman.

—¿Qué tal va lo del avión de Harderberg? —inquirió Wallander.

—Pues de eso no dijo nada —repuso Svedberg—. Me imagino que le llevará su tiempo averiguarlo.

—¡Uf! Estoy tan impaciente... —exclamó Wallander—. Me pregunto por qué.

—Tu impaciencia no es ninguna novedad —le advirtió Svedberg—. Pero seguro que tú no te has enterado.

En el mismo momento en que Svedberg se marchaba, sonó el teléfono. Era Ebba, para avisarle de que Nyberg estaba en camino. Al verlo, Wallander comprendió enseguida que algo había ocurrido. Le hizo una seña al técnico para que cerrase la puerta.

—Tenías razón —comenzó Nyberg—. El recipiente de plástico que estuvimos viendo la otra noche no pinta nada en el coche de un viejo abogado.

Wallander aguardaba tenso la continuación.

—También acertaste al suponer que se trataba de una nevera —continuó—. Pero no para conservar medicamentos ni sangre, sino para los órganos que se han de utilizar en los trasplantes, para riñones y cosas así.

Wallander lo observaba reflexivo.

—¿Estás seguro de ello?

—Yo no suelo pronunciarme sin aclarar si estoy o no seguro de lo que digo —barbotó Nyberg.

—No, ya lo sé —admitió Wallander en tono de disculpa, notando que el técnico empezaba a irritarse.

—Estos recipientes son de construcción muy compleja —prosiguió—. Y tampoco hay demasiados, así que no debería resultar difícil seguirle la pista. Si lo que he averiguado hasta el momento es cierto, estas neveras para órganos entran en nuestro país importadas por una empresa de Södertälje que se llama Avanca y que tiene la exclusiva. Voy a ponerme manos a la obra enseguida.

Wallander asintió despacio.

—Oye, otra cosa —lo retuvo—. No olvides preguntar quién es el dueño de la empresa.

Nyberg adivinó sus pensamientos.

—Supongo que querrás saber si Avanca pertenece, por casualidad, al imperio financiero de Alfred Harderberg.

—Por ejemplo —repuso Wallander.

Nyberg se levantó con la intención de marcharse pero se detuvo junto a la puerta.

–¿Qué sabes tú sobre trasplantes? –preguntó.

–No mucho, la verdad. Sé que es una técnica que se aplica, que son cada vez más frecuentes y que cada vez se trasplantan más tipos de órganos. Lo que sí espero es librarme de semejante experiencia, pues debe de sentirse uno extraño con un corazón ajeno en el cuerpo...

–Pues sí. Yo estuve hablando con un médico de Lund; se llamaba Strömberg –explicó Nyberg–. Me proporcionó una buena visión sobre el tema. Entre otras cosas, me contó que la técnica del trasplante tiene un lado bastante negro. Y no se trata sólo de que las personas del tercer mundo vendan sus órganos a la desesperada, para poder sobrevivir. La obtención de órganos es una actividad envuelta en muchos trapos sucios, también de orden moral. Sin embargo, él me dio a entender que había algo peor.

Nyberg interrumpió de pronto su intervención y miró a Wallander inquisitivo.

–No te preocupes, tengo tiempo –lo animó Wallander–. Continúa.

–A mí me resultó inaudito –confesó Nyberg–. Pero Strömberg terminó de convencerme de que la gente es capaz de cualquier cosa por dinero.

–Pero ¡eso ya lo sabías tú!, ¿verdad? –inquirió Wallander sorprendido.

–Sí, pero las fronteras de la ambición, las que uno creía ya imposibles de superar, se amplían cada vez más –precisó Nyberg, antes de volver a ocupar la silla–. Como ocurre en tantos otros temas, no existen pruebas reales –explicó–. Pero según Strömberg, en los países del tercer mundo hay unas ligas que aceptan pedidos de diversos órganos que consiguen asesinando a sus propietarios.

Wallander no pronunció palabra.

–Así, seleccionan a las personas adecuadas según los detalles del pedido, las atacan y las duermen —proseguía Nyberg—. Luego las conducen a clínicas privadas en las que les extirpan los órganos que iban buscando y, hecho esto, arrojan el cadáver a un barranco. Según Strömberg, las víctimas suelen ser niños.

Wallander meneó la cabeza y cerró los ojos, con gesto de desaprobación.

—Decía además que se trata de una actividad mucho más habitual de lo que creemos —continuó Nyberg—. Corre el rumor de que también sucede en el este de Europa y en Estados Unidos. Un riñón no tiene rostro ni identidad y, así, pueden matar a un niño de Asia para que prolongue la vida de una persona de Occidente que puede permitirse pagar por él y que no quiere esperar su turno en las colas para los trasplantes. Los asesinos ganan sumas muy sustanciosas.

—Pero la extirpación de un órgano no puede ser una operación simple —observó Wallander—. Supongo que deberán intervenir muchos médicos.

—¿Y quién ha dicho que el sentido de la moralidad de la clase médica esté por encima del de las demás personas? —inquirió Nyberg.

—Pues a mí me cuesta creer que todo eso sea verdad —inoio tió Wallander.

—Claro, eso les pasa a todos. De ahí que esas ligas tengan vía libre para continuar con su actividad tranquilamente.

Entonces, sacó el bloc de notas del bolsillo y empezó a hojearlo.

—El médico me dio el nombre de un periodista que está investigando este asunto —comentó—. Una mujer llamada Lisbeth Norin. Vive en Gotemburgo y escribe para varias revistas de difusión científica.

Wallander tomó nota del nombre.

—Vamos a imaginar lo inimaginable —propuso al tiempo que dedicaba una mirada grave a Nyberg—. Supongamos que Alfred

Harderberg se dedique a matar gente para luego vender sus riñones o lo que sea en ese mercado ilegal que, según parece, existe de verdad. Más aún, figurémonos que Gustaf Torstensson logró descubrirlo y que se llevó el recipiente de plástico como prueba. ¿Qué tal si lo imaginamos así, por inverosímil que parezca?

Nyberg lo miró interrogante.

—No lo dirás en serio, ¿verdad?

—¡Por supuesto que no! —rechazó Wallander—. Sólo estoy jugando con una idea absurda.

Nyberg volvió a ponerse en pie.

—Empezaré por ver si puede averiguarse algo sobre la nevera —anunció.

Una vez solo, Wallander se colocó junto a la ventana dispuesto a reflexionar sobre lo que le había revelado Nyberg.

Finalmente, decidió que aquella idea era, en verdad, absurda, pues Alfred Harderberg era una persona que donaba dinero a la investigación, incluida la encaminada a esclarecer las causas y hallar los remedios de enfermedades graves que afectaban a niños. Wallander recordó también que había contribuido con sumas importantes al desarrollo de la sanidad en varios países africanos y sudamericanos.

La nevera que habían hallado en el coche de Gustaf Torstensson debía de significar algo muy distinto, o nada en absoluto.

En cualquier caso, no pudo evitar realizar una llamada al servicio de información telefónica para pedir el número de Lisbeth Norin, a la que llamó enseguida. Sin embargo, fue un contestador automático el que atendió su llamada, de modo que dejó un mensaje con su nombre y su número de teléfono.

Durante el resto del día, no logró verse libre de la sensación de estar sufriendo una angustiosa espera. Cualquiera que fuese la tarea a la que se hubiese propuesto entregarse, siempre le parecía más importante lo que estaba esperando, a saber, los informes de Nyberg y de Ann-Britt Höglund. Tras haber llamado a su padre y haberse asegurado de que el tejado había resistido el huracán de la víspera, siguió revisando, con un grado de concentración bastante irregular, toda la documentación disponible acerca de Alfred Harderberg. No podía evitar sentirse fascinado por aquella carrera impresionante cuyo germen se hallaba en el insignificante pueblo de Vimmerby. Según se deducía de los diversos informes, Harderberg había demostrado ser un genio para los negocios ya desde una edad temprana. En efecto, a los nueve años empezó a vender revistas de Navidad. Pero, además, tuvo la ocurrencia de invertir sus escasos ahorros en viejas tiradas de años anteriores, que pudo adquirir de las editoriales por casi nada, ya que para ellas sólo las nuevas revistas tenían valor en el mercado. Sin embargo, Alfred Harderberg había vendido las viejas con las nuevas, improvisando con habilidad los precios, según las expectativas de los diversos clientes. Wallander cayó en la cuenta de que Harderberg siempre había sido un *trader*, que compraba y vendía lo que otros fabricaban. Él no creaba nuevos productos, sino que su arte consistía más bien en comprar barato y vender caro, y en descubrir valores allí donde nadie los veía. Ya a la edad de catorce años vislumbró las posibilidades del mercado de coches antiguos. Así, recorría en su bicicleta los alrededores de Vimmerby, buscando en cercados y cobertizos y comprando vehículos desvencijados y medio cubiertos de maleza convencido de poder venderlos después. En varias ocasiones, obtuvo los coches gratis, ya que la gente no deseaba burlarse de un jovencito inocente que recorría las haciendas en bicicleta con una especie de fijación enfermiza por coches desguazados. Él ahorraba el dinero que no necesitaba invertir en el tiovivo de su creciente negocio. A los diecisiete, tomó un tren y se plantó en Estocolmo, junto con un compañero algo mayor procedente de otro pueblo, que era un ventrílocuo de habilidad asombrosa.

Alfred Harderberg, que se designó a sí mismo como representante del amigo, le pagó el viaje. Al parecer, había perfeccionado su sonriente amabilidad juvenil. Wallander tuvo ocasión de leer un reportaje sobre Alfred Harderberg y el ventrílocuo, que aparecía en el periódico *Bildjournalen,* una publicación que el inspector recordaba vagamente. El autor del artículo volvió varias veces sobre el detalle de lo bien vestido que iba y lo bien educado que era el joven representante, sin olvidar su amable sonrisa. Sin embargo, al parecer, el rechazo a los fotógrafos se había manifestado desde muy pronto. Aparecía el ventrílocuo, pero no su representante. Por otro lado, se mencionaba el hecho de que el joven Harderberg había tomado la decisión, tan pronto como llegó a Estocolmo, de deshacerse de su acento de Småland con la intención de adoptar el dialecto que encontró en la capital, para lo cual invirtió parte de su capital en una serie de clases que recibió de un logopeda. Con el tiempo, el ventrílocuo se vio abocado a regresar a Vimmerby y al anonimato, mientras que Alfred Harderberg se entregaba a otros proyectos de negocios. A finales de los años sesenta, ya era millonario, pero fue a mediados de los setenta cuando vivió su gran triunfo. Se dedicó con éxito a la especulación inmobiliaria y a la compraventa de acciones, tanto en Suecia como en el extranjero, con lo que sus riquezas aumentaron de forma exponencial. Wallander tomó nota de que había empezado a viajar fuera del país ya a principios de los años setenta. Pasó un tiempo en Zimbabue, o Rodesia del Sur, que era el nombre por el que se conocía al país en aquella época, y allí, junto con un tal Tiny Rowland, había realizado negocios lucrativos con minas de cobre y oro. Wallander supuso que fue entonces cuando aparecieron en su vida las plantaciones de té.

A principios de los años ochenta, Alfred Harderberg estaba casado con una mujer brasileña llamada Carmen Dulce da Silva, pero el matrimonio, que no tuvo hijos, se deshizo años después.

Siempre defendió su derecho a permanecer anónimo tras sus negocios, tan invisible como fuese posible. Jamás había estado presente en la inauguración de ninguna de sus donaciones para la construcción de hospitales, ni tampoco había enviado a nadie que lo sustituyese. Sin embargo, sí que remitía cartas o hacía llegar télex en los que, humilde, agradecía la amabilidad que se le dispensaba. Nunca acudió a recibir en persona ni un solo título de doctor honoris causa de los que le habían concedido, ni el bonete ni el diploma.

«Toda su vida es una larga ausencia», sintetizó Wallander. «Hasta que llegó a Escania y se asentó tras los robustos muros del castillo de Farnholm, nadie supo dónde se encontraba en realidad. Siempre anduvo cambiando de vivienda, siempre en coches camuflados, propietario de un avión particular, ya desde principios de los ochenta.

»Sin embargo, hay algunas excepciones, una de las cuales resulta más sorprendente y curiosa que las demás. Según testimonio de la señora Dunér en una de sus entrevistas con Ann-Britt Höglund, Alfred Harderberg y Gustaf Torstensson celebraron su primer encuentro en un almuerzo en el hotel Continental de Ystad. El abogado describió a Harderberg como un hombre amable, bronceado y muy bien vestido.

»¿Por qué decidió verse con Torstensson en un restaurante, mientras periodistas de prestigio dedicados a cubrir lo que ocurre en el mundo de los negocios se ven obligados a esperar durante años para acercársele siquiera?», se preguntaba Wallander. «¿Tiene eso algún significado especial? ¿Tal vez cambió de táctica para despistar?

»La inseguridad puede utilizarse como escondite», se dijo. «De modo que permite que el mundo sepa que existe, pero nunca dónde se encuentra.»

Hacia las doce, se fue a casa a prepararse el almuerzo y a la una y media estaba de vuelta en su despacho. No había hecho más que inclinarse sobre sus archivadores cuando Ann-Britt Höglund llamó a la puerta antes de entrar.

—¿Ya estás aquí? —inquirió Wallander lleno de asombro—. Pensé que estarías en Ängelholm.

—Sí pero, por desgracia, no me llevó mucho tiempo hablar con la familia de Lars Borman —afirmó.

Wallander supo por el tono de su voz que no había quedado muy satisfecha, lo cual ejerció una influencia negativa inmediata sobre su propio estado de ánimo. «Vaya, esto tampoco resulta», se lamentó abatido. «Nada que nos ayude a quebrantar los muros de Farnholm.»

Ella tomó asiento y empezó a hojear sus notas.

—¿Cómo está tu hijo? —preguntó Wallander.

—Bueno, los niños no suelen estar enfermos durante mucho tiempo —aclaró—. Por cierto, he obtenido algo de información sobre el avión de Harderberg. ¡Me alegré tanto cuando Svedberg me llamó para encomendarme alguna tarea! A las mujeres siempre nos remuerde la conciencia cuando no podemos trabajar.

—Estupendo, pero háblame primero de la familia Borman —solicitó Wallander—. Empecemos por ellos.

Ella meneó la cabeza.

—Pues, la verdad, no fue demasiado productivo —se quejó—. Están convencidos de que se suicidó, de eso no hay duda. Y creo que ni la viuda ni el hijo ni la hija lo han superado todavía. He de confesar que fue como tomar conciencia, por primera vez en mi vida, de lo que debe de suponer pertenecer a una familia en la que uno de sus miembros, de repente y sin causa aparente, se quita la vida.

—¿No dejó nada, ni una nota, ni una carta?

—Nada.

—Pues eso no encaja con la personalidad de Lars Borman. No era de esas personas que arrojan la bicicleta, ni tampoco me lo imagino suicidándose sin dar explicaciones o pedir disculpas.

—Ya, pero... El caso es que indagué en lo que consideré más importante: no se había metido en ningún mal negocio, no jugaba ni estafaba.

—¿Les hiciste ese tipo de preguntas? —se sorprendió Wallander.

—Bueno, preguntas indirectas pueden proporcionar respuestas bastante directas.

Wallander asintió.

—Sí, claro, cuando la gente espera una visita de la policía, se prepara las respuestas, ¿te refieres a eso?

—Así es. Los tres estaban decididos a preservar el buen nombre de Lars Borman —explicó ella—. Soltaron de carrerilla todos y cada uno de sus méritos, para que yo no tuviese que preguntar por sus debilidades.

—La cuestión es si todo eso es cierto.

—Estoy segura de que no mentían. Es imposible saber a qué pudo dedicarse en secreto, pero no parece el tipo de hombre capaz de llevar una doble vida.

—Continúa —pidió Wallander.

—Bien, la tragedia los pilló a todos por sorpresa, los dejó conmocionados —añadió ella—. De hecho, creo que aún se preguntan, noche y día, el motivo que pudo impulsarlo a quitarse la vida. Y la pregunta sigue sin respuesta.

—¿Les sugeriste la posibilidad de que no se hubiese tratado de un suicidio?

—No, no lo hice.

—Bien. Prosigue.

—El único dato digno de algún interés por nuestra parte es el hecho de que Lars Borman sí tenía contacto con Gustaf Torstensson. Y ellos así me lo confirmaron. Además, me explicaron por qué. Resulta que ambos eran miembros de una asociación de aficionados al estudio de la iconografía sagrada. En alguna ocasión aislada, Gustaf Torstensson visitó a Borman en su casa, así como éste también se encontró con Gustaf Torstensson en su chalet de Ystad.

—En otras palabras, que eran amigos.

—Bueno, yo no diría tanto, no creo que mantuviesen una relación tan estrecha. Lo cual hace que su relación fuese realmente interesante, en mi opinión.

—No estoy seguro de comprender adónde quieres ir a parar —admitió Wallander.

—Lo que quiero decir —comenzó ella—, es que Gustaf Torstensson y Lars Borman eran dos personas solitarias, uno de ellos casado, el otro viudo, pero ambos solitarios. No se veían muy a menudo y, cuando lo hacían, era para hablar de iconos. Sin embargo, a mí me parece plausible la conjetura de que esos dos hombres solitarios, al verse en una situación límite, se hiciesen confidencias mutuas; a falta de amigos de verdad, se tenían al menos el uno al otro.

—Es posible —concedió Wallander—. Pero eso no explica las amenazas de Lars Borman contra todo el bufete de abogados.

—La secretaria Sonja Lundin no fue objeto de ninguna amenaza —puntualizó Ann-Britt Höglund—. Y puede que ese detalle sea más importante de lo que creemos.

Wallander se echó hacia atrás en la silla y la observó con atención.

—Se te ha ocurrido alguna idea —adivinó.

—En fin, no son más que especulaciones mías —precisó ella—. Y lo más probable es que sean demasiado rebuscadas.

—Ya, pero no tenemos nada que perder sólo por pensar —la animó Wallander—. Te escucho.

—Supongamos que Lars Borman le hubiese confiado a Gustaf Torstensson lo ocurrido en el Landsting, el asunto de la estafa. Después de todo, es imposible que hablasen tan sólo de iconos. Sabemos que Borman se sintió decepcionado y dolido a causa de la resolución adoptada por la dirección de no llevar a cabo una auténtica investigación policial del caso. Supongamos, pues, que Gustaf Torstensson sabía que existía una relación entre Alfred Harderberg y Strufab, la compañía artífice de la estafa. Él pudo haber mencionado que trabajaba para Alfred Harderberg; y supongamos que Lars Borman veía a un abogado como a una persona con el mismo sentido inquebrantable de la justicia que él poseía, como si hubiese sido su ángel salvador. Y que le pidió ayuda. Sin embargo, Gustaf Torstensson no movió un dedo. Las cartas de amenaza se pueden interpretar de diversas formas.

—¿Ah, sí? —intervino Wallander incrédulo—. Una amenaza es una amenaza.

—Sí, pero puede ser más o menos seria —objetó ella—. Cabe la posibilidad de que hayamos cometido un error al no tener en cuenta que Gustaf Torstensson no las tomó en serio. No las consignó en el registro, ni se dirigió a la policía ni al Colegio de Abogados. Simplemente, las metió en un cajón. A veces lo más dramático consiste en detectar el detalle menos dramático de un suceso. El hecho de que Sonja Lundin no apareciese mencionada en las cartas puede muy bien depender de que Lars Borman ni siquiera sabía de su existencia.

Wallander se mostró de acuerdo.

—Sí, bien pensado —la felicitó—. Tus conjeturas no son peores que las de los demás. Más bien al contrario. Tan sólo hay un aspecto que queda sin aclarar. El más importante. El asesinato de Lars Borman. La réplica de la muerte de Gustaf Torstensson. Ambas ejecuciones cuya naturaleza intentaron disimular.

—En realidad, tú mismo lo acabas de decir —observó ella—. La muerte del uno recuerda a la del otro.

Wallander reflexionó un instante.

—Sí, es posible —admitió—. Si presuponemos que Gustaf Torstensson, por algún motivo, había empezado ya a ser objeto de las sospechas de Alfred Harderberg; si lo mantenían bajo vigilancia. En ese caso, lo que le aconteció a Lars Borman puede muy bien considerarse como una réplica de lo que estuvo a punto de sucederle a la señora Dunér.

—Eso es precisamente lo que pienso yo —convino Ann-Britt Höglund.

Wallander se puso en pie.

—Y, sin embargo, no podemos demostrar nada.

—Todavía no —precisó ella.

—Ya, pero no disponemos de mucho tiempo —le recordó Wallander—. Me temo que Per Åkeson nos parará los pies y nos exigirá muy pronto que ampliemos el centro de la investigación si no se produce algún cambio en breve. Digamos que podemos contar con un mes, a partir de ahora, para concentrarnos en lo que hemos dado en llamar nuestra pista principal: Alfred Harderberg.

—Puede que lo consigamos —sugirió ella.

—En fin, hoy no es mi día, precisamente —confesó Wallander—. Me da la impresión de que toda la investigación está yéndose al garete. Por eso ha sido muy positivo escuchar tus elucubraciones. Un investigador que flaquea en sus convicciones no tiene nada que hacer en el cuerpo.

Salieron a buscar unos cafés y se quedaron de pie en el pasillo.

—Y el avión, ¿qué sabemos de ese asunto?

—No mucho —aseguró Ann-Britt—. Se trata de un Grumman Gulfstream Jet, fabricado en 1974, con emplazamiento en el aeropuerto sueco de Sturup; las revisiones se realizan en Bremen, Alemania. Alfred Harderberg tiene contratados a dos pilotos, uno de ellos austriaco, Karl Heider, que lleva muchos años trabajando para él y que vive en Svedala. El otro no lleva mucho tiempo a su servicio, Luiz Manshino, originario de Isla Mauricio. Vive en un apartamento en Malmö.

—¿De dónde has sacado toda esa información? —preguntó Wallander perplejo.

—Dije que llamaba de un periódico y que estaba haciendo un reportaje sobre los aviones privados de los altos ejecutivos suecos. Hablé con el responsable de prensa del aeropuerto. No creo que Harderberg sospeche si se entera. Pero, como es natural, me fue imposible preguntar si tenían hojas de ruta con los detalles de las salidas y entradas y los destinos.

—Me interesan los pilotos —comentó Wallander—. Son dos personas que viajan mucho juntas y que comparten gran cantidad de su tiempo en mutua compañía. Deben de tener una relación especial. Sabrán mucho el uno del otro. Por cierto, ¿no es preceptivo llevar una azafata, por razones de seguridad?

—Pues, al parecer, no.

—Tendremos que hacer alguna aproximación a los pilotos —insistió Wallander—. Y encontrar un modo de averiguar cómo y dónde se custodia la documentación de los trayectos.

—A mí no me importa seguir con ello —se ofreció Ann-Britt Höglund—. Prometo ser discreta.

—De acuerdo, encárgate tú —concedió Wallander—. Pero date prisa. El tiempo vuela.

Aquella misma tarde, Wallander convocó a su grupo de investigación sin la presencia de Björk. Se hacinaron en su despacho, pues la sala de reuniones estaba ocupada por un encuentro, que el propio Björk dirigía, con algunos mandos policiales de la provincia. Una vez que hubieron escuchado el relato de Ann-Britt sobre su visita a los Borman, Wallander procedió a contarles su viaje al castillo de Farnholm y su encuentro con Alfred Harderberg. Era tal la atención que los compañeros prestaban a sus palabras que se percibía la tensión en el ambiente, como si todos tratasen de cazar al vuelo la pista decisiva rescatándola de las palabras de Wallander, tal vez algo que se le hubiese escapado a él mismo.

—He de admitir que mi sensación de que estos asesinatos y los demás sucesos adyacentes están relacionados con la persona de Alfred Harderberg se ha fortalecido en las últimas horas —concluyó redondeando su exposición—. Si sois de la misma opinión, podemos seguir adelante. Sin embargo, he de señalar que mis sensaciones no siempre son fiables. Hemos de tomar conciencia de que la investigación está en mantillas y de que podemos estar en un error.

—¿Cuál es la alternativa si no adoptamos ésta? —inquirió Svedberg.

—Siempre podemos ir a la caza de un loco —apuntó Martinson—. Un loco anónimo.

—No creo. Aquí hay demasiada frialdad —señaló Ann-Britt Höglund—. Todo parece muy bien planificado. No es la obra de un perturbado.

—Hemos de continuar siendo precavidos —les recordó Wallander—. Sabemos que no nos pierden de vista ni un momento, ya sea Alfred Harderberg u otra persona.

—¡Si Kurt Ström hubiese sido de fiar...! —exclamó Svedberg—. Nos vendría de perlas contar con alguien que estuviera dentro del castillo. Alguien que pudiera moverse libremente entre todas las secretarias sin llamar la atención.

—Tienes razón —convino Wallander—. Y mejor aún sería dar con alguien que hubiese estado trabajando con Harderberg hasta fecha reciente, que lo hubiese dejado y, preferentemente, que no hubiese quedado muy satisfecho de su antiguo jefe.

—Los grupos de delincuencia económica aseguran que el número de personas de confianza con las que cuenta Harderberg es, por el momento, reducidísimo —informó Martinson—. Por otro lado, se trata de colaboradores con los que ha contado durante muchos años. Las secretarias no son tan importantes y, en realidad, yo creo que saben bastante poco acerca de lo que sucede.

—Bueno, pero habría estado bien contar con alguien que operase desde dentro —reiteró Svedberg—. Alguien que pudiese transmitirnos información sobre las pautas cotidianas.

La reunión fue decayendo paulatinamente.

—En fin. Yo tengo una propuesta —anunció Wallander—. Mañana nos encerraremos en otro lugar. Necesitamos algo de sosiego para revisar juntos todo el material. Hemos de definir nuestra postura, una vez más. Y hemos de invertir el tiempo de un modo eficaz.

—En esta época del año, el hotel Continental está casi vacío —sugirió Martinson—. Seguro que podemos alquilar una sala de conferencias por un módico precio.

—Es una propuesta atractiva, por lo simbólico —advirtió Wallander—. Fue allí donde Gustaf Torstensson se vio con Alfred Harderberg por primera vez.

Y, en efecto, al día siguiente se hallaban todos reunidos en una sala de la planta alta del hotel Continental. El caso no dejó de ser motivo de discusión, ni siquiera en las pausas del almuerzo y el café. Al caer la tarde, decidieron continuar al día siguiente, no sin antes solicitar la autorización de Björk, que consintió sin problemas. De modo que se aislaron del resto del mundo y repasaron el material una vez más. Sabían que estaba ya mediado el mes: era viernes, 19 de noviembre, y el tiempo apremiaba.

Estaba ya entrada la noche cuando dieron por finalizada la reunión.

En opinión de Wallander, fue Ann-Britt Höglund quien mejor sintetizó en qué etapa se encontraba la investigación.

—Es como si lo tuviéramos todo, como si todos los datos estuviesen aquí —aseguró la agente—. Sólo que no somos capaces de ver cómo están relacionados. Si en verdad es Alfred Harderberg quien mueve los hilos, he de admitir que lo hace con suma habilidad. En cuanto nos damos media vuelta, lo cambia todo de lugar obligándonos a empezar de nuevo por el principio.

Cuando por fin abandonaron el hotel, todos se sentían dominados por el cansancio. Sin embargo, no era aquél el desfile de unas tropas vencidas. Wallander sabía que había ocurrido algo importante, que cada uno estaba ya informado de cuanto sabían los demás. Y ninguno de ellos tenía por qué sentirse inseguro acerca de las ideas o las dudas que albergaban los otros.

—Bien, ahora, a descansar el fin de semana —los animó Wallander una vez que hubieron concluido—. Todos necesitamos reposo. El lunes hemos de venir con fuerzas para continuar.

Wallander pasó el sábado en Löderup, con su padre. Logró reparar el maltrecho tejado antes de sentarse en la cocina durante horas a jugar a las cartas con el anciano. Mientras cenaban, el inspector comprendió que Gertrud era feliz con la vida que compartía con su padre.

Hacia la noche, a Wallander se le ocurrió preguntarle a Gertrud si conocía el castillo de Farnholm.

—Antes decían que estaba habitado por fantasmas —repuso la mujer—. Pero supongo que eso es algo que se afirma de todos los castillos.

A eso de la medianoche, se marchó a casa. Estaban bajo cero. La idea del invierno lo angustiaba.

El domingo se despertó tarde. Dio un paseo y luego se dirigió al puerto a contemplar las embarcaciones. Dedicó la tarde a limpiar el apartamento, pensando que aquel sólo era un domingo más de la larga lista de domingos absurdamente malgastados.

La mañana del lunes 22 de noviembre Wallander se despertó con dolor de cabeza. Le sorprendió, pues no había bebido nada la noche anterior. Más tarde cayó en la cuenta de que había dormido mal aquella noche, llena de pesadillas horribles. En efecto, soñó que su padre había muerto pero cuando, en su ensoñación, echó a andar dispuesto a ver el cadáver en el ataúd, no se atrevió a acercarse, pues sabía que, en realidad, era su hija Linda la que yacía allí amortajada.

Presa de un gran desasosiego, se levantó y se tomó unos analgésicos con medio vaso de agua. El termómetro seguía indicando que estaban bajo cero. Mientras aguardaba a que se hiciese el café, pensó que los sueños que habían ocupado su inconsciente aquella noche serían, sin duda, el prólogo a la reunión que Björk y él habrían de mantener con Per Åkeson aquella mañana. Sabía que no resultaría fácil pues, si bien estaba seguro de que el fiscal les daría vía libre para proseguir concentrados en las pesquisas sobre Alfred Harderberg, era consciente de que sus resultados hasta el momento no eran, en modo alguno, satisfactorios. No habían logrado organizar el material recabado de forma unitaria en ninguno de sus aspectos y la búsqueda se deslizaba sin conseguir un punto de apoyo claro, por lo que Per Åkeson tendría motivos más que suficientes para cuestionarse durante cuánto tiempo habrían de permitirles continuar como hasta la fecha, caminando a la pata coja, en lugar de apoyarse sobre las dos piernas.

Con la taza de café en la mano, se aplicó a estudiar el almanaque que tenía colgado en la pared. Faltaba poco más de un mes para Navidad y decidió que ése sería el plazo que reclamaría. Si para entonces no habían logrado dar un claro paso adelante en la investigación, aceptaría comenzar en serio a trabajar otras posibilidades después de las vacaciones.

«Un mes», se dijo. «Lo que significa que tiene que producirse algún cambio cuanto antes.»

El timbre del teléfono vino a interrumpir sus pensamientos.

—No te habré despertado, ¿verdad? —oyó preguntar a Ann-Britt Höglund.

—No, estaba tomándome el café —la tranquilizó Wallander.

—¿Estás abonado al diario *Ystads Allehanda?* —inquirió.

—Pues claro, ¿para qué está si no la prensa local? —se extrañó Wallander—. Pues para leerla por la mañana temprano, mientras el mundo aún se nos antoja pequeño. Uno siempre puede dedicarse al resto del planeta por la tarde, o por la noche.

—¿Lo has leído ya? —indagó Ann-Britt.

—Ni siquiera he ido a recogerlo al vestíbulo —confesó.

—Pues hazlo y ábrelo por la página de anuncios —le aconsejó la agente.

Lleno de curiosidad, fue al vestíbulo y recogió el periódico, que abrió con el auricular en la otra mano.

—¿Qué debo buscar?

—Estoy segura de que lo encontrarás tú solo —afirmó ella—. Hasta luego.

Tan pronto como la colega hubo colgado el teléfono, vio a qué se refería. En efecto, allí había un anuncio según el cual buscaban una chica para las caballerizas de Farnholm, para su incorporación inmediata. Por eso Ann-Britt había sido parca en sus explicaciones, pues no quería mencionar el nombre de Farnholm por teléfono.

Wallander reflexionó un instante y comprendió que aquello podía constituir una posibilidad, de modo que decidió llamar a su amigo Sten Widén tan pronto como hubiese terminado la reunión con Per Åkeson.

Cuando Wallander y Björk llegaron al despacho del fiscal, éste dio órdenes de que no se los molestase. Tenía un serio catarro que subrayó con un trompeteo de nariz largo y pulcro.

—En realidad, debería estar en cama —advirtió—. Pero ya que no es el caso, vamos a celebrar la reunión prevista para hoy.

Antes de proseguir, señaló el montón de documentación sobre el caso.

—Imagino que no os sorprenderá si os digo que, ni con la

mejor voluntad del mundo, podría afirmar que hayamos obtenido ningún resultado satisfactorio –comenzó–. Tan sólo contados indicios, vagos por demás, que señalan hacia la persona de Alfred Harderberg.

–Necesitamos más tiempo –protestó Wallander–. Este caso es complicado, como ya nos figurábamos desde un principio. Y, además, ésta es la mejor pista de la que poder partir, por el momento.

–La cuestión es si podemos siquiera llamarla una pista –objetó Per Åkeson–. Tú nos presentaste un punto de partida que justificaba el hecho de que concentrásemos todas nuestras pesquisas en Alfred Harderberg. Sin embargo, no hemos avanzado mucho, que digamos. Al revisar el material, no puedo por menos de pensar que estamos dando palos de ciego, atascados en el mismo punto inicial. Tampoco los grupos de delincuencia económica han hallado irregularidades, sino que nuestro sospechoso parece ser una persona sorprendentemente honrada. Ni un solo indicio, directo o indirecto, nos permite relacionarlo a él ni su actividad con los asesinatos de Gustaf Torstensson y de su hijo.

–Tiempo –reiteró Wallander–. Eso es lo que necesitamos. También podríamos darle la vuelta a tu argumento y acordar que, en el momento mismo en que podamos eliminar a Alfred Harderberg como sospechoso, estaremos mejor preparados para abordar el caso desde otra perspectiva.

Björk no pronunciaba palabra mientras Per Åkeson observaba a Wallander.

–En realidad, y como tú ya sospechas, debería dar el alto aquí mismo –amenazó–. Así que tendrás que persuadirme de que es acertado continuar concentrándonos en Alfred Harderberg por más tiempo.

–Los argumentos están en la documentación sobre el caso –aseguró Wallander–. Yo sigo convencido de que vamos bien encaminados. Por cierto, que el resto del grupo también lo está.

—Pese a todo, yo opino que deberíamos considerar la posibilidad de diversificar ya al personal para investigar el caso desde otra perspectiva —insistió Per Åkeson.

—¿Qué perspectiva? —opuso Wallander—. No hay ningún otro punto de partida posible. ¿Quién camuflaría un asesinato como un accidente de tráfico, y con qué motivo? ¿Por qué mataría nadie a tiros a un abogado en su despacho? ¿Quién colocaría una mina en el jardín de una señora mayor? ¿Quién tendría interés en hacer volar mi coche en mil pedazos? ¿Acaso estás sugiriendo que pensemos en un demente que, sin motivo alguno, toma la determinación de acabar con la vida del personal de un bufete de abogados de Ystad y, a ser posible, quitar de en medio a un policía o dos?

—A decir verdad, aún no habéis revisado toda la documentación de los clientes del despacho de abogados —le recordó Per Åkeson—. No es poco lo que todavía ignoramos.

—Y aun así, te pido más tiempo —repitió Wallander—. No ilimitado, pero sí un poco más.

—Está bien. Os doy dos semanas —concedió el fiscal—. Si no tenéis nada más convincente que presentar dentro de dos semanas, tendremos que volver a diseñar el plan de trabajo.

—Dos semanas es poco —presionó Wallander.

—De acuerdo, lo prolongaré a tres semanas —cedió al final Per Åkeson.

—Permítenos que nos concentremos en esta línea hasta antes de Navidad —rogó Wallander—. Si se produjese algún acontecimiento que indicase que estábamos en un error, cambiamos el rumbo de inmediato, pero permítenos continuar hasta Navidad.

El fiscal se volvió hacia Björk.

—¿Tú que opinas?

—Yo estoy preocupado —confesó Björk—. A mí también me da la impresión de que no llegamos a ninguna parte por esta vía.

Por otro lado, mis dudas acerca de que el doctor Harderberg pueda tener alguna relación con todo esto no son ninguna novedad.

Wallander sentía un fuerte deseo de manifestarse en contra, pero renunció a ello. En el peor de los casos, aceptaría las tres semanas.

De repente, Per Åkeson empezó a rebuscar entre la montaña de papeles que tenía sobre la mesa.

—¿Qué es esto de los trasplantes? —inquirió—. He leído en alguna parte que hallasteis una nevera para el transporte de órganos humanos en el maletero de Gustaf Torstensson. ¿Es eso cierto?

Wallander le expuso las conclusiones de Sven Nyberg al respecto y la información recabada hasta el momento.

—Avanca —repitió el fiscal cuando Wallander hubo concluido—. ¿Sabes si cotiza en Bolsa? Jamás había oído ese nombre con anterioridad.

—No, se trata de una empresa pequeña, propiedad de la familia Roman, que puso en marcha la actividad en los años treinta, con la importación de sillas de ruedas.

—En otras palabras, que no pertenece a Harderberg —concretó Per Åkeson.

—Eso es algo que aún no sabemos.

El fiscal observó a Wallander con atención.

—¿Cómo es posible que una empresa propiedad de una familia llamada Roman sea al mismo tiempo propiedad de Alfred Harderberg? Me gustaría oír una explicación.

—Te lo explicaré en cuanto lo sepa —aseguró Wallander—. Por ahora te puedo decir que este mes he aprendido lo suficiente como para poder afirmar que, en ocasiones, la situación real de propiedad en las empresas no tiene nada que ver con lo que rece el logotipo de las mismas.

Per Åkeson meneó la cabeza.

—Ya veo que no te rindes —comentó, antes de echar mano del calendario que tenía sobre la mesa.

—El lunes 20 de diciembre tomaremos una determinación —resolvió al fin—. Si es que antes no hallamos signos claros de avance. Pero ten en cuenta que entonces no os daré ni un solo día más, a menos que la investigación haya arrojado resultados notables.

—No vamos a malgastar ese tiempo —prometió Wallander—. Espero que seas consciente de que trabajamos todo lo que podemos.

—Lo sé, pero no puedo dejar de cumplir con mi deber como fiscal.

Así terminó la entrevista. Björk y Wallander regresaron taciturnos a sus respectivos despachos.

—Se ha portado bien al concederte tanto tiempo —opinó Björk cuando se detuvieron en el pasillo ante la puerta de su despacho.

—¿Al concedérmelo a mí? —preguntó perplejo—. Querrás decir a todos, ¿no es así?

—Sabes perfectamente lo que quiero decir —atajó Björk—. Mejor será que evitemos una discusión innecesaria.

—Eso mismo pienso yo —dijo Wallander antes de marcharse.

Una vez en su despacho y con la puerta cerrada, se sintió invadido por una intensa apatía. Alguien le había dejado sobre el escritorio una fotografía del jet de Harderberg, en el aeropuerto de Sturup. Wallander le dedicó una mirada ausente antes de apartarla.

«He perdido el tren», se lamentó. «La investigación está yéndose al garete. A decir verdad, debería renunciar a la dirección del grupo. No lo conseguiré.»

Permaneció allí sentado largo rato, sin hacer nada en absoluto. Viajó con el pensamiento a Riga, con Baiba Liepa. Cuando no pudo soportar la ociosidad por más tiempo, comenzó a escribirle una carta en la que la invitaba a pasar el día de Navidad y el fin de año en Ystad. Para evitar que la carta quedase sobre su mesa sin echar al correo o para no caer en la tentación de romperla en pedazos, la metió enseguida en un sobre, escribió la dirección del destinatario, fue a la recepción y se la dejó a Ebba.

—Échala al correo hoy mismo —ordenó—. Es muy importante.

—Me encargaré personalmente —aseguró ella con una sonrisa—. Sigues teniendo aspecto de estar totalmente agotado. ¿Es que no duermes por las noches?

—No como debiera —admitió Wallander.

—¿Quién crees que te lo agradecerá si te matas trabajando? —preguntó Ebba—. Desde luego, yo no.

Wallander volvió a su despacho sin responder.

«Un mes», se dijo. «Un mes para reventar esa sonrisa.»

No creía que fuese posible.

Sin embargo, se obligó a sí mismo a volver al trabajo.

Entonces, marcó el número de Sten Widén.

Mientras lo hacía, tomó la decisión de comprar algunas cintas con sus óperas favoritas. Echaba de menos su música.

13

Hacia la hora de la cena, el lunes 22 de noviembre, Kurt Wallander se acomodó en el coche de policía con el que sustituía su propio vehículo incendiado y salió de Ystad en dirección oeste. Se dirigía a las caballerizas que, situadas junto a las ruinas de Stjärnsund, constituían el refugio de su amigo Sten Widén. Al llegar a la colina que se erguía tímida a las afueras de Ystad, se desvió hacia un aparcamiento, detuvo el motor y se puso a contemplar el mar. A lo lejos, en el horizonte, adivinaba el contorno de un carguero que se deslizaba hacia el Báltico.

Durante unos segundos, quedó paralizado por un mareo repentino. Al principio creyó, horrorizado, que era el corazón. Sin embargo, comprendió después que debía de ser algo distinto, como si estuviese a punto de perder el timón de toda su existencia. Cerró los ojos, echó la cabeza hacia atrás e intentó no pensar en nada. Tras un par de minutos, abrió los ojos de nuevo. Allí estaba aún el mar, el carguero infatigable rozando la superficie rumbo al este.

«Estoy cansado», resolvió. «A pesar de haber descansado durante el fin de semana. La sensación de agotamiento se apodera de mí sin que yo pueda atisbar las causas. Además, lo más probable es que yo mismo no pueda hacer nada por paliar este cansancio. Ya es demasiado tarde, ahora que he tomado la determinación de volver a mi puesto en el cuerpo de Policía. La playa de Jutlandia ha dejado de existir para mí. Renuncié a ella de forma voluntaria.»

Ignoraba cuánto tiempo había estado allí sentado meditando pero, cuando el frío empezó a dejarse sentir, puso en marcha el motor y prosiguió el viaje. En realidad, le habría gustado volver a Ystad y encerrarse en su apartamento, invisible al resto del mundo. No obstante, se obligó a seguir adelante. Tomó el desvío hacia Stjärnsund hasta que, tras haber recorrido aproximadamente un kilómetro, el piso de la calzada empezó a empeorar de forma ostensible. Como siempre que se dirigía a casa de Sten Widén, se preguntó cómo era posible que aquellas enormes caravanas para el transporte de los caballos pudiesen atravesar una carretera tan mala.

El paisaje se inclinó de forma abrupta pendiente abajo y, de pronto, tuvo ante sí la extensa finca en la que se alineaban las cuadras en interminables hileras. Aparcó en el patio de entrada y se detuvo. Una bandada de cuervos alborotaba en tono altanero desde la copa de un árbol.

Salió del coche y se encaminó al edificio de ladrillo rojo en el que Sten Widén tenía su combinación de oficina y vivienda. La puerta estaba entreabierta y oyó que su amigo hablaba por teléfono. Dio unos toques en la puerta y entró en una habitación que, como era costumbre, se veía desordenada y olía a caballo. Sobre la cama deshecha yacían dos gatos dormidos. Wallander se preguntó cómo era posible que Sten Widén pudiese soportar vivir de aquella manera año tras año.

El hombre que, sin interrumpir la conversación telefónica, le hizo una señal de asentimiento cuando entró era escuálido, tenía el cabello revuelto y un eccema de un color rojo ardiente en la barbilla, junto a la boca. Tenía el mismo aspecto que hacía quince años, cuando eran amigos y se veían con regularidad. Entonces, Sten Widén soñaba con convertirse en cantante de ópera. Tenía una hermosa voz de tenor y, juntos, se habían imaginado un futuro en el que Wallander se convertiría en su representante. Mas su sueño se había quebrado o más bien desvaído en sus mentes, de modo que Wallander continuó en la policía y Widén acabó heredando el negocio de entrenamiento de caballos de carreras de su padre. Se fueron alejando sin que ninguno de los dos supiese por qué hasta que, a principios de los noventa, con motivo de la larga y complicada investigación de un asesinato, volvieron a encontrarse.

«Hubo un tiempo en que fue mi mejor amigo», recordó Wallander. «No ha habido ningún otro después de él. Tal vez sea el único buen amigo que tenga nunca.»

Widén concluyó su conversación telefónica y colgó el auricular inalámbrico con brusquedad.

—¡Qué hijo de puta! —barbotó.

—¿El propietario de algún caballo?

—Un sinvergüenza —afirmó Widén—. Le compré un caballo hace un mes. Tiene unas caballerizas en Höör y llegado el momento de recogerlo, va y se arrepiente. ¡Qué asco de gente!

—Si ya le has pagado el caballo, no puede arrepentirse, supongo —observó Wallander.

—Sólo le pagué una cantidad a cuenta —se lamentó Widén—. Pero pienso ir a recoger al animal, diga lo que diga.

Sten Widén desapareció hacia la cocina y, cuando regresó, Wallander percibió enseguida un ligero aroma a alcohol.

—Siempre llegas sin avisar —comentó Sten Widén—. ¿Quieres un café?

Wallander aceptó y ambos se fueron a la cocina. Sten Widén apartó desganado unos montones de viejos programas de carreras que había sobre el mantel.

—¿Te apetece un trago? —lo invitó mientras preparaba el café.

—No, gracias, tengo que conducir —rechazó Wallander—. ¿Qué tal va lo de los caballos?

—Éste ha sido un mal año. El que viene será mejor. Hay muy poco dinero en circulación, cada vez menos caballos y me veo obligado a subir las tarifas de entrenamiento para que me cuadren las cuentas. A veces me dan ganas de vender el picadero, pero los precios de los inmuebles están por los suelos, así que estoy atrapado en este barro escaniano.

Sirvió el café y se sentó junto a Wallander, que vio la mano trémula con la que quería alcanzar la taza. «El alcohol lo está matando», se dijo Wallander. «Jamás lo había visto temblar de ese modo durante el día.»

—Y a ti, ¿qué tal te va? —inquirió Sten Widén—. ¿A qué te dedicas ahora? ¿Sigues de baja?

—No, me he reincorporado, así que vuelvo a ser policía.

Sten Widén lo observó con súbita perplejidad.

—¡Vaya! Pues eso sí que no me lo habría imaginado —exclamó.

—¿El qué?

—Pues que volvieras al trabajo.

—¿Y qué iba a hacer si no?

—¿No decías que ibas a buscar trabajo como guarda de seguridad o de jefe de seguridad de alguna empresa?

—Yo siempre seré policía.

—Así es. Y yo no saldré nunca de esta finca. Además, el caballo que he comprado en Höör es muy bueno. Creo que llegará lejos. Es hijo de *Queen Blue,* así que no hay pegas que ponerle al pedigrí.

En ese momento, una joven pasó a caballo ante la ventana.

—¿Cuántos empleados tienes? —quiso saber Wallander.

—Tres, aunque en realidad no puedo permitirme más que dos y necesitaría cuatro.

—Ya, bueno, la verdad es que por eso he venido —señaló Wallander.

—¿No habrás pensado buscar trabajo como mozo de cuadra? —ironizó Sten Widén—. No creo que estés cualificado para esa tarea.

—Seguramente —admitió Wallander—. A ver, voy a explicártelo.

Wallander no halló motivo alguno para ocultarle el asunto de

Alfred Harderberg, pues sabía que Sten Widén jamás difundiría una palabra.

—La idea no es mía —confesó Wallander—. Nos han traído refuerzos, una mujer policía para el grupo de homicidios. Es muy buena. Ella fue quien vio el anuncio y me sugirió la idea.

—O sea, que quieres que prescinda de una de mis chicas para enviarla al castillo de Farnholm —adivinó Sten Widén—. Como una especie de espía, vamos. Me parece que te has vuelto loco.

—Bueno, un asesinato es un asesinato —sentenció Wallander—. El castillo está herméticamente cerrado y esto es una posibilidad de penetrar en él. ¿No has dicho que te sobraba?

—No, lo que dije es que me falta una.

—No puede ser una lela —advirtió Wallander—. Ha de ser despierta y observadora.

—Pues tengo una que encaja a la perfección —aseguró Widén—. Es avispada y audaz. Pero hay una pega.

—¿Cuál?

—No le gustan los policías.

—¡Anda! Y eso, ¿por qué?

—Bueno, ya sabes que suelo emplear a chicas algo casquivanas. Me han dado buenos resultados. Además, colaboro con una asociación de jóvenes de Malmö y precisamente hace poco me enviaron a una de diecinueve años que se llama Sofia. Es la que acaba de pasar a caballo.

—Ya, pero no hay por qué mencionar a la policía —sugirió Wallander—. Podemos inventarnos alguna excusa que justifique por qué quieres que mantenga los ojos abiertos en el castillo. Y luego tú y yo nos reunimos y me informas.

—Preferiría no mezclarme en esto, la verdad —confesó Sten Widén—. Pero no tenemos por qué decirle que tú eres policía, sino simplemente alguien a quien le interesa saber lo que ocurre en el castillo. Si yo le digo que eres de fiar, es que eres de fiar.

—Podemos intentarlo —se animó Wallander.

—Bueno, aún no le han dado el trabajo —advirtió Sten Widén—. Me imagino que habrá muchas chicas interesadas por los caballos a las que les encantaría trabajar en un castillo.

—A ver, dile que venga —le pidió Wallander—. Pero no le digas cómo me llamo.

—¿Y cómo coño quieres que te llame, entonces?

Wallander reflexionó un momento.

—Roger Lundin —dijo al fin.

—¿Y quién es Roger Lundin?

—Pues, a partir de ahora, soy yo.

Sten Widén meneó la cabeza.

—Supongo que lo has pensado bien. En fin, voy a buscarla.

La chica llamada Sofia era delgada y tenía las piernas esbeltas y una melena larga y despeinada. Entró en la cocina, saludó con indiferencia a Wallander y se sentó a tomarse el café que quedaba en la taza de Widén. Wallander se preguntó si no sería una de las que solía compartir la cama con su amigo, pues sabía desde hacía tiempo que Widén mantenía relaciones con algunas de las chicas que trabajaban para él.

—En realidad, debería despedirte —le espetó a bocajarro Sten Widén—. Ya sabes que tengo que recortar gastos. Pero resulta que hemos sabido que ofrecen un puesto en un castillo de Österleden que te puede venir bien. Si lo aceptas, o si te lo dan..., en fin, la cosa puede mejorar más adelante. Entonces volvería a contratarte, te lo aseguro.

—¿Y qué caballos tienen? —quiso saber la chica.

Sten Widén miró a Wallander, que respondió encogiéndose de hombros.

—Pues no creo que se trate de caballos de las Ardenas —afirmó Sten Widén—. ¿Qué coño importa eso? Es algo provisional. Además, lo que tú tienes que hacer es ayudar a mi amigo Roger, y mantener los ojos bien abiertos para ver qué pasa allí dentro. Bueno, no mucho, sólo especialmente atenta.

—¿Y cuánto pagan?

—No lo sé —confesó Wallander.

—¡Pero, qué cojones! —exclamó Sten Widén—. Es un castillo, así que no líes la cosa, ¿vale?

Widén desapareció en la habitación contigua y regresó con un ejemplar de *Ystads Allehanda*. Wallander buscó el anuncio.

—Entrevista personal, pero hay que llamar primero —leyó.

—Bueno, eso lo arreglamos nosotros —atajó Widén—. Te llevo allí esta misma tarde.

De pronto, la joven levantó la vista del mantel y dedicó a Wallander una mirada enconada.

—¿Qué clase de caballos son? —repitió.

—No lo sé —volvió a admitir Wallander.

Ella inclinó la cabeza.

—A mí me parece que tú eres policía.

—¡Vaya! ¿Y se puede saber por qué? —preguntó Wallander atónito.

—Bueno, me da la impresión.

Sten Widén tomó enseguida el mando de la conversación.

—Se llama Roger. Y eso es todo lo que necesitas saber, así que no seas tan preguntona. Intenta mejorar tu aspecto para cuando nos vayamos esta tarde. Podrías..., no sé, lavarte el pelo, por ejemplo. Y no olvides que *Winters Moon* necesita una venda en la pata trasera izquierda.

La muchacha abandonó la cocina sin decir adiós.

—Ya lo has visto —comentó Sten Widén—. No resulta fácil dársela con queso.

—Gracias por tu ayuda. Esperemos que funcione.

—La llevaré en el coche hasta el castillo. Eso es todo lo que puedo hacer.

—De acuerdo. Llámame a casa —pidió Wallander—. Si le dan el trabajo, necesito saberlo enseguida.

Salieron juntos en dirección al coche del inspector.

—A veces me doy cuenta de que estoy harto de todo —manifestó de repente Sten Widén.

—Sí, imagínate que pudiésemos empezar de nuevo —suspiró Wallander.

—Hay días en que me pregunto: ¿y esto es la vida? Algunas arias, un montón de caballos de la peor clase, constantes problemas de dinero...

—Bueno, creo que exageras, ¿no te parece?

—A ver, convénceme de lo contrario.

—Venga, ahora tendremos oportunidad de vernos más a menudo y podremos hablar.

—Ya, pero aún no le han dado el trabajo.

—Lo sé —convino Wallander—. Llámame esta noche.

Se sentó al volante, le hizo a Widén una seña de despedida y se marchó. Miró el reloj y comprobó que aún tenía toda la jornada por delante. Y había decidido hacer otra visita aquel día.

Media hora después efectuaba un aparcamiento indebido en la angosta calleja a espaldas del hotel Continental y se encaminó hacia la casa rosa de la señora Dunér. Se asombró al descubrir que no había ningún coche de la policía por allí cerca y se preguntó, irritado e inquieto a un tiempo, qué habría ocurrido con la protección que había ordenado para ella. La mina que explotó en su jardín no era ninguna broma. Si la hubiese pisado, habría muerto o se habría quedado tullida. Llamó a la puerta mientras decidía mentalmente que le consultaría a Björk de inmediato.

Ella abrió la puerta con cautela y, al reconocerlo, dio muestras de sincero alivio.

—Siento no haber llamado antes para avisar de mi visita —se excusó Wallander.

—Puede usted venir cuando quiera —contestó ella.

Aceptó el café que ella le ofrecía, aunque consciente de que ya había tomado demasiados durante aquella mañana. Mientras la mujer estaba en la cocina, él se puso a contemplar el jardín. El césped maltrecho aparecía ahora fresco y cuidado y se preguntó si la señora Dunér esperaba tal vez que la policía le proporcionase una guía de teléfonos nueva.

«En este caso, todo da la impresión de haber ocurrido hace tiempo», reflexionó. «Y, sin embargo, no hace tantos días que arrojé al jardín la guía que provocó la explosión.»

La mujer sirvió el café ante el sofá estampado en el que se había sentado Wallander.

—No he visto ningún coche patrulla ahí fuera al llegar —comentó el inspector.

—Bueno, es que unas veces vienen y otras no —explicó ella.

—Averiguaré por qué —prometió Wallander.

—¿De verdad cree que es necesario? —inquirió la mujer—. ¿Que aún pueden querer hacerme daño?

—Ya sabe lo que les sucedió a los dos abogados —le recordó Wallander—. Antes de que colocaran la mina en su jardín. La verdad, no creo que vaya a ocurrir nada más, pero hemos de tomar todas las precauciones de seguridad posibles.

—Sinceramente, no acabo de comprenderlo —admitió ella.

—Pues sí, ése es el motivo de mi visita —declaró Wallander—. A estas alturas, ha tenido tiempo suficiente para pensar. A menudo lo necesitamos para ver las cosas con más claridad. A veces uno tiene que poner a punto la memoria.

La señora Dunér asintió despacio.

—Créame que lo he intentado —se lamentó—. Día y noche.

—Retrocedamos unos años en el tiempo —propuso Wallander—. Cuando a Gustaf Torstensson le ofrecieron trabajar para Alfred Harderberg. ¿Tuvo usted ocasión de verlo en persona alguna vez?

—Nunca.

—Es decir, que sólo habló con él por teléfono.

—Pues, ni siquiera eso. Siempre era una secretaria quien llamaba.

—Me figuro que tener un cliente de tal magnitud significó mucho para el bufete.

—¡Por supuesto! De pronto, empezó a entrar mucho más dinero de lo que nunca habíamos visto. De hecho, gracias a ello pudimos renovar el edificio.

—Aunque nunca habló ni vio a Alfred Harderberg, se habrá forjado usted una idea de su persona. Me he dado cuenta de que tiene usted buena memoria.

La mujer reflexionó un instante antes de responder mientras Wallander contemplaba una golondrina que recorría el jardín a saltitos nerviosos.

—Siempre tenían prisa —explicó ella—. Cuando lo llamaban del castillo, había que dejarlo todo.

—¿Observó usted algún otro detalle?

Ella negó con la cabeza y Wallander prosiguió.

—Gustaf Torstensson le hablaría en alguna ocasión acerca de su cliente —comentó—. Y sobre las visitas que realizaba al castillo.

—Yo creo que todo aquello lo impresionaba bastante y lo hacía sentirse nervioso ante la posibilidad de cometer un error. Esto era, por cierto, fundamental, pues solía decir que los errores estaban prohibidos allí.

—¿Qué cree usted que quería decir exactamente?

—Pues que Alfred Harderberg solicitaría de inmediato los servicios de otro bufete.

—Algo le contaría acerca de Harderberg, ¿no es así? Y sobre el castillo. ¿No sentía usted curiosidad?

—Claro que sí, pero él nunca se prodigaba en explicaciones. Se mostraba impresionado y taciturno. En alguna ocasión le oí afirmar que Suecia tenía mucho que agradecerle a Alfred Harderberg.

—¿Y no dijo jamás nada negativo sobre él?

Wallander no se esperaba aquella respuesta.

—¡Vaya si lo dijo! Lo recuerdo muy bien porque me llamó la atención y, además, fue la única vez.

—¿Qué fue lo que dijo?

—Textualmente: «El doctor Harderberg tiene un humor macabro».

—¿A qué se refería exactamente?

—Pues no lo sé. Ni yo indagué ni él lo explicó.

—«El doctor Harderberg tiene un humor macabro.»

—Exacto, eso dijo.

—¿Cuándo?

—Hará un año.

—¿En qué contexto se pronunció en esos términos acerca de su cliente?

—Había estado en el castillo de Farnholm, para acudir a una de las reuniones periódicas y, si he de ser sincera, no recuerdo que ocurriese nada especial.

Wallander comprendió que no lograría averiguar más, pues estaba claro que Gustaf Torstensson no había revelado ningún tipo de detalles sobre sus visitas al poderoso señor del castillo.

—Bien, cambiemos de tema —sugirió—. El trabajo de un abogado genera una gran cantidad de papeleo. El Colegio de Abogados nos ha informado de que la documentación concerniente al trabajo que Gustaf Torstensson realizaba para Alfred Harderberg es mínima.

—Sí, la verdad, me esperaba esa pregunta desde hace tiempo. Resulta que los procedimientos que había que aplicar en el caso del señor Harderberg eran muy especiales. Aquí teníamos archivada tan sólo aquella documentación que, por ley, debía custodiarse por un abogado. Por otro lado, habíamos recibido órdenes estrictas de no copiar ni guardar ningún documento sin necesidad. Todo el material con el que Gustaf Torstensson trabajaba en el despacho debía ser devuelto a Farnholm. De ahí que no haya prácticamente nada.

—A usted debió de parecerle muy extraño, ¿no es así?

—Sí, bueno. Nos dijeron que los negocios de Alfred Harderberg eran muy delicados. A decir verdad, yo no tenía ninguna razón para oponerme a aquellas normas, siempre y cuando no contraviniéramos ninguna normativa.

—Ya. Sé bien que Gustaf Torstensson se dedicaba al asesoramiento fiscal —afirmó Wallander—. ¿Puedo pedirle que haga un esfuerzo por rememorar algún detalle acerca de sus cometidos?

—Lo siento, pero me resulta imposible —confesó la mujer—. Se trataba de contratos muy complejos entre bancos y empresas distribuidas por todo el mundo. Por lo general, eran sus propias secretarias quienes pasaban a limpio todos los documentos. Rara vez me pidió el señor Torstensson que le redactase nada relacionado con los negocios de Harderberg. Sin embargo, él sí que lo hacía, y mucho.

—Y no era algo que hiciese cuando se trataba de otros clientes, ¿me equivoco?

—No, nunca.

—¿Tiene usted alguna explicación para ello?

—Supuse que eran asuntos tan delicados que no resultaba conveniente que yo los viese siquiera —respondió la señora Dunér con sinceridad.

Wallander rechazó la segunda taza de café que ella le ofreció antes de proseguir.

—¿Recuerda usted haber leído el nombre de una empresa llamada Avanca en alguno de los escasos documentos que vio?

La mujer se esforzaba por hacer memoria.

—No —aseguró al fin—. Es posible que en alguno figurase ese nombre, pero no lo recuerdo.

—Bien, en ese caso, no me queda más que una pregunta —anunció Wallander—. ¿Conocía usted la existencia de las cartas en las que Lars Borman amenazaba al personal del bufete?

—Gustaf Torstensson me las mostró —explicó—. Pero me dijo

que no tenían importancia. Por esa razón no las archivamos y yo pensaba que las habría tirado.

—¿Tampoco sabía que el autor y Gustaf Torstensson se conociesen?

—No, y me sorprendió.

—Se conocieron en una asociación de aficionados al estudio de la iconografía sagrada.

—Sí, yo sabía de la existencia de dicha asociación, pero ignoraba que el autor de las cartas fuese miembro de ella.

Wallander dejó la taza sobre la mesa.

—Bien, no la molesto más —afirmó antes de ponerse en pie.

Ella permaneció sentada, observándolo expectante.

—¿No han descubierto nada todavía?

—Pues no. Seguimos sin saber quién asesinó a los dos abogados —admitió Wallander—. Ni por qué. Cuando lo averigüemos, podremos explicar lo que ocurrió en su jardín.

Entonces ella se levantó y le tendió la mano.

—Tiene que atraparlos —rogó ella.

—Sí, y así lo haremos, aunque nos llevará tiempo.

—No quisiera morirme sin saber qué ocurrió y por qué.

—En cuanto tenga alguna noticia, se la comunicaré —aseveró él, sin dejar de percibir lo poco convincente que el tono de su respuesta debió de parecerle a la mujer.

Wallander se marchó a la comisaría e intentó localizar a Björk. Cuando supo que se encontraba en Malmö, entró en el despacho de Svedberg y le pidió que investigase por qué era tan irregular la vigilancia en la casa de la señora Dunér.

—¿De verdad crees que pueda pasar algo? —inquirió Svedberg.

—Yo no creo nada —atajó Wallander—. Pero me parece que ya se han producido más sucesos desagradables de lo recomendable.

Estaba a punto de irse cuando Svedberg le tendió una nota.

—Una tal Lisbeth Norin llamó preguntando por ti —anunció—. Dijo que podías localizarla en este número hasta las cinco.

Wallander comprobó que se trataba de un número de Malmö, y no de Gotemburgo. Se fue, pues, a su despacho para efectuar la llamada. Fue un hombre quien contestó pero, transcurrido un instante, se oyó la voz de Lisbeth Norin. Wallander se presentó.

—Bueno, ha dado la coincidencia de que estoy de paso en Malmö unos días. He venido para ver a mi padre, que se ha fracturado una pierna. Llamé para escuchar mi contestador y escuché tu mensaje.*

—Sí, me gustaría hablar contigo —explicó Wallander—. Aunque no por teléfono.

—¿De qué se trata?

—Tengo algunas preguntas que hacerte relacionadas con una investigación —aclaró—. Supe de ti a través de un médico de Lund llamado Strömberg.

—Mañana me viene bien, pero tendrá que ser aquí, en Malmö.

—De acuerdo, entonces iré a Malmö —aceptó Wallander—. ¿Qué te parece a las diez?

—Sí, a las diez es buena hora.

Ella le facilitó la dirección de su padre en Malmö y, una vez concluida la conversación, Wallander permaneció sentado preguntándose cómo era posible que hubiese sido aquel anciano con la pierna fracturada el que atendió el teléfono.

Se sintió muy hambriento y, dado que estaba ya entrada la tarde, decidió continuar trabajando desde casa. De hecho, aún le quedaba mucho material por leer sobre el imperio financiero de Alfred Harderberg, así que buscó en los cajones hasta hallar una bolsa de plástico que llenó de archivadores. Al llegar a la recepción, le comunicó a Ebba que estaría en casa el resto del día.

* El tuteo inmediato entre desconocidos es una práctica social común en Suecia. Mantenemos este rasgo en la traducción, aunque pueda resultar llamativo para el lector de habla hispana. *(N. del E.)*

Se detuvo junto a un supermercado para comprar algo de comida y después en un comercio de tabaco, donde adquirió cinco boletos de lotería para rascar.

Una vez en casa, se hizo una loncha de budín de sangre de ternera que se tomó con una cerveza. En vano buscó el tarro de confitura que creía tener en el frigorífico, de modo que se tomó el filete sin guarnición.

Después del almuerzo, fregó los platos y rascó los boletos de lotería uno tras otro, sin obtener ningún premio. Decidió que no tomaría más café aquel día y se echó un rato en la cama deshecha para reposar antes de ponerse a estudiar el contenido de la bolsa.

El ruido del teléfono lo despertó. Cuando miró el reloj, comprobó que había estado durmiendo durante varias horas, pues eran las nueve y diez.

Era Sten Widén quien llamaba.

—Te llamo desde una cabina —le comunicó—. Pensé que te gustaría saber que a Sofia le han dado el trabajo. Empieza mañana.

La noticia lo sacó del duermevela de inmediato.

—¡Estupendo! ¿Quién la entrevistó y la contrató?

—Una mujer llamada Karlén de apellido.

Wallander recordó su primera visita al castillo de Farnholm.

—¡Ah, sí! Anita Karlén.

—Tendrá que hacerse cargo de dos caballos de carreras —le reveló Sten Widén—. Y muy caros. El sueldo no estaba nada mal, claro. Las caballerizas son pequeñas pero ella dispone de un apartamento propio. Creo que ahora le caes a Sofia mucho mejor que antes.

—Me alegro —aseguró Wallander.

—Dijo que me llamaría dentro de unos días —prosiguió Sten Widén—. Lo único que ocurre es que no recuerdo tu nombre.

El propio Wallander tuvo que hacer un esfuerzo por recordarlo.

—Roger Lundin —cayó al fin.

—Pues voy a anotarlo ahora mismo.

—Sí, creo que será mejor que yo también lo haga. Por cierto, es muy importante que no llame desde el castillo, sino como tú, desde una cabina.

—¡Pero si tiene un teléfono en el apartamento! ¿Por qué no iba a utilizarlo?

—Es posible que esté intervenido —advirtió Wallander, que oyó resoplar a Sten Widén al otro lado del hilo telefónico.

—Yo creo que no estás bien de la cabeza —comentó.

—En realidad, yo también debería tener cuidado con mi teléfono, aunque nosotros controlamos nuestras propias líneas con regularidad.

—¿Quién es Alfred Harderberg? ¿Un monstruo?

—Un hombre amable, bronceado y sonriente que, además, viste con suma elegancia. Los monstruos pueden presentarse con apariencias muy diversas.

El aparato empezó a lanzar el consabido pitido de fin de crédito.

—Ya te llamaré —prometió Widén.

Concluida la conversación, Wallander consideró un instante la posibilidad de llamar a Ann-Britt Höglund para ponerla al corriente de lo sucedido, pero no lo hizo, pues era ya algo tarde.

Dedicó el resto de la noche a estudiar el contenido de la bolsa que se había llevado a casa. Hacia las doce, sacó su viejo atlas escolar para localizar algunos de los lugares exóticos hasta los que se extendía el imperio de Alfred Harderberg. De este modo comprendió el alcance inaudito de su actividad. Mientras lo hacía, lo invadió de nuevo una inquietud insidiosa ante la posibilidad de que estuviese conduciendo la investigación y a sus compañeros por una línea equivocada. Tal vez, se decía, existiese una solución del todo diferente para la muerte de los dos abogados.

Al dar la una, se fue a la cama pensando que hacía ya mucho tiempo que no recibía noticias de Linda y que él mismo tendría que haberla llamado.

El martes 23 de noviembre amaneció como un claro y hermoso día de otoño.

Aquella mañana, Wallander se había permitido dormir un poco más y, a eso de las ocho, llamó a la comisaría para avisar de que pensaba viajar a Malmö. La dirección que Lisbeth Norin le había dado se encontraba cerca de la plaza Triangel, en el centro de la ciudad. Dejó el coche en un aparcamiento situado detrás del hotel Sheraton y, a las diez en punto, llamó a la puerta indicada. Le abrió una mujer que le pareció de su misma edad y que vestía un chándal de alegres colores. Por un momento, el inspector pensó que se había equivocado de casa, pues aquella señora no encajaba con la imagen que él se había forjado a partir de su voz ni, por supuesto, satisfacía sus expectativas generales y llenas de prejuicios que tenía sobre los periodistas.

—Tú debes de ser el policía —adivinó ella en tono jovial—. La verdad, me esperaba a un agente de uniforme.

—Vaya, pues siento decepcionarte —repuso Wallander.

La mujer lo invitó a entrar en un apartamento antiguo, de techos altos. Le presentó a su padre, que estaba sentado con la pierna escayolada. Wallander comprobó que tenía un teléfono inalámbrico en el regazo.

—Yo lo conozco a usted —dijo el anciano—. No paraban de escribir sobre usted en los periódicos, hace un año más o menos. ¿O estoy confundiéndolo con otra persona?

—Seguramente.

—Recuerdo algo relacionado con un coche que ardió en el puente de Ölandsbro* —continuó el hombre—. Lo recuerdo bien

---

* Véase *La leona blanca,* Tusquets Editores, en colección Andanzas y colección Maxi. *(N. del E.)*

353

porque yo aún estaba en la Marina cuando construyeron ese puente.

—Los periódicos suelen exagerar —dijo Wallander esquivo.

—Pues si no me equivoco, lo describían como un policía excelente.

—¡Exacto! —intervino Lisbeth Norin—. Publicaron varias fotografías tuyas en los periódicos y saliste en varios programas de debate en televisión, ¿no es así?

—No, no, en absoluto —negó Wallander—. Creo que me confundís con otro.

Lisbeth Norin comprendió que deseaba cambiar de tema.

—Bueno, hablaremos en la cocina —propuso.

El sol otoñal se filtraba por los vidrios de los altos ventanales, a través de los cuales se veía a un gato que dormitaba enroscado entre los maceteros. Wallander le aceptó una taza de café antes de tomar asiento.

—Me temo que las preguntas que voy a formularte serán bastante imprecisas —admitió—. Estoy convencido de que las respuestas resultarán mucho más interesantes. Para ponerte en antecedentes, te diré que en Ystad estamos investigando un asesinato, o quizá dos, en los que parece que ha desempeñado cierto papel el transporte y la venta ilegal de órganos humanos. Aún no sé si dicho papel ha sido decisivo o no. Por desgracia, no puedo darte más detalles, por razones técnicas de la investigación.

La intervención sonó como la de un autómata a sus propios oídos. «¿Por qué no podré expresarme con más sencillez?», se preguntó indignado. «Debo de parecer una parodia de policía.»

—En ese caso, comprendo que Lasse Strömberg te diese mi nombre —comentó la mujer con interés manifiesto.

—Me pareció entender que tú te dedicabas a investigar las circunstancias de ese tráfico espeluznante —continuó Wallander—. Y me sería de gran ayuda que me pusieses en antecedentes.

—Hablar de ello nos llevará todo el día —advirtió ella—. Puede que incluso hasta la noche. Por otro lado, no tardarás en detectar que ni yo misma estoy del todo segura de lo que he averiguado, pues se trata de una actividad clandestina a la que nadie se ha atrevido a hincar el diente, salvo unos cuantos periodistas americanos. Yo debo de ser la única periodista escandinava que se dedica a hurgar en ese tema.

—Me figuro que lleva aparejados una serie de riesgos —inquirió Wallander.

—No creo que los entrañe para mí, aquí en Suecia —repuso ella—. Pero lo cierto es que conozco personalmente a uno de los periodistas americanos, Gary Becker, de Minneapolis, que realizó un viaje a Brasil para investigar los rumores que corrían acerca de una liga que, decían, actuaba en São Paulo. Primero lo amenazaron de muerte, y luego, una noche, el taxi en que viajaba recibió una serie de disparos a la puerta del hotel en que se hospedaba, de modo que lo persuadieron para que tomase el primer avión y se marchase del país.

—¿Hay algún indicio de que existan intereses suecos involucrados en este asunto?

—No —negó ella—. ¿Acaso los hay?

—No era más que una pregunta.

Ella lo observó sin hacer ningún comentario y se le acercó antes de advertirle:

—Si quieres que tú y yo mantengamos una conversación, has de ser sincero conmigo. No olvides que soy periodista. No tendrás que pagar por esta charla, puesto que eres policía, pero lo menos que puedes hacer es decirme la verdad.

—Sí, bueno, tienes razón —concedió Wallander—. Puede que exista una posibilidad remota de conexión. Es cuanto puedo revelar, por el momento.

—Bien. Empezamos a entendernos. Sin embargo, quiero que me asegures que, de existir dicha relación, yo seré la primera periodista en saberlo.

—Eso es algo que no puedo prometer, pues va contra nuestras normas —se excusó Wallander.

—Seguro que sí, pero matar a la gente para robarle los órganos contraviene unas normas más importantes, a mi entender —objetó ella.

Wallander meditó un instante y comprendió que, en realidad, estaba apelando a unas normas y directrices que hacía tiempo había dejado de cumplir sin criticar. Como policía, había vivido sus últimos años en una especie de tierra fronteriza en la que, por lo general, era la utilidad de sus acciones lo que determinaba las reglas que él aceptaba y aquellas que decidía dejar a un lado. ¿Por qué motivo iba a cambiar de actitud?

—Serás la primera en saberlo —sostuvo al fin—. Pero sin mencionar mi nombre. Yo he de permanecer en el anonimato.

—¡Estupendo! —aceptó ella—. Ahora nos entendemos aún mejor.

Cuando Wallander, más tarde, rememoró todas las horas que había pasado en aquella silenciosa cocina, con la estampa del sueño perpetuo del gato entre los maceteros y los rayos del sol desplazándose despaciosos sobre el hule de la mesa, hasta perderse al fin sin dejar rastro, no pudo explicarse que el tiempo hubiese podido transcurrir a tal velocidad. En efecto, habían comenzado su entrevista a las diez, pero él no se dispuso a marcharse hasta ya entrada la noche. Se tomaron algunas pausas, mientras ella preparaba la comida y su anciano padre entretenía a Wallander con relatos de su época como comandante de diversos buques, en viajes a los países bálticos y, de forma excepcional, a Polonia. Tras la interrupción dedicada al almuerzo y el café, se encontraron de nuevo a solas en la cocina, donde ella retomó la exposición acerca de su trabajo, que Wallander envidiaba. Ambos se dedicaban a investigar, sus vidas discurrían próximas al crimen y a la miseria humana. La diferencia consistía en que ella aspiraba a descubrir a los autores para prevenir, mientras Wallander se entregaba a la tarea de hacer limpieza tras la escabechina.

En cualquier caso, aquel día que pasó en la cocina de la mujer permanecería en su memoria como un viaje a un país ignoto, en que los seres humanos y sus órganos se transformaban en productos de un mercado del que toda consideración moral parecía erradicada. Comprendió que, de ser ciertas las suposiciones de la periodista, el alcance de aquel mercado era tal que resultaba inabarcable. Sin embargo, lo que más lo sobrecogió fue el hecho de que, según ella misma aseguraba, creyese poder comprender a las personas que asesinaban a seres humanos sanos, a menudo jóvenes, para poder arrebatarles los órganos y comerciar con ellos.

—Es parte de nuestro mundo —sostenía—. Así es, nos guste o no. Una persona puede ser tan pobre que esté dispuesta a cometer cualquier despropósito por defender su vida, por terrible que eso suene. ¿Cómo podríamos condenarlo por amoral, cuando las circunstancias nos son ajenas? En los barrios bajos de ciudades como Río o Lagos, Calcuta o Madrás, puedes ponerte en una esquina, blandir treinta dólares y pedir que te pongan en contacto con alguien que esté dispuesto a matar a un ser humano. En el plazo de un minuto, tendrás una larga cola de verdugos voluntariosos, que ni siquiera preguntan a quién deben matar, ni por qué. Pero están dispuestos a hacerlo por veinte dólares, quizás incluso por diez. En el fondo, advierto un abismo en lo que hago, consciente de mi repulsa, de mi propia desesperación. Aunque también sé que cuanto hago resultará absurdo mientras el mundo sea como es.

Wallander había guardado silencio la mayor parte del tiempo, interrumpido por alguna que otra pregunta aclaratoria. Ella hablaba, demostrando que intentaba compartir cuanto sabía o suponía, pues no era mucho lo que se podía probar.

Y, muchas horas después, se acabó.

—Es cuanto sé —concluyó—. Si te resulta de alguna ayuda, me daré por satisfecha.

—Lo cierto es que ni siquiera sé si mi punto de partida es acertado —confesó Wallander—. Pero si lo es, estamos sobre la pista de un enlace sueco con esta actividad tremenda. En el supuesto de que pudiésemos detenerla, será, cuando menos, positivo, ¿no estás de acuerdo?

—Por supuesto. Si podemos contribuir a que descuarticen un cuerpo menos en algún país del tercer mundo, habrá merecido la pena.

Wallander abandonó Malmö casi a las siete. Sabía que tendría que haber llamado a Ystad para informar de dónde estaba y para qué, pero la conversación con Lisbeth Norin lo había absorbido por completo.

Cuando se marchaba, ella lo acompañó hasta el aparcamiento, y allí se despidieron.

—Me has dedicado todo un día —le dijo el inspector—. Y ni siquiera puedo pagártelo.

—Bueno, así son las cosas —sentenció ella—. Pero puede que me vea recompensada más tarde.

—Sabrás de mí.

—Cuento con ello. A menos que haya salido de viaje, suelo estar en Gotemburgo.

Wallander se detuvo a comer en un quiosco de salchichas a las afueras de Jägersro, sin dejar de reflexionar sobre lo que le había contado la periodista al tiempo que se esforzaba por situar a Alfred Harderberg en aquel contexto, sin mucho éxito.

De repente lo asaltó la duda de que existiese una solución real al asesinato de los dos abogados. Durante todos sus años de servicio, se había librado de la experiencia de un caso de asesinato que hubiese quedado sin resolver. Pero en éste, se planteaba si no se hallaría ante una puerta que nunca había de abrirse.

Continuó, pues, en medio de la noche otoñal, rumbo a Ystad, con el cuerpo sometido a un agotamiento sordo y pertinaz. Lo único que lo alentaba era la idea de llamar a Linda tan pronto como llegase a casa.

Sin embargo, en cuanto cruzó la puerta de su apartamento, notó enseguida que había allí algo distinto a como él lo había dejado por la mañana. Permaneció en pie en el vestíbulo, inmóvil y alerta. Se dijo que debían de ser figuraciones suyas, pero la sensación no cedía. Encendió la luz de la sala de estar, se sentó en una silla y miró a su alrededor. Nada faltaba, nada parecía fuera de lugar. Se levantó de nuevo y se dirigió al dormitorio, donde halló la cama deshecha, tal y como él la había dejado. La taza de café medio vacía seguía allí, junto al despertador sobre la mesilla de noche. Continuó su inspección en la cocina. Sí, debía de ser fruto de su imaginación.

Pero, cuando abrió la puerta del frigorífico para sacar la margarina y el queso, cayó en la cuenta de repente de que tenía razón.

Observó el paquete abierto de budín de sangre de ternera. En efecto, su memoria para los detalles era casi fotográfica y sabía con certeza que lo había dejado en la tercera de las cuatro baldas de la nevera.

Y, sin embargo, ahora estaba en la segunda.

Alguien había abierto la puerta del frigorífico. El paquete de budín estaba al borde de la balda, con lo que pudo haberse caído, algo que le había ocurrido incluso a él. Ese alguien había devuelto el paquete a la balda equivocada, por error.

No dudaba lo más mínimo de su memoria.

Así pues, alguien había entrado en su apartamento durante el día; alguien que había abierto su frigorífico, para buscar algo o para esconderlo, y que había cometido el error de colocar el budín de sangre en otra balda.

Al principio se le ocurrió que aquello era ridículo.

Después cerró la puerta del frigorífico a toda prisa y se dispuso a salir del apartamento.

Notó que estaba asustado.

Y, pese a todo, se obligó a pensar con claridad.

«Están cerca», concluyó. «Así que les haré creer que sigo en el apartamento.»

No salió por el portal y hacia la calle, sino que continuó hasta llegar al sótano. En la parte posterior del edificio había una portezuela que daba al depósito de basuras, y que él abrió con suma cautela. Echó una ojeada al aparcamiento desierto que se extendía tras el edificio. A su alrededor, reinaba el silencio. Salió, cerró la puerta tras de sí y se confundió con las sombras proyectadas por la fachada. Muy despacio, se fue acercando a la esquina con la calle de Mariagatan y, una vez allí, se agazapó para poder observar protegido por el tubo del desagüe.

El coche estaba aparcado a unos diez metros del suyo propio, con el motor y las luces apagados. Entrevió la figura de un hombre tras el volante, pero no pudo distinguir si había alguna otra persona dentro.

Se ocultó de nuevo tras la esquina antes de ponerse en pie. Procedente de un lugar indeterminado se oía el barullo de un televisor con el volumen demasiado alto.

Pensaba qué hacer, acuciado por el temor.

Al cabo, tomó una determinación.

Echó a correr a través del aparcamiento vacío.

Al llegar a la primera esquina, giró a la izquierda y desapareció.

14

Una vez más, Kurt Wallander tuvo la certeza de que estaba próximo a morir.

Ya en la calle de Blekegatan notó que le faltaba el aliento. Desde la calle de Mariagatan, siguió por la de Oskarsgatan, lo cual no suponía un trayecto demasiado largo que, por otro lado, no había cubierto a la carrera. A pesar de todo, el aire crudo del otoño le desgarraba los pulmones y el corazón le bombeaba con fuerza. Se obligó a aminorar la marcha hasta dejar de correr, por miedo a que se le parase el corazón. La sensación de estar al límite de sus fuerzas lo indignó aún más que el haber descubierto que alguien que había invadido su apartamento lo vigilaba ahora desde la calle sentado en un coche. Desechó, no obstante, el razonamiento, ya que, en realidad, era el miedo lo que lo llenaba de enojo, aquel miedo que tan bien reconocía del año anterior, aquel del que no deseaba volver a saber, pues le había llevado casi un año librarse de él. Había llegado a creer que había logrado enterrarlo para siempre en las playas de Skagen. Y, sin embargo, allí estaba de nuevo.

Reanudó la carrera, pues ya no le faltaba mucho para llegar a la calle de Lilla Norregatan, donde vivía Svedberg. El hospital quedaba a la derecha. Giró hacia el centro y vislumbró, al pasar, un folleto rasgado que colgaba del quiosco de la calle de Stora Norregatan. Tomó después a la derecha y, enseguida, de nuevo a la izquierda, y comprobó que había luz en las ventanas del ático en el que vivía Svedberg.

Wallander sabía que solía tener las luces encendidas toda la noche, pues Svedberg tenía miedo a la oscuridad. Ésa era, con toda probabilidad, la razón por la que había decidido convertirse en policía, para hallar un remedio a su miedo. No obstante y pese a todo, seguía manteniendo las lámparas encendidas durante la noche: la profesión no le había ayudado a superarlo.

«Todos tenemos miedo», concluyó Wallander. «También los policías.» Ganó el portal del edificio, empujó la puerta y, cuando llegó al piso superior, permaneció inmóvil un buen rato, hasta que recobró el resuello. Entonces llamó. Svedberg le abrió casi enseguida. Llevaba unas gafas de lectura encajadas en la frente y tenía el periódico en la mano. Wallander sabía que le sorprendería su presencia allí pues, durante todos los años que llevaban trabajando juntos, lo habría visitado dos o tres veces, y siempre avisando con antelación.

—Necesito tu ayuda —irrumpió Wallander una vez que Svedberg, atónito, lo hizo pasar al vestíbulo antes de cerrar la puerta.

—¡Vaya aspecto que tienes! Pareces agotado —exclamó—. ¿Qué ha ocurrido?

—He venido corriendo —afirmó Wallander con sencillez—. Quiero que vengas conmigo. No nos llevará mucho tiempo. ¿Dónde tienes el coche?

—Abajo, en la calle.

—Pues vamos a ir a mi casa, a la calle de Mariagatan —explicó Wallander—. Poco antes de llegar, me bajaré del coche. Conoces el que me han prestado, ¿verdad?, un Volvo de la policía.

—¿El azul oscuro o el rojo?

—El azul oscuro. Bueno, pues entras en la calle de Mariagatan. Verás que detrás del Volvo hay aparcado otro coche. No puedes equivocarte. Pues bien, quiero que pases con el tuyo por delante y que observes si hay alguien más dentro, aparte del conductor. Después regresas al lugar en el que me dejaste, y eso es todo. Luego podrás volver a tu periódico.

—¿No vamos a intervenir?

—¡Eso sería lo último! Lo único que quiero es saber cuántas personas hay en el coche.

Svedberg se había quitado ya las gafas y las había dejado junto con el periódico.

—¿Vas a contarme lo que ha sucedido? —insistió.

—Creo que están vigilando mi casa —aclaró Wallander—. Y quiero saber cuántos hay en el coche. Pero no haremos nada más. También quiero que él o ellos piensen que sigo en el apartamento. Por eso salí por la puerta de atrás.

—Oye, pues yo no estoy muy seguro de comprender esto —confesó Svedberg—. ¿No será mejor que los detengamos? Podemos pedir refuerzos.

—Ya sabes lo que hemos acordado —le recordó Wallander—. Si se trata de Alfred Harderberg, hemos de fingir que no estamos muy alerta.

Svedberg meneó la cabeza displicente.

—A mí esto no me gusta lo más mínimo —sentenció.

—Lo único que tienes que hacer es ir hasta la calle de Mariagatan y observar un detalle —reiteró Wallander . Nada más. Después volveré al apartamento. Si es necesario, te llamaré.

—Tú sabrás lo que es mejor —resolvió Svedberg, que se había sentado en un taburete para atarse los zapatos.

Bajaron a la calle y subieron al Audi de Svedberg. Pasaron la plaza de Stortorget, bajaron por la calle de Hamngatan y giraron a la izquierda hacia Österleden. Cuando hubieron llegado a la calle de Borgmästaregatan, tomaron otra vez a la izquierda y, a la altura de la de Tobaksgatan, Wallander le pidió a su colega que se detuviese.

—Te esperaré aquí. El coche en cuestión está a unos diez metros detrás del Volvo azul.

Svedberg no tardó ni cinco minutos en regresar y Wallander se sentó de nuevo en el coche.

—No había más que uno —afirmó Svedberg.

—¿Estás seguro?

—Seguro, sólo el conductor.

—Gracias, puedes marcharte a casa. Yo me iré a pie.

Svedberg lo observó preocupado.

—¿Por qué es tan importante saber cuántas personas hay en el coche? —inquirió.

Wallander cayó en la cuenta de que había olvidado prepararse para aquella pregunta. Estaba tan obsesionado con llevar a cabo su plan, que había obviado algo tan natural como aquello.

—Porque ya he visto el mismo coche en otra ocasión. Entonces había dos personas dentro. Si ahora no has visto más que al conductor, puede que el otro se halle cerca.

Incluso él pensó que la explicación resultaba poco consistente, pero Svedberg no opuso objeción alguna.

—Efe, hache, ce, ochocientos tres —recitó—. Pero me imagino que ya habías tomado la matrícula.

—Así es, y consultaré los registros de tráfico. No te preocupes por eso. Vete a casa, ya nos veremos mañana.

—¿Estás seguro de que todo va bien? —quiso saber el colega.

—Gracias por tu ayuda —atajó Wallander.

Salió del coche y aguardó hasta que Svedberg hubo desaparecido por la carretera de Österleden. Entonces se encaminó hacia la calle de Mariagatan y, ya solo, sintió que la indignación volvía a adueñarse de él: aquel miedo repugnante lo convertía en un ser débil.

Entró por la puerta trasera y evitó encender la luz de la escalera cuando regresó al apartamento. De puntillas sobre el retrete, pudo mirar a la calle por el ventanuco del cuarto de baño. Allí seguía el coche. Entró en la cocina pensando que, de haber querido que volara por los aires, ya lo habrían hecho. «Ahora estarán esperando a que me vaya a la cama y apague la luz.»

Aguardó hasta casi medianoche. De vez en cuando, volvía a

la pequeña ventana para comprobar que el coche no se había marchado. Después, apagó la luz de la cocina y encendió la del cuarto de baño. Diez minutos más tarde, apagó también ésta y abandonó el apartamento a toda prisa. Salió al aparcamiento, se apostó junto al desagüe de la esquina y esperó. Lamentó no haberse puesto un jersey de más abrigo, pues el viento había empezado a soplar frío. Para mantenerse en calor, movía los pies con sigilo y a compás. Dio la una de la madrugada sin que hubiese sucedido nada digno de mención, salvo que Wallander se vio obligado a orinar contra la fachada del edificio. Todo estaba en silencio, aparte de los ruidos emitidos por algún coche solitario que atravesaba las calles aledañas.

A las dos menos veinte, de repente, quedó petrificado. Oyó un ruido procedente de la calle y se asomó con cuidado, siempre al abrigo del tubo del desagüe. La puerta del coche se abrió, sin que se encendiese por ello la luz interior del vehículo. Transcurridos unos segundos, el conductor salió del coche y, sin hacer ruido, cerró la puerta tras de sí. El individuo se movía con gran cautela sin apartar la vista del apartamento en ningún instante.

Vestía ropa oscura pero la distancia era tan grande que Wallander no pudo distinguir ningún rasgo de su rostro. A pesar de todo, tenía la certeza de haberlo visto con anterioridad e intentó recordar dónde. El desconocido atravesó rápido la calle y desapareció a través del portón, hacia el interior del edificio.

Entonces, Wallander cayó en la cuenta de dónde lo había visto antes. En efecto, se trataba de uno de los hombres que se confundían con las sombras en el gran vestíbulo durante sus dos visitas al castillo de Farnholm. Es decir, uno de los fantasmas de Alfred Harderberg. Y uno de esos hombres iba ahora escaleras arriba camino de su apartamento, tal vez con la intención de asesinarlo. Y él se sentía como si estuviese recostado en su cama, pese a encontrarse en la calle.

«Como si estuviese presenciando mi propia muerte», pensaba.

Se pegó aún más contra el tubo del desagüe dispuesto a aguardar. Habían dado ya las dos y tres minutos cuando la puerta se abrió silenciosa y el hombre salió de nuevo a la calle. Echó un vistazo a su alrededor, lo que provocó en Wallander un movimiento reflejo de retirada. Finalmente, se oyó el motor del coche que salía a todo gas.

«Ahora irá a informar a Alfred Harderberg», concluyó Wallander. «Pero no podrá decirle toda la verdad, pues le resultará imposible explicar cómo podía yo encontrarme en mi apartamento, apagar la luz e ir a acostarme al dormitorio si al minuto siguiente halló el apartamento vacío.»

El hombre había desaparecido pero, como no podía excluir la posibilidad de que hubiese dejado algo en su apartamento, Wallander entró en su vehículo y se dirigió a la comisaría. Los policías que estaban de guardia lo saludaron asombrados cuando lo vieron entrar en la recepción. Sin más explicaciones, se fue a buscar un colchón que sabía tenían guardado en una de las habitaciones del sótano y lo extendió en el suelo de su despacho. Eran ya más de las tres de la madrugada y se sentía agotado. Sabía que debía dormir para poder pensar con claridad al día siguiente. Pero el hombre de traje oscuro se introdujo en sus sueños.

Despertó poco después de las cinco, empapado en sudor como consecuencia de las desconcertantes pesadillas que lo habían asaltado. Quedó allí tendido pensando en lo que le había contado Lisbeth Norin. Al rato se levantó y fue a buscar una taza de un café bastante amargo, recalentado varias veces a lo largo de la noche. Seguía sin atreverse a ir a su apartamento, así que se dio una ducha en los vestuarios y, poco después de las siete, estaba de vuelta en su despacho. Era el miércoles 24 de noviembre y le vinieron a la memoria las palabras que Ann-Britt Höglund había pronunciado unos días antes: «Es como si dispusiéramos de todos los datos, pero no pudiésemos ver cómo componerlos».

«Eso es lo que vamos a hacer a partir de ahora», resolvió Wallander. «Hemos de hacer que las piezas encajen.»

Decidido, marcó el número privado de Sven Nyberg, y éste contestó personalmente.

—Es preciso que nos veamos —lo apremió Wallander.

—Estuve buscándote ayer —repuso Nyberg—. Y nadie sabía dónde andabas. Tenemos novedades.

—¿Quiénes?

—Ann-Britt y yo.

—¿Sobre Avanca?

—Recurrí a su ayuda, porque yo soy técnico, no investigador.

—Nos vemos en mi despacho en cuanto puedas. Yo llamaré a Ann-Britt.

Media hora más tarde se encontraban los tres reunidos. Svedberg asomó la cabeza y le dedicó a Wallander una mirada inquisitiva.

—¿Me necesitas?

Efe, hache, ce, ochocientos tres —le recordó Wallander—. ¿Podrías comprobarlo en el registro de tráfico? Yo no he tenido tiempo de hacerlo aún.

Svedberg asintió antes de cerrar la puerta tras de sí.

—Avanca —dijo Wallander.

—No albergues demasiadas esperanzas —le advirtió Ann-Britt Höglund—. Sólo hemos contado con un día para indagar acerca de la compañía y sus propietarios. Sin embargo, sí hemos podido constatar que ha dejado de ser una empresa familiar propiedad de los Roman. Éstos le han cedido su nombre y su prestigio, y continúan aún en posesión de alguna participación, con total seguridad de envergadura. Pero Avanca forma parte, desde hace algunos años, de un consorcio empresarial constituido por varias compañías cuya actividad está relacionada, de un modo u otro, con la fabricación de medicamentos, la sanidad y equipos de material hospitalario. La constitución es muy compleja, pues las distintas compañías aparecen entremezcladas y como superpuestas unas a otras. La cabeza de todo el consorcio es un holding con sede social en Liechtenstein, llamado Medicom, que a su vez está dividido entre varios grupos de propietarios, entre los que se encuentra una empresa brasileña que se dedica fundamentalmente a la producción y exportación de café. Pero lo que se me antoja más interesante es el hecho de que Medicom tenga relaciones financieras directas con el Bayerische Hypotheken- und Wechsel-Bank.

—¿Y por qué es eso tan interesante? —inquirió Wallander, que ya le había perdido la pista a Avanca en aquel enredo empresarial.

—Muy sencillo, porque Alfred Harderberg es propietario de una fábrica de plásticos de Génova —prosiguió la agente—. Que se dedica a la fabricación de lanchas motoras.

—Estupendo. Ahora es cuando no comprendo nada en absoluto —ironizó Wallander.

—Espera un poco —lo tranquilizó Ann-Britt Höglund—. La compañía genovesa, llamada CFP, aunque ignoro el significado de las siglas, ayuda a sus clientes a obtener financiación a través de un tipo de contrato de *leasing*.

—Sí, pero a mí las motoras italianas me traen sin cuidado, ¿qué pasa con Avanca?

—Pues quizá deberían interesarte —le advirtió Ann-Britt Höglund—. Los contratos de *leasing* de CFP se confeccionan en colaboración con el banco Bayerische Hypotheken- und Wechsel-Bank, con lo que, para ir al grano, tenemos una conexión con el imperio de Alfred Harderberg. De hecho, es la primera conexión clara que hemos hallado desde el inicio de la investigación.

—Me parece increíble —aseguró Wallander.

—Pueden existir otras conexiones, más próximas —prosiguió la joven—. Los grupos de delincuencia económica tienen que ayudarnos con esto, porque yo no me entero mucho de lo que hago.

—A mí me ha dejado impresionado —intervino Nyberg, que había guardado silencio hasta el momento—. Por otro lado, creo que deberíamos investigar si la fábrica de plásticos de Génova fabrica algo más que lanchas motoras.

—¿Como neveras para el transporte de órganos de trasplante? —apuntó Wallander.

—Por ejemplo.

Un repentino silencio se adueñó de la habitación, mientras los tres se miraban alternativamente, pues todos comprendían el significado de las palabras de Nyberg.

Wallander meditó un instante, antes de continuar.

—Si todo esto es cierto, podríamos suponer que Alfred Harderberg está implicado de algún modo tanto en la fabricación como en la importación de esas neveras. Es posible que tenga el control absoluto sobre la actividad pese a que, a primera vista, no parece más que una maraña de compañías relacionadas entre sí. Pero ¿es verosímil que un fabricante de café brasileño mantenga relaciones con una pequeña empresa de Södertälje?

—A mí me parece tan verosímil como que las grandes firmas de turismos americanas también dediquen parte de su actividad a la fabricación de sillas de ruedas —sugirió Ann-Britt Höglund—. Los coches son origen de accidentes de tráfico que, a su vez, conducen al incremento de la demanda de sillas de ruedas.

Wallander cruzó las manos y se puso en pie.

—Bien, vamos a aumentar la presión en el desarrollo de esta investigación —anunció resuelto—. Ann-Britt, ¿crees que podrás conseguir de los expertos en asuntos económicos que dibujen una ampliación mural de la actividad de Alfred Harderberg? Quiero que lo incluyan todo, las motoras de Génova, los caballos de carreras de Farnholm, cuanto conocemos hasta el momento. Mientras tanto tú, Nyberg, puedes dedicarte a la nevera. De dónde procede y cómo ha podido llegar al coche de Gustaf Torstensson.

—Entonces desbaratamos el plan que hemos diseñado —objetó Ann-Britt—. Alfred Harderberg tendrá conocimiento de ello, si nos empleamos a indagar en una de sus empresas con más detalle.

—En absoluto —negó Wallander—. No serán más que preguntas rutinarias, nada fuera de lo habitual. Además, hablaré con Björk y con Åkeson para avisarles de que ya va siendo hora de convocar una conferencia de prensa. ¡Vaya! Será la primera vez que yo mismo lo proponga, pero creo que será positivo que ayudemos al otoño a difundir bancos de niebla aquí y allá.

—Me han dicho que Per sigue acatarrado y en cama —los informó Ann-Britt Höglund.

—Pues lo llamaré a casa —resolvió Wallander—. Aumentar la presión, eso es lo que debemos hacer. Y tendrá que venir, con catarro o sin él. Avisa a Martinson y a Svedberg de que nos reunimos hoy a las dos.

Wallander había tomado la determinación de esperar a que estuvieran todos presentes para contarles lo ocurrido durante la noche.

«Ahora es cuando empezamos en serio.»

Nyberg salió del despacho y Wallander le pidió a la agente que se quedase un momento, pues quería explicarle cómo, con la ayuda de Sten Widén, había logrado colocar a una moza de cuadra en el castillo de Farnholm.

—Tuviste una buena idea —la felicitó—. Ya veremos si da algún resultado. Tal vez sea mejor no hacernos demasiadas ilusiones.

—Con tal de que a la joven no le ocurra nada... —advirtió Ann-Britt.

—Lo que tiene que hacer es cuidar de los caballos —la tranquilizó Wallander—. Y mantener los ojos bien abiertos. Eso es todo. No es conveniente que nos pongamos nerviosos. Alfred

Harderberg no puede sospechar que todos los que lo rodean sean policías disfrazados.

—Espero que tengas razón —insistió ella.

—¿Qué tal va lo de los planes de vuelo del avión?

—Sigo en ello —aseguró la agente—. Pero ayer dediqué todo el día a Avanca.

—Sí, y has realizado un buen trabajo —admitió Wallander, sin dejar de notar que su elogio la satisfacía.

«Somos demasiado tacaños con las alabanzas entre nosotros», se lamentó Wallander. «Y, sin embargo, solemos mostrarnos más que generosos con críticas y rumores.»

—Bien, eso es todo —concluyó a modo de despedida.

Ella abandonó el despacho y Wallander se colocó junto a la ventana mientras se preguntaba qué habría hecho Rydberg en su lugar. No obstante, por una vez, sintió como si no tuviese tiempo de prestar atención a la respuesta del amigo desaparecido, convencido de que estaría de acuerdo con que aquel modo suyo de conducir la investigación era, sin duda, el adecuado.

El resto de la mañana, el inspector desplegó una energía inusitada y arrolladora. Convenció a Björk de la importancia de convocar la conferencia de prensa al día siguiente y le prometió que él mismo se haría cargo de los periodistas después de haber acordado con Per Åkeson lo que era conveniente revelarles.

—No es muy propio de ti reclamar la presencia de los medios de comunicación de forma voluntaria —comentó Björk suspicaz.

—A lo mejor es que estoy volviéndome mejor persona —explicó Wallander—. Dicen que nunca es tarde...

Concluida la conversación con Björk, llamó a casa de Per Åkeson. Contestó su mujer, que no parecía muy dispuesta a permitirle hablar con el enfermo.

—¿Tiene fiebre? —quiso saber Wallander.

—Está enfermo. Creo que eso debería bastar —atajó ella displicente.

—Pues lo siento —insistió Wallander—. Pero tengo que hablar con él.

Transcurridos unos minutos oyó la voz decaída del fiscal en el auricular.

—Estoy enfermo —aseguró—. Es gastroenteritis. Me he pasado la noche sentado en el retrete.

—No se me ocurriría molestarte si no fuese importante —afirmó Wallander—. Necesito que vengas un momento esta tarde. Si quieres, podemos enviar un coche que te recoja.

—Iré —prometió Per Åkeson—. Pero en taxi.

—¿Quieres que te explique por qué es tan importante?

—¿Sabes quién los asesinó?

—No.

—¿Quieres que apruebe una orden de detención contra Alfred Harderberg?

—Tampoco.

—En ese caso, tendré bastante con que me lo cuentes cuando llegue esta tarde.

Terminada la conversación con el fiscal, el inspector llamó al castillo de Farnholm. Contestó una mujer cuya voz no reconoció de ocasiones anteriores. Tras presentarse, le pidió que lo pasase con Kurt Ström.

—No entrará de servicio hasta esta noche —le hizo saber la mujer—. Claro que puede llamarlo a su domicilio, si lo desea.

—Imagino que no estará usted dispuesta a facilitarme su teléfono particular, ¿no es así? —sugirió Wallander.

—¿Y por qué no?

—Se me ocurre que puede contravenir sus estrictas normas de seguridad.

—En absoluto —aseguró la mujer, antes de darle el número.

—Salude al señor Harderberg de mi parte; y dele las gracias por haberme recibido la última vez —dijo Wallander.

—En estos momentos se encuentra en Nueva York.

—Bien, pues dígaselo cuando regrese. Me figuro que no estará fuera mucho tiempo.

—Lo esperamos de vuelta pasado mañana.

Cuando hubo concluido la conversación, el inspector cayó en la cuenta de que algo había cambiado. Se preguntaba si Alfred Harderberg no habría dado órdenes de que las preguntas formuladas por la policía de Ystad fuesen recibidas con un talante acogedor, en lugar de la postura habitual de rechazo.

Marcó después el número de Kurt Ström y oyó un buen rato las señales de llamada antes de colgar sin obtener respuesta. Entonces, llamó a la recepción y le pidió a Ebba que averiguase la dirección de Ström. Mientras, él fue a buscar una taza de café y recordó que aún no se había puesto en contacto con Linda, tal y como se había propuesto. Sin embargo, decidió dejarlo para la noche.

Poco antes de las nueve, salió de la comisaría y tomó rumbo a Österleden. Ebba lo había informado de que Kurt Ström vivía en una pequeña finca cercana a Glimmingehus. Puesto que la recepcionista conocía la zona de los alrededores de Ystad y Österleden mejor que la mayoría de los compañeros, le dibujó un mapa. Kurt Ström no respondió a su llamada, pero Wallander tenía el presentimiento de que lo hallaría en la finca. Mientras conducía a través de Sandskogen, revisó mentalmente lo que le había contado Svedberg sobre los sucesos relacionados con el despido de Ström, al tiempo que intentaba hacerse una idea de la reacción con que habría de enfrentarse al llegar a la casa de Ström. En efecto, se había visto, en varias ocasiones, en el brete de tener que interrogar a otros policías en relación con diversos crímenes, y no guardaba ningún recuerdo agradable de ellas. Sin embargo, era consciente de que no podría eludir la conversación que lo aguardaba.

Ebba le había dibujado un buen mapa, que no tuvo dificultad alguna en seguir. Cuando se detuvo en el lugar indicado, comprobó que se hallaba ante una pequeña casa encalada, de esas construcciones alargadas tan típicas en Escania, algo apartada al este de Glimmingehus. El edificio aparecía arropado por un jardín que debía de presentar un aspecto muy hermoso en la primavera y en la estación estival. Tan pronto como detuvo el vehículo, dos pastores alemanes encerrados en una caseta de acero empezaron a ladrar. El coche que vio aparcado en el garaje le dio a entender a Wallander que su suposición había sido acertada. Kurt Ström estaba en casa. De hecho, no tuvo que esperar mucho antes de que éste apareciese con paso pausado desde la parte posterior de la casa. Vestía un mono de trabajo y se aproximaba con una paleta de albañil en la mano. Al ver a Wallander, se detuvo en seco.

—Espero no importunar con mi visita —se disculpó el inspector—. He estado llamando para avisarte, pero no contestabas.

—Ya, es que estoy reparando algunas grietas del firme —explicó Kurt Ström—. ¿A qué has venido?

Wallander notó enseguida que estaba en guardia.

—Tengo algunas preguntas que hacerte —aclaró—. Pero antes quizá podrías hacer callar a los perros.

Kurt Ström gritó una orden a los dos pastores alemanes, que enmudecieron en el acto.

—Vamos adentro —propuso.

—No es necesario —rechazó Wallander—. Podemos quedarnos aquí. Será rápido.

Echó una ojeada al pequeño jardín.

—Es un lugar muy bonito, distinto de un apartamento en el centro de Malmö.

—También allí vivía bien —aseguró Kurt Ström—. Pero esto está más cerca de mi trabajo.

—Da la impresión de que vives solo, pero yo tenía la idea de que estabas casado.

Kurt Ström le clavó una mirada acerada.

—¿Y qué te importa a ti mi vida privada?

Wallander describió un molinete de disculpa con los brazos.

—No, nada —se apresuró a decir—. Ya sabes lo que pasa entre viejos colegas, siempre preguntamos por la familia.

—Yo no soy tu colega —atajó Kurt Ström.

—Pero lo fuiste, ¿no es así?

Wallander cambió el tono de voz. Le interesaba provocar un enfrentamiento, pues sabía que lo único que le inspiraba respeto a Kurt Ström era la mano dura.

—Ya, pero supongo que no has venido hasta aquí para hablar de mi familia.

Wallander lo miró sonriente.

—Así es —convino—. Ha sido un simple acto de respeto el recordar que una vez fuimos colegas.

El rostro de Kurt Ström había adquirido un tono enrojecido, hasta el extremo de que, por un instante, Wallander pensó que se había extralimitado y que el antiguo colega estaba a punto de golpearlo.

—En fin, dejemos ese asunto —añadió conciliador—. Hablemos mejor de lo que sucedió el 11 de octubre, aquella noche de un lunes hace seis semanas. Ya sabes a qué día me refiero.

Kurt Ström asintió expectante sin pronunciar palabra.

—En realidad, no tengo más que una pregunta que hacerte —continuó Wallander—. Pero quiero dejar claro algo, antes de continuar: no pienso aceptar una negativa a contestarla apelando a las normas de seguridad del castillo de Farnholm. Si lo haces, te meteré en un lío de tal magnitud que no puedes ni imaginártelo.

—Tú a mí no puedes hacerme nada —se jactó Kurt Ström.

—¿Estás seguro? —amenazó Wallander—. Puedo llevarte a la comisaría de Ystad y luego llamar a Farnholm diez veces al día y preguntar por ti, de modo que empiecen a tener la sensación de que la policía está demasiado interesada en su jefe de seguridad. La cuestión es si ellos están al corriente de tu pasado. No va a gustarles lo más mínimo. Tampoco creo que Alfred Harderberg tenga ningún interés en ver quebrantadas la paz y la tranquilidad de Farnholm.

—Ya puedes irte a la mierda —barbotó Kurt Ström—. Lárgate de aquí antes de que te estrelle contra la verja.

—Tan sólo quiero que contestes a una pregunta relativa a la noche del 11 de octubre —prosiguió Wallander impertérrito—. Y te prometo que la respuesta no saldrá de aquí. ¿De verdad crees que merece la pena arriesgar la existencia apacible que ahora llevas? Creo recordar que aseguraste estar muy satisfecho cuando nos vimos a la puerta del castillo.

Notó que Kurt Ström empezaba a vacilar y, aunque el odio que reflejaban sus ojos seguía siendo demasiado intenso, comprendió que saldría de allí con la respuesta que buscaba.

—Una única pregunta —repitió—. Y una respuesta. Verdadera, por supuesto. Después, me marcharé de aquí. Podrás seguir reparando el firme y olvidar mi visita. Podrás continuar vigilando la verja del castillo de Farnholm hasta que te jubiles. Una sola pregunta. Y su respuesta.

En ese momento, un avión cruzó el cielo a gran altura y a Wallander se le ocurrió que quizá fuese el Gulfstream de Alfred Harderberg, que regresaba de Nueva York.

—¿Y qué es lo que quieres saber? —se rindió el ex policía.

—La noche del 11 de octubre —inició Wallander—. Gustaf Torstensson abandonó Farnholm a las ocho y catorce minutos exactamente, según los datos del ordenador del control de entrada que me dieron impresos. Ni que decir tiene que pueden estar falseados, pero partamos de la base de que son verídicos. En cualquier caso, tenemos la certeza de que abandonó el castillo. Mi pregunta, Kurt Ström, es muy sencilla. ¿Salió algún otro coche del castillo durante el tiempo transcurrido entre la llegada y la partida de Gustaf Torstensson?

Kurt Ström se quedó mudo. Luego asintió despacio.

—Ésa era la primera parte de la pregunta —advirtió Wallander—. Y ahora formularé la segunda y última parte de la misma pregunta. ¿Quién fue la persona que abandonó el castillo?

—No lo sé.

—Pero sí viste un coche.

—Ya he contestado a más de una pregunta.

—No digas tonterías, Ström. Sigue siendo la misma pregunta. ¿Qué coche era y quién había dentro?

—Era uno de los coches del castillo, un BMW.

—¿Quién iba en el coche?

—Te digo que no lo sé.

—¡Vas a pasarlo muy mal si no me respondes!

Wallander notaba que no era necesario fingir un ataque de ira, pues estaba encolerizándose de verdad.

—Es la verdad. No sé quién iba en el coche.

El inspector comprendió que Kurt Ström era sincero y que así tendría que haberlo visto enseguida.

—Claro, porque el coche tiene los cristales oscuros —concluyó Wallander—. Y así no se ve desde fuera quién hay en el interior del coche, ¿cierto?

Kurt Ström asintió.

—Bien, ya tienes tu respuesta —lo apremió—. Ya puedes largarte de aquí.

—Siempre es un placer ver a un antiguo colega —lo provocó de nuevo Wallander—. Pero tienes razón, ya es hora de que me marche. Gracias por la charla.

En cuanto le volvió la espalda a Kurt Ström para regresar al coche, los perros empezaron a ladrar de nuevo. Mientras se alejaba, el ex policía permaneció mirándolo inmóvil en el jardín. Wallander comprobó que tenía la camisa empapada en sudor. Sabía que Kurt Ström era un hombre violento.

Sin embargo, acababa de obtener la respuesta a una cuestión que lo había tenido preocupado durante mucho tiempo: el hecho de que el origen de todo lo ocurrido se hallase en lo acontecido aquella noche de octubre en que Gustaf Torstensson murió solo en su coche. Ya podía figurarse cómo se habían desarrollado los acontecimientos. Mientras el viejo abogado estaba sentado en uno de los hondos sillones de piel charlando con Alfred Harderberg y los banqueros italianos, un coche abandonó el castillo de Farnholm con objeto de prepararse para encargarse de Gustaf Torstensson cuando fuese camino a casa. De algún modo, con violencia, con maña o con amabilidad convincente, lo hicieron detenerse en aquel tramo de carretera solitario que tan bien habían elegido. Wallander no sabía decir si la decisión de no permitir que llegase vivo a casa se había tomado aquella misma noche o si ya lo tenían decidido de antemano. En cualquier caso, ya veía la silueta de una explicación.

Pensó en los hombres que se confundían con las sombras en el gran vestíbulo.

De repente, sintió un escalofrío al recordar los sucesos de la noche anterior.

De forma inconsciente, empezó a pisar el acelerador con más intensidad. En las proximidades de Sandskogen era tal la velocidad a la que conducía que, de haberse topado con un control de tráfico, le habrían retirado el carnet de inmediato, de modo que frenó enseguida. Una vez en Ystad, se detuvo para entrar en la pastelería de Fridolfs Konditori, donde se tomó un café. Sabía muy bien cuál habría sido el consejo de Rydberg.

«Paciencia», le habría dicho el colega fallecido. «Cuando los cantos empiezan a rodar pendiente abajo, es importante no lanzarse tras ellos a la carrera. Hay que detenerse y verlos caer girando, comprobar dónde se paran y se acomodan.»

«Exacto», se dijo Wallander.

«Así es como vamos a proseguir.»

Durante los días que siguieron a aquella entrevista, Wallander pudo comprobar una vez más que se hallaba rodeado de una serie de colaboradores que no se andaban reacios cuando se precisaba de su esfuerzo. Pese a que ya llevaban varios días de duras jornadas laborales, ninguno protestó cuando Wallander aseguró que debían esforzarse aún más. Habían empezado el miércoles por la tarde, cuando el inspector congregó al grupo en la sala de reuniones, incluido Per Åkeson, pese a que padecía gastroenteritis y tenía fiebre. Todos se mostraron de acuerdo ante la necesidad primordial e imperiosa de desgranar cuanto antes y con todo detalle el imperio internacional de Alfred Harderberg. En el transcurso de la reunión, Per Åkeson echó mano del teléfono y llamó a los grupos de delincuencia económica de Malmö y de Estocolmo. El resto de los concurrentes escucharon llenos de admiración cómo pedía más actividad y la mayor prioridad para este asunto, como si se tratase de la salvación del Estado. Al final de la conversación siguió una salva de aplausos espontánea. Por consejo suyo, decidieron también continuar ellos mismos concentrándose en Avanca, ya que ello no implicaba interferencias con el trabajo de los expertos en asuntos económicos. Wallander aprovechó la ocasión para indicar que Ann-Britt Höglund era la persona más adecuada para realizar este trabajo. Nadie tuvo nada que objetar, de modo que, a partir de aquel momento, la joven dejó de ser una recién llegada para convertirse en un miembro de pleno derecho del colectivo investigador. Svedberg asumió parte de sus tareas anteriores, sobre todo la de averiguar los planes de vuelo del Gulfstream. En el curso del encuentro, se suscitó una discusión entre Wallander y Per Åkeson acerca de si aquello sería en verdad una fuente de información suficiente como para dedicarle tanto esfuerzo. Wallander sostenía que, antes o después, necesitarían conocer las escapadas aéreas de Alfred Harderberg, en especial durante los días en que se habían cometido los asesinatos. Per Åkeson, por su parte, objetaba que, si en verdad Alfred Harderberg estaba detrás de lo ocurrido, habría que pensar que, sin duda, tenía acceso a los sistemas de comunicación más sofisticados que cupiera imaginar. Lo que a su vez implicaba que podía estar en contacto con Farnholm ya se encontrase sobrevolando el Atlántico o en el desierto australiano donde, según afirmaban los expertos en asuntos económicos, el sospechoso tenía importantes negocios de minas. Wallander comprendió que Per Åkeson tenía razón y, cuando estaba a punto de ceder, fue el fiscal quien alzó los brazos resignado admitiendo que no pretendía más que exponer su punto de vista y que no era su intención poner obstáculos a un trabajo que ya estaba en marcha. En cuanto a la entrada en escena de Sofia, la moza de cuadra de Widén, Wallander efectuó una presentación por la que Ann-Britt Höglund lo felicitó luego a solas. En efecto, se dio cuenta de que servirse de una persona ajena a la investigación podría constituir motivo de protesta no sólo por parte de Björk y de Per Åkeson, sino también de Martinson y Svedberg. Así, sin mentir aunque sin decir toda la verdad, les comunicó que, por pura casualidad, contaban desde hacía unos días con una fuente de información extraordinaria en el castillo de Farnholm, una moza de cuadra a la que él, dijo, conocía hacía ya algún tiempo. Lo explicó de pasada, justo en el momento en que pusieron sobre la mesa una bandeja con bocadillos y, en realidad, nadie estaba prestando atención a sus palabras más que a medias. Intercambió en silencio una mirada cómplice con Ann-Britt Höglund, quien le dio a entender que había comprendido su artimaña.

Una vez que hubieron dado cuenta de los bocadillos y que hubieron ventilado la habitación, Wallander los puso al corriente de su descubrimiento de la noche anterior sobre la vigilancia a la que lo habían sometido. Nada dijo, no obstante, sobre el hombre que lo acechaba sentado en el coche, como tampoco les reveló que lo vio subir a su apartamento, pues temía que este detalle hubiese impulsado a Björk a frenar el curso de la investigación y a imponer limitaciones en pro de la seguridad. En este punto, Svedberg intervino aportando el asombroso dato de que el coche estaba registrado a nombre de una persona que vivía en Östersund, vigilante de un barrio de casas de campo de la zona montañosa de Jämtland. Wallander siguió su política de presión asegurando que había que indagar tanto sobre aquel hombre como sobre la urbanización pues, según decía, nada impedía que Alfred Harderberg tuviese intereses tanto en la explotación de minas de Australia como en las estaciones de esquí de Jämtland. Finalmente, Wallander les expuso su visita a Kurt Ström, a cuyo relato siguió un profundo silencio.

—Ése era el dato que necesitábamos —le aseguró más tarde a Ann-Britt Höglund—. Los policías somos gente práctica, ¿no crees? El detalle insignificante de que un coche hubiese abandonado el castillo de Farnholm antes de que Gustaf Torstensson iniciase su último viaje hace que cuanto hasta el momento ha estado flotando en el aire pueda al fin posarse sobre un hecho concreto. Si fue así como ocurrió, y es algo que no debemos descartar, tenemos una confirmación de que Gustaf Torstensson fue asesinado con una alevosía muy planificada. En tal caso, sabemos también que debemos buscar una solución a un hecho que no fue casual; buscamos la respuesta a un crimen premeditado. Podemos olvidarnos de las coincidencias y de las pasiones. Simplemente, sabemos dónde no debemos buscar.

La reunión se disolvió en un ambiente de determinación general que Wallander percibió con claridad y que era precisamente lo que él esperaba conseguir. Antes de regresar a su cama, Per Åkeson se rezagó un momento para hablar con Björk sobre la conferencia de prensa del día siguiente. Wallander insistía en que podían, sin mentir, asegurar que tenían una pista pero que, por razones técnicas de la investigación, no se hallaban en situación de expresarse con más claridad.

—Pero, en ese caso, tendrás que pronunciarte sobre dicha pista. Y no entiendo cómo podrás hacerlo sin que Alfred Harderberg sospeche que nuestras miras señalan hacia el castillo de Farnholm —objetó el fiscal.

—Diremos que fue una tragedia cuyo origen se encuentra en la vida privada —sintetizó Wallander.

—Bueno, eso no suena muy creíble —opuso Per Åkeson—. Además, es sospechosamente insignificante como para convocar una conferencia de prensa, pero prepárate bien. Debes tener respuestas lógicas y decididas para todo tipo de preguntas.

Concluida la reunión, Wallander se marchó a casa. Estuvo discutiendo consigo mismo si existía el riesgo de que se produjese una explosión en su domicilio tan pronto como introdujese la llave en la cerradura. Sin embargo, concluyó al final que el individuo, estaba seguro de ello, no llevaba nada consigo cuando subió al apartamento. Por otro lado, el tiempo transcurrido desde que entró en el portal hasta que salió de nuevo a la calle había sido insuficiente como para instalar ninguna bomba.

Pese a todo, entró en casa presa de una sensación muy desagradable. Examinó el teléfono, para comprobar si habían adaptado algún dispositivo de escucha, pero no halló nada. Aun así, decidió que no volvería a comentar nada relacionado con Alfred Harderberg desde su casa.

Después, se dio una ducha y se cambió de ropa.

Más tarde se fue a cenar a una pizzería de la calle de Hamngatan y pasó el resto de la noche preparando la conferencia de prensa.

De vez en cuando se dirigía a la ventana de la cocina y observaba la calle, pero sólo se veía su propio coche.

La conferencia de prensa fue más fácil de lo que él había temido. Resultaba que la muerte de los dos abogados no parecía despertar mayor interés en los ciudadanos, con lo que los corresponsales de los diarios fueron escasos, la televisión no envió a nadie y la radio local no ofreció más que una emisión bastante corta.

—Bien, esto debería tranquilizar a Alfred Harderberg —le comentó Wallander a Björk una vez que los periodistas hubieron abandonado la comisaría.

—Si es que no está leyéndonos el pensamiento —advirtió Björk.

—En fin, claro que puede especular y albergar sospechas —admitió Wallander—. Pero nunca podrá estar seguro.

De vuelta en su despacho, descubrió una nota sobre la mesa en la que se le indicaba que debía llamar a Sten Widén. Su amigo tardó en responder.

—Me habías llamado.

—¡Hola Roger! —saludó Sten Widén—. Nuestra amiga Sofia llamó hace un rato. Estaba en Simrishamn. Me contó algo que puede interesarte.

—¡Ah! ¿Sí?

—Sí. Al parecer, su contrato no es sólo provisional, sino también de duración muy limitada.

—¿Qué quiere decir eso?

—Bueno. Por lo que ha oído, Alfred Harderberg tiene planes de abandonar el castillo de Farnholm.

Wallander quedó inmóvil, con el auricular contra la oreja.

—¿Sigues ahí? —preguntó Sten Widén.

—Sí, sí. Aquí estoy.

—Pues sólo era eso —repitió Widén.

Wallander se dejó caer en la silla.

Una intensa sensación de apremio lo invadió de nuevo.

15

Cuando el policía de la brigada criminal Ove Hanson regresó a su puesto de trabajo en Ystad la tarde del 25 de noviembre, puso punto final a una ausencia de más de un mes. En efecto, había pasado ese tiempo en Halmstad, donde había asistido a un curso de formación continua sobre la lucha informatizada contra el crimen, organizado por la Dirección Nacional de la Policía. Al producirse el asesinato de Sten Torstensson, Hanson llamó a Björk para preguntarle si consideraba necesario que interrumpiese el curso y regresase a Ystad. Pero Björk le contestó que continuase con lo que estaba haciendo. Tras aquella llamada, Hanson supuso que Kurt Wallander había vuelto a su puesto. Así, desde el hotel de Halmstad en el que se hospedaba, llamó una noche a casa de Martinson para comprobar que así era. Martinson le corroboró la noticia y le aseguró además que, a su entender, Kurt Wallander parecía incluso más activo que antes.

Pese a estar al corriente del regreso del inspector, Hanson no estaba preparado para lo que lo aguardaba aquella mañana, cuando atravesó el pasillo de la comisaría de Ystad hasta detenerse ante la puerta del despacho que, durante la ausencia de Wallander, había sido el suyo y que ahora volvía a ocupar su antiguo propietario. Hanson dio unos leves toquecitos en la puerta, que abrió sin esperar respuesta. Al ver a Wallander, lanzó un grito de asombro y se dispuso a batirse en retirada. En efecto, el inspector, que se hallaba en el centro de la habitación sosteniendo una silla sobre la cabeza, se quedó mirando fijamente a Hanson con una expresión que, sin esfuerzo, podía interpretarse como de desvarío. Todo sucedió muy deprisa: de inmediato, Wallander dejó la silla en el suelo y recuperó un semblante algo más normal. Sin embargo, la imagen había quedado grabada en la conciencia de Hanson, que no podría olvidarla jamás. De hecho, aun después de transcurrido mucho tiempo, Hanson seguía temiendo en silencio, sin compartirlo con ninguno de sus colegas, que la locura de Wallander estallase en cualquier momento.

—Ya veo que vengo en mal momento —se excusó Hanson cuando Wallander hubo devuelto la silla a su lugar—. Sólo venía a saludarte y a comunicarte que estoy de vuelta.

—¡Vaya! ¿Te he asustado? —inquirió Wallander—. Lo siento, no era ésa mi intención. Es que acaban de darme una noticia por teléfono que me ha puesto de mal humor. Está bien que hayas venido, de lo contrario, me temo que habría estrellado la silla contra la pared.

Dicho esto, tomaron asiento, Wallander tras el escritorio y Hanson en la silla que acababa de librarse de quedar destrozada. Hanson era uno de los agentes de la brigada criminal a los que Wallander menos conocía, pese a que llevaban muchos años trabajando juntos. El carácter y la manera de ser de uno y otro diferían demasiado, lo que los hacía enredarse en discusiones exasperantes que desembocaban en incómodos enfrentamientos. No obstante, Wallander respetaba la capacidad de Hanson como investigador. Podía resultar seco y atravesado, e incluso difícil en el trabajo en equipo, pero era eficiente y persistente, y capaz de sorprender de vez en cuando a sus colegas con análisis tan perspicaces que abrían nuevas vías en investigaciones que se habían estancado. Así, Wallander lo había echado de menos repetidas veces a lo largo de todo aquel mes. Hasta consideró la posibilidad de sugerirle a Björk que lo hiciese volver de Halmstad, pero no llegó a hacerlo.

Por otro lado, Wallander sabía que, con toda probabilidad, Hanson era el colega que menos lo habría echado en falta si él no hubiese regresado nunca a su puesto, pues era bastante ambicioso, lo cual, si bien no tenía por qué ser un defecto en un policía, sí que lo había llevado a aceptar de muy mal grado que hubiese sido Wallander el heredero del halo de autoridad de Rydberg, que el propio Hanson consideraba más indicado para sí mismo. No sucedió así, por lo que Wallander comprendió que Hanson no podría evitar jamás el haber quedado marcado por cierta animadversión contra él.

Existían además otros motivos, por parte del propio Wallander, que no podía soportar que Hanson dedicase tanto tiempo a apostar a los caballos de aquella forma tan insensata. Así, siempre hallaba su escritorio atestado de programas de carreras e ingeniosos sistemas de apuestas. En algunas ocasiones, Wallander se irritaba pensando que Hanson dedicaba sin duda la mitad de su horario laboral a intentar dilucidar con qué resultados correrían cientos de caballos en los distintos hipódromos del país durante las carreras de los siguientes días. Y Wallander sabía que Hanson, por su parte, odiaba la ópera.

En cualquier caso, allí estaban los dos, sentados el uno frente al otro, mientras el inspector pensaba que, en realidad, lo más importante era que el agente estuviese de nuevo con ellos, ya que significaría un incremento de recursos que reforzaría la capacidad de investigación del grupo. Y aquello era lo único importante.

—Vaya, veo que has vuelto —comenzó Hanson—. La última noticia que tuve fue que pensabas dejarlo.

—El asesinato de Sten Torstensson me hizo cambiar de idea —aclaró Wallander.

—Ya, y luego vas y descubres que también mataron al padre —comentó Hanson—. Un caso que nosotros habíamos archivado como accidente de tráfico.

—Bueno, se dieron bastante maña para ocultarlo —aseguró Wallander—. En el fondo, fue pura suerte que descubriese la pata de aquella silla incrustada en el barro.

—¿La pata de una silla? —inquirió Hanson lleno de asombro.

—En fin, necesitas tiempo para ponerte al corriente de todo —le advirtió Wallander—. Y ten en cuenta que te necesitamos, sobre todo después de la conversación telefónica que acababa de terminar cuando llegaste.

—¿De qué se trataba? —quiso saber Hanson.

—Pues, parece ser que el hombre en torno al cual estamos concentrando todas nuestras pesquisas tiene la intención de mudarse. Lo que nos ocasionará graves problemas.

Hanson lo miró sin comprender.

—Tengo que ponerme al día —concluyó Hanson.

—Yo mismo te proporcionaría un repaso a fondo de los datos y detalles, si tuviese tiempo —se excusó Wallander—. Pero habla con Ann-Britt Höglund. A ella se le da muy bien eso de sintetizar lo importante y obviar lo accesorio. Es muy buena.

—¡No me digas!

Wallander lo miró inquisitivo.

—¿Que no te diga qué?

—Que es buena. ¿Ann-Britt Höglund, buena?

Wallander recordó un comentario que había hecho Martinson cuando él acababa de incorporarse, acerca de que Hanson sentía su puesto amenazado por la llegada de la joven.

—Así es —sostuvo Wallander—. Es ya una buena policía. Y llegará a ser mucho mejor.

—Pues a mí me cuesta creerlo —atajó Hanson al tiempo que se ponía en pie.

—Ya lo comprobarás tú mismo —apuntó Wallander—. A ver si te enteras: Ann-Britt Höglund ha venido para quedarse.

—Ya, pero yo prefiero hablar con Martinson —se empecinó Hanson.

—Bueno, haz lo que quieras —repuso Wallander.

Hanson se disponía ya a salir cuando Wallander lo retuvo con otra pregunta.

—Por cierto, ¿qué has estado haciendo en Halmstad?

—Gracias a la subvención de la Dirección Nacional de la Policía, tuve la oportunidad de echarle una ojeada al futuro —aseguró Hanson—. Vendrá un tiempo en que los policías de todo el mundo trabajarán buscando delincuentes sentados ante terminales de ordenador. Un tiempo en que estaremos interconectados en una red de comunicaciones a escala mundial, en la que toda la información recabada por los policías de los distintos países se encontrará disponible en bases de datos organizadas de forma ingeniosa y exhaustiva.

—Suena aterrador —comentó Wallander—. Y aburrido.

—Sí, pero quizá también eficaz —añadió Hanson—. Aunque, para entonces, tú y yo ya estaremos jubilados.

—Ann-Britt Höglund seguro que tendrá ocasión de vivirlo —comentó Wallander—. Por cierto, ¿hay hipódromo en Halmstad?

—Una tarde a la semana —se lamentó Hanson.

—¿Qué tal fue?

Hanson se encogió de hombros.

—Unas veces mejor y otras peor, como suele ocurrir. Hay caballos que corren como deben y caballos que no.

Hanson desapareció no sin antes cerrar la puerta tras de sí y Wallander quedó allí meditando sobre el ataque de ira que había padecido cuando supo que Alfred Harderberg pensaba trasladarse. No era frecuente que perdiese los estribos de aquella manera y le costaba recordar la última vez que se había descontrolado hasta el punto de lanzar objetos por los aires.

Ahora, de nuevo a solas en su despacho, intentó reflexionar con más calma. El que Alfred Harderberg tuviese la intención probable de abandonar el castillo de Farnholm bien podía significar que, como en tantas otras ocasiones a lo largo de su vida, había decidido cambiar de domicilio. Desde luego, no tenía por qué implicar que estuviese planeando una huida pues, en realidad, ¿de qué o adónde iba a huir? Como mucho, aquella circunstancia vendría a complicar el desarrollo de la investigación. Se verían obligados a colaborar con otros distritos policiales, dependiendo de dónde decidiese establecerse.

Existía además otra posibilidad que Wallander necesitaba confirmar sin dilación, de modo que llamó a Sten Widén. Fue una de las chicas quien respondió al teléfono. Por el timbre de su voz dedujo que era muy joven.

—Sten está en las cuadras. Ha venido el herrero.

—Pero si tiene teléfono en las cuadras —señaló Wallander—. Puedes pasarle la llamada.

—Es que ese aparato está estropeado —aclaró la muchacha.

—Pues entonces ve a buscarlo. Dile que Roger Lundin quiere hablar con él.

—¿Qué pasa ahora? —preguntó Widén, irritado por la interrupción.

—¿Dijo Sofia si Alfred Harderberg tenía la intención de irse muy lejos?

—¿Y cómo cojones iba a saberlo ella?

—No, si era sólo curiosidad. ¿No dijo nada de que pensase abandonar el país?

—Me dijo lo que ya te he contado, y nada más.

—Tengo que verla. Hoy mismo, lo antes posible.

—Te recuerdo que tiene un trabajo.

—Tendrás que inventarte algo. Ha sido empleada tuya..., algunos papeles que tenga que firmar o algo así... Tiene que haber un medio.

—Pues yo no tengo tiempo. El herrero está aquí; y el veterinario en camino. Además, tengo varias citas con algunos propietarios.

—Es importante, te lo aseguro.

—Está bien, lo intentaré. Luego te llamo.

Wallander colgó el auricular. Eran ya las tres y media de la tarde, pero decidió esperar. A las cuatro menos cuarto fue por una taza de café. Cinco minutos después, Svedberg llamaba a su puerta antes de entrar en el despacho.

—Podemos descartar al hombre de Östersund —afirmó—. Le robaron el coche matrícula efe, hache, ce, ochocientos tres en Estocolmo, hace una semana. No hay motivo para dudar de su palabra. Además, es concejal.

—¿Y por qué habríamos de confiar más en la palabra de un concejal que en la de los demás ciudadanos? —objetó Wallander—. ¿Dónde le robaron el coche? ¿Cuándo? Procura obtener una copia de su denuncia.

—¿De verdad que es tan importante? —inquirió Svedberg.

—Puede que lo sea —sentenció Wallander—. Además, no representa una cantidad de trabajo desproporcionada. ¿Has hablado con Hanson?

—De pasada —admitió Svedberg—. Está con Martinson, revisando todo el material de la investigación.

—Pues déjale a él esa tarea —ordenó Wallander—. No está mal, para empezar.

Svedberg se marchó y dieron las cuatro y cuarto sin que Widén llamase por teléfono. Wallander fue a los servicios tras solicitar en recepción que tomasen nota de las posibles llamadas. Alguien se había olvidado un periódico vespertino que él se puso a hojear distraído. A las cinco menos veinticinco se hallaba de nuevo sentado ante el escritorio. Cuando Sten Widén llamó por fin, había destrozado doce pinzas sujetapapeles.

—Bueno, les he largado una historia como un castillo —aseguró Widén—. Pero podrás verla en Simrishamn, dentro de una hora. Le dije que tomase un taxi, que tú lo pagarías. Hay una pastelería en la cuesta que baja hasta el puerto. ¿Sabes dónde está?

Wallander sabía a qué pastelería se refería su amigo.

—Recuerda que no dispone de mucho tiempo —le advirtió Sten·Widén—. Y llévate unos papeles, para que pueda fingir que está rellenando algo.

—¿Crees que sospechan de ella?

—¿Cómo coño voy a saberlo yo?

—Bueno, gracias por el favor.

—Oye, tendrás que pagar también el taxi de vuelta al castillo.

—Salgo hacia allá ahora mismo —afirmó Wallander.

—Pero ¿qué es lo que ocurre? —quiso saber Sten Widén.

—Te lo contaré cuando lo sepa —prometió Wallander—. Ya te llamaré.

A las cinco en punto, el inspector abandonó la comisaría. Cuando llegó a Simrishamn, aparcó el coche en las inmediaciones del puerto y se dirigió a pie a la pastelería. Tal y como él esperaba, la joven aún no había llegado, de modo que salió a la calle y cruzó a la acera de enfrente antes de continuar pendiente arriba. Se detuvo ante un escaparate sin dejar de observar la entrada a la pastelería. Eran las seis y ocho minutos cuando la vio acercarse caminando desde el puerto, donde supuso que la habría dejado el taxi. La muchacha entró en la pastelería mientras Wallander se quedó observando a las personas que pasaban por allí. Una vez que estuvo tan seguro como era posible estarlo de que nadie la había seguido, cruzó la calle a toda prisa. Lamentaba no haberse llevado a nadie que le ayudase a mantener los ojos abiertos. La descubrió en cuanto entró en la pastelería. Se había sentado ante una mesa situada en una esquina y, al verlo, lo miró sin saludarlo cuando llegó hasta donde ella se encontraba.

—Siento llegar tarde —se excusó.

—Yo también —repuso ella—. ¿Qué es lo que quieres? Tengo que volver al castillo. ¿Tienes dinero para el taxi?

Wallander sacó el monedero y le dio un billete de quinientas coronas.

—¿Es suficiente?

Ella negó con la cabeza.

—Necesito mil coronas —aseguró.

—¿Es posible que cueste mil coronas una carrera de ida y vuelta a Simrishamn? —inquirió asombrado.

Le entregó, pues, otro billete de quinientas mientras pensaba que, con total seguridad, estaría engañándolo. Se sintió algo malhumorado ante la idea, pero la desechó pues disponían de poco tiempo.

—¿Qué vas a tomar? ¿Has pedido algo?

—Tomaré un café —repuso ella—. Y un bollo.

Wallander se dirigió a la barra, realizó el pedido y, cuando iba a pagar, pidió que le expidieran un recibo. Hecho esto, regresó a la mesa con la bandeja.

Ella lo miró con una expresión que él interpretó súbitamente como de desprecio.

—Roger Lundin —dijo ella con sarcasmo—. No sé cuál será tu verdadero nombre ni me importa. Pero estoy segura de que no es Roger Lundin. Y de que eres policía.

Wallander decidió enseguida que, en realidad, bien podía decirle la verdad

—Así es —admitió—. No me llamo Roger Lundin. Y es cierto que soy policía. Pero no tienes por qué saber cuál es mi verdadero nombre.

—¿Y por qué no?

—Porque lo digo yo —replicó Wallander dejando claro que hablaba en serio.

La muchacha notó que había cambiado de actitud hacia ella y lo miró con cierto interés.

—Bien, ahora, prepárate para escuchar con atención —prosiguió Wallander—. Algún día te explicaré el porqué de tanto misterio. Ahora te basta con saber que soy policía y que estoy llevando a cabo la investigación de dos asesinatos particularmente brutales, para que comprendas que no se trata de ningún juego. ¿Está claro?

—Es posible —repuso la joven.

—En fin. Quiero que contestes a algunas preguntas —continuó Wallander—. Después podrás marcharte de nuevo al castillo.

El inspector recordó los folios que llevaba en el bolsillo. Los sacó y los puso sobre la mesa, junto con un bolígrafo.

—Cabe la posibilidad de que te hayan seguido, así que es conveniente que finjas estar rellenando un impreso o algo así. Puedes escribir tu nombre.

—¿Quién iba a seguirme? —inquirió ella al tiempo que miraba a su alrededor.

—Mírame a mí —ordenó Wallander—. No mires en ninguna otra dirección. Si te han seguido, él te verá a ti, pero puedes estar segura de que tú no vas a divisarlo a él.

—¿Cómo sabes que se trata de un hombre?

—No lo sé.

—Esto no tiene ni pies ni cabeza.

—Tómate el café, cómete el bollo, escribe tu nombre y mírame. Si no haces lo que te digo, me encargaré de que nunca vuelvas a trabajar con Sten Widén.

La muchacha pareció dar crédito a sus palabras pues, a partir de aquel instante, hizo exactamente lo que él le indicaba.

—¿Qué te ha hecho pensar que se van a mudar del castillo? —quiso saber Wallander.

—Me dijeron que no necesitarían de mis servicios más que durante un mes. Después se acabaría el contrato pues se marcharían de allí.

—¿Quién dijo tal cosa?

—Un hombre que vino por las caballerizas.

—¿Qué aspecto tenía?

—Parecía oscuro, más o menos.

—¿Era un negro?

—No, pero vestía de negro y tenía el cabello moreno.

—¿Era extranjero?

—Hablaba sueco.

—¿Tenía acento?

—Puede que sí.

—¿Sabes cómo se llama?

—No.

—¿Sabes qué hace allí?

—No.

—Pero trabaja en el castillo, ¿no?

—Supongo que sí.

—¿Qué más te dijo?

—No me gustó ni un pelo. Era bastante desagradable.

—¿En qué sentido?

—Iba dando vueltas por las caballerizas, mirándome mientras cepillaba a uno de los caballos y me preguntó que de dónde había salido.

—¿Qué le dijiste?

—Que había solicitado el trabajo porque no podía seguir con Sten Widén.

—¿Te hizo alguna otra pregunta?

—No.

—¿Qué sucedió después?

—Se marchó.

—¿Por qué era desagradable?

Ella meditó un instante, antes de responder.

—Por el modo en que me preguntó..., como si no quisiera que yo notase que me estaba interrogando.

Wallander asintió, pues creía comprender lo que la joven quería decir.

—¿Has visto a alguna otra persona en el castillo?

—Sólo a la que me contrató.

—Anita Karlén.

—Sí, creo que se llama así.

—¿Nadie más?

—No.

—¿No hay ninguna otra persona al cargo de los caballos?

—No, sólo yo. Dos caballos no dan mucho trabajo.

—¿Quién los cuidaba antes?

—No lo sé.

—¿No te explicaron por qué necesitaban un mozo de cuadra de forma tan repentina?

—La mujer llamada Karlén dijo que alguien había caído enfermo.

—Pero tú no llegaste a ver a nadie.

—No.

—¿Y qué es lo que viste?

—¿Qué quieres decir con eso?

—Pues que tienes que haber visto a otras personas, coches que salen y entran.

—Las caballerizas están apartadas del edificio principal. Yo sólo veo un lateral del castillo. La dehesa está aún más lejos. Además, no me permiten acercarme al castillo.

—¿Quién te lo prohibió?

—Anita Karlén. Me dijo que me despedirían de inmediato si hacía lo que no debía. Además, tengo que llamar y pedir permiso para salir del recinto.

—¿Dónde te recogió el taxi?

—Ante la verja.

—¿Tienes algo más que contar que pueda ser importante para mí?

—¿Cómo quieres que sepa lo que te interesa?

De repente, Wallander tuvo la sensación de que había algo más. Algo que ella no terminaba de decidir si contarle o no. Él permaneció en silencio un momento, antes de proseguir con cautela, como quien avanza en la oscuridad.

—Bien. Volvamos al punto de partida —propuso al fin—. Ese hombre que te visitó en las caballerizas, ¿no te dijo nada más?

—No.

—¿No mencionó nada acerca de que se marcharían al extranjero?

—No.

«Está diciendo la verdad», se rindió Wallander. «Es cierto. Y tampoco creo que tenga mala memoria. Algo hay, pero no sé qué es.»

—Háblame de los caballos —la animó.

—Son dos caballos de monta, muy hermosos —afirmó ella—. Uno, una yegua llamada *Afrodite,* tiene nueve años y es de color trigueño. El otro, *Jupitess,* tiene siete y es negro. Se notaba que hacía mucho que no los montaban.

—Y eso, ¿cómo se nota? Piensa que yo sé muy poco sobre caballos.

—Sí, ya me he dado cuenta.

Wallander sonrió ante lo irónico de su comentario, pero no pronunció palabra, sino que aguardó a que ella continuase.

—Se excitaron muchísimo cuando aparecí con las sillas de montar —aclaró la chica—. Se veía que ansiaban poner a funcionar los músculos en una carrera.

—Y gracias a ti pudieron hacerlo.

—Exacto.

—Supongo que montaste por los jardines del castillo.

—Me habían indicado los senderos que me estaba permitido utilizar.

Una variación apenas perceptible de su voz, un atisbo de inquietud, hizo que Wallander extremase su atención, pues dedujo que estaba aproximándose a lo que ella dudaba en contarle.

—Entonces, saliste a caballo.

—Sí. Empecé por *Afrodite* —aclaró ella—. Entretanto, *Jupitess* trotaba en la dehesa.

—¿Cuánto tiempo estuviste montando a *Afrodite?*

—Media hora. Los jardines son muy extensos.

—Y entonces volviste.

—Claro. Dejé a *Afrodite* y ensillé a *Jupitess.* Después de otra media hora, estaba de regreso.

Wallander lo supo enseguida. Durante la segunda media hora, algo sucedió. Su respuesta había sido demasiado rápida, como si quisiese pasar cuanto antes un obstáculo aterrador. El inspector decidió que lo único que podía hacer era ir derecho al grano.

—Estoy convencido de que cuanto me has contado es cierto —sostuvo procurando adoptar un tono de voz de absoluta amabilidad.

—Ya no tengo más que contar. Y, además, tengo que irme. Si llego tarde, me despiden.

—Te dejaré ir enseguida. Sólo me quedan un par de preguntas más. Volvamos otra vez a las caballerizas y al hombre que te visitó. Me temo que no me has contado todo lo que te dijo, ¿no es así? Estoy seguro de que te advirtió sobre cuáles de los senderos no podías transitar, ni siquiera acercarte.

—Eso me lo dijo Anita Karlén.

—Sí, tal vez ella también te lo dijo. Pero fue el hombre quien te previno de un modo que te asustó, ¿cierto?

La muchacha bajó la mirada y asintió en silencio.

—Pero cuando saliste a montar a *Jupitess,* te equivocaste de camino. O tal vez elegiste otro sendero, por curiosidad. No he podido evitar darme cuenta de que sueles hacer lo que te viene en gana. ¿Tengo razón?

—Me equivoqué de sendero.

Su tono de voz era ahora tan tenue que Wallander se vio obligado a inclinarse hacia ella para comprender lo que decía.

—Te creo —la tranquilizó—. Pero cuéntame lo que ocurrió en el sendero.

—De pronto, *Jupitess* se asustó y me derribó. Cuando me vi en el suelo, descubrí qué era lo que lo había espantado. Parecía una persona que se hubiese desmayado en medio de la vereda. Yo pensé que estaba muerta. Pero cuando me acerqué para ver mejor, comprobé que se trataba de un maniquí de tamaño natural.

Wallander notó que aún la atemorizaba el recuerdo y se le vino a la memoria lo que Gustaf Torstensson le había dicho en una ocasión a la señora Dunér sobre el humor macabro de Alfred Harderberg.

—Te asustaste —concluyó comprensivo—. A mí me habría sucedido lo mismo. Pero te aseguro que no te ocurrirá nada, si sigues en contacto conmigo.

—Los caballos sí que me gustan. Pero todo lo demás...

—Pues dedícate a los caballos —le aconsejó Wallander—. Y recuerda bien los senderos por los que te está prohibido transitar.

Notó que la muchacha se sentía aliviada tras haberle contado su descubrimiento.

—Ya puedes marcharte —aseguró—. Yo me quedaré aquí un rato más, pero es cierto que tú no debes llegar tarde.

La muchacha se levantó y se fue. Unos treinta segundos más tarde, Wallander la siguió. Supuso que habría bajado al puerto para tomar el taxi desde allí, de modo que se apresuró escaleras abajo y llegó justo a tiempo de verla entrar en el coche, que se había detenido junto al quiosco del puerto. El taxi se marchó. El inspector aguardó unos minutos, hasta estar seguro de que nadie seguía a la joven. Después, se dirigió a su propio coche para regresar a Ystad. Por el camino, fue pensando en lo que la chica le había referido y concluyó que no podía estar seguro de cuáles eran los planes de Alfred Harderberg.

«Los pilotos», se dijo. «Y los planes de vuelo. Hemos de precederlo en sus movimientos por si decide desaparecer del país.»

En ese momento, decidió que era hora de hacer una segunda visita al castillo de Farnholm, pues quería ver de nuevo a su propietario.

A las ocho menos cuarto, ya de vuelta en la comisaría, se topó en el pasillo con Ann-Britt Höglund. Ella le hizo una seña fugaz a modo de saludo y se apresuró a entrar en su despacho. Wallander se quedó algo confundido, pues no comprendía el porqué de aquella actitud de rechazo. De modo que se dio media vuelta y fue a llamar a la puerta del despacho de Ann-Britt. Cuando ella respondió, él abrió sin entrar.

—En esta comisaría solemos saludar a los compañeros —le recriminó.

Pero ella no contestó, sino que continuó inclinada sobre su archivador.

—¿Puede saberse qué te pasa?

Ella levantó la vista.

—¿Y tú me lo preguntas?

Entonces, entró y cerró la puerta.

—La verdad, no comprendo nada —se lamentó—. ¿Qué es lo que te he hecho?

—Yo creí que tú eras diferente —arguyó ella—. Pero ahora veo que eres igual que los demás.

—Pues sigo sin comprender —insistió Wallander impotente—. Te ruego que me lo expliques.

—No tengo más que decir. Lo único que quiero es que te marches.

—No sin antes haber escuchado una explicación.

Wallander no sabía si la agente estaba a punto de estallar en un ataque de ira o si iba a romper a llorar.

—Pensaba que nuestra relación podía empezar a calificarse de amistad, que no éramos sólo colegas —se quejó él.

—Sí, yo también lo creí —le reprochó ella—. Pero ya no es así.

—Pues explícamelo.

—Muy bien. Te voy a ser sincera, no como tú. Te suponía de

fiar, pero ahora me doy cuenta de que estaba equivocada. Y es posible que me lleve algo de tiempo acostumbrarme a la idea.

Wallander alzó los brazos resignado.

—Lo siento, sigo sin comprender.

—Hanson ha vuelto hoy, como ya sabes. Vino a verme y me comentó una conversación que habíais mantenido.

—¿Y qué te dijo?

—Que te alegrabas de su regreso.

—Pues claro que me alegro. Necesitamos todas las fuerzas de las que podamos echar mano.

—Tanto más cuanto que estás muy descontento con mi trabajo.

Wallander la miró perplejo.

—¿Eso te dijo? ¿Que yo le había dicho a él que estaba descontento con tu trabajo?

—A decir verdad, habría preferido que me lo hubieses dicho a mí primero.

—¡Pero si eso no es cierto! Le dije justamente lo contrario, que ya habías dado muestras de ser una buena policía.

—Ya, pues sonaba muy convincente.

Wallander estalló.

—¡Jodido Hanson! —exclamó—. Si quieres, lo llamo ahora mismo y le pido que venga de inmediato. Como comprenderás, es una patraña.

—En ese caso, ¿por qué me lo ha dicho?

—Porque te tiene miedo.

—¿A mí?

—Claro. ¿A qué crees que viene tanto curso de formación continua? Teme que lo superes. Odia la sola idea de que tú resultes ser mejor que él.

El inspector vio que ella empezaba a creerlo.

—Te aseguro que es cierto —insistió—. Mañana hablaremos con él, tú y yo. Y ten por seguro que no disfrutará con la charla.

Ann-Britt Höglund permaneció en silencio, hasta que levantó la vista hacia Wallander.

—En ese caso, creo que debo pedirte disculpas.

—Él es quien tiene que disculparse —atajó Wallander—. Tú no, desde luego.

Sin embargo, al día siguiente, el viernes 26 de noviembre, cuando, en las primeras horas de la mañana las ramas de los árboles que se alzaban ante la comisaría aparecían cargadas de escarcha, Ann-Britt Höglund le pidió a Wallander que no discutiese lo ocurrido con Hanson. Según le explicó, había estado meditando sobre el asunto durante la noche y había llegado a la conclusión de que prefería hacerlo ella misma, aunque más adelante, cuando se le hubiese pasado el enfado. Dado que Wallander estaba convencido de que ella había creído sus palabras, no opuso objeción alguna, sin olvidar por ello lo que Hanson había hecho. Aquella mañana, pues, en que todos parecían resfriados y alicaídos, salvo Per Åkeson, que estaba ya totalmente repuesto, Wallander los convocó a una reunión en la que les refirió el encuentro celebrado con Sofia la tarde anterior en Simrishamn. Sin embargo, aquello no pareció levantarles el ánimo. Muy oportuno, Svedberg extendió un mapa detallado del área que ocupaban los terrenos pertenecientes al castillo de Farnholm, que eran inmensos. Además, pudo contarles que el extenso parque databa de finales del siglo XIX, época en la que el castillo era propiedad de una familia que llevaba el poco noble apellido de Mårtensson. El hombre había amasado una fortuna con la construcción inmobiliaria en Estocolmo. Al parecer, hizo después realidad un sueño, el de poseer un castillo, una obsesión rayana en una soberbia demente. Una vez que Svedberg hubo concluido, continuaron descartando detalles de la investigación y tachando de sus respectivas listas todos aquellos que habían resultado insignificantes o que, al menos por el momento, podían archivarse como de menor interés. Ann-Britt Höglund había podido, por fin, hablar con Kim Sung Lee, la encargada de la limpieza del bufete que, tal y como suponían, no tenía nada que aportar al esclarecimiento del caso. Por otro lado, y según pudieron comprobar, tenía todos los documentos en regla y se hallaba legalmente en el país. Además, por iniciativa propia, la agente había mantenido una conversación exhaustiva con Sonja Lundin, la administrativa del despacho de abogados, que tampoco arrojó ninguna luz sobre el asunto, lo que les permitió seguir eliminando puntos de sus anotaciones. En ese momento de la reunión, Wallander se percató, no sin satisfacción, de que Hanson, sentado al otro extremo de la mesa, acogía con disgusto la forma en que la joven colega tomaba decisiones por sí misma. Cuando todos parecían aún más abatidos y la apatía se cernía sobre la sala de reuniones como una capa de bruma grisácea, Wallander intentó animarlos exhortándolos a trabajar para conseguir los planes de vuelo del Gulfstream. Asimismo, propuso que Hanson, de la forma más discreta posible, averiguase cuanto pudiese acerca de los dos pilotos. No obstante y pese a sus esfuerzos, no logró disipar la bruma, con lo que empezó a sentirse preocupado y resolvió que sólo podía ya confiar en que los expertos en delitos económicos consiguiesen infundir nuevos bríos a la investigación con los resultados de sus sondeos en las bases de datos de sus ordenadores. De hecho, les habían prometido una visión completa del imperio de Harderberg precisamente para aquel día, pero se habían visto obligados a solicitar algo más de tiempo, de modo que la reunión se había aplazado para el lunes siguiente, 29 de noviembre.

Wallander acababa de decidirse por concluir el encuentro cuando Per Åkeson alzó la mano para pedir la palabra.

—Creo que debemos hablar del estado de la investigación —comenzó—. Tal y como está planteada, concentrándonos en las indagaciones acerca de Harderberg, le he concedido un mes más. Sin embargo, no puedo pasar por alto el hecho de que, por el momento, no contamos más que con vagos indicios. A mí me da la sensación de que cada día que pasa nos alejamos de algo, en lugar de estar cada vez más próximos. Lo que quiero decir es que, en mi opinión, sería conveniente que aclarásemos nuestras posiciones de forma sencilla y contundente y basándonos exclusivamente en hechos reales.

Dicho esto, las miradas de todos los presentes se dirigieron a Wallander. Las palabras del fiscal no sorprendieron a nadie, ni siquiera a él, aunque había confiado en no tener que oírlas.

—Tienes razón —convino—. Hemos de ser conscientes de dónde nos hallamos aunque, por desgracia, sigamos sin contar con los resultados de los grupos de delincuencia económica.

—El que nos apliquemos a diseccionar e investigar un imperio financiero no tiene por qué conducirnos a dar con uno o más asesinos —objetó Per Åkeson.

—Lo sé —admitió Wallander—. Pero la imagen no será completa sin la información que ellos puedan proporcionarnos.

—No existe la imagen completa —intervino Martinson resignado—. De hecho, no tenemos ninguna imagen en absoluto.

Wallander comprendió que tenía que tomar las riendas de la situación si quería evitar que se le escapase de las manos totalmente. Así, a fin de poder ordenar sus pensamientos, propuso una pausa de unos minutos para ventilar la sala, algo que todos aceptaron. Ya sentados de nuevo en torno a la mesa, tomó la palabra en tono decidido.

—Yo sí que veo una línea probable —comenzó—. La misma que vosotros. Pero os propongo que tomemos otro camino para ver dónde *no* hallaremos la solución a este caso. Nada nos induce a pensar en la actuación de un loco. Cierto que un psicópata con la inteligencia suficiente podría haber ideado camuflar un asesinato bajo la apariencia de un accidente de tráfico. Sin embargo, no contamos con un solo motivo claro, además de que lo que ocurrió con Sten Torstensson no cuadra en modo alguno con la perspectiva del psicópata ni con lo que le ocurrió al padre. Como tampoco es muy acorde con el hecho de que alguien intentase hacer volar por los aires a la señora Dunér, o a mí mismo. Y si no menciono aquí a Ann-Britt Höglund es porque creo que no iban a por ella. Todo esto me conduce a una línea de investigación que incluye el castillo de Farnholm y la persona de Alfred Harderberg. Retrocedamos algo en el tiempo, al día en que, hace ya cinco años, Harderberg se puso en contacto con Gustaf Torstensson por primera vez.

En ese preciso momento, Björk entró en la sala y tomó asiento. Wallander sospechaba que había sido Per Åkeson quien, durante la corta pausa propuesta por Wallander, le había pedido que asistiese al resto de la reunión.

—Gustaf Torstensson comenzó, pues, a trabajar para Harderberg —prosiguió Wallander—. Se trata de una relación profesional inusitada, habida cuenta de que resulta sorprendente que los servicios de un abogado de pueblo puedan llegar a ser de utilidad para un hombre de negocios de alcance internacional. Cabe aquí la posibilidad de pensar que Alfred Harderberg tuviese en mente aprovechar las carencias de Torstensson en beneficio propio, manipulándolo si fuese necesario. Eso no es más que una conjetura mía, nada que sepamos con certeza. En cualquier caso, en algún punto del camino, se produce un hecho inesperado. Gustaf Torstensson empieza a mostrar un comportamiento inquieto o quizá más bien compungido, del que se percatan tanto su hijo como su secretaria. No olvidemos que ésta llegó a afirmar que daba la impresión de estar asustado. Más o menos al mismo tiempo, tiene lugar otro acontecimiento: a través de una asociación que se dedica al estudio de la pintura de iconos, Lars Borman conoce a Gustaf Torstensson. En algún momento se produce una tensión entre ambos, que podemos suponer está relacionada con Harderberg, pues su nombre aparece relacionado con el desfalco al Landsting de la provincia de Malmö. No obstante, sigue sin respuesta la pregunta más importante: ¿por qué empezó Gustaf Torstensson a comportarse de un modo tan extraño? Lo que yo creo es que, en su trabajo con Alfred Harderberg, debió de descubrir algo que le afectó. Tal vez lo mismo que indignó a Lars Borman. El caso es que lo ignoramos. Y luego muere nuestro abogado en un accidente de tráfico amañado. Después de lo que nos reveló Kurt Ström, podemos figurarnos cómo sucedió. Por otro lado, Sten Torstensson viene a verme a Skagen y, días después, también él aparece muerto. Ni que decir tiene que debía de sentirse amenazado, ya que intentó dejar una pista falsa, al decir que se marchaba a Finlandia cuando, en realidad, fue a Dinamarca. Y estoy convencido de que alguien lo siguió hasta allí, de que alguien presenció nuestro encuentro en la playa. Quienes mataron a su padre, iban pisándole los talones, pues era imposible que supiesen si Gustaf Torstensson le había revelado algo a su hijo; como tampoco pudieron conocer el contenido ni los términos de nuestra conversación. O lo que había llegado a conocimiento de la señora Dunér. Por ese motivo murió Sten Torstensson, por ese motivo intentaron hacer saltar en pedazos el jardín de la señora Dunér, por ese motivo pusieron una bomba en mi coche. El mismo motivo por el que me mantienen bajo vigilancia a mí, y no a vosotros. Y todo esto nos lleva de nuevo a lo que Gustaf Torstensson hubiese podido descubrir. Intentamos averiguar si se trata de algo relacionado con el recipiente de plástico que hallamos en el maletero de su coche. Pero aún no lo sabemos. También puede ser algo que nuestros expertos en asuntos económicos estén en condiciones de revelarnos en su momento. Lo importante es que sí que hay una línea clara que comienza con el asesinato a sangre fría de Gustaf Torstensson, mientras su hijo determinó su propio destino al visitarme en Skagen. Ésta es la línea cuyas señales intentamos interpretar. En el trasfondo no hay nada más que Alfred Harderberg y su imperio. Al menos, nada que nos resulte evidente.

Una vez que Wallander hubo concluido su exposición, se adueñó de la sala un silencio cuyo significado intentaba comprender: ¿habría intensificado el abatimiento con sus palabras o habrían producido el efecto contrario?

—Nos has ofrecido una imagen muy seductora —intervino Per Åkeson cuando el silencio empezaba a pesar demasiado en el ambiente—. Podríamos incluso suponer que tienes toda la razón. El único problema es que carecemos de cualquier tipo de pruebas, incluidas las de carácter técnico.

—Por eso debemos intensificar el trabajo con el recipiente de plástico —rebatió Wallander—. Hemos de levantar la tapadera de Avanca para ver qué se esconde dentro. Estoy seguro de que, en algún lugar, existe un hilo por el que sacar el ovillo.

—Me pregunto si no deberíamos mantener una buena charla con Kurt Ström —sugirió el fiscal—. Esos hombres que siempre andan cerca de Harderberg, ¿quiénes son?

—Sí, yo también lo he pensado —afirmó Wallander—. Es posible que Ström pueda proporcionarnos más información. En el preciso momento en que formulemos las preguntas a la gente del castillo, Harderberg comprenderá que sospechamos de él como principal implicado. Si eso sucediese, dudo mucho de que fuésemos capaces de aclarar estos asesinatos jamás. Cuenta con los recursos suficientes como para dejarlo todo limpio a su alrededor. Es más, creo que voy a ir a visitarlo de nuevo para continuar sembrando nuestra falsa semilla.

—Has de ser convincente. De lo contrario, sabrá ver cuáles son tus intenciones —le advirtió Per Åkeson, antes de colocar la cartera sobre la mesa para guardar en ella sus archivadores—. Kurt ha descrito nuestra posición, probable pero aún sin demostrar. En fin, aguardemos a ver qué nos dicen el lunes los grupos de delincuencia económica.

Así finalizó la reunión, que dejó a Wallander sumido en una profunda preocupación, con sus propias palabras retumbándole en la cabeza. ¿Y si Per Åkeson tenía razón, y su síntesis de la investigación era atractiva pero, pese a todo, una pista que los conduciría finalmente a la nada?

«Aquí tiene que ocurrir algo», resolvió.

«Y muy pronto.»

Después, cuando todo hubo pasado, Wallander recordaría las semanas que siguieron a aquella reunión como algunas de las peores de toda su vida profesional. En efecto y en contra de lo que él esperaba, nada sucedió. Los grupos económicos realizaban sondeos interminables que, al final, desembocaban en la conclusión de que necesitaban más tiempo. Wallander logró domeñar su impaciencia o, tal vez, su decepción, pues era consciente de que los economistas trabajaban con toda la rapidez y entrega posibles. El día que Wallander decidió visitar a Kurt Ström por segunda vez, resultó que se había marchado a Västerås para enterrar a su madre. Pero en lugar de ir en su busca hasta aquella ciudad, resolvió aguardar a que él regresase. Hanson no consiguió ponerse en contacto con los pilotos del Gulfstream, pues siempre estaban fuera volando con Harderberg. Lo único que lograron durante aquellos días de desconsuelo fueron los planes de vuelo del avión. Wallander constató, junto con sus colegas, que Alfred Harderberg tenía un programa de viajes sorprendente. Svedberg calculó que debía de gastar muchos millones de coronas al año tan sólo en carburante. Los expertos en economía copiaron los planes de vuelo para intentar casarlos con los acelerados negocios de Harderberg.

El inspector se puso en contacto con Sofia en dos ocasiones, ambas en la pastelería de Simrishamn, aunque la joven no le aportó ningún dato nuevo.

Y la investigación llegó al mes de diciembre, en que Wallander empezaba a tomar conciencia de que estaba a punto de naufragar, si es que no lo había hecho ya.

Nada decisivo. Nada en absoluto.

El sábado 4 de diciembre, Ann-Britt Höglund lo invitó a cenar. Su marido se encontraba en casa, una corta visita entre sus viajes alrededor del planeta a la caza de bombas de agua que reparar. Wallander bebió demasiado. Ninguno de los dos mencionó la investigación a lo largo de la velada. Cuando, ya bien entrada la noche, Wallander se disponía a marcharse a casa, decidió hacerlo a pie. Cerca de las oficinas de Correos de la calle de Kyrkogårdsgatan, vomitó apoyado contra una fachada. Cuando, por fin, llegó a la calle de Mariagatan se lanzó al teléfono con la intención de llamar a Baiba. No obstante, en lugar de llamar a Riga, logró controlarse y llamar a Linda, a Estocolmo. Cuando la muchacha oyó que era su padre, se irritó y le pidió que la llamase por la mañana. Tras la breve conversación, Wallander adivinó que probablemente no se encontraba sola en el apartamento, lo cual lo inundó de un malestar del que, además, se sentía avergonzado. Sin embargo, al llamarla de nuevo por la mañana, no le hizo ninguna pregunta al respecto. Ella le habló de su trabajo como aprendiza de un taller de tapicería y el inspector comprobó que la joven estaba contenta con lo que hacía. Sin embargo, lo decepcionó al revelarle que no iría a Escania en Navidad, sino que partiría hacia las montañas de la región de Västerbotten, donde había alquilado una casa junto con unos amigos. A continuación, Linda le preguntó a qué se dedicaba él.

—A la caza de un Caballero de Seda —repuso él enigmático.

—¿Un Caballero de Seda?

—Así es. Algún día te explicaré qué es.

—Suena muy hermoso.

—Ya, pero no lo es. Yo soy policía. Los policías rara vez vamos a la caza de algo hermoso.

Y nada sucedía. El jueves 9 de diciembre, Wallander estaba ya dispuesto a rendirse. Al día siguiente le propondría a Per Åkeson un cambio en la línea de investigación del caso.

Sin embargo, el viernes 10 de diciembre, algo ocurrió por fin. Sin que él lo supiese aún, el tiempo muerto había terminado. En efecto, al entrar en su despacho aquella mañana, se encontró con una nota en la que le advertían de que debía llamar a Kurt Ström de inmediato. Se quitó la chaqueta, se sentó en la silla y marcó el número. El ex policía respondió en el acto.

—Tengo que verte —aseguró.

—¿Aquí o en tu casa? —quiso saber Wallander.

—Ni en un sitio ni en el otro —rechazó Ström—. Yo tengo una casita de campo en Sandskogen, en la carretera de Svarta, número doce. Es una casa roja. ¿Podrías estar allí dentro de una hora?

—Allí estaré.

Wallander colgó el auricular y fue a mirar por la ventana.

Después se levantó, echó mano de la chaqueta y abandonó la comisaría presa de un gran apremio.

16

Gruesas nubes cargadas de lluvia atravesaban precipitadas el cielo otoñal.

Wallander estaba nervioso. Cuando abandonó la comisaría, salió de la ciudad en dirección este. A la altura de la calle de Jaktpaviljonsvägen, giró hacia la derecha y se detuvo al llegar al albergue. A pesar del viento que soplaba helado, bajó hasta la playa desierta. Súbitamente, se sintió transportado varios meses atrás en el tiempo. Aquella playa era la de Jutlandia, su playa de Skagen, y él mismo era de nuevo el alma solitaria que patrullaba un distrito a merced del viento.

Sin embargo, la idea desapareció tan veloz como se le había presentado. No tenía tiempo que perder, y mucho menos que dedicar a ensoñaciones inútiles. Intentaba figurarse lo que habría movido a Kurt Ström a ponerse en contacto con él. Lo llenaban de inquietud sus expectativas de que el ex policía pudiese proporcionarle alguna información que, de una vez por todas, los condujese a ese despegue que tanto necesitaban. Pero era consciente de que aquello no era más que un deseo suyo, y de escaso fundamento. Kurt Ström odiaba no sólo al propio Wallander personalmente, sino a todo el cuerpo de Policía que lo había expulsado haciéndole el vacío, de modo que no parecía sensato contar con ninguna ayuda por su parte. De manera que lo que Kurt Ström pudiese querer de él se le antojaba un misterio.

Empezó a llover. El viento lo obligaba a retroceder hacia el coche. Una vez en el interior del vehículo, lo puso en marcha y encendió la calefacción. En aquel momento apareció una mujer paseando con un perro, y Wallander recordó a aquella otra con la que en tantas ocasiones se había tropezado en Skagen, también acompañada de su mascota. Aún faltaba casi media hora para la cita con Kurt Ström en la carretera de Svarta. Condujo, pues, despacio por la calle de Strandvägen, de nuevo hacia el centro de la ciudad, antes de dar la vuelta para ir a contemplar las casas de veraneo de Sandskogen. No tuvo dificultad alguna en dar con la casa roja que le había referido Ström. Aparcó y se encaminó hacia el pequeño jardín. La vivienda parecía una casa de muñecas a gran escala y, por cierto, de aspecto bastante descuidado. Dado que no vio ningún coche aparcado en la calle, dedujo que él había sido el primero en llegar cuando, de pronto, Kurt Ström abrió la puerta.

—¡Vaya! No había ningún coche y pensé que aún no habrías llegado —le explicó.

—Pues no es así. Y cómo he llegado aquí no es asunto tuyo —barbotó al tiempo que le hacía seña de que entrase.

Wallander percibió enseguida un vago perfume a manzanas. Las cortinas estaban echadas y los muebles cubiertos con sábanas blancas.

—¡Vaya casa bonita que tienes! —exclamó Wallander.

—¿Y quién te ha dicho que sea mía? —corrigió Ström en tono cortante mientras retiraba las sábanas de un par de sillas.

—No tengo café —advirtió—. Así que tendrás que pasar sin tomar nada.

Wallander se sentó en una de las sillas notando el aire húmedo y frío que se respiraba en el interior de la vivienda. Kurt Ström, enfundado en un traje arrugado y un abrigo largo y grueso, se sentó en la silla que había frente a él.

—Querías verme —comenzó Wallander—. Y aquí me tienes.

—Así es. Se me ocurrió que tú y yo podríamos negociar un acuerdo.

—Yo no hago negocios —respondió Wallander.

—Una respuesta demasiado rápida —observó Ström—. Si yo estuviese en tu lugar, me detendría a escuchar la oferta, por lo menos.

Wallander comprendió que Ström tenía razón, que debería habérselo pensado antes de rechazar su propuesta, así que le indicó que continuase con un gesto.

—He estado fuera un par de semanas, para enterrar a mi madre —aclaró—. Durante ese tiempo, he tenido ocasión de reflexionar bastante. Entre otras cosas, sobre por qué razón muestra la policía tanto interés en el castillo de Farnholm. Tras tu visita a mi casa, comprendí que pensáis que la muerte de los dos abogados tiene algo que ver con el castillo. El problema es que no alcanzo a comprender por qué. De hecho, el hijo nunca lo visitó. Siempre fue el padre quien trabajó con Harderberg. El que creíamos que se había matado con el coche.

En este punto, observó a Wallander, como si esperase de él algún comentario.

—Continúa —lo invitó el inspector.

—Comprenderás que, cuando volví del entierro y me incorporé al trabajo, yo ya me había olvidado de tu visita —aseguró—. Sin embargo, de repente, el asunto adquirió un nuevo cariz.

Kurt Ström buscó el paquete de cigarrillos y un encendedor en el bolsillo del abrigo. Le tendió el paquete a Wallander, que negó con un gesto.

—Si algo he aprendido en esta vida —prosiguió Ström—, es que uno debe mantener a los amigos a la distancia adecuada. Pero a los enemigos, a ésos hay que tenerlos tan cerca como sea posible.

—Ya, y me figuro que ése es el motivo por el que yo estoy aquí —adivinó Wallander.

—Es posible —corroboró Ström—. Te diré que no me gustas ni un pelo, Wallander. Para mí representas la peor clase de esa honradez que inunda el cuerpo de Policía. Pero uno también puede hacer negocios con sus enemigos, incluso buenos negocios.

Dicho esto, se marchó a la cocina para volver con el platillo de una taza que usó como cenicero, mientras Wallander aguardaba.

—Como te decía, todo ha adquirido otro cariz —repitió Ström—. Resulta que, cuando volví, me informaron de que iban a despedirme en Navidad. Para mí fue algo inesperado, pero parece que Harderberg ha pensado mudarse de Farnholm.

«Vaya, antes era el doctor Harderberg..., y ahora es sólo Harderberg, como mucho», se dijo Wallander.

—Como podrás imaginar, me fastidió bastante —continuó Ström—. De hecho, cuando acepté el trabajo como jefe de seguridad, me dijeron que sería un empleo fijo. Nadie me advirtió de que Harderberg podría, un día, trasladarse de allí. Tenía un buen sueldo, así que me compré una casa. Pero ahora me iba a ver sin trabajo otra vez. Y no me hizo la menor gracia.

Wallander empezó a pensar que se había equivocado y que era muy posible que Kurt Ström tuviese alguna información valiosa que proporcionarle.

—Sí, claro, a nadie le gusta perder el empleo —convino Wallander.

—¿Qué sabrás tú de eso?

—Por supuesto que no sé tanto como tú.

Kurt Ström aplastó la colilla contra el platillo.

—Bien, a ver si hablamos claro —propuso—. Tú necesitas información de lo que se cuece en el castillo. Una información que tú mismo no puedes obtener sin evidenciar tu interés, cosa que no deseas que suceda pues, en ese caso, ya habrías atravesado las puertas de Farnholm y habrías sometido a Harderberg a un interrogatorio. El porqué quieres averiguar una serie de detalles sin que se note es algo que no me incumbe. Lo único que importa es que sólo yo puedo proporcionártelos, a cambio de algo que tú me puedes dar.

Wallander consideró fugazmente la posibilidad de que se tratase de una trampa. ¿Era posible que Alfred Harderberg hubiese enviado a Ström para que lo sondease? No obstante, resolvió que aquello no era ninguna treta, pues el riesgo de que él se percatase de todo era demasiado grande.

—Tienes razón, hay datos que necesito obtener sin que se note. ¿Qué es lo que quieres a cambio?

—Muy poco —aseguró Kurt Ström—. Un papel.

—¿Un papel?

—Así es. Yo tengo que pensar en mi futuro —sostuvo Ström—. Y si tengo alguno, ha de ser en el ramo de la seguridad privada. Cuando conseguí el trabajo en el castillo de Farnholm, tuve la sensación de que, en realidad, era una ventaja el no estar muy bien avenido con la policía sueca. Sin embargo, en otra situación, esto podría resultar muy negativo.

—¿Qué quieres que diga ese papel?

—Será un certificado formulado en términos elogiosos —aclaró Ström—. En el papel timbrado de la Policía y con la firma de Björk.

—Eso es imposible. Nos descubrirían de inmediato, puesto que tú nunca has prestado servicio en Ystad. Además, un simple control en la Dirección General de la Policía bastaría para comprobar que te expulsaron del cuerpo.

Bueno, yo sé que si tú quieres puedes hacerte con ese certificado. De lo que tengan archivado en la Dirección General me encargo yo a mi manera.

—¿Ah, sí? ¿Cómo?

—Eso es asunto mío. Lo que quiero de ti es el certificado.

—¿Y cómo podría persuadir a Björk de que firmase un certificado falso?

—Ése es tu problema. Además, nunca te pillarían. El mundo está lleno de documentos falsos.

—Entonces podrás arreglar el certificado tú mismo, sin mi ayuda, pues no es difícil falsificar la firma de Björk.

—¡Por supuesto! Pero el certificado ha de quedar registrado en el sistema, en los ordenadores. Y ahí es donde te necesito.

Wallander sabía que Ström estaba en lo cierto. Él mismo había contribuido en una ocasión a la falsificación de un pasaporte, aunque no era algo que le gustase recordar.*

—Bien, digamos que me lo voy a pensar —empezó a ceder Wallander—. Pero permíteme que te haga algunas preguntas, cuyas respuestas podemos considerar como muestras del producto. Después te contestaré si acepto o no.

—Yo decido cuándo dejo de contestar —puntualizó Ström—. Y llegaremos a un acuerdo aquí y ahora, antes de que te marches.

—Hecho.

Kurt Ström encendió otro cigarrillo y observó a Wallander expectante.

—¿Por qué quiere trasladarse Alfred Harderberg?

—No lo sé.

—¿Adónde piensa irse?

—Tampoco lo sé pero es muy probable que se marche al extranjero.

—¿Qué te hace pensar eso?

—Porque, durante la última semana, ha recibido varias visitas de corredores de fincas extranjeros.

—¿De dónde?

—Sudamérica, Ucrania, Birmania...

—¿Tiene intención de vender el castillo?

—Alfred Harderberg suele conservar todas sus viviendas, así que no venderá el castillo de Farnholm. El que ya no piense vivir allí él mismo no significa que acepte que otro lo haga. Lo dejará aparcado.

* Véase *Los perros de Riga,* Tusquets Editores, en colección Andanzas y colección Maxi. *(N. del E.)*

—¿Cuándo piensa dejarlo?

—Él se va mañana, pero nadie sabe nada. Yo sospecho que sucederá muy pronto, probablemente antes de Navidad.

Wallander pensaba cómo seguir. Tenía muchas preguntas, demasiadas. Y no era capaz de decidir cuáles eran las más importantes.

—Los hombres de las sombras, ¿quiénes son? —preguntó al fin.

Kurt Ström asintió impresionado.

—Una descripción sorprendentemente buena.

—Bueno, entreví a dos hombres en el gran vestíbulo —prosiguió Wallander—. Los vi el día que visité a Alfred Harderberg, pero también la primera vez que fui al castillo, cuando hablé con Anita Karlén. Y bien, ¿quiénes son?

Kurt Ström contempló meditabundo el humo que despedía su cigarrillo.

—Te lo diré. Pero ésta ha sido tu última pregunta.

—Eso será si la respuesta es buena —precisó Wallander—. ¿Quiénes son?

—Uno se llama Richard Tolpin, nacido en Sudáfrica. Es un soldado, un mercenario. No creo que se haya originado ningún conflicto o guerra en África durante los últimos veinte años sin que él haya estado en alguno de los bandos.

—¿Qué bando?

—En el bando que haya pagado mejor en cada momento. Pero sé que estuvo a punto de acabar mal ya desde el principio. Cuando Angola expulsó a los portugueses en 1975, tomaron prisioneros a unos veinticinco mercenarios, entre los que se encontraba Richard Tolpin. Fusilaron a catorce de ellos, pero ignoro por qué a él lo dejaron con vida. Lo más probable es que hubiese dado muestras de su valía también a los nuevos gobernantes.

—¿Qué edad tiene?

—Unos cuarenta. Excelente forma física, experto en kárate, tirador impecable.

—¿Y el otro?

—Ése es belga. Maurice Obadia. También soldado, pero más joven que Tolpin, unos treinta y cuatro o treinta y cinco. Es cuanto sé de él.

—¿Qué hacen en el castillo de Farnholm?

—Se los llama «consejeros especiales», pero en el fondo no son más que los guardaespaldas de Harderberg. Sería difícil dar con otros más hábiles o peligrosos. Además, Harderberg parece disfrutar de su compañía.

—Y tú, ¿cómo lo sabes?

—A veces, por las noches, hacen prácticas de tiro en los jardines del castillo, utilizando como blanco objetos muy especiales.

—¡Vaya! Cuéntame.

—Maniquíes del tamaño de una persona. Siempre apuntan a la cabeza. Y apenas si fallan alguna vez.

—¿Suele acompañarlos Harderberg?

—Así es. Pueden pasarse noches enteras.

—¿Sabes si alguno de ellos, Tolpin u Obadia, tiene una pistola de la marca Bernadelli?

—Yo me mantengo tan apartado como puedo de sus armas de fuego —se apresuró a asegurar Ström—. Hay cierta clase de personas en este mundo a las que uno no debe ni acercarse.

—Ya. Bueno, han de tener licencia de armas —señaló Wallander.

Kurt Ström sonrió.

—Así es, pero sólo si están en Suecia.

Wallander alzó las cejas.

—¿Qué quieres decir? El castillo de Farnholm está en Suecia, si no me equivoco.

—Claro, lo que ocurre es que los «consejeros especiales» presentan una característica también especial: nunca han entrado en Suecia, así que no puede decirse que estén aquí.

Kurt Ström apagó su cigarrillo con gran cuidado y deleite, antes de proseguir.

—En las inmediaciones del castillo hay una plataforma para helicópteros —aclaró—. En ocasiones, aunque siempre de noche, unos focos que por norma se mantienen bajo tierra se encienden para iluminar el aterrizaje de un helicóptero, a veces dos. Llegan con la oscuridad y se marchan siempre antes del amanecer. Son aparatos de vuelo bajo, de los que no se captan con ningún radar. Cuando Harderberg va a salir de viaje con su Gulfstream, Tolpin y Obadia desaparecen la noche antes en uno de ellos. Después se ven en algún lugar, quizás en Berlín, donde los helicópteros están registrados. El regreso se produce de la misma forma. Es decir que, de hecho, nunca atraviesan ninguna frontera de manera oficial.

Wallander asintió pensativo.

—Entiendo. Una última pregunta —anunció—. ¿Cómo es que sabes todo esto? En realidad, estás siempre encerrado en el búnker, junto a la verja. Me figuro que no podrás moverte a tu antojo.

—Ésa es una pregunta que no pienso contestar —repuso Strom con gravedad—. Digamos que se trata de un secreto profesional que no tengo ningún deseo de compartir.

—Arreglaré lo de tu certificado —prometió Wallander.

—¿Puedo preguntarte qué es lo que quieres averiguar? —preguntó Ström con una sonrisa—. Ya sabía que llegaríamos a un acuerdo.

—¡Tú qué ibas a saber! ¿Cuándo entrarás de servicio en el castillo?

—Suelo trabajar tres noches consecutivas y empiezo esta noche, a las siete.

—A las tres de la tarde vendré a verte aquí de nuevo para mostrarte algo. Conocerás la pregunta entonces.

Ström se levantó y echó una ojeada por entre las cortinas.

—¿Acaso te siguen? —inquirió Wallander.

—Bueno, toda cautela es poca —repuso Ström—. Creí que, a estas alturas, lo habrías aprendido.

Wallander abandonó la casa y se dirigió a su coche con paso presuroso. Se marchó directamente a la comisaría y, una vez en la recepción, le pidió a Ebba que convocase al grupo de investigación a una reunión urgente.

—¡Pareces tan estresado! —observó Ebba, solícita—. ¿Ha ocurrido alguna cosa?

—Así es —corroboró Wallander—. Por fin ha ocurrido algo. ¡Ah! Y no te olvides de llamar a Nyberg. Quiero que él también acuda.

Veinte minutos más tarde estaban todos reunidos. No obstante, Ebba no había logrado localizar a Hanson, que había abandonado la comisaría aquella mañana muy temprano, sin dejar dicho adónde iba. Per Åkeson y Björk entraron en la sala justo cuando Wallander había decidido no esperar ni un minuto más. Entonces les refirió su encuentro con Kurt Ström en la casa junto a la carretera de Svarta, eso sí, sin mencionar ni una palabra acerca del acuerdo que ambos habían alcanzado. De repente, el abatimiento que había marcado las reuniones de los últimos días se le antojaba menos pesado, si bien Wallander no pudo evitar la detección de una duda en el rostro de sus colegas. Pensó que su situación resultaba fácilmente comparable a la del capitán de un equipo deportivo que se esfuerza por convencer a sus jugadores de que pueden obtener una victoria, pese a haber perdido todos los partidos jugados durante los últimos seis meses.

—Yo tengo fe en esta vía —afirmó al concluir su exposición—. Kurt Ström puede resultar de gran utilidad.

Per Åkeson movió la cabeza.

—A mí esto no me gusta lo más mínimo —sentenció—. O sea que ahora, en pro del destino y futuro de la investigación, hemos de confiar en que un guarda de seguridad que fue expulsado de la policía se convierta en nuestro ángel redentor.

—¿Y qué otra opción nos queda? —objetó Wallander—. Además, yo no veo nada ilegal en ello. A fin de cuentas, fue él quien vino a buscarnos, y no al contrario.

Björk fue aún más categórico en su rechazo.

—Que nos sirvamos de un informante que ha sido expedientado y expulsado del cuerpo es inadmisible —aseveró—. Sería un escándalo si fracasáramos y llega a conocimiento de los medios. El director general de la Policía me hará trizas si lo permito.

—Pues que me haga trizas a mí —sugirió Wallander—. Yo estoy convencido de que Ström va en serio, de que quiere colaborar. Mientras no incurramos en ninguna ilegalidad, no tiene por qué estallar el escándalo.

—Ya veo los titulares —se empecinó Björk—. Y no son muy agradables.

—Pues yo veo otros titulares —perseveró Wallander—. Unos que hablan de otros dos asesinatos que la policía tampoco ha podido resolver.

En este punto, viendo que la conversación empezaba a degenerar, intervino Martinson.

—Es muy extraño que no te pidiese nada a cambio por ayudarnos —afirmó—. No creo que resulte verosímil que la indignación por haber perdido el empleo sea motivo suficiente como para apoyar en este caso al mismo cuerpo de Policía que tanto odia.

—Sí, es cierto que odia a la policía —admitió Wallander—. Pero sé que es sincero.

El silencio vino a sustituir a las deliberaciones. Per Åkeson se mordía el labio superior, mientras debatía consigo mismo.

—No has contestado a la pregunta de Martinson —apuntó.

—No pidió nada a cambio —mintió Wallander.

—¿Y se puede saber qué es lo que quieres que Ström haga por nosotros?

Wallander hizo una señal en dirección a Nyberg, que guardaba silencio sentado junto a Ann-Britt Höglund.

—A Sten Torstensson lo mataron de dos disparos de proyectiles que, con toda probabilidad, pertenecen a un arma de la marca Bernadelli. Según Nyberg, es un arma poco común. Quiero que Kurt Ström investigue si alguno de los guardaespaldas tiene una de esas armas. En ese caso, podríamos entrar en el castillo con una orden de detención.

—Eso lo podemos hacer de todos modos —advirtió Per Åkeson—. Si hay gente armada, cualquiera que sea el arma, que está en el país de forma ilegal, eso es motivo suficiente para mí.

—Ya, y después, ¿qué? —objetó Wallander—. Los pillamos, los expulsamos del país... Primero ponemos todos los huevos en la misma cesta y luego la dejamos caer al suelo. Antes de que sea viable señalar a esos dos hombres como posibles asesinos, hemos de saber, como mínimo, si están en posesión de un arma que puede ser la del crimen.

—¡Y las huellas dactilares! —exclamó Nyberg de repente—. Eso sí que estaría bien. Además, podríamos realizar un control entre la Interpol y la Europol.

Wallander asintió. Se había olvidado de las huellas dactilares.

Per Åkeson seguía mordiéndose el labio.

—¿Se te ocurre algo más? —preguntó.

—Nada más, por ahora —aseguró Wallander.

Era consciente de que su posición se asemejaba a la del equilibrista que caminaba sobre una cuerda de la que podía caer en cualquier momento. Si se propasaba, Per Åkeson detendría todo contacto futuro con Kurt Ström o, cuando menos, de prolongarse las discusiones, todo sufriría un retraso considerable. De ahí que Wallander se decantase por no exponer la totalidad de su plan.

Mientras el fiscal seguía entregado a su debate interior, Wallander captó la mirada elocuente de Nyberg y de Ann-Britt Höglund. Ella le sonrió, en tanto que el técnico, por su parte, le dedicó un gesto imperceptible de asentimiento. «Ellos lo han comprendido», se dijo. «Ellos saben cuál es mi verdadera intención. Y están conmigo.»

Åkeson llegó, por fin, a un acuerdo consigo mismo.

—Por esta vez —concedió—. Pero sólo esta vez. En adelante, no se establecerá contacto alguno con Kurt Ström sin que se me informe de ello previamente. Quiero saber qué preguntas pretendéis formularle antes de aprobar ninguna otra aportación por parte de ese sujeto. Incluso así, debéis contar con una negativa probable por mi parte.

—Por supuesto —convino Wallander—. Ni siquiera estoy seguro de que recurramos a él más veces.

Finalizada la reunión, se llevó a su despacho a Nyberg y a Ann-Britt Höglund.

—Me he dado cuenta de que vosotros dos sabíais por dónde iba —comentó ya con la puerta cerrada—. Puesto que no habéis dicho una palabra, supongo que estáis de acuerdo conmigo en que debemos ir más allá de lo que le di a entender a Per Åkeson.

—Ya, el recipiente de plástico —adivinó Nyberg—. Si Ström puede encontrar uno igual en el castillo, se lo agradecería mucho.

—Exacto —confirmó Wallander—. Ese recipiente es la más importante de las pruebas con las que contamos. Puede que incluso la única, según se mire.

—Y, si lo encuentra, ¿cómo va a sacarlo de allí? —inquirió Ann-Britt.

Wallander y Nyberg cruzaron una mirada cómplice.

—Si estamos en lo cierto, alguien cambió el recipiente que hallamos en el coche de Gustaf Torstensson por otro. A mí se me ocurre que podríamos volver a cambiarlo.

—¡Claro! Tendría que habérseme ocurrido antes —exclamó Ann-Britt Höglund—. Mi cerebro va demasiado lento.

—Bueno, yo creo que a veces es el de Wallander el que va demasiado deprisa —observó Nyberg con sencillez.

—Lo necesitaré dentro de unas horas —le advirtió Wallander—. Pienso volver a visitar a Ström a las tres.

Nyberg se marchó. Ann-Britt Höglund se rezagó un instante.

—¿Qué te pidió a cambio? —inquirió la joven.

—Lo ignoro —confesó Wallander—. Según decía, sería suficiente con un documento que certifique que, en realidad, no fue mal policía. Pero yo sospecho que persigue algo más.

—¿Como qué?

—Aún no lo sé. Tengo mis sospechas. Aunque, claro está, es posible que me equivoque.

—Y me imagino que no deseas revelar cuáles son tus sospechas.

—Prefiero no hacerlo aún. Hasta no estar seguro.

Poco después de las dos, Nyberg apareció en el despacho de Wallander con el recipiente de plástico envuelto en bolsas de basura negras.

—No te olvides de las huellas dactilares —le recordó Nyberg—. Cualquier cosa sobre la que hayan puesto sus manos esos tipos valdrá: tazas, vasos, periódicos...

A las dos y media salía Wallander hacia el coche con el recipiente, que dejó en el asiento trasero antes de ponerse en marcha hacia Sandskogen. La lluvia había arreciado y, transportada por un viento racheado, se precipitaba como un azote desde el mar. Cuando salió del coche, Ström ya había abierto la puerta.

Wallander observó que llevaba puesto el uniforme. Entró con el recipiente en la mano y le preguntó:

—¿Qué uniforme es ése?

—El de Farnholm —aclaró Ström—. No sé quién lo habrá diseñado.

Wallander retiró las bolsas de basura y dejó el recipiente al descubierto.

—¿Has visto antes algo parecido?

Ström negó con un gesto.

—Pues en algún lugar del castillo existe otro igual —prosiguió Wallander—. Seguramente habrá más de uno. Lo que quiero es que sustituyas éste por uno de los que encuentres. ¿Tienes acceso al interior del castillo?

—Bueno, por las noches hago rondas allí.

—¿Estás seguro de que no lo has visto antes?

—Jamás. Ni siquiera sé dónde empezar a buscar.

Wallander meditó un instante.

—Puede que me equivoque —señaló—. Pero supongo que en el castillo habrá alguna cámara frigorífica, ¿verdad?

—Así es, en el sótano.

—Pues busca allí. No olvides la Bernadelli.

—Eso será más complicado. Esos tipos siempre van armados. Me figuro que hasta duermen con las pistolas encima.

—Además, necesitamos las huellas dactilares de Tolpin y Obadia. Eso es todo. Después, tendrás tu certificado. Si es que es eso lo que de verdad quieres.

—¿Y qué otra cosa podría ser?

—Bueno, yo creo que, en realidad, quieres demostrar que no eres tan mal policía como muchos creen.

—Te equivocas —negó Ström—. Es sólo que debo pensar en el futuro.

—En fin, no era más que una idea —aseguró Wallander—. Sólo eso.

—Nos vemos mañana aquí mismo, a las tres —propuso Ström.

—Hay algo más —añadió Wallander—. Si algo sale mal, negaré estar al corriente de lo que te traes entre manos.

—Conozco las reglas —le recordó Ström—. Si no tienes nada más que decir, ya puedes marcharte.

Wallander corrió hasta el coche bajo la lluvia. Se detuvo ante la pastelería de Fridolfs Konditori, donde se tomó un café y unos bocadillos. La idea de no haber revelado toda la verdad a sus compañeros del grupo de investigación lo atormentaba. Sin embargo, sabía que estaba dispuesto a falsificar un certificado para Ström si resultaba necesario. De pronto, le vino a la mente la figura de Sten Torstensson, que había acudido a él en busca de ayuda. Lo menos que podía hacer era averiguar quién lo había asesinado, a cualquier precio.

Una vez en el coche, permaneció inmóvil un momento con el motor apagado. Mientras observaba a las personas que avanzaban presurosas bajo la lluvia, rememoró aquella ocasión, hacía ya algunos años, en que unos colegas le dieron el alto mientras conducía desde Malmö, bastante ebrio. Ellos lo protegieron y nada salió jamás a la luz. Aquel día no lo trataron como a un ciudadano normal y corriente, sino como a un agente de la policía amparado por el cuerpo.* En lugar de procurar que recibiese un castigo, que lo suspendieran de su cargo y que incluso lo expulsaran, Peters y Norén, los dos agentes que habían detenido su inestable marcha por la carretera, obtuvieron un título de hipoteca sobre su lealtad. ¿Qué ocurriría el día en que uno de los dos reclamase el pago de aquella deuda?

Wallander sospechaba que Kurt Ström añoraba la vuelta al cuerpo de Policía, que su rechazo y el odio que expresaba no

* Véase *Asesinos sin rostro*, Tusquets Editores, en colección Andanzas y colección Maxi. *(N. del E.)*

eran más que una máscara que dejaba traslucir su verdadero deseo. «No me cabe duda de que sueña con regresar», resolvió.

Wallander se puso en marcha hacia la comisaría. Una vez allí, entró en el despacho de Martinson, que estaba hablando por teléfono. Cuando hubo colgado el auricular, le preguntó enseguida a Wallander qué tal había ido su encuentro.

—Ström hará indagaciones sobre la pistola italiana y localizará las huellas dactilares —afirmó Wallander.

—A mí aún me cuesta creer que lo haga por nada —reiteró Martinson.

—Ya, a mí también —repuso Wallander evasivo—. Pero tal vez debamos admitir que incluso alguien como Kurt Ström tiene un lado bueno.

—Uno de sus errores fue que lo detuvieran —sentenció Martinson—. El otro, haberse conducido de forma tan escandalosa y agresiva. Por cierto, ¿sabías que tiene una hija que está gravemente enferma?

Wallander negó con un gesto.

—Por lo visto, se separó de la madre cuando la niña era muy pequeña, y él tuvo la custodia durante muchos años. Al final, cuando la enfermedad se había agravado tanto que la pobre no podía permanecer en casa, fue a parar a una institución. Pero él la visita regularmente.

—¿Y cómo has sabido tú todo eso?

—Llamé a Malmö y le pregunté a Roslund. Le dije que, por casualidad, me había topado con Ström por la calle. No creo que Roslund sepa que trabaja en el castillo de Farnholm y, por supuesto, no le dije nada.

Wallander miraba por la ventana en silencio.

—No hay mucho que podamos hacer, salvo esperar —comentó Martinson.

El inspector no respondió, inmerso como estaba en sus pensamientos. Al punto se dio cuenta de que su colega había dicho algo.

—Perdona, ¿qué decías?

—Que lo único que podemos hacer por el momento es esperar.

—Cierto —convino Wallander—. Y no hay nada en este mundo que me cueste más que eso, precisamente.

Dicho esto, abandonó el despacho de Martinson y se dirigió al suyo. Se sentó y se aplicó a observar el mural ampliado del imperio ilimitado de Harderberg que les habían enviado los agentes del grupo de delincuencia económica de Estocolmo y que él había fijado cuidadosamente a la pared con unas chinchetas.

«En realidad, esto parece un atlas», se dijo. «Las fronteras nacionales son aquí las líneas divisorias, siempre cambiantes, entre diversas compañías cuya influencia y facturación es mayor que el presupuesto nacional de muchos países.» Rebuscó entre los documentos que tenía sobre el escritorio hasta que halló la lista de las diez empresas más grandes del mundo y que les había llegado como anexo de alguno de los resúmenes que los de delitos económicos, en un exceso de celo, les habían proporcionado. De esas diez primeras compañías mundiales, seis eran japonesas y tres americanas. Después venía la Royal Dutch Shell, que era angloholandesa. Cuatro de ellas eran bancos, dos eran empresas de telefonía, una fábrica de vehículos de motor y una compañía petrolífera, además de General Electric y Exxon. El inspector intentaba hacerse una idea del poder que representaban aquellas compañías, pero le resultó imposible abarcar del todo con su mente lo que implicaba tanta concentración de influencia. ¿Cómo podría hacerlo, si ni siquiera era capaz de comprender el imperio de Alfred Harderberg pese a ser éste, en aquel contexto, como un ratón a la sombra de un elefante?

Hubo un tiempo en que Alfred Harderberg se llamaba Alfred Hanson. Desde un punto insignificante del pueblo de Vimmerby había emprendido un viaje que lo convirtió en uno de los Caballeros de Seda que dominaban el mundo, siempre embarcado en nuevas cruzadas para eliminar o masacrar a la competencia. En apariencia, era fiel a la legalidad, se acogía a las leyes y normativas, era un hombre respetado y que había sido honrado con varios títulos de doctor honoris causa, un hombre de no poca generosidad, cuyas donaciones fluían sin cesar de sus numerosas y, al parecer, inagotables fuentes.

Björk lo había descrito como un hombre honorable que honraba a Suecia, expresando así una opinión aceptada por la mayoría.

«Y yo sostengo que, en algún lugar, ha de existir una mancha», pensó. «Yo trabajo según la teoría de que tenemos que borrar su sonrisa, si queremos encontrar al asesino que anda suelto. Es decir, que intento hallar algo que es, simplemente, impensable. Alfred Harderberg no presenta ningún borrón en su existencia. Su rostro bronceado, su sonrisa, son rasgos de los que el resto de los suecos hemos de estar orgullosos, y no hay más que hablar.»

Se marchó de la comisaría a las seis de la tarde. Había dejado de llover y el viento había amainado. Cuando llegó a casa, encontró una carta entre los folletos publicitarios que yacían en el suelo del vestíbulo. Llevaba matasellos de Riga. La dejó sobre la mesa de la cocina, se quedó mirándola y no la abrió hasta que no hubo tomado un trago de una botella de cerveza. Entonces la leyó. A fin de asegurarse de que no había malinterpretado las palabras de Baiba Liepa, leyó la misiva una segunda vez. Al fin comprendió que, en efecto, ella le había dado una respuesta. Volvió a dejar la carta sobre la mesa sin dar crédito a lo que acababa de leer. Después, se puso a contar los días en el almanaque que colgaba de la pared. No recordaba cuándo había sido la última vez que se había encontrado en aquel estado de euforia. Se dio un baño antes de dirigirse a la pizzería de la calle de Hamngatan a la que solía acudir. Se tomó una botella de vino con la comida y, ya algo ebrio y a punto de pagar la nota, cayó en la cuenta de que, en toda la noche, no había dedicado un solo pensamiento ni a Alfred Harderberg ni a Kurt Ström. Salió de la pizzería tarareando una melodía improvisada y anduvo deambulando por las calles del centro hasta casi medianoche. Volvió a casa y releyó la carta de Baiba, temeroso de, pese a todo, haber malinterpretado sus palabras.

Sin embargo, cuando ya estaba a punto de vencerlo el sueño, empezó a pensar de nuevo en Kurt Ström, lo que lo despabiló de inmediato. «Esperar», recordó que había dicho Martinson. Eso era lo único que podía hacer. Lleno de impaciencia, se levantó de la cama y fue a sentarse en el sofá de la sala de estar. «¿Y qué hacemos si Ström no encuentra ninguna pistola italiana?», se preguntó. «¿O si las indagaciones sobre el recipiente de plástico demuestran que era una pista falsa? A lo sumo, podremos expulsar del país a un par de guardaespaldas extranjeros que se encuentran aquí de forma ilegal. Pero, aparte de eso, nada más. Alfred Harderberg dejará el castillo de Farnholm enfundado en su traje de corte extraordinario y con su eterna sonrisa, y nosotros nos quedaremos aquí con los restos de una investigación de asesinato fracasada. Nos veremos obligados a comenzar desde el principio, lo cual se nos hará bastante cuesta arriba: tener que examinar lo ocurrido como si fuese la primera vez.»

Así pues, allí sentado en el sofá, decidió que renunciaría a la responsabilidad que tenía sobre la investigación, para cedérsela a Martinson. Esto no sólo resultaba apropiado, sino incluso necesario. De hecho, había sido él quien había insistido en que se concentrasen en la persona de Alfred Harderberg como pista fundamental, por lo que llevaría esta línea de investigación hasta el fondo para, al salir sin resultados a la superficie, dejarle el mando a Martinson.

Cuando, al final de su reflexión, volvió a la cama, durmió un sueño inquieto, en el que las ensoñaciones se mezclaban unas con otras de modo que veía, en el mismo cuadro, al sonriente Alfred Harderberg y la expresión siempre grave de Baiba Liepa.

A las siete de la mañana se despertó y ya no pudo conciliar el sueño de nuevo. Se levantó, pues, y preparó café mientras se recreaba pensando en la carta de Baiba. Después, se sentó a la mesa de la cocina a leer los anuncios de automóviles del diario local *Ystads Allehanda*. Seguía sin tener noticias de la compañía de seguros, aunque Björk le había prometido que podría utilizar un coche de la Policía tanto tiempo como precisase. Poco después de las nueve, salió de su apartamento. El cielo aparecía limpio y la temperatura era de tres grados. Dedicó unas horas a recorrer los diversos concesionarios de automóviles de la ciudad y se detuvo un buen rato ante un Nissan que estaba más allá de sus posibilidades. De regreso a casa, aparcó junto a la plaza de Stortorget y se dirigió a pie hacia la tienda de discos de la calle de Stora Östergatan, donde la oferta de música operística era bastante escasa. Muy a su pesar, se tuvo que contentar con un disco compacto que contenía una recopilación de arias de óperas famosas. Hecho esto, fue a comprar algo de comida antes de regresar a casa. Faltaban aún muchas horas para su cita con Kurt Ström.

Cuando Wallander se detuvo ante la casa de Sandskogen, eran las tres menos cinco minutos. Salió del coche y atravesó la verja pero, cuando llamó a la puerta, no obtuvo respuesta. Se dispuso, pues, a esperar, mientras daba vueltas por el jardín. A las tres y media empezó a sentirse muy inquieto ya que, de forma instintiva, sospechaba que había sucedido algo. Cuando dieron las cuatro y cuarto, escribió una nota en un sobre rasgado que halló en el coche y se la dejó a Ström por debajo de la puerta. Hecho esto, regresó a la ciudad sin saber qué hacer. Kurt Ström estaba solo en aquello y solo tendría que arreglárselas. Wallander no dudaba de su capacidad para salir airoso de situaciones desagradables. Y, pese a todo, su desasosiego iba en aumento. Ninguno de los colegas del grupo de investigación se encontraba en la comisaría en aquel momento, así que entró en su despacho, desde donde llamó a casa de Martinson. Pero fue su mujer quien respondió anunciándole que éste había ido a nadar con una de las hijas. Se disponía, pues, a llamar a Svedberg cuando cambió de idea y marcó el número de Ann-Britt Höglund. Su marido atendió la llamada. Cuando la propia Ann-Britt acudió al teléfono, Wallander le contó que Kurt Ström no se había presentado a la cita.

—¿Qué puede significar eso?

—No lo sé —confesó Wallander—. Seguramente no tenga importancia. Pero yo estoy muy nervioso.

—¿Dónde estás ahora?

—En mi despacho.

—¿Quieres que vaya?

—No, no es necesario. Pero si hay novedades, te llamaré.

Concluyó la conversación sin otra expectativa que seguir aguardando. A las cinco y media volvió a la carretera de Svarta. Iluminó la puerta con la linterna y comprobó que el doblez del trozo de papel en que había dejado la nota sobresalía por debajo, de lo que dedujo que Kurt Ström no había llegado aún. Se había llevado el móvil y llamó al ex policía a su casa de Glimmingehus. Dejó sonar el teléfono un buen rato, pero tampoco allí obtuvo respuesta. Entonces comprendió que algo no iba bien y decidió volver a la comisaría y ponerse en contacto con Per Åkeson.

Justo cuando se había detenido en el semáforo de Österleden, sonó su móvil.

—Un hombre llamado Sten Widén te ha estado buscando —anunció el policía de guardia—. ¿Tienes su número?

—Sí, lo llamo ahora mismo.

El semáforo ya se había puesto en verde y el conductor del vehículo que venía detrás empezó a tocar el claxon furioso. Wallander se apartó de la carretera y se detuvo para llamar a Widén. Una de las chicas atendió la llamada.

—¿Eres Roger Lundin? —inquirió la joven.

—Así es —respondió Wallander con sorpresa.

—Pues Sten me pidió que te dijese que va camino de tu casa de Ystad.

—¿Cuándo se marchó?

—Hace un cuarto de hora.

Wallander arrancó a toda máquina con el semáforo en ámbar y giró en dirección a la ciudad. Ya no le cabía la menor duda de que algo había sucedido. Kurt Ström no había vuelto y suponía que Sofia se había puesto en contacto con Sten Widén y que le había contado algo tan importante que Widén había decidido ir a su casa de inmediato. Cuando entró en la calle de Mariagatan comprobó que el viejo Volvo Duett de Widén aún no había llegado, de modo que se detuvo a esperarlo allí mismo. Presa de gran excitación, intentaba imaginarse lo que le habría ocurrido a Kurt Ström y lo que habría movido a Sten Widén a abandonar su finca y lanzarse en su busca.

Cuando, minutos después, el Duett hizo su entrada en la calle de Mariagatan, Wallander se encaminó hacia él y abrió la puerta antes de que Widén hubiese tenido tiempo de parar el motor.

—¿Qué ha sucedido? —inquirió Wallander mientras Widén intentaba deshacerse del enredo del cinturón de seguridad.

—Sofia me ha llamado —aclaró—. Estaba histérica.

—¿Por qué?

—¿De verdad crees que es conveniente que hablemos aquí en la calle? —preguntó Widén.

—¡Es que estoy tan preocupado...! —explicó Wallander.

—¿Por Sofia?

—Por Kurt Ström.

—¿Y quién coño es ése?

—Tienes razón, no podemos hablar aquí en medio de la calle. Será mejor que entremos —admitió Wallander.

Mientras subían las escaleras, Wallander notó que Sten Widén olía a alcohol y pensó que debería hablar con él en serio de ese tema, y que lo haría cuando hubiese averiguado quién había asesinado a los dos abogados.

Se sentaron ante la mesa de la cocina, donde había dejado la carta de Baiba Liepa.

—¿Quién es Kurt Ström? —volvió a preguntar Widén.

—Luego te lo cuento —prometió Wallander—. Habla tú primero. ¿Qué te dijo Sofia?

—Sí, hará una hora que me llamó —aseguró Widén con una mueca—. Al principio no comprendí lo que decía. Parecía un manojo de nervios.

—¿Desde dónde llamaba?

—Desde el apartamento de las caballerizas.

—¡Mierda!

—Bueno, no creo que tenga remedio ya —sentenció Widén al tiempo que se rascaba la barbilla sin afeitar—. Si no la entendí mal, había estado montando y, de repente, se topó con un maniquí en medio del sendero. ¿Sabes algo de esos muñecos?

—Sí, ya me habló de ellos —explicó Wallander—. Continúa.

—El caballo se detuvo y se negó a seguir avanzando, de modo que Sofia descabalgó para retirar el muñeco. Sólo que no era un maniquí.

—¡Joder! —exclamó Wallander, pronunciando la palabra despacio.

—Oye, no parece sino que ya conocieses la historia —comentó Sten Widén con asombro.

—Ahora te lo explico. Sigue.

—Pues no era un muñeco, sino un hombre, empapado de sangre.

—¿Estaba muerto?

—Pues eso no se lo pregunté, pero supongo que sí.

—¿Y después?

—Montó de nuevo el caballo, se marchó de allí y me llamó.

—¿Qué le dijiste que hiciese?

—Pues no sé si lo hice bien, pero le recomendé que, por el momento, no hiciese nada en absoluto.

—Perfecto —aprobó Wallander—. Es lo más acertado.

Sten Widén se disculpó pues tenía que ir al baño un momento. Wallander oyó el tintineo de una botella. Cuando Widén regresó, le refirió el asunto de Kurt Ström.

—O sea, que tú crees que era él el hombre que Sofia halló tendido en el sendero.

—Eso me temo.

Sten Widén tuvo un arranque de furia repentina e hizo un amplio gesto con los brazos sobre la mesa, de modo que la carta de Riga cayó al suelo.

—¡Qué cojones! ¡La policía debe intervenir cuanto antes! ¿Qué es lo que está pasando en ese castillo? Yo no quiero que Sofia se quede allí por más tiempo.

—Sí, claro, y eso es lo que vamos a hacer —lo tranquilizó Wallander al tiempo que se ponía en pie.

—Bueno, yo me voy a casa —anunció Widén—. Y me llamas en cuanto hayas sacado de allí a Sofia.

—No —atajó Wallander—. Tú no vas a ninguna parte. Has bebido, así que no te dejaré salir. Puedes dormir aquí.

Sten Widén lo miró sin comprender.

—¿Estás diciendo que estoy borracho?

—Quizá no borracho, pero sí mareado —precisó Wallander con calma—. No quiero que te ocurra nada.

Sten Widén dejó sobre la mesa de la cocina las llaves del coche, que Wallander recogió y se guardó en el bolsillo.

—Por si acaso cambias de opinión cuando me haya marchado.

—Tú no estás bien de la cabeza —resolvió Widén—. Te digo que no estoy borracho.

—Bueno, ya hablaremos de eso cuando vuelva. Ahora tengo que irme.

—Me da igual lo que le ocurra a Kurt Ström —afirmó Widén—. Pero no quiero que le ocurra nada a Sofia.

—Ya, me figuro que sueles dormir con ella —adivinó Wallander.

—Sí, pero no es por eso.

—En fin, no es asunto mío —admitió Wallander.

—No, no lo es.

Wallander fue a buscar en su armario un par de zapatillas de deporte que tenía sin estrenar. Había tomado la decisión, en varias ocasiones, de empezar a hacer deporte, pero nunca llegó a ponerla en práctica. Después se puso un jersey grueso y un gorro, listo para marcharse.

—Acomódate lo mejor que puedas —le dijo a Sten Widén, que ya había colocado la botella de whisky sobre la mesa sin tapujos.

—Mejor preocúpate de Sofia —recomendó Widén.

Wallander cerró la puerta tras de sí mientras, en la oscuridad del rellano de la escalera, se preguntaba qué hacer. Si Kurt Ström estaba muerto, su plan había fracasado. Tomó conciencia de que, de pronto, se veía de nuevo inmerso en los acontecimientos del año anterior, en la muerte que aguardaba apostada entre la bruma. Los hombres del castillo de Farnholm eran peligrosos, ya son riesen, como Alfred Harderberg, ya se confundiesen con las sombras como Tolpin y Obadia.

«Tengo que sacar a Sofia de allí», resolvió. «Llamaré a Björk y organizaré una movilización policial. Acudiremos a todos los distritos policiales de Escania, si es preciso.»

Encendió la luz de la escalera y bajó corriendo a la calle. Una vez en el coche, marcó el número de Björk.

Sin embargo, cuando éste respondió, apagó rápido el teléfono.

«A ver. Tengo que resolver esto yo solo», se dijo. «No quiero más policías muertos.»

Se dirigió a la comisaría y recogió su arma reglamentaria y una linterna. Encendió la luz del despacho vacío de Svedberg para buscar el plano de los terrenos de Farnholm. Lo dobló y se lo guardó en el bolsillo. Habían dado ya las ocho menos cuarto cuando abandonó la comisaría. Se dirigió en el coche a la calle de Malmövägen y se detuvo ante la casa de Ann-Britt Höglund. Su marido, que abrió la puerta, le indicó que entrase, pero Wallander declinó la invitación aduciendo que sólo quería darle un recado a su mujer. Cuando la agente salió al vestíbulo, Wallander comprobó que estaba en bata.

—Escúchame con atención —pidió Wallander—. Voy a meterme en el castillo de Farnholm.

Ella se dio cuenta de que hablaba en serio.

—¿Kurt Ström? —inquirió ella.

—Así es. Creo que está muerto.

Ella lanzó un grito y se quedó pálida. Wallander se preguntó fugazmente si no iría a desmayarse.

—No puedes ir al castillo tú solo —afirmó una vez que hubo recuperado el control.

—Tengo que hacerlo.

—¿Qué es lo que tienes que hacer?

—¡Tengo que resolver esto yo solo! —exclamó irritado—. Escúchame, en lugar de hacer tantas preguntas.

—Yo me voy contigo —aseguró ella—. No puedes ir tú solo.

Wallander comprendió que estaba decidida y que no tenía sentido ponerse a discutir con ella.

—Está bien, puedes venir —concedió al fin—. Pero tendrás que esperarme fuera. Necesito a alguien con quien tener contacto por radio.

La colega desapareció escaleras arriba y su marido le hizo una señal a Wallander para que entrase y cerrase la puerta.

—Esto ya me lo advirtió ella —sonrió el hombre—. Cuando yo estoy en casa, es ella la que tiene que marcharse.

—Puede que no nos lleve mucho tiempo —comentó Wallander, con poco convencimiento.

Minutos después, Ann-Britt Höglund bajó de nuevo enfundada en un chándal.

—No me esperes despierto —le advirtió a su marido.

«¿Y quién me espera a mí?», se lamentó Wallander. «Nadie, ni siquiera un gato dormitando entre las macetas del alféizar de la ventana.»

Volvieron a la comisaría a buscar dos radioteléfonos.

—Debería llevar mi arma, ¿no crees?

—No —se opuso Wallander—. Tú esperarás fuera. Y prepárate si no haces lo que te digo.

Dejaron, pues, la ciudad de Ystad a sus espaldas. Era una noche clara y fría. Wallander conducía a gran velocidad.

—¿Qué piensas hacer exactamente? —quiso saber ella.

—Averiguar lo sucedido —repuso Wallander.

«Me está adivinando el pensamiento», se dijo el inspector. «Ella es consciente de que, en realidad, no sé lo que voy a hacer.»

Continuaron en silencio y llegaron a la salida hacia el castillo de Farnholm poco después de las ocho y media. Wallander aparcó en una plataforma para tractores, apagó el motor y los faros del coche y quedaron a oscuras.

—Me pondré en contacto contigo cada sesenta minutos —explicó Wallander—. Si no te digo nada en más de dos horas, llamas a Björk y pides una intervención urgente.

—Sabes que no deberías hacer esto, ¿verdad?

—Toda mi vida he estado haciendo lo que no debía. ¿Por qué iba a dejar de hacerlo ahora? —repuso Wallander.

Ajustaron los radioteléfonos.

—¿Por qué decidiste hacerte policía en lugar de sacerdote? —le preguntó cuando vislumbró su rostro a la vaga luz de los aparatos.

—Me violaron —declaró ella—. Y eso cambió toda mi vida. Lo único en lo que podía pensar después de aquello era en ser policía.

Wallander no pronunció palabra. Tras un instante, abrió la puerta del coche y volvió a cerrarla con cuidado tras de sí.

Entonces sintió como si se adentrara en otro mundo. Ann-Britt Höglund no existía ya donde él se encontraba.

Una gran calma reinaba en la noche. Por alguna razón, recordó que sólo faltaban dos días para la fiesta de Santa Lucía. Se deslizó hasta quedar al abrigo de la sombra de un árbol y desplegó el plano. A la luz de la linterna, intentó memorizar los detalles más importantes. Después la apagó, se guardó el plano en el bolsillo y empezó a correr despacio por la orilla del camino que conducía hasta la verja del castillo. Sería imposible salvar la doble valla metálica, de modo que no quedaba más que una vía de entrada: a través de la verja.

Diez minutos después hizo un alto para recuperar el resuello, antes de continuar avanzando hasta que pudo divisar los focos que iluminaban la verja y el búnker del vigilante.

«Debo contar con lo que ellos no se esperan en absoluto», se animó. «Y ellos no están preparados para que un hombre armado pero solo intente entrar en el castillo.»

Cerró los ojos y respiró hondo varias veces. Después sacó la pistola del bolsillo.

A la espalda del búnker había una franja estrecha que quedaba en la oscuridad.

Miró el reloj y comprobó que eran las diez menos tres minutos.

Entonces se lanzó a la aventura.

17

La primera llamada por radio se produjo a los treinta minutos.

Ella lo oía con total claridad, sin interferencias, como si él no se hubiese alejado del coche, sino que se hubiese mantenido allí fuera, entre las sombras.

—¿Dónde estás? —preguntó la agente.

—Ya estoy dentro —aclaró él—. Mantente alerta para la próxima llamada en una hora.

—¿Qué está pasando? —inquirió ella.

Pero no obtuvo respuesta. Ella pensó que se trataba de una interrupción momentánea de la comunicación y aguardó una nueva llamada, que no se produjo. Entonces comprendió que había sido el propio Wallander quien había interrumpido la conversación, sin contestar a su pregunta. La radio quedó en silencio.

Wallander experimentaba la sensación de haberse adentrado en un valle de sombras mortales. Sin embargo, había resultado mucho más fácil de lo que él había osado imaginar. Fue moviéndose con rapidez por la angosta zona ensombrecida que quedaba tras el búnker, donde descubrió algo asombrado una pequeña ventana. Se puso de puntillas y miró a través del cristal, para descubrir que no había allí dentro más que una persona que, además, era una mujer. Estaba sentada haciendo punto. Wallander comprobó incrédulo que estaba tejiendo un jersey para un bebé. El contraste de aquella imagen con lo que acontecía al otro lado de la verja que ella vigilaba le resultó inconmensurable e incomprensible. Sin embargo, sabía que lo último que aquella mujer se esperaba era que hubiese un hombre armado tan cerca de ella. De ahí que Wallander rodease el búnker con toda tranquilidad y diese lo que él consideró unos toquecitos «amables» en la puerta. Tal y como él se había figurado, ella no entreabrió la puerta, sino que la abrió de par en par, como quien no teme ningún peligro. La mujer llevaba la labor en una mano y miraba atónita a Wallander, que ni siquiera consideró la posibilidad de sacar la pistola. Se presentó como el inspector Wallander de la Policía de Ystad, y hasta se disculpó por molestar a aquellas horas al tiempo que la conducía amable hacia el interior del búnker y cerraba la puerta. Intentó ver si las instalaciones de vigilancia del castillo incorporaban vigilancia recíproca, por si hubiese alguna cámara que vigilase también el búnker pero, al no descubrir ninguna cámara de este tipo, le pidió que se sentase en la silla. Entonces la mujer comprendió lo que estaba ocurriendo y empezó a gritar. Wallander había sacado su pistola y la sensación de sostener un arma en la mano le produjo tal malestar que enseguida le dio dolor de estómago. Wallander evitaba apuntar hacia la mujer y le decía simplemente que guardase silencio. Ella parecía tan asustada que él deseó poder tranquilizarla, decirle que podía continuar con aquel jersey que sin duda estaba tejiendo para algún nieto. Mas pensaba en Kurt Ström y en Sofia, en Sten Torstensson y en la mina que estalló en el jardín de la señora Dunér. Le preguntó si tenía que pasar continuamente información al castillo, pero ella negó con un gesto.

La siguiente pregunta era fundamental.

—¿No era Kurt Ström quien, en realidad, tenía que estar aquí de guardia esta noche? —inquirió.

—Sí, pero llamaron del castillo diciendo que estaba enfermo y que yo tenía que sustituirlo.

—¿Quién llamó?

—Una de las secretarias.

—¡Repite sus palabras exactas!

—«Kurt Ström está enfermo.» Eso fue todo.

Aquello constituyó para Wallander la confirmación de que todo se había ido al traste. Habían descubierto a su colaborador y no se hacía ilusiones de que los hombres de Harderberg no le hubiesen sacado toda la verdad.

Observó a la mujer aterrada que se aferraba a su labor con gesto compulsivo.

—Aquí fuera hay un hombre —aseguró al tiempo que señalaba hacia la ventana—. Y va armado, igual que yo. Si das la alarma cuando yo salga de aquí, no terminarás nunca ese jersey.

Comprendió que la mujer se tomaba en serio su amenaza.

—Cada vez que se abre la verja, se registra y comunica al castillo, ¿no es así?

Ella asintió.

—¿Qué ocurre si se va la luz?

—Un generador de gran potencia se pone en marcha de forma automática.

—¿Es posible abrir la verja de forma manual, sin que quede constancia en los ordenadores?

Ella volvió a asentir.

—Corta el suministro eléctrico de la verja. Me abrirás y cerrarás una vez que yo haya entrado. Después volverás a conectar la corriente.

Ella asintió y él no dudó un momento de que la mujer fuese a obedecer.

De manera que abrió la puerta y le gritó a aquel hombre que no existía en la oscuridad a la que él iba a salir que abrirían la verja, que la cerrarían y que todo estaba en orden. Ella abrió un armario metálico que había junto a la verja, dejando ver una manivela en su interior. Cuando la abertura dejó espacio suficiente, Wallander pasó al otro lado.

—Haz lo que te he indicado y no te ocurrirá nada —le advirtió.

Dicho esto, empezó a correr a través de los jardines hacia las caballerizas, según las indicaciones del plano que tenía memorizado. Reinaba la calma a su alrededor y, cuando descubrió la luz de las cuadras, se detuvo y estableció el primer contacto con Ann-Britt Höglund. Sin embargo, cuando ella empezó a hacer preguntas, interrumpió la conexión de inmediato. Continuó con cautela hacia el edificio, del que el apartamento en el que vivía Sofia era una especie de ampliación adosada al cuerpo principal de las caballerizas. Permaneció durante largo rato al abrigo de un pequeño arbusto contemplando la zona y sus alrededores. De vez en cuando se oía el arrastrar de pezuñas y el golpeteo sordo de los caballos en sus compartimentos. Observó que había luz en el apartamento mientras intentaba pensar con claridad. El hecho de que Kurt Ström hubiese sido asesinado no tenía por qué significar que hubiesen supuesto la existencia de una conexión entre la moza de cuadra y el ex policía. Tampoco era seguro que hubiesen intervenido la conversación de la joven con Sten Widén. Y aquella inseguridad que dominaba la situación era su único punto de partida firme. Pese a todo, se preguntaba si estarían preparados para la eventualidad de que un hombre entrase solo en las tierras del castillo.

Se mantuvo donde estaba unos minutos más, siempre protegido por el arbusto. Después, echó a correr encogido y tan rápido como pudo hasta la puerta del apartamento. Contaba con que, en cualquier momento, un proyectil procedente de un arma invisible se abriese paso a través de su cuerpo. Dio unos golpecitos a la puerta al tiempo que manipulaba el picaporte, pero estaba cerrada con llave. Entonces oyó la voz de la joven, llena de temor. Él le dijo que era Roger, el amigo de Sten Widén. El apellido de Lundin, que él mismo había inventado, no acudía a su memoria. Pero ella le abrió la puerta dejando ver en su rostro una expresión de alivio y sorpresa a un tiempo. El apartamento se componía de una pequeña cocina y de una habitación donde también estaba el dormitorio. Él se pasó un dedo por la boca indicándole así que guardase silencio. Se sentaron en la cocina, cada uno a un extremo de la mesa. El pataleo de los caballos se oía claramente.

—Es muy importante que contestes a mis preguntas con la mayor exactitud —le advirtió Wallander—. No dispongo de mucho tiempo, así que no puedo explicarte el porqué de mi presencia aquí. Lo único que te pido es que me respondas.

Entonces, desplegó el plano y lo extendió sobre la mesa.

—Te encontraste a un hombre muerto mientras montabas por el sendero —comenzó—. Indícame el lugar exacto.

Ella se inclinó sobre la mesa y describió con el dedo un pequeño círculo sobre una zona situada al sur de las caballerizas.

—Aquí, más o menos —explicó.

—Comprendo que tuvo que ser muy desagradable —comentó Wallander—. Pero tengo que saber si lo habías visto antes.

—No.

—¿Cómo iba vestido?

—No lo sé.

—¿Llevaba uniforme?

Ella negó con un gesto.

—No lo sé, no recuerdo nada.

Wallander pensó que no tenía sentido presionarla, pues el miedo la obligaba a apartar los recuerdos.

—¿Ha sucedido alguna otra cosa hoy?

—No.

—¿No ha venido nadie a hablar contigo?

—No.

Wallander se esforzaba por comprender lo que aquello podía implicar, pero la imagen del cadáver de Kurt Ström tendido en algún lugar entre los árboles predominaba en su cerebro por encima de cualquier otra idea.

—Bueno, me voy. Si viene alguien, no le digas que he estado aquí.

—¿Vas a volver? —quiso saber la joven.

—No lo sé. Pero no debes tener miedo. No ocurrirá nada.

Echó un vistazo a través de una rendija que había entre las cortinas con la esperanza de que aquella promesa se cumpliese. Después, abrió la puerta con la llave y rodeó el apartamento a la carrera, que no detuvo hasta no estar de nuevo a cubierto engullido por las sombras. Había empezado a soplar una brisa, apenas perceptible. Entre los árboles, en la distancia, pudo ver los potentes focos que iluminaban la fachada rojiza del castillo. Además, tomó nota de que había luz en diversas ventanas y plantas del edificio.

De pronto, sintió que se le erizaba la piel.

Tras haber comparado una vez más sobre el terreno la imagen mental que tenía del plano, siguió avanzando con la linterna en la mano. Pasó un lago artificial en el que no había agua y giró después a la izquierda con la intención de buscar el sendero. Miró el reloj y vio que aún faltaban cuarenta minutos para su próxima conexión con Ann-Britt Höglund.

Justo cuando empezaba a pensar que se había extraviado, dio con el sendero que buscaba, que tenía un metro de anchura aproximadamente y en el que todavía podían distinguirse las huellas de los cascos de los caballos. Permaneció inmóvil y aplicó el oído, pero el silencio reinaba a su alrededor, apenas interrumpido por el murmullo del viento que parecía ir arreciando de forma paulatina. Continuó, pues, adelante, con gran sigilo, siempre preparado para recibir un ataque.

Transcurridos unos cinco minutos, se detuvo. En efecto, si la joven había marcado el lugar correctamente, él había ido demasiado lejos. ¿No estaría buscando por el sendero equivocado? Pese a la incertidumbre, prosiguió el avance.

Otros cien metros más adelante, no le cabía ya la menor duda de que tenía que haber sobrepasado el punto indicado.

Se quedó de pie, estático.

Kurt Ström había desaparecido. Con toda probabilidad, habrían retirado su cuerpo de allí. Así, empezó a desandar el camino mientras intentaba decidir qué hacer. Al momento se detuvo de nuevo, pues tenía que orinar, de modo que se adentró entre los matorrales que bordeaban el camino. Luego, sacó de nuevo el plano del bolsillo, con objeto de asegurarse de que no se había equivocado de sendero por segunda vez.

Encendió la linterna y el haz de luz dio de lleno en el suelo. Entonces vio un pie desnudo. Se llevó un sobresalto que le hizo dejar caer la linterna, y ésta se apagó al chocar contra el suelo. Pensó que habrían sido figuraciones suyas y se agachó para buscarla.

Mientras tanteaba el suelo, rozó el mango de la linterna con la yema de los dedos. Cuando por fin pudo encenderla de nuevo, la luz bañó el rostro sin vida de Kurt Ström.

Estaba pálido, los labios en apretado mohín. La sangre que le había discurrido por las mejillas aparecía allí coagulada. Había muerto de un disparo en la frente. Wallander recordó lo que le había ocurrido a Sten Torstensson. Después se dio media vuelta y salió huyendo de allí. Se paró a vomitar contra un árbol antes de seguir corriendo. Alcanzó de nuevo el lago, fue bordeando la orilla y se le hundieron los pies. En algún lugar, un pájaro se alzó alejándose de la copa de un árbol, en ruidoso aleteo. Saltó al fondo del lago seco y se acurrucó en un rincón. Se sentía como en el interior de una cripta. De pronto, le pareció oír ruido de pasos y sacó la pistola, pero nadie vino a mirar en la hondonada donde se ocultaba. Respiró hondo y se obligó a reflexionar. Estaba próximo a caer en un miedo pánico, en la sensación de que el control sobre sí mismo podía quebrarse de un momento a otro. En catorce minutos tendría que establecer un nuevo contacto con Ann-Britt Höglund pero, en realidad, no tenía por qué esperar. Podía llamarla en aquel preciso instante y pedirle que avisase a Björk. Hacerle saber que Kurt Ström estaba muerto, que le habían disparado en medio de la frente, que nada podía devolverlo a la vida. Que tenían que ordenar una salida de emergencia, que él los aguardaría junto a la verja y que no sabía lo que ocurriría después.

Pero no realizó aquella llamada. Dejó pasar los catorce minutos y entonces envió la señal por el radioteléfono. Ella respondió de inmediato.

—¿Qué está pasando? —inquirió Ann-Britt Höglund.

—Nada, todavía. Vuelvo a llamarte dentro de una hora.

—¿Has encontrado a Ström?

Antes de darle tiempo a repetir la pregunta, apagó el transmisor. De nuevo se hallaba solo en la oscuridad. Había decidido hacer algo sin saber muy bien qué era. Se concedió a sí mismo una hora para llevar a cabo un objetivo cuya naturaleza ignoraba. Se levantó despacio. Notó que tenía frío. Trepó hasta salir del lecho del lago y se dirigió hacia la luz que se vislumbraba entre los árboles. Se detuvo en el punto en que se acababan los arbustos y donde la gran planicie de césped empezaba a extenderse hacia el castillo.

Se erguía éste como una fortaleza inexpugnable y, pese a todo, Wallander tenía el plan aún no definido de salvar sus muros. Kurt Ström estaba muerto, y nadie podía culparlo de ello. Como tampoco nadie podía responsabilizarlo de que Sten Torstensson hubiese sido asesinado. Su sentimiento de culpa tenía otro origen, la sensación de que estaba a punto de fallar de nuevo, cuando tal vez se hallase muy cerca de la solución. Pensó que, después de todo, debía de existir un límite en algún lugar; que, simplemente, no podían matarlo a tiros a él, a un policía de la brigada criminal de Ystad que lo único que pretendía era realizar su trabajo. ¿O acaso no había límites para aquellas personas? Ponía todo su empeño en hallar una única respuesta, la correcta, pero fue en vano, de modo que se dispuso a rodear el castillo para llegar a la parte posterior del edificio, una parte del mismo que nunca había visto. Le llevó diez minutos llegar hasta allí pese a haber ido bastante deprisa, no sólo porque tenía miedo, sino también a causa del frío tan intenso que había empezado a sentir y que lo hacía temblar. A la espalda del castillo había una terraza en forma de media luna que se adentraba en los jardines. La zona izquierda de la terraza estaba en sombra y dedujo que alguno de los focos invisibles habría dejado de funcionar. Desde la terraza partía una escalera que conducía hasta el césped. Corrió tanto como pudo hasta que de nuevo estuvo a cubierto en las sombras. Con gran cautela, subió la escalera con el radioteléfono en una mano, la linterna en la otra y la pistola en el bolsillo.

De repente, se paró en seco y se dispuso a escuchar. ¿Había oído algo? Pero comprendió enseguida que se trataba de una de sus alarmas interiores que le estaba avisando. «Algo va mal», pensó excitado. «Pero ¿qué puede ser?» Prestó atención. Todo estaba en silencio y la única presencia sonora era la del vaivén del viento. «Aquí pasa algo raro con la luz», concluyó. «Me veo arrastrado hacia las sombras, y las sombras están allí, como si me aguardasen.» Cuando al fin comprendió que se había dejado engañar, ya era demasiado tarde. Se dio la vuelta para desaparecer de nuevo escaleras abajo cuando, de repente, una potente luz lo cegó. Un resplandor blanco y cortante le dio en el rostro: lo habían llevado hasta una trampa cuyo cebo era la sombra, que ahora le daba su otra cara. Se cubrió los ojos con la mano en la que llevaba el radioteléfono, para mitigar aquella claridad tan intensa. Entonces, sintió que alguien lo agarraba por detrás. Intentó zafarse, pero fue imposible. Después su cabeza estalló y otra vez reinó la tiniebla.

De algún modo difícil de precisar no dejaba de tener conciencia de lo que le ocurría. Unos brazos lo levantaron, lo transportaban. Oyó una voz que hablaba, otra que reía. Se abrió una puerta y cesó el ruido de las pisadas contra las losas de piedra de la escalera. Se hallaba dentro del castillo, parecía que lo hubiesen llevado arriba por unas escaleras y, después, lo tendieron sobre una superficie blanda. No sabía decir si era la sensación de dolor en la cabeza o la de encontrarse de pronto en una habitación con la luz apagada o, al menos, muy atenuada, pero en cualquier caso, cuando abrió los ojos, se vio medio tumbado en un sofá, en el interior de una habitación enorme. El suelo era de piedra, quizá de mármol. Había una mesa alargada llena de ordenadores cuyas pantallas irradiaban una luz fría. Oía el murmullo de los ventiladores y, de algún punto indeterminado el tictac de un télex. Intentaba no mover la cabeza, pues sentía un dolor tremendo junto a la oreja derecha. Súbitamente, alguien empezó a hablarle a su espalda, muy cerca de él, una voz que reconoció enseguida.

—La hora de la insensatez —anunció Alfred Harderberg—. A veces un ser humano acomete una acción que sólo puede conducirlo a quedar herido o destruido.

Wallander giró el cuerpo con cuidado y lo miró. Allí estaba, sonriendo. Algo más apartadas, fuera del alcance del haz de luz, se adivinaban las siluetas de dos hombres inmóviles.

Harderberg rodeó el sofá y le tendió el radioteléfono. Llevaba un traje impecable; los zapatos negros, relucientes.

—Son las doce de la noche y tres minutos —aseguró Harderberg—. Hace un momento, alguien intentó ponerse en contacto con usted. Como es natural, ignoro quién fue, pero tampoco me importa. Aunque supongo que esa persona aún espera que usted la llame, así que será mejor que lo haga. Doy por hecho que ni se le va a ocurrir enviar ninguna llamada de auxilio. Ya está bien de despropósitos, creo yo.

Wallander encendió el aparato y ella respondió enseguida.

—Todo en orden —mintió—. Te llamaré otra vez dentro de una hora.

–¿Has encontrado a Ström? –inquirió Ann-Britt Höglund.

Él dudó un momento sobre qué responder. Entonces vio que Alfred Harderberg le dedicaba un gesto alentador.

–Sí, lo he encontrado –afirmó entonces–. La próxima conexión será a la una.

Wallander dejó el transmisor a su lado, en el sofá.

–La mujer policía –concluyó Harderberg–. Me figuro que se encuentra por aquí cerca. Por supuesto que podríamos ir en su busca hasta dar con ella, pero no lo haremos.

Wallander apretó los dientes y se puso en pie.

–He venido para comunicarle que existe la sospecha de su complicidad en una serie de delitos graves –declaró.

Harderberg lo miró reflexivo.

–Bien, renuncio al derecho que me asiste de hablar en presencia de mi abogado. Continúe, si es tan amable, inspector Wallander.

–Es usted sospechoso de complicidad en la muerte de Gustaf Torstensson y de su hijo Sten Torstensson. Asimismo, es sospechoso de complicidad en la muerte de su propio jefe de seguridad, Kurt Ström. Por otro lado, he de añadir el intento de asesinato de la secretaria del bufete de abogados, la señora Dunér, y de mi colega Ann-Britt Höglund y de mí mismo. Existen, finalmente, otros motivos de acusación probables, entre ellos, lo que le aconteció al auditor provincial Lars Borman. Pero de ello se encargará el fiscal.

Harderberg se sentó en uno de los sillones con parsimonia manifiesta.

–¿Pretende usted decirme que estoy detenido? –preguntó.

Wallander, que notó que estaba a punto de desmayarse, cayó de nuevo para quedar hundido en el sofá.

–Carezco de una orden formalmente emitida –admitió–. Pero esa circunstancia no cambia las cosas de forma sustancial.

Harderberg estaba sentado en el sillón con la cabeza adelantada y la barbilla apoyada en una mano. Entonces se echó hacia atrás asintiendo.

—Ya veo. En fin, voy a ponérselo muy fácil. Voy a confesar.

Wallander lo observó sin comprender.

—Sí, sí. Me ha oído bien —repitió Harderberg—. Confieso que soy culpable de cuantas acusaciones acaba de enumerar.

—¿Incluso en el caso de Lars Borman?

—¡Por supuesto! También en ese caso.

Wallander sintió que el miedo se le acercaba a rastras más frío, más amenazante en esta ocasión que en otras anteriores. Aquella situación era absurda. Tenía que salir del castillo, antes de que fuese demasiado tarde.

Alfred Harderberg lo observaba atento, como si pretendiese seguir el curso de sus reflexiones. A fin de darse tiempo para que se le ocurriese un modo de enviar una llamada de socorro a Ann-Britt Höglund sin que Harderberg lo notase, empezó a formularle preguntas, como si se hallasen en una sala de interrogatorios. Sin embargo, seguía sin poder determinar adónde quería ir a parar aquel hombre. ¿Supo que Wallander estaba en las tierras del castillo tan pronto como hubo pasado la verja? ¿Cuánto les habría contado Kurt Ström antes de ser asesinado?

—La verdad —irrumpió Alfred Harderberg de pronto, cortando el hilo de sus pensamientos—. ¿Acaso existe la verdad para un policía sueco?

—La base de todo trabajo policial es precisamente determinar dónde trazar la línea que separa la mentira de la verdad objetiva y auténtica —sentenció Wallander.

—Una buena respuesta —aprobó Harderberg—. Y, pese a todo, es la equivocada. Puesto que la verdad o la mentira absolutas no existen. Lo único real son los acuerdos que pueden alcanzarse, cumplirse o romperse.

—Ya, pero cuando alguien utiliza un arma y mata a otra persona..., eso sólo puede calificarse como un hecho objetivo —rebatió Wallander, que percibió un leve tono de irritación en la voz de Harderberg cuando éste respondió:

—No tenemos por qué discutir lo que es obvio —atajó—. La verdad que yo busco es más profunda.

—Pues para mí, la muerte es suficiente —se opuso de nuevo Wallander—. Gustaf Torstensson era su abogado. Y lo mandó matar. El intento de ocultar el delito bajo la apariencia de un accidente de coche fracasó.

—Me gustaría saber cómo llegó a esa conclusión.

—Había una pata de una silla en el barro. Y en el maletero estaba el resto de la silla. El maletero estaba cerrado con llave.

—Así de fácil. Una negligencia.

Harderberg no se esforzó en ocultar una mirada elocuente hacia las sombras que cubrían a los dos hombres.

—¿Qué ocurrió? —quiso saber Wallander.

—La lealtad de Gustaf Torstensson empezó a flaquear. Vio cosas que jamás debió presenciar y nos vimos obligados a probar su apego incondicional de forma definitiva. Aquí nos divertimos de vez en cuando realizando prácticas de tiro. Y utilizamos maniquíes como diana. Así que le pusimos uno de ellos en la carretera. Se detuvo y murió.

—¿Y así pudo probar su lealtad?

Harderberg asintió con expresión ausente. Después se levantó rápido y se puso a observar los renglones de cifras que aparecían en la pantalla de uno de los ordenadores. Wallander adivinó que serían comunicaciones de Bolsa procedentes de algún lugar del mundo en el que ya era de día. Pero ¿acaso abría la Bolsa los domingos? ¿O eran otras las anotaciones financieras que estaba examinando?

Harderberg regresó a su sillón.

—Nos resultaba imposible determinar cuánto sabía el hijo —prosiguió impertérrito—. Así que lo mantuvimos vigilado. Él le hizo a usted una visita en Jutlandia. Y tampoco nos era posible determinar cuánto le había confiado a usted. O a la señora Dunér, por cierto. Me he dado cuenta de que su análisis ha sido muy ingenioso, inspector Wallander. Pero, claro está, nosotros intuimos enseguida su intención de hacernos creer que seguía otra pista. Le aseguro que me dolió que nos subestimase.

Wallander notó que empezaba a sentirse mareado. La frialdad desnuda que despedía como un torrente aquel hombre sentado en su sillón era algo con lo que él jamás se había enfrentado antes. Pero la curiosidad pudo con él y lo impulsó a seguir haciendo preguntas.

—Encontramos un recipiente de plástico en el coche de Gustaf Torstensson —comentó—. Sospecho que había sido cambiado por otro cuando lo asesinaron, ¿me equivoco?

—¿Y por qué íbamos a cambiarlo?

—Nuestros técnicos llegaron a la conclusión de que nunca había contenido nada. Supusimos que no significaba nada por sí mismo, pero sí el fin para el que se utilice.

—¿Ah, sí? ¿Y cuál podría ser ese fin?

—¡Vaya! Ahora resulta que usted es quien hace las preguntas y yo quien ha de responder —ironizó Wallander.

—Bueno, es muy tarde —aclaró Harderberg—. ¿Por qué no darle a esta conversación, que no tendrá mayores consecuencias, un tono lúdico?

—Porque estamos hablando de asesinato —repuso Wallander—. Sospecho que aquel recipiente de plástico se utilizaba para conservar y transportar órganos para trasplantes, previamente extraídos a personas asesinadas.

Por un instante, Harderberg se quedó helado. Fue un espacio de tiempo brevísimo, pero Wallander detectó su reacción, que le confirmó que estaba en lo cierto.

—Yo busco el negocio allí donde se encuentra —explicó Harderberg—. Si hay mercado para los riñones, por poner un ejemplo, yo compro y vendo riñones.

—¿Y de dónde proceden esos riñones?

—De personas que han fallecido.

—A las que usted manda matar.

—Yo nunca me he dedicado a otra actividad que la de la compraventa —repitió Harderberg paciente—. Las circunstancias que preceden a la obtención del producto no me interesan. Las ignoro por completo.

Wallander quedó estupefacto.

—Jamás pensé que hubiese gente como usted —confesó al fin.

Alfred Harderberg se inclinó con rapidez hacia él.

—¡Mentira! —exclamó—. Porque usted sabe perfectamente que existimos. Incluso me atrevería a sostener que, en el fondo, me tiene cierta envidia.

—Está loco —sentenció Wallander sin ocultar su desprecio.

—Sí, así es, loco de felicidad, loco de ira. Pero no sólo estoy loco, inspector Wallander. Debe usted comprender que yo soy un hombre apasionado. Me encanta hacer negocios, ver caer a mis adversarios, incrementar mis posesiones y no verme en la necesidad de negarme a mí mismo nada en este mundo. Es posible que sea como un infatigable holandés errante pero, ante todo, soy un pagano, en el sentido correcto y bueno de la palabra. ¿No conoce usted a Maquiavelo, inspector Wallander?

Él negó con un gesto.

—Según este pensador italiano, el cristiano afirma que la máxima felicidad radica en la humildad, el rechazo y el desprecio de todo lo humano. El pagano, por el contrario, reconoce el bien supremo en la magnanimidad, en la fortaleza física y en todas esas cualidades que hacen del hombre un ser terrible. Sabias palabras éstas, sobre las que yo no dejo de meditar.

Wallander no dijo nada. Harderberg le señaló en primer lugar el radioteléfono y después su reloj de pulsera. Era la una. Wallander lo encendió y pensó que iba siendo hora de decidir cómo enviar una llamada de socorro. De nuevo le dijo a la agente que todo iba bien, todo en orden, que esperase una nueva toma de contacto a las dos.

Pero la noche discurría con llamadas regulares, sin que Wallander lograse hacerle comprender a su colega que tenía que dar la señal de alarma y enviar a las unidades de emergencia a Farnholm. Se había dado cuenta de que estaban solos en el castillo. Alfred Harderberg aguardaba el alba, para abandonar no sólo su castillo sino también su país, en compañía de aquellas sombras estáticas del fondo, las que constituían su instrumento para matar a quienes él señalaba con el dedo. Allí no quedaban más que Sofia y la guarda de la puerta. Todas aquellas secretarias que Wallander nunca tuvo ocasión de ver, habían desaparecido. Tal vez estuviesen esperándolo ya en otro castillo en algún otro lugar del mundo.

El dolor de cabeza había remitido, se sentía muy cansado y pensó que había llegado tan lejos como para averiguar la verdad, pero que aún no había llegado a la meta. En efecto, lo dejarían allí, en el castillo, tal vez amarrado y, para cuando lo descubriesen o él lograse liberarse de las ataduras, ellos se encontrarían ya en el espacio infinito. Cuanto había quedado dicho durante aquellas horas nocturnas, resultaría más tarde negado por los abogados que Alfred Harderberg designase para su defensa. Aquellos hombres que empuñaban armas de fuego y que nunca habían atravesado las fronteras suecas, seguirían siendo sombras contra las que ningún fiscal podría promover una acusación. Jamás podrían probar nada, la investigación se le escaparía de las manos y Alfred Harderberg continuaría siendo el mismo ciudadano respetable, por encima de toda sospecha.

Wallander tenía la verdad en su mano, incluso la relativa a Lars Borman, pues Harderberg había confesado que lo mandó asesinar porque descubrió la relación entre él y la estafa al Landsting.

Lo mataron para no correr el riesgo de que Gustaf Torstensson viese lo que no debía, circunstancia que se produjo más tarde, pese a sus intentos por evitarlo. No obstante, la verdad no tendría, al parecer, ningún sentido y nunca llegarían a atrapar al autor de aquellos delitos.

Pese a todo, lo que Wallander recordaría después de aquella larga noche, lo que, por mucho tiempo, quedaría en su memoria como una evocación insoportable de la naturaleza de Alfred Harderberg, fueron las palabras que pronunció, cerca de las cinco de la mañana, cuando, sin saber por qué, habían empezado a hablar de nuevo de la nevera y de las personas a las que asesinaban para arrebatarles los órganos y comerciar con ellos.

—Debe usted comprender que eso no es más que un detalle insignificante de mi actividad. Es prescindible, anecdótico. Lo que yo hago es comprar y vender, inspector Wallander. Yo actúo en la escena del mercado. Y nunca dejo pasar una posibilidad, por pequeña e insignificante que sea.

«La insignificante vida humana», se dijo Wallander. «En el mundo de Alfred Harderberg, ésa es la mayor verdad.»

No tenían ya nada más que decirse. Alfred Harderberg apagó, uno tras otro, todos los ordenadores, y destruyó algunos documentos. Wallander pensaba en la huida, pero las sombras permanecían allí al fondo todo el tiempo, inmóviles. Y tomó conciencia de su derrota.

Alfred Harderberg se acariciaba los labios con la yema de los dedos, como para comprobar que su sonrisa seguía allí. Después miró a Wallander por última vez.

—En fin, todos hemos de morir —anunció en un tono que parecía aludir a que, no obstante, él mismo constituía la excepción a esa regla—. Incluso un inspector de la brigada criminal tiene sus horas contadas. En este caso, por mí.

Miró el reloj antes de proseguir.

—Pronto amanecerá, aunque aún está muy oscuro. Entonces,

un helicóptero aterrizará aquí. Mis dos colaboradores emprenderán un viaje y usted habrá de acompañarlos. Será un trayecto corto, durante el que tendrá usted ocasión de poner a prueba su capacidad para volar.

El hombre no dejaba de observar a Wallander mientras hablaba. «Quiere que le suplique que no me mate», comprendió Wallander. «Pero no voy a proporcionarle ese placer. Cuando se alcanza cierto grado de temor, éste se transforma en su contrario. Si algo he aprendido en la vida es esto.»

—La investigación de la capacidad humana para volar se llevó a cabo con gran empeño durante la época deplorable de la guerra del Vietnam —prosiguió Harderberg—. En efecto, soltaban a los prisioneros y los dejaban caer, pero desde gran altura, de modo que, durante un instante, recobraban la libertad de movimientos de que se habían visto privados, antes de estrellarse contra el suelo y pasar a participar de la mayor de todas las libertades.

Dicho esto, se puso en pie y se ajustó la chaqueta.

—Mis pilotos son grandes expertos —declaró—. Estoy seguro de que conseguirán dejarlo caer de modo que vaya usted a aterrizar en medio de la plaza de Stortorget, en el centro de Ystad. El acontecimiento quedará grabado para siempre en los anales de la ciudad.

«Este hombre está loco», resolvió Wallander. «Y está intentando conseguir que le ruegue por mi vida. Pero no lo haré.»

—Bien, aquí se separan nuestros caminos —continuó Harderberg—. Nos hemos visto en dos ocasiones. Y no creo que lo olvide. Hubo momentos en los que casi dio muestras de gran agudeza. De haber sido otras las circunstancias, habría tenido usted un lugar cerca de mí.

—¿Y la postal? —inquirió de pronto Wallander—. La que Sten Torstensson envió supuestamente desde Finlandia cuando, en realidad, se encontraba conmigo en Dinamarca.

—¡Ah, sí! Bueno, es algo que me divierte mucho, imitar la letra de la gente —aclaró Harderberg en tono ausente—. Incluso creo poder afirmar que soy bastante bueno. El día que Sten Torstensson estuvo en Jutlandia, yo pasé un par de horas en Helsinki, con motivo de una reunión, fracasada, por cierto, con uno de los directivos de Nokia. Fue como un juego, como meter un palito en un hormiguero. Un juego para despistar, nada más.

Luego le tendió la mano y Wallander quedó tan perplejo que se la estrechó.

Después, Alfred Harderberg se dio la vuelta y se marchó.

A Wallander le dio la impresión de que el vacío venía a sustituir su presencia. Aquel hombre dominaba cualquier entorno en el que se encontrase. Una vez que la puerta se hubo cerrado tras él, no quedó nada.

Tolpin estaba apoyado contra una de las columnas, observando a Wallander. Obadia estaba sentado, con la mirada perdida.

Wallander sabía que tenía que hacer algo. Se negaba a creer que fuese verdad, que Harderberg hubiese ordenado que lo lanzasen a tierra desde un helicóptero sobre el centro de Ystad.

Transcurrían los minutos y los dos hombres seguían sin moverse.

Así pues, iban a dejarlo caer vivo, se estrellaría contra los tejados de la ciudad, o tal vez contra las losas de piedra de la plaza de Stortorget. Aquella toma de conciencia lo condujo de forma instantánea a una sensación de pánico que se extendió como un veneno por todo su cuerpo y lo paralizó. Le costaba respirar mientras, desesperado, buscaba una salida.

Obadia alzó la cabeza despacio al tiempo que Wallander percibía el débil ronroneo de un motor que se acercaba con rapidez. El helicóptero estaba en camino. Tolpin le indicó que debían marcharse.

Cuando hubieron salido al frescor del temprano amanecer, antes de que los primeros rayos de luz aclarasen el cielo, el helicóptero ya había aterrizado en el lugar previsto. La hélice cortaba el aire. El piloto estaba preparado para despegar tan pronto como ellos hubiesen subido a bordo. Wallander buscaba febril una salida. Tolpin caminaba delante de él y Obadia unos pasos por detrás, pistola en mano. Ya estaban casi junto al helicóptero. Los cuchillos de la hélice seguían rasgando el frío aire matinal. Entonces, Wallander descubrió un montón de placas de cemento seco que tenía justo delante, en la plataforma. Alguien habría estado reparando las grietas y se había olvidado de recogerlo. Wallander aminoró la marcha de modo que Obadia quedó por un instante entre Tolpin y él. Entonces Wallander se agachó con toda rapidez y, a manotadas, arrojó contra la hélice tanto cemento como pudo. Oyó fuertes estallidos producidos por los fragmentos que revoloteaban en torbellino a su alrededor entrecruzándose con las aspas de la hélice. Tolpin y Obadia pensaron por un momento que les estaban disparando y desviaron la atención a sus espaldas. Wallander se lanzó sobre Obadia, con toda la fuerza de la desesperación, y logró arrebatarle su arma. Dio unos pasos hacia atrás, tropezó y cayó. Tolpin contempló durante unos segundos el espectáculo, sin alcanzar a comprender lo que sucedía, pero enseguida echó mano del arma que llevaba en el bolsillo de la chaqueta. En ese momento, Wallander disparó y consiguió alcanzarlo en el muslo. Al mismo tiempo, Obadia hizo amago de lanzarse sobre él. Wallander disparó de nuevo, sin saber adónde había ido a parar el proyectil. Acto seguido, Obadia caía pesadamente con un grito de dolor.

Wallander consiguió ponerse en pie. Se le ocurrió que los pilotos podían estar armados pero, cuando dirigió la pistola hacia la portezuela abierta del helicóptero, no vio más que a un joven muy asustado con las manos alzadas sobre la cabeza. Wallander miró a los hombres a los que había disparado y comprobó que ambos seguían con vida. Recogió el arma de Tolpin y la lanzó tan lejos como pudo. Después se acercó hasta el helicóptero. El piloto seguía con las manos sobre la cabeza y Wallander le hizo una señal para que se marchase de allí. Después se retiró unos metros y vio despegar el helicóptero, que se alejó sobrevolando el tejado iluminado del castillo. Todo le parecía envuelto en una fina niebla. Se pasó la mano por la mejilla y notó que le sangraba, de lo que dedujo que los fragmentos de cemento cristalizado le habían dado en la cara sin que él se hubiese percatado de ello.

Emprendió, pues, la marcha en dirección a las cuadras. Sofia estaba limpiando uno de los compartimentos cuando él apareció a la carrera. Al verlo, la joven lanzó un grito. Wallander intentó esbozar una sonrisa, pero tenía el rostro inmovilizado por la sangre coagulada.

—Todo está en orden —le aseguró mientras intentaba recuperar el aliento—. Pero has de hacerme un favor, tienes que llamar a una ambulancia. Hay dos hombres ante el castillo, con heridas de bala y tendidos sobre el césped.

Después pensó en Alfred Harderberg.

Apenas si le quedaba tiempo.

—Llama a la ambulancia —repitió—. Ya pasó todo.

Al salir de las cuadras, resbaló y cayó sobre el barro removido por los caballos. Se incorporó y echó a correr hacia la verja, acuciado por la incertidumbre de si llegaría a tiempo.

Ann-Britt Höglund había salido del coche para estirar las piernas cuando lo vio llegar corriendo. A juzgar por la expresión de alarma de su compañera, comprendió que su aspecto no debía de ser muy bueno. Estaba lleno de sangre y sucio, y tenía la ropa rasgada. Pero no había tiempo para explicaciones. Todo su ser se orientaba hacia una sola acción: impedir que Alfred Harderberg abandonase el país. Así pues, le gritó que se metiese en el coche y, antes de que ella hubiese podido cerrar la puerta, ya había salido él marcha atrás. Tironeó nervioso del cambio de marchas, pisó a fondo el acelerador y no hizo caso de la señal de stop obligatorio para salir a la carretera principal.

—¿Cuál es el camino más rápido para llegar al aeropuerto de Sturup? —preguntó Wallander.

Ella sacó el mapa de carreteras que había en la guantera y le dio las indicaciones precisas. «No llegaremos a tiempo», se lamentó. «Está demasiado lejos y el tiempo es muy escaso.»

—Llama a Björk —le ordenó.

—No tengo su número particular —repuso ella.

—¡Pues llama a la comisaría, joder! —rugió él—. ¡Utiliza la cabeza!

La joven agente obedeció. Cuando el policía de guardia le preguntó si no podía esperar hasta que Björk hubiese llegado a la comisaría, también ella empezó a gritar. Marcó el número enseguida.

—¿Qué quieres que le diga? —inquirió.

—Alfred Harderberg está a punto de abandonar el país en su avión —explicó Wallander—. Björk tiene que impedirlo. Y sólo dispone de media hora para hacerlo.

Björk acudió al teléfono y Wallander la escuchó repetir sus palabras. Tras unos instantes de silencio, ella le pasó el teléfono al inspector.

—Quiere hablar contigo.

Sostuvo el teléfono con la mano derecha mientras aligeraba la presión del pie sobre el acelerador.

—¿Qué es eso de que tengo que detener el avión de Harderberg? —farfulló Björk.

—Ya no hay duda de que él está detrás de los asesinatos de Gustaf y Sten Torstensson. Además, Kurt Ström está muerto.

—¿Estás seguro de lo que dices? ¿Dónde estás ahora? ¿Por qué te oigo tan mal?

—Estoy alejándome del castillo de Farnholm. No tengo tiempo de discutir. Ese hombre va camino del aeropuerto y hay que detenerlo de inmediato. Si su avión consigue despegar y abandonar el espacio aéreo sueco, nunca lo pillaremos.

–Bueno, debo decir que todo esto me suena muy extraño –comentó Björk–. ¿Qué has estado haciendo en el castillo de Farnholm a estas horas de la madrugada?

Wallander comprendió que el escepticismo que dejaban traslucir las preguntas de Björk estaba más que justificado. Se preguntó fugazmente cómo habría reaccionado él mismo, de haberse encontrado en el lugar de Björk.

–Sé que te parecerá una locura –admitió–. Pero tienes que arriesgarte y creer lo que te digo.

–En cualquier caso, esto exige que delibere con Per Åkeson.

Wallander lanzó un alarido.

–¡No tenemos tiempo de deliberaciones! –gritó–. ¿Me has oído? En Sturup hay policías, ¿verdad? Pues es necesario que detengan a Harderberg.

–Llama dentro de un cuarto de hora –ordenó Björk–. Me pondré en contacto con Per Åkeson de inmediato.

Wallander estaba tan fuera de sí que poco faltó para que per diese el control del vehículo.

–¡Baja la jodida ventanilla! –vociferó.

Ella hizo lo que le pedía. Wallander arrojó el teléfono a la carretera.

–Ya puedes cerrar –pidió en tono más calmado–. Tendremos que encargarnos de esto nosotros solos.

–¿Estás seguro de que es Harderberg? –inquirió ella–. ¿Puedes contarme lo que ha ocurrido y si estás herido?

Wallander pasó por alto las dos últimas preguntas.

–Estoy seguro –afirmó–. Tanto como de que, si consigue abandonar el país, no podremos detenerlo nunca.

–¿Y qué piensas hacer?

Él movió la cabeza.

–No lo sé –confesó–. No tengo ni idea. Tiene que ocurrírseme algo.

Sin embargo, cuarenta minutos después, cuando ya se aproximaban al aeropuerto de Sturup, seguía sin tener claro lo que iba a suceder. Haciendo chirriar las ruedas, frenó hasta detener el coche ante la alta valla que se alzaba a la derecha del edificio del aeropuerto. Para poder ver el interior, se subió al techo del coche. Algunos de los pasajeros de los primeros vuelos matutinos se habían detenido para ver qué sucedía. Un camión de comidas preparadas estacionado al otro lado de la valla, en el interior del recinto aeroportuario, le impedía la visión. Wallander empezó a hacer aspavientos con los brazos, a gritar y a maldecir para que el conductor lo viese y apartase el coche. Pero el hombre estaba sumido en la lectura de su periódico sin apercibirse de los molinetes que describía el individuo enfurecido sobre el techo del coche. De modo que Wallander sacó la pistola y disparó al aire. Enseguida cundió el pánico entre los curiosos. La gente empezó a correr en todas direcciones, abandonando sus maletas sobre la acera. El conductor reaccionó a la detonación y comprendió que Wallander quería que se retirase de donde estaba.

El Grumman Gulfstream de Harderberg seguía allí. La pálida luz amarillenta de los focos resplandecía sobre el fuselaje del avión.

Los dos pilotos que iban camino del avión se detuvieron al oír el disparo. Wallander dio un salto desde el techo del coche para que no lo descubriesen y se dio un fuerte golpe en el hombro al dar contra el suelo. Pero el dolor lo encolerizó aún más. Sabía que Alfred Harderberg se encontraba allí, en algún lugar del edificio amarillo del aeropuerto y no tenía intención de dejarlo ir. Se precipitó hacia las puertas de entrada, tropezando con las maletas y carritos que hallaba a su paso, seguido a unos pasos por Ann-Britt Höglund. Aún llevaba la pistola en la mano cuando atravesó las puertas de cristal dirigiéndose a toda velocidad a las oficinas de la policía de Sturup. Puesto que era domingo y muy temprano, la afluencia de pasajeros era escasa y no había más que una cola de facturación para un vuelo chárter con destino a España. Al hacer su entrada acelerado, lleno de sangre y sucio, Wallander provocó un verdadero caos. Ann-Britt Höglund les gritaba que no se preocupasen, que no corrían ningún peligro, pero su voz se diluía en el alboroto. Un policía que volvía de comprar el periódico vio a Wallander acercarse a la carrera con la pistola bien visible en la mano. El agente arrojó el periódico y, presa de gran angustia, empezó a marcar el código de la puerta de la comisaría. Pero Wallander lo agarró por el brazo antes de que la puerta se hubiese abierto.

—Soy Wallander, de la policía de Ystad —anunció a gritos—. Hemos de impedir el despegue de un avión. El Gulfstream de Alfred Harderberg. ¡Y no hay tiempo que perder!

—¡No dispares! —acertó a balbucir el aterrado agente.

—¡Pero joder! —rugió Wallander—. Te digo que soy policía. ¿Es que no me oyes?

—No dispares —repitió el agente.

Y después, se desmayó.

Wallander contemplaba incrédulo al hombre que yacía a sus pies y empezó a aporrear la puerta con los puños. Ann-Britt Höglund acababa de llegar.

—Deja que lo intente yo —propuso.

Wallander echó una ojeada a su alrededor, como si esperase ver a Alfred Harderberg de un momento a otro. Después, echó a correr hacia los grandes ventanales que daban a las pistas de despegue.

Alfred Harderberg estaba ya sobre la escalerilla que conducía al interior del avión. Se agachó levemente, subió los últimos peldaños y desapareció de su vista. La puerta empezó a cerrarse enseguida.

—¡No llegaremos! —le gritó Wallander a su colega.

Salió corriendo de nuevo hacia el exterior del edificio, con Ann-Britt pisándole los talones. Vio que uno de los coches del aeropuerto se disponía a atravesar las puertas de acceso a las pistas. Hizo acopio de sus ya menguadas fuerzas y logró alcanzar y atravesar las puertas antes de que éstas se hubiesen cerrado. Aporreó la puerta del maletero al tiempo que le gritaba al conductor que detuviese el vehículo, pero el hombre pisó el acelerador hasta el fondo y huyó aterrado. Ann-Britt Höglund se encontraba al otro lado de las puertas, pues no le había dado tiempo de cruzarlas antes de que se cerrasen de nuevo. Wallander alzó los brazos resignado y se dio media vuelta. El Gulfstream iba ya camino de la pista para efectuar el despegue. De hecho, no le quedaban más que cien metros para girar e iniciar el despegue tan pronto como los pilotos hubiesen recibido la señal.

Junto a Wallander, había un tractor para el transporte de equipajes en el aeropuerto. Ya no podía elegir, de modo que trepó hasta la cabina del tractor, puso en marcha el motor y se encaminó a la pista. Según pudo ver en el retrovisor, lo seguía una larga serpiente de vagones cargados de maletas, pues no se había dado cuenta de que los vagones estaban acoplados al tractor y ya era demasiado tarde para detenerse. El Gulfstream estaba a punto de entrar en posición de despegue. Los vagones empezaron a volcarse mientras él intentaba atajar atravesando el césped que había entre las plataformas de estacionamiento y la pista de despegue.

Finalmente, ganó la larga pista en la que las huellas de las ruedas de los aviones parecían anchas grietas abiertas en el asfalto. Dirigió el tractor hacia el Gulfstream, que le apuntaba con la proa. Le faltaban doscientos metros para alcanzar el avión cuando vio que éste empezaba a moverse. Pero, para entonces, ya sabía que lo había conseguido. Antes de que el avión hubiese adquirido la velocidad suficiente para despegar, los pilotos se verían obligados a detenerse para evitar una colisión con el tractor.

Wallander quiso entonces aminorar la marcha. Pero el freno no funcionaba. Por más que tiraba de la palanca y que pisaba el pedal, el vehículo no reaccionaba. No llevaba mucha velocidad, pero sí la suficiente como para que la rueda delantera del Gulfs-tream quedase destrozada cuando el tractor chocó con el avión. Wallander se arrojó fuera de la cabina al mismo tiempo que los vagones empezaban a soltarse y a colisionar los unos contra los otros.

Los pilotos habían detenido los motores para evitar un incendio. Wallander se levantó aturdido por el golpe que se había dado contra uno de los vagones. Todo lo veía confuso, a causa de la sangre que volvía a correrle por los ojos. Por alguna razón inexplicable, el arma seguía en su mano.

Cuando se abrió la puerta del avión y la escalerilla estuvo dispuesta, oyó cientos de sirenas que se aproximaban por detrás.

Wallander esperaba.

Entonces, Alfred Harderberg salió del avión y descendió hasta el asfalto.

Wallander pensó que había algo distinto en su semblante.

Entonces vio de qué se trataba.

La sonrisa había desaparecido.

Ann-Britt Höglund salió de un salto del primero de los coches de policía que alcanzaron el avión cuando Wallander estaba secándose la sangre de los ojos con un retazo de su camisa rota.

—¿Estás herido? —preguntó.

Wallander meneó la cabeza negando. Se había mordido la lengua y le costaba hablar.

—Será mejor que llames a Björk —señaló ella.

Wallander se quedó mirándola un buen rato.

—No —opuso al cabo—. Tendrás que llamarlo tú. ¡Ah! Y hazte cargo de Alfred Harderberg.

Dicho esto, empezó a alejarse del lugar. Ella fue detrás hasta alcanzarlo.

—¿Adónde vas? —le preguntó.

—A casa a acostarme —aclaró Wallander con sencillez—. Te aseguro que estoy agotado. Y también triste, pese a que salió bien.

Hubo algo en el tono de su voz que la movió a no hacer más preguntas.

Wallander se marchó.

Por alguna extraña razón, nadie intentó detenerlo.

18

La mañana del jueves 23 de diciembre, Kurt Wallander se encaminó indeciso a la plaza de Österporttorget de Ystad para comprar un abeto. Hacía un día brumoso que no auguraba unas navidades nevadas y típicamente invernales en Escania aquel año de 1993. Estuvo considerando las distintas alternativas durante largo rato, vacilando entre qué abeto elegir, hasta que por fin se decidió por uno tan pequeño que podría ponerlo sobre la mesa. De vuelta en su apartamento de la calle de Mariagatan y después de haber buscado, en vano, el pequeño soporte para el abeto que creía tener pero que comprendió habría desaparecido durante la separación de su ex mujer Mona, se sentó en la cocina y confeccionó una lista con todo lo que necesitaba comprar para las fiestas de Navidad. Cayó en la cuenta de que, durante los últimos años, había vivido en un ambiente cada vez más árido e insulso. En sus armarios y cajones faltaba casi de todo, con lo que la lista no tardó en llenar toda una página de su bloc escolar. Cuando pasó la hoja para continuar, descubrió de pronto que había allí algo escrito. Era sólo un nombre.

«Sten Torstensson.»

Recordó entonces que aquélla había sido la primera anotación realizada la mañana de primeros de noviembre, hacía ya casi dos meses, en que se había reincorporado a su trabajo. Recordó el momento en que, sentado ante la mesa de la cocina, leyó en el diario *Ystads Allehanda* una necrológica que llamó su atención. Y pensó que, en aquellos dos meses, todo había cambiado. Al mirar atrás, aquella mañana de noviembre se le antojaba remota, como perteneciente a otra época.

Alfred Harderberg y sus sombras estaban en prisión preventiva y, después de las fiestas navideñas, Wallander seguiría adelante con la investigación, que se prolongaría sin duda durante mucho tiempo.

Se preguntaba distraído lo que ocurriría a partir de ahora con el castillo de Farnholm.

Por otro lado, pensó en llamar a Sten Widén para preguntarle si el comportamiento de Sofia había mejorado algo después de los acontecimientos vividos en el castillo.

De repente, se levantó de la mesa y fue al cuarto de baño para mirarse en el espejo. Al estudiar su rostro, observó que había adelgazado. Pero también había envejecido. Nadie podía dudar ya de que cumpliría cincuenta dentro de unos pocos años. Abrió la boca y se fijó en sus dientes. Sin poder determinar si estaba abatido o irritado, decidió que visitaría al dentista después de Año Nuevo. Regresó, pues, a la lista que tenía a medias en la cocina, tachó el nombre de Sten Torstensson y anotó un cepillo de dientes.

Realizar todas las compras de la lista, bajo la llovizna, le llevó tres horas. Además, tuvo que ir al cajero dos veces mientras se atormentaba pensando por qué todo aquello que creía necesitar tenía que ser tan caro. Cuando, al fin, poco antes de la una, se encontró en casa con todas las bolsas y se sentó a la mesa para comprobar la lista por última vez, se dio cuenta de que, a pesar de todo, había olvidado comprar el soporte para el abeto.

En ese momento sonó el teléfono. Puesto que había tomado vacaciones durante las fiestas de Navidad, no pensó que fuese de la comisaría. Sin embargo, cuando descolgó el auricular, fue para oír la voz de Ann-Britt Höglund.

—Ya sé que estás de vacaciones —se excusó—. No te habría llamado si no fuese por un motivo importante.

—Cuando empecé a trabajar para el cuerpo, hace ya muchos

años, tuve la oportunidad de aprender que un policía nunca está de vacaciones —aseguró—. ¿Qué opinan hoy al respecto en la Escuela Superior de Policía?

—El profesor Persson mencionó algo, en alguna ocasión —vaciló ella—. Pero, a decir verdad, no lo recuerdo.

—En fin, ¿qué querías?

—Estoy llamando desde el despacho de Svedberg —aclaró ella—. En el mío se encuentra en estos momentos la señora Dunér, que tiene muchísimo interés en hablar contigo.

—¿Sobre qué?

—Eso no me lo dijo. Sólo que quería hablar contigo.

Wallander se decidió de inmediato.

—Dile que estoy en camino —anunció—. Puede esperarme en mi despacho.

—De acuerdo. Por lo demás, la cosa está tranquila por aquí. Sólo estamos Martinson y yo. La policía de tráfico está preparándose para las vacaciones de Navidad. Este año, la gente de Escania tendrá que soplar el globito más que nunca.

—Eso está bien —aprobó Wallander—. Cada vez hay más gente que conduce borracha. Y eso hay que penalizarlo.

—¡Vaya! A veces hablas como Björk —aseguró ella con una carcajada.

—¡No me lo puedo creer! —exclamó él alarmado.

—¿Puedes nombrar algún tipo de delito que no vaya en aumento? —quiso saber ella.

Wallander meditó un instante.

—El robo de aparatos de televisión en blanco y negro —se rindió al fin—. No creo que haya otro.

Concluyó la conversación preguntándose intrigado qué querría de él la señora Dunér, pero no pudo hallar ninguna respuesta satisfactoria.

Wallander llegó a la comisaría poco después de la una. El árbol de Navidad centelleaba en la recepción y recordó que aún no le había comprado flores a Ebba. De camino a su despacho, se asomó al comedor y deseó felices fiestas a los compañeros. Llamó después a la puerta de Ann-Britt Höglund, sin obtener respuesta.

La señora Dunér lo aguardaba sentada en la silla de las visitas y él constató que el brazo izquierdo de la silla estaba a punto de caerse. Ella se levantó cuando lo vio entrar, se dieron la mano y él se quitó la chaqueta antes de tomar asiento y observar que parecía cansada.

—Quería usted hablar conmigo —comenzó en tono amable.

—No era mi intención molestar —se disculpó ella—. Se olvida una de que la policía siempre tiene mucho que hacer.

—Bueno, ahora tengo tiempo. ¿Qué quería usted?

La mujer sacó un paquete de una bolsa que tenía en el suelo, junto a la silla y se lo tendió a Wallander.

—Es un regalo para usted. Puede abrirlo ahora, o esperar a mañana.

—¿Y por qué me hace usted un regalo? —inquirió Wallander perplejo.

—Porque ahora ya sé lo que les ocurrió a los dos abogados —repuso ella—. Es un mérito haber atrapado a los asesinos.

Wallander meneó la cabeza poniendo de manifiesto su desacuerdo con un gesto de la mano.

—Eso no es correcto —objetó—. Fue el trabajo de todo un equipo, con muchos implicados. No puede darme las gracias a mí solo.

Su respuesta lo sorprendió.

—Señor Wallander, debería usted abstenerse de hacer gala de falsa modestia —dijo ella en tono severo—. Todos saben que ha sido gracias a usted.

Como no sabía qué decir, empezó a abrir el paquete, que

contenía uno de los iconos que había descubierto en el sótano de Gustaf Torstensson.

—No puedo aceptarlo —resolvió—. Si no me equivoco, pertenece a la colección del abogado Gustaf Torstensson.

—Pertenecía —corrigió la señora Dunér—. Él me legó en su testamento todos los iconos. Y para mí es un honor regalarle uno a usted.

—Debe de ser un objeto muy valioso —se resistió aún Wallander—. No puedo aceptarlo, por mi condición de agente de policía. Al menos, tendría que hablar con mi jefe antes.

La mujer lo sorprendió de nuevo.

—Eso ya lo he hecho yo. Dijo que podía usted aceptarlo.

—¿Quiere decir que ha estado hablando con Björk? —preguntó Wallander incrédulo.

—Así es. Pensé que sería lo mejor.

Wallander contempló el icono, que le recordaba a Riga. A Letonia. Y, sobre todo, a Baiba Liepa.

—No es tan valioso como cree —aseguró ella—. Pero es hermoso.

—Sí —admitió Wallander—. Es muy hermoso. Y yo no lo merezco.

—No vine sólo por esto —añadió la señora Dunér.

Wallander la observaba mientras aguardaba que continuase.

—También quería hacerle una pregunta. ¿Es posible que no haya límites para la maldad humana?

—No creo que yo sea la persona adecuada para responder a esa pregunta —observó Wallander.

—Entonces, ¿quién podrá contestarla, si la propia policía no puede?

Wallander dejó el icono sobre la mesa con cuidado. Él se hacía la misma pregunta.

—Me figuro que está pensando en cómo puede haber personas que maten a otras para arrebatarles los órganos y luego venderlos –aventuró–. Y, la verdad, no sé qué responder. Para mí resulta tan incomprensible como para usted.

–¿Adónde irá a parar el mundo? –se lamentó ella–. Alfred Harderberg era una persona modélica a la que todos debíamos respetar. ¿Cómo puede nadie desembolsar grandes sumas en donaciones a organizaciones humanitarias con una mano, y matar a sus semejantes con la otra?

–Lo único que podemos hacer es oponernos en la medida de nuestras posibilidades –concluyó Wallander.

–¿Y cómo vamos a oponernos a lo inexplicable?

–No lo sé –confesó Wallander–. Ése es otro objetivo que hay que alcanzar.

La conversación se agotó. Ambos permanecieron en silencio un buen rato. Desde el pasillo, les llegó la risa alegre de Martinson. Transcurridos unos minutos, la mujer se puso en pie.

–No lo molesto más –afirmó resuelta.

–Lamento no haberle podido dar mejor respuesta –comentó Wallander mientras le abría la puerta.

–Al menos, ha sido usted sincero.

Entonces, Wallander recordó que también él tenía algo que darle a la señora Dunér. Se fue al escritorio, abrió uno de los cajones y sacó una postal con la imagen de un paisaje finlandés.

–Le prometí que se la devolvería. Ya no la necesitamos.

–¡Ah, sí! ¡Ya la había olvidado! –exclamó al tiempo que la guardaba en el bolso.

Él la acompañó hasta la calle.

–Bien, deseo que pase una feliz Navidad –dijo ella.

–Gracias, igualmente –correspondió él–. Cuidaré bien del icono.

Cuando se hubieron despedido, él regresó a su despacho. La visita de la mujer lo había inquietado, pues le recordó el estado de pesimismo en que había estado viviendo durante tanto tiempo. Pero apartó el desasosiego, tomó su chaqueta y se marchó.

Estaba de vacaciones. No sólo de su trabajo, sino de todo pensamiento desmoralizador.

«El icono no me lo merezco», se dijo. «Pero unos días de descanso, sí que me los he ganado.»

Regresó a casa en medio de una creciente neblina y aparcó el vehículo.

Después se puso a limpiar el apartamento. Antes de acostarse, fabricó un soporte provisional para el árbol de Navidad y lo adornó.

Había colgado el icono en el dormitorio. Antes de apagar la luz de la mesilla, se quedó tumbado un rato, admirándolo.

Se preguntaba si aquel icono podría protegerlo.

Al día siguiente era Navidad.

El cielo seguía estando nublado y gris.

Pero a Kurt Wallander le parecía estar viviendo en un mundo en el que no podía dejarse vencer por los aspectos grises de la vida.

Salió camino del aeropuerto de Sturup a las dos, pese a que el aterrizaje no estaba previsto hasta las tres y media. Sintió un profundo malestar al aparcar el coche y acercarse al edificio amarillento del aeropuerto. Le dio la impresión de que todos lo miraban.

No obstante, no pudo evitar aproximarse hasta las puertas de acceso a las pistas que quedaban a la derecha del edificio.

El Gulfstream había desaparecido. No se lo veía por ninguna parte.

Experimentó una sensación de alivio inmediato.

La imagen del hombre sonriente iba desvaneciéndose.

Entró en la galería de salidas y volvió a salir, tan nervioso como recordaba que se había sentido de adolescente. Se dedicó a contar las grietas de las losas de la calle, practicó mentalmente su pésimo inglés..., todo ello sin dejar de pensar con entusiasmo en lo que estaba por venir.

Cuando el avión aterrizó, él seguía aún fuera del edificio del aeropuerto. Entonces salió corriendo hacia la galería de llegadas y se dispuso a esperar a la altura del quiosco de prensa.

Ella llegó de las últimas.

Pero era ella. Baiba Liepa.

Tal y como él la recordaba.